Sylvia Frank • Nur einmal mit den Vögeln ziehn

Bye Bye my Love
Ich will nur einmal mit den Vögeln zieh'n
Bye Bye my Love
Ich komme wieder, wenn die Wiesen blüh'n

Auszug aus dem Song »Bye, bye« (Gruppe Silly 1993)

Dieses Buch ist eine fiktive Darstellung, basierend auf wahren Begebenheiten. Die Handlung und alle handelnden Personen sind frei erfunden. Ähnlichkeiten mit lebenden oder verstorbenen Personen sind nicht beabsichtigt und wären rein zufällig.

Sylvia Frank

Nur einmal mit den Vögeln ziehn

Roman

Mirabilis Verlag

In Erinnerung an Sabine und Reiner Krause

1977

1

Jens Grunert, zehn Jahre alt, reinigte das Treppenhaus und dachte an den Geldschein, den er von Tante Martha erhalten hatte und der jetzt in seiner Hosentasche steckte. Bisher hatte sie ihm nie etwas gegeben, wenn er für sie die Hauswoche machte. Aber er hatte auch nichts erwartet. Der Vater hatte ihm diese Aufgabe als eine seiner Pflichten zugeteilt und er erledigte sie, ohne die Anweisung in Frage zu stellen. Es wäre ihm nie in den Sinn gekommen, dem Vater zu widersprechen. Der Mann glich in seinem Wesen einem Vulkan.

Jens nahm den Besen und stieg langsam die Treppen bis zum obersten Stockwerk hinauf. Soweit er sich erinnern konnte, trug er ständig die Furcht in sich, dass der Vulkan ausbrechen und ihn die Eruptionen haltlosen Zorns treffen könnten. Da er schutzlos in unmittelbarer Nähe des Kraters lebte, hatte er gelernt, Zeitpunkt oder Umstand eines möglichen Ausbruchs frühzeitig zu erkennen und diesem rechtzeitig auszuweichen. Eine offene Konfrontation mit den festgefügten Ansichten des Vaters würde unweigerlich eine unkontrollierbare Reaktion nach sich ziehen. Er musste sich in Acht nehmen. In diesen Momenten schien es ihm angebracht, zu schweigen oder, besser noch, fast unsichtbar zu werden, auch wenn er sich hinterher wie ein Feigling fühlte. Er begann, das Treppenhaus zu fegen. Stufe für Stufe. Fünf Stockwerke bis hinunter zum Keller. Im Übrigen war Tante Martha eine alte Frau und Jens sah es wie der Held im Buch »Timur und sein Trupp« als seine Pflicht an, ihr als Thälmannpionier die körperlichen Anstrengungen der Hausreinigung abzunehmen.

Im Keller angekommen, zog er die gusseiserne Luftschutztür auf und tastete nach dem Lichtschalter. Eine vergitterte Glühlampe flammte auf. Unzählige Fahrräder lehnten hier, manchmal mehrere hintereinander, seitlich an den Wänden. Dahinter schloss sich der Bereich mit den Kellerabteilen an. Im matten, staubigen Licht schimmerten Schutzbleche silbern und gelegentlich funkelte rubinrot ein Katzenauge.

Jens bückte sich und griff nach einem Eimer, den er bereits gestern hier deponiert hatte. Damit ging er hinüber in den Waschraum und füllte ihn. Anschließend lief er durch die Kellergänge und fächerte mit der hohlen Hand Wasser aus dem Eimer, um den hellen Betonboden zu befeuchten. Zwischen den Kellerabteilen roch die Luft nach fauligen Kartoffeln, Motoröl und abgewetztem Gummi.

Wo das Wasser auf den Zement klatschte, blieben schmierige graue Flecken zurück. Manchmal, wenn er zu viel Wasser erwischte, kroch ein schmales Rinnsal unter eine der aus hölzernen Latten gefertigten und mit Jutesäcken verhängten Kellertüren hindurch, um wenige Zentimeter dahinter im Staub zu erstarren.

Während er arbeitete, dachte er an Tante Martha. Eigentlich waren sie nicht miteinander verwandt. Vielmehr hatte es sich ergeben, dass beide Familien zeitgleich ihre Wohnungen im selben Hausaufgang des Neubaublocks auf der gleichen Etage bezogen. Er erinnerte sich, wie sie vor der Eingangstür zufällig aufeinandergetroffen waren. Er war aus dem grauen Barkas mit dem schwarzen Posthorn auf der Fahrertür gestiegen und dem Vater gefolgt. Die in Einzelteile zerlegten Möbel der Eltern lagen in Decken eingeschlagen verzurrt auf der Pritsche. Die neuen Nachbarn, Martha und Günther, lehnten hingegen am Frontspoiler eines hellbraunen Ladas und dirigierten die Männer einer Umzugsfirma, die massive Eichenschränke mit poliertem Furnier aus einem Anhänger herauswuchteten.

Wenn der Vater davon sprach, dass man »seine Haut so teuer wie möglich verkaufen« sollte, und das tat er häufig, stellte er sich immer die von Anstrengung verzerrten Gesichter der Möbelpacker vor.

Jens lehnte den Besen gegen die Wand, wischte sich die Hände an den Hosenbeinen ab und zog den Geldschein aus der Tasche. Er hielt ihn gegen das Kellerlicht und schluckte. Zehn Deutsche Mark, las er. Darunter: Deutsche Bundesbank. Daneben das Bildnis eines jungen Mannes mit welligem Haar. Jens drehte den Schein um. Auf der Rückseite segelte ein Schiff in voller Takelage durchs Wasser. Den Namen des Seglers konnte er nicht erkennen.

Er holte tief Luft und ließ den Schein wieder in der Tasche verschwinden. Langsam wurde ihm bewusst, dass er wirklich im Besitz von zehn Deutsche Mark West war. Er dachte daran, dass bisher niemand in der Familie jemals diesen Betrag an Westgeld besessen hatte. Bei dem Gedanken wurde ihm schwindelig und er hockte sich einen Moment lang auf einen Gepäckträger.

Zum Schluss nahm er sich den Vorgarten vor. Eigentlich verdienten die wenigen Quadratmeter Sandboden, nur von einer Krume Muttererde bedeckt, die Bezeichnung Garten nicht. Gerade mal ein Fliederbusch wucherte darauf, umrahmt von einigen letzten Tulpen, die beim Versteckenspielen von den Nachbarskindern niedergetreten worden waren.

Jens lockerte mit dem Grubber die harte Erdkrume auf. Danach jätete er das Unkraut und dachte dabei an seine Mutter, die vergaß, sich um ihn zu kümmern, weil sie tagein, tagaus mit so vielem beschäftigt war. Er dachte daran, wie sie in der Nacht aufstand, um Wäsche zu waschen, wie sie tagsüber arbeiten ging und am Abend dem aufbrausenden, lauten Vater das Essen auftrug. Die wenigen Momente der ungeteilten Aufmerksamkeit, die die Mutter noch in der Lage war aufzubringen, gehörten seinem jüngeren Bruder Heiko. Er hatte bei einem Gespräch der Erwachsenen aufgeschnappt, dass die Mutter bei der Geburt des zweiten Kindes beinahe gestorben wäre und die Bindung sich deshalb so eng gestaltete.

Jens stellte sich lächelnd vor, was für ein überraschtes Gesicht die Mutter machen würde, wenn er mit den zehn Deutsche Mark West durch die Tür käme. Zu dritt würden sie im Wohnzimmer am Esstisch nahe der Holzvertäfelung sitzen, auf deren Sims bemalte Bierkrüge und Keramik aus Bulgarien abgestellt waren. Die tief stehende Sonne würde durch die Balkonfenster hereinfluten und den Moment seines Triumphes in goldenes Licht tauchen. Mit erhabener Geste würde er den Geldschein vor der verblüfften Familie auf die Tischdecke legen. Stellvertretend für all die schönen Sachen, die im Intershop am Bahnhof angeboten wurden und die man dafür kaufen konnte.

2

Anna Maria drückte den kleinen Metallknopf. Es klickte. Sie beobachtete, wie die Linse, die auf einem schwarzen Ziehharmonikabalg aufgesetzt war, aus dem Gehäuse herausklappte. Es war jetzt knapp drei Wochen her, dass ihr Großvater im grauen Monteurkittel, mit notdürftig gesäuberten Händen und seiner Schiebermütze auf dem Kopf durch die Hintertür ins Geschäft auf sie zugekommen war. »Ich wusste, dass ich dich hier finde«, hatte er zur Begrüßung gesagt und verschmitzt gelächelt. »Ich hab dir was mitgebracht. Die Kamera und das Päckchen mit den Rollfilmen liegen seit ewigen Zeiten bei mir in der Werkstatt und verstauben. Hab mir gedacht, du bist doch schon neun und vielleicht findest du Spaß daran, ein paar Fotos zu machen.«

Die nachfolgenden Tage hockte sie wie immer nach der Schule auf der fünften Sprosse der breiten Leiter, die hinter ihr ans Stoffregal angelehnt war. Sie verfolgte wie ein Zuschauer im Theater das Geschehen im Laden der Großmutter und die alte *Balda Juwella* war von nun an ihr steter Begleiter.

Anna Maria hob die Kamera hoch, kniff ein Auge zu und schaute durch das Rahmenvisier. Hier im Geschäft wurde es nie langweilig, denn es herrschte ein reges Begängnis, was sicher nicht nur dem Umstand geschuldet war, dass Großmutters Landkaufhaus mitten im Ort lag und vergleichbare Waren erst wieder im mehrere Kilometer entfernten Zeitz angeboten wurden. Die vorwiegend weiblichen Kundinnen verweilten, nachdem sie die Steinstufen zum Eingangsportal emporgestiegen und durch die Tür geschritten waren, für einen winzigen Moment auf einer Art Podest, das durch einen schmalen Absatz vom übrigen Verkaufsraum getrennt war. Der Eindruck wurde optisch durch den mächtigen halbrunden Eisenreif über ihren Köpfen noch verstärkt. Im Sommer blieb die metallene Einfassung an der Decke über dem Türrahmen meistens unbemerkt. Doch in der kalten Jahreszeit hing dort an Metallringen eine schwere schwarze Pferdedecke mit abgesteppten Lederkanten, welche die hereindringende Kälte abhalten sollte. Für Anna Maria verstärkte dann der Vorhang zu beiden Seiten den Eindruck, dass dieses Podest eigentlich eine Theaterbühne war. Auf ihr hielten die Frauen einen Augenblick lang inne, und während sie den Mantel öffneten, den Knoten des Kopftuchs lösten oder mit den Händen die Frisur richteten, verschafften sie sich einen ersten Überblick über die Waren und die anderen Kundinnen, die sich im Geschäft aufhielten. Stiegen sie dann vom Podest herunter, um ihre Besorgungen zu erledigen, brachte beinahe jede von ihnen neben der Einkaufsliste noch eine Nachricht von außerhalb des Ladens mit. Manchmal war es eine aktuelle Bekanntmachung vom Rat der Gemeinde, zuweilen auch ein Rezept, das man ausprobiert hatte und das sich als überraschend wohlschmeckend herausstellte. Die meiste Zeit jedoch waren es kleine Indiskretionen, die als Neuigkeiten aus dem Dorfklatsch weitergegeben wurden. Und immer mittendrin – ihre Großmutter.

Anna Maria bewunderte sie. Ihre Energie und Tatkraft ließen nie nach. Mit den Frauen, die sie nacheinander bediente, wechselten auch die Themen. Dabei folgte eins aufs andere. Ihre Interessen schienen breit gestreut zu sein, doch letztendlich kam sie in den Gesprächen immer wieder auf den Punkt zurück, dass sie in erster Linie Geschäftsfrau war und die Bedürfnisse ihrer Kundinnen zu befriedigen wusste. Auch wenn sie längst nicht mehr Besitzerin des Kaufhauses war.

Der Kopf der Großmutter tauchte in Anna Marias Kamerasucher auf. Sie trug einen blauen Pulli und einen dazu passenden Rock, darüber eine dünne hellblaue Schürze.

Gerade rollte sie für Frau Dathe eine Bahn dunkelgrünen Stoffes vom Ballen ab, die gewünschte Länge gewissenhaft mit dem Metermaß prüfend.

Langsam ließ Anna Maria die Kamera sinken. Es war noch gar nicht so lange her, da hatte ihr die Großmutter auf dem Rückweg von der Kirche erklärt, wie es dazu gekommen war, dass ihnen das Landkaufhaus nicht mehr gehörte. Die Großmutter hatte sie dabei eindringlich mit ihren himmelblauen Augen angesehen. »Wir wurden enteignet«, hatte sie gesagt. »Man hat uns das Geschäft weggenommen.«

Sie erinnerte sich noch, wie sich die Blicke ihrer Großeltern kurz trafen, bevor die Großmutter weitersprach: »Wir hatten das Geschäft von deinem Urgroßvater mit hohen Schulden übernommen und trotzdem gut durch die Wirren des Krieges gebracht. In den Jahren danach behalfen wir uns so gut es eben ging und irgendwann ging es endlich bergauf.«

Wieder trafen sich kurz die Blicke und beide schauten sich um. Dann fuhr die Großmutter mit flüsternder Stimme fort: »Nach der offiziellen Gründung der DDR im Oktober '49 merkten wir, dass wir verfolgt wurden. Auf jede erdenkliche Art und Weise machte man uns das Leben schwer. Ständig Finanzkontrollen, Hygieneinspektionen, Preisprüfungen. Aber so oft sie auch kamen, sie fanden nie etwas, das sie beanstanden konnten. Trotzdem brachte es eine Menge Unruhe.«

Der Großvater legte leicht den Arm an den Ellenbogen seiner Frau, die stockend weitersprach: »An einem Freitagnachmittag lieferten sie uns Fisch, wohlwissend, dass wir die Frischware nicht mehr würden verkaufen können. Der Fisch verdarb natürlich übers Wochenende, es gab ja damals keine Kühltruhen. Jedenfalls nahmen sie den Vorfall zum Anlass, uns keine Ware mehr zu liefern. Das war das Ende. Wir gaben auf. Als ich dem Vorsitzenden unsere Entscheidung kundtat, klopfte er mir auf die Schultern und sagte: ›Frau Schneider, auf Sie haben wir schon gewartet.‹«

Anna Maria dachte daran, wie erschrocken sie war, als die Großmutter plötzlich Tränen der Wut in den Augen hatte.

»Es dauerte nicht lange und die HO übernahm den Laden. Sie setzten mich als Verkaufsstellenleiterin in meinem eigenen Geschäft ein. Aber was sollte ich auch tun? Eine andere Arbeit gab es für mich im Dorf nicht.«

Der Großvater strich nun beruhigend mit der Hand über ihren Unterarm, bevor sie weitersprach: »Ich weiß es noch wie heute, wir hatten damals drei Monate geöffnet, da rief mich der Vorsitzende an und erklärte mir, ich hätte schon zweimal den höchsten Umsatz im Kreismaßstab erzielt und man hätte beschlossen, mich als Bestarbeiterin vorzuschlagen.« Die Großmutter wandte sich ab. »Ja, so war das damals.«

Anna Maria sah über die Kamera hinweg, wie ihre Oma jetzt den Stoff in einen Bogen Papier einschlug. »Darf es sonst noch etwas sein?«, hörte sie sie fragen.

Frau Dathe schaute sich rasch im Laden um. Als sie feststellte, dass sie momentan die einzige Kundin war, beugte sie sich schnell über den Ladentisch und flüsterte. »Fahren Sie dieses Jahr wieder ins Erzgebirge?«

Anna Maria musste genau hinhören, um jedes Wort zu verstehen.

Die Großmutter wandte sich an ihre einzige Mitarbeiterin, die drüben am anderen Tisch Kindersachen zusammenlegte und in ein Regal sortierte: »Rita, wann wollten wir nach Seiffen?«

»Das zweite Wochenende im Oktober«, gab Frau Lehmann über die Schulter zurück.

Frau Dathe deutete verstohlen auf eine Ecke im hinteren Teil des Ladens, der durch einen Vorhang abgeteilt war. Nur Eingeweihte wussten, dass die Großmutter dort ausgesuchte, auf dem Markt rare Waren aufbewahrte, die nie den Weg in den freien Verkauf finden würden.

»Ich habe da eine Bitte, Frau Schneider. Könnten Sie mir eine mittelgroße Pyramide und einen Nussknacker besorgen?«, fragte Frau Dathe mit flehendem Blick. »Ich will meinen Verwandten drüben im Westen was schicken. Sie wissen doch, wir bekommen wieder Pakete zu Weihnachten und da will ich nicht ohne was dastehen, verstehen Sie?«

Die Großmutter nickte zögernd.

»Mein Hartmut hilft Ihrem Kurt im Frühling auch wieder, die Dächer zu teeren«, fügte sie rasch hinzu. »Außerdem kann er ihm beim Schlachten zur Hand gehen. Das macht er gern.«

»Ich schreib es mir auf«, erwiderte die Großmutter knapp. »Versprechen kann ich nichts.«

Frau Dathe bezahlte den Stoff. »Das ist sehr nett von Ihnen. Wirklich! Herzlichen Dank und sagen Sie mir Bescheid, wann ich den Hartmut schicken soll.«

Als Frau Dathe die Ladentür hinter sich geschlossen hatte, kam Frau Lehmann auf die Großmutter zu. »Hat sich eigentlich schon der Bronne bei dir gemeldet?«

Anna Maria sah, wie die Großmutter den Kopf schüttelte. Sie wusste, dass Bauer Bronne seinen Hof am Ende der Dorfstraße hatte. Manchmal begleitete sie die Großmutter dorthin, wenn sie dem Schwein, das sie dort eingestellt hatte, Futter in zwei stinkenden Holzkübeln brachte.

»Ich werde nachher bei ihm vorbeigehen und mit ihm den Schlachttermin besprechen. Wir werden in Seiffen ausreichend Sachen zum Tauschen brauchen. Bisher haben wir die Bettwäsche, die Pullover aus Apolda und die Trabant-Auspuffanlage für den Meister.«

»Aber du musst aufpassen, Lucie«, riet Frau Lehmann, »dass uns der Bronne mit der Sau nicht behackt und dir am Ende eine magere andreht. Ich trau dem Bauern nicht.«

Die Großmutter schmunzelte, während sie die Kasse öffnete und das Geld vom Stoffverkauf hineinlegte. »Keine Sorge, Rita, ich habe vorher das Schwein am Ohr markiert. Der Bronne ist ein Guter, der wird uns nicht betrügen.«

Plötzlich füllte sich der Raum mit anschwellendem Motorenlärm. Eilig rutschte Anna Maria von der Leiter herab, schnappte ihre Kamera und verließ den Laden. Gerade noch rechtzeitig, um den ersten Kohlentransporter im zügigen Tempo in die Dorfstraße einbiegen zu sehen, auf der Ladefläche die noch dampfenden, frisch gepressten Briketts aus der Fabrik, die für den Verladebahnhof bestimmt waren. Sie fand, dass die ungezügelte Fahrt der gedrungenen Lastwagen und das harte Schlagen der Reifen auf dem Kopfsteinpflaster dem Ansturm einer Büffelherde glich, die sich ohne Rücksicht durch den Ort wälzte.

Anna Maria senkte den Kopf und schaute durch den Sucher vorne neben der Linse. Wie von ihr erwartet, geriet auch heute der Brikettberg auf der Ladefläche des vordersten Lasters im Scheitelpunkt der Kurve ins Rutschen, und obwohl die Seitenwände durch Bretteraufbauten erhöht worden waren, fielen noch immer Briketts über die Bordwand und auf die Straße. Dort zersprangen sie in mehrere Kohlestücke oder blieben, wenn sie auf den Streifen weichen Mahlsandes neben der Pflasterstraße trafen, unversehrt liegen.

Die Fahrzeuge brummten vorbei und Staub wallte auf, der mit dem beißenden Geruch von Kohle, Salz und Schwefel durchsetzt war. Er hüllte sie ein, kroch in die Poren ihrer Haut und krallte sich am Putz von Großmutters Haus fest. Kohle war hier allgegenwärtig. Man lebte von ihr, mit ihr und durch sie.

Anna Maria löste das Bild aus und drehte den Film weiter. Dabei entdeckte sie die gebeugte Silhouette der alten Frau Klaus, die sich unmittelbar hinter dem letzten Anhänger aus dem Dunst schälte und eifrig damit begann, die Briketts in einen verbeulten Eimer einzusammeln. Während sie die Frau bei ihrem Tun beobachtete, erinnerte sie sich an ein Gespräch zwischen ihren Großeltern, in dem die Oma erklärt hatte, dass Frau Klaus nur eine erbärmlich kleine Mindestrente erhielt. Ihr Antrag auf Witwenrente war mit der Begründung abgelehnt worden, dass ihr Mann ja nicht hätte in den Krieg ziehen müssen. Sie wusste noch, wie aufgebracht ihre Großeltern über diese Antwort gewesen waren und wie beide unwillkürlich zu dem Bild von Opas jüngerem Bruder Rudi in Wehrmachtsuniform geschaut hatten, welches mit einem schwarzen Band versehen auf dem Buffet stand.

Anna Maria senkte den Kopf und folgte Frau Klaus mit ihrer Kamera. Jetzt hatte sie beinahe alle Kohlestücke eingesammelt und richtete sich unter Mühen auf, um zu verschnaufen. Sie drückte das Kreuz durch, schob das feste Tuch aus der Stirn und ihr Blick glitt ein letztes Mal suchend über die Dorfstraße. Ihr brauner Pullover klebte unter der schmutzigblauen Kittelschürze am Körper und die gummierten Strümpfe waren ihr bis auf den Ansatz der klobigen, knöchelhohen Schuhe hinabgerutscht. Als sie sich erneut bückte, um den Henkel des Kohleneimers aufzunehmen, drückte Anna Maria den Auslöser.

»Ist deine Oma da?«, fragte jäh eine Stimme in ihrem Rücken. Anna Maria wandte sich um. Vor ihr stand völlig aufgelöst Gerlinde Walter, jene Frau, die das Postamt im Dorf betreute. Während sie Anna Maria aufgeregt aus kleinen flinken Augen betrachtete, nestelte sie mit den Fingern unentwegt an ihren Lockenwicklern herum, ob sich nicht einer gelöst hatte. Eine widerspenstige Locke steckte sie dabei nervös hinters Ohr unter das lilafarbene Haarnetz.

»Oma ist im Laden«, erklärte Anna Maria und drückte die Linse zurück an die Kamera, um das Gehäuse zu schließen. Leise rastete die Abdeckung ein.

Indessen war Frau Walter über die Stufen hinweg ins Geschäft gestürmt und Anna Maria hatte Mühe, ihr zu folgen. Als sie durch die Tür trat, waren bereits alle Augen auf die Postangestellte gerichtet. »… gerade hat man den Schubert, unseren ABV, angerufen«, berichtete Frau Walter atemlos. »Lucie, die Stasi hat deinen Bruder Joachim verhaftet.«

Erschrocken fasste sich Frau Lehmann mit der Hand an den Hals. »Was, den Pastor?«

3

Ivo saß in seinem Zimmer unter der Stehlampe auf dem Boden, die Knie an die Brust gezogen, und blätterte in einem Märchenbuch der Gebrüder Grimm, das ihm die Großmutter vor vielen Jahren zu Weihnachten geschenkt hatte. Sorgfältig betrachtete er die farbigen Illustrationen. Einige der Darstellungen hatte er bereits mit Hilfe von Pergamentpapier auf weißen Zeichenkarton übertragen. Die hauchdünnen Bleistiftlinien tuschte er hinterher nach und schraffierte die Flächen. Er fand, dass seine reduzierten Schwarz-Weiß-Darstellungen dem furchteinflößenden Charakter der Märchen mehr gerecht wurden. Mit dreizehn hatte er seine eigenen Vorstellungen, was die Illustration eines Märchenbuches betraf.

Ivos Blick wanderte hinüber zur Wand. Kurz begegnete er seinem Spiegelbild. Er war ein auffallend hübscher Junge mit großen braunen Augen und schwarzen Locken.

Die Mutter hatte von ihm verlangt, dass er die mit Stecknadeln auf der Tapete befestigten Zeichnungen abnahm. Ihr widerstrebte jede noch so kleine Abweichung im eleganten und über viele Jahre zu einem musealen Kunstwerk gestalteten Erscheinungsbild der Villa. Ausgerechnet hier, wo feiner Kohlenstaub auf die Fensterbretter wehte, wo der Geruch von Chemie und Abgasen durch die Ritzen drang, standen schwere Eichenmöbel im Salon, exakt abgezirkelt hinter mit Butzenscheiben versehenen Flügeltüren. Die auf Hochglanz polierten Intarsien in den Lehnen der schweren Stühle und Tische schimmerten verheißungsvoll im Halbdunkel. Jeden Morgen, bevor sie in die Praxis ins Parterre hinunterging, inspizierte sie alle Zimmer und hinterließ Gertraud, der Putzfrau, eine Liste von Aufgaben. Zuallererst verlangte sie immer das gründliche Abfegen der Fensterbretter, als wäre es eine unverzeihliche Sünde, die schwarzen Staubkörner auf den grauen Steinen liegenzulassen.

Später, wenn das Licht der Straßenlaternen ins Abenddunkel fiel und es still wurde, wenn sie sich unbeobachtet fühlte, wischte die Mutter mit einem Tuch versonnen über all die Sachen, die ihr lieb und teuer waren. Es war, als versuchte sie, ihnen ein glänzendes Leben einzuhauchen.

Von ihr hatte er auch den protzigen goldenen Bilderrahmen erhalten, der nun über dem Bett hing und der mit seiner verschnörkelten Leiste gerade mal so groß war, dass ein einziges Zeichenblatt hineinpasste.

Er musste sich für eines seiner Werke entscheiden. Die anderen verschwanden in einer grauen Mappe, die mit schwarzen Gummizügen verschlossen wurde. Nach einigem Zögern gab er der Illustration zu seinem Lieblingsmärchen »Hans im Glück« den Vorzug. Wer genau hinsah, würde bei der Person auf der Zeichnung eine gewisse Ähnlichkeit mit ihm feststellen. Er lächelte.

»Ivo«, rief die Mutter. »Bist du so weit? Unsere Gäste warten.«

Er brummte etwas Unverständliches.

Die weichen Sohlen der leichten Wildlederpantoffeln machten kaum Geräusche auf dem Parkett im Flur. Plötzlich wurde die Zimmertür aufgestoßen. Ihr Gesicht hatte die gleiche Rötung wie die gestickten Mohnblumen auf ihrem eleganten schwarzen Abendkleid. Der weite Rock wallte energisch um ihre Beine, die schwarzen Haare hatte sie kunstvoll aufgesteckt und ihre Augen funkelten unter getuschten Wimpern. »So habe ich mir das vorgestellt«, stieß sie aus. »Immer noch nicht umgezogen, lungert noch in der Trainingshose herum. Verdammt, Ivo, in fünfzehn Minuten beginnt dein Konzert. Ich wünsche, dass du augenblicklich das Buch zur Seite legst und deine Sachen anziehst. Hast du mich verstanden?«

»Hmm«, erwiderte Ivo.

Wütend bückte sich die Mutter, riss ihm das Buch weg, schlug es zu, dass der Knall zwischen den Wänden widerhallte und warf es auf den Schreibtisch. »Nicht erst morgen. Sofort, wenn ich bitten darf.«

Ivo verschränkte die Arme vor der Brust. »Ich will nicht für diese Leute spielen!«

Die Mutter presste die Lippen zusammen, einen Moment lang meinte sie, das Parkett unter ihren Füßen sei ins Schwanken geraten. Sie atmete seufzend auf. Als wäre sein Verhalten so nicht schon unverschämt genug, grenzte es jetzt auch noch an Aufsässigkeit.

Anstelle einer Erwiderung packte sie seinen Pulli und zog ihn dem Jungen über den Kopf.

Als sich ihre Blicke begegneten, hob sie an: »Willst du, dass sie uns das Haus wegnehmen oder Mieter hier reinsetzen, die dann für zehn Mark im Monat das Kommando übernehmen?! Das ist das Haus deines Großvaters!« Sie spuckte ihm die Worte förmlich ins Gesicht. »Dann nehmen sie dir dein Zimmer weg und all die schönen Sachen. Willst du das?«

Er schüttelte leicht den Kopf.

Indessen zog die Mutter das weiße Hemd vom Bügel und reichte es ihm. Er schlüpfte träge hinein.

»Oder soll dein Vater vor diesen Leuten auf den Knien rutschen? Willst du das?«

Ivo wusste, dass Künstler, Prominente und die halbe SED-Bezirksleitung von Leipzig in die Zahnarztpraxis vom Vater kamen. Dessen ungeachtet konnte er für sich im Wunsch der Eltern, diese Leute zu unterhalten, keinen Mehrwert erkennen. Er versteifte sich, verschränkte wieder die Arme vor der Brust. Sie hockte sich vor ihm hin, schloss den obersten Knopf an seinem Hals. Danach schlug sie den Kragen hoch, um die Fliege zu binden. Das Gesicht seiner Mutter kam ihm dabei so nah, dass er nicht nur ihr Parfüm, sondern auch den Alkohol riechen konnte. Ihre Augen waren nur noch zwei schmale Striche. Die Iris, ein Hauch stechendes Grün, umrahmt von schwarzem Lidschatten, wie auf den Bildern der ägyptischen Pharaonen in seinem Geschichtsbuch.

»Das hier ist *mein* Leben!« Ihre Stimme klirrte vor Kälte. »Das lass ich mir von niemandem zerstören und schon gar nicht von diesen Schweinen da draußen.« Sie hob den Blick. »Auch nicht von einem nichtsnutzigen Rotzbengel wie dir. Hast du mich verstanden? Jeder von uns muss sein Opfer bringen!«

Er nickte langsam.

Das Stoffband legte sich wie eine Schlinge um seinen Hals. Ivo bekam kaum Luft.

Die Mutter ignorierte den Protest, zupfte die samtblauen Flügel zurecht und glättete den Kragen. Danach erhob sie sich und ging steif zur Tür. Dort drehte sie sich noch einmal um. »Kämm dir die Haare«, sagte sie und schaute dabei auf die Armbanduhr. »In fünf Minuten bist du unten im Salon.« Sie fixierte ihn kurz. »Und ich will Hingabe sehen.«

Die Mutter strich energisch ihren Rock glatt, bevor sie ging. Eine Antwort erwartete sie nicht. Nur Ergebenheit.

Ab dem Moment, in dem er den Salon betrat, ließ ihn die Mutter nicht mehr aus den Augen. Sie hatte vor dem Blüthner-Flügel mehrere Reihen Stühle aufstellen lassen und er sah, dass neben ihr der Vorsitzende der Bezirksleitung saß, ein hagerer Kerl im braunen Anzug, mit ungesund blassem Gesicht, schütterem Haar und Hornbrille. Als Ivo sich neben dem Instrument vor ihnen verbeugte, applaudierten alle höflich. Danach legte er den Rock des Fracks zurück und setzte sich auf den Hocker. Dabei knackten bedrohlich die Ärmelnähte und ihm stieg flüchtig der muffige Geruch von Mottenkugeln in die Nase. Die Mutter musste den Frack aus einem der Schränke auf dem Dachboden genommen haben, wo er wahrscheinlich schon Jahre auf einem Bügel zugebracht hatte.

Als er sich über den Flügel beugte und die Tasten anschlug, spürte er, wie die sich aufschwingende Melodie ein Tor zu einer zweiten, verborgenen Welt öffnete, die sich nur in seinem Kopf befand. Diese Welt wurde vom Aufruhr beherrscht, dessen wahren Ursprung er nur erahnen konnte. Eine Rebellion, die den schwarzen getuschten Linien seiner Illustrationen folgte, die jedoch stets darauf bedacht war, die weißen Flächen zu beiden Seiten zu meiden, in denen ein melancholischer, tiefer Schmerz wohnte, der sich jederzeit erheben konnte, um den Aufruhr im Keim zu ersticken.

Er intonierte Kabalewskis »Die Clowns«, schlug ihnen die »Die aufgezogene Puppe« von Schostakowitsch um die Ohren und breitete vor ihnen die »Bilder einer Kindheit« von Chatschaturjan aus. Auf besonderen Wunsch der Mutter, um die Gäste einzulullen, spielte er am Ende Robert Schumanns »Träumerei«.

Mit den letzten Tönen, die vom Flügel aufstiegen und gierig von seinem Atem aufgesogen wurden, schloss sich das Tor in seinem Kopf wieder. Er hatte bis dahin in einer Art Traumzustand verharrt, doch der Applaus zwang ihn, daraus zu erwachen. Für einen Moment hatte er so etwas wie Frieden gespürt, vielleicht sogar Heiterkeit. Das war nun vorbei.

Der Vorsitzende sprang von seinem Stuhl auf, stellte sich neben ihn und klopfte ihm fortwährend auf die Schulter, während er weitschweifig von der Erziehung des allseits gebildeten sozialistischen Menschen sprach.

Eine Stunde später schlich Ivo auf Socken die Treppen hinunter. Vor dem letzten Absatz hielt er inne und lauschte, während seine Hand auf dem gedrechselten Geländer ruhte. Er beugte sich über das Treppengeländer. Leises Gemurmel drang aus dem Salon herauf, manchmal von einem Lachen unterbrochen. Ansonsten schien die Luft rein. Achtsam schlich er weiter, tunlichst darauf bedacht, nicht auf die knarrenden Stellen einzelner Treppenstufen zu treten. Im grauen Dämmerlicht des Korridors stand ein hölzerner Garderobenständer, der unter der Menge der Jacken, die auf ihm lastete, fast zusammenbrach. Lautlos huschte Ivo heran, bückte sich und griff rasch nach einem Paar Turnschuhen, um sich sofort wieder in den Schutz der Treppe zurückzuziehen. Schnell schlüpfte er hinein und band sie zu.

Als er sich erhob, vernahm er deutlich ein Scharren. Er drehte sich um und sah durch die Sprossen des Geländers, dass die Tür zum Gästezimmer nur angelehnt war. Er hielt den Atem an und näherte sich, nur auf den Ballen gehend, lautlos dem Türspalt. Dort schob er neugierig sein Gesicht am Türrahmen vorbei und spähte mit einem Auge ins Zimmer. Er erkannte die Türflucht vom Schrank, dahinter das Fenster und darunter die grüne Ausziehcouch, auf der jetzt rücklings seine Mutter lag, die Beine weit gespreizt in die Luft gestreckt. Zwischen ihren Schenkeln der magere, nackte, gerötete Hintern des Vorsitzenden, der sich rhythmisch auf und ab bewegte.

Einem ersten Impuls folgend drehte er sich um und lief zurück zum Salon, um den Vater zu holen. Bereits die Klinke in der Hand, glitt sein suchender Blick über die Leute hinweg. Dann konnte er ihn endlich entdecken. Er plauderte in einer Ecke angeregt mit einer jungen Frau und wandte sich dann der rothaarigen Tochter der Dame zu, die weit den Mund öffnete, um dem Vater einen Blick auf ihre ungewöhnliche Zahnstellung zu ermöglichen.

Ivo ließ die Klinke los. Sein Puls raste. Ohne Zutun hatte er die schwarze Linie verlassen und fand sich jetzt inmitten der weißen Fläche wieder. Der Schmerz übermannte ihn, schoss durch seinen Körper und trieb ihm die Tränen in die Augen. Doch dieser Schmerz galt nicht dem Geschehen, das er beobachtet hatte, auch nicht den Absichten, die sich damit verbanden oder den Konsequenzen, die daraus erwuchsen. Auch nicht der Lüge, die heute für ihn so offensichtlich geworden war. Vielmehr galt sein Schmerz der Antwort auf die Frage, warum er der Einzige in diesem Reigen bleiben sollte, der keinen Nutzen aus dieser Situation ziehen würde.

Zornig drehte er sich um und ging hinüber zur Garderobe. Ohne sich darum zu scheren, dass jemand aus dem Salon sein Vorgehen beobachten könnte, durchwühlte er hastig die Jacken, bis er die Geldbörse des Vorsitzenden in der Hand hielt. Sie steckte im karierten Innenfutter eines Trenchcoats, war aus echtem Leder und enthielt vier Geldscheine: einen braunen Zehner, zwei grüne Zwanziger und einen weinroten Fünfziger mit dem Konterfei von Friedrich Engels. »Ich denke, siebzig Mark sind eine angemessene Gage«, murmelte Ivo, nahm trotzig die passenden Geldscheine heraus, stopfte sie in die Hosentasche und steckte die Geldbörse zurück in die Jacke.

Als er sich anschickte, die Villa zu verlassen, hörte er, wie die Mutter im Gästezimmer vom Sofa aufstand und die Gardine zur Seite zog, um das Fenster zu öffnen. Er ahnte, dass, wenn nicht der Vorsitzende der SED-Bezirksleitung jetzt neben ihr stünde, sie sich furchtbar über den Kohlenstaub auf dem Fensterbrett aufregen würde.

Angewidert schnaubte Ivo durch die Nase. Es wird Zeit zu verschwinden, dachte er grimmig und schloss leise hinter sich die Haustür. Er wollte zur Leipziger Kleinmesse, einer riesigen Freifläche in der Nähe des Zentralstadions, wo regelmäßig im Herbst der Rummel sein Domizil aufschlug. Die Freunde warteten gewiss schon auf ihn und er freute sich darauf, mit ihnen um die Buden und Fahrgeschäfte zu ziehen und die ganze Kohle auf den Kopf zu hauen.

4

Siv hielt kurz inne, strich mit einer schnellen Bewegung die Haare hinters Ohr und sah sich um. Niemand war ihr hierher in den Garten gefolgt. Erleichtert blies die Achtjährige die Wangen auf, schnalzte mit der Zunge und hopste weiter mit langen Sprüngen den Weg hinunter. Der Kies knirschte unter den Sohlen ihrer Sandalen und Sonnenkringel tanzten vor ihr auf dem Sand. Heute werde ich die Herren des Tümpels treffen, dachte sie. Doch dafür durfte nur sie allein am Weiher auftauchen. Sie hatte die Erfahrung machen müssen, dass die scheuen Wesen nicht erschienen, wenn sie in Begleitung kam. Noch einmal schaute Siv über die Schulter zurück. Von ihren Geschwistern war weit und breit nichts zu sehen. Nicht, dass sie das bedauerte. Auf die polternde Anwesenheit ihrer älteren Brüder Sven und Malte konnte sie gut verzichten. Ständig rangelten die Burschen miteinander, gaben sich ruppig und ungezogen und machten seit einiger Zeit nur noch dummes Jungenszeug. Siv zupfte ungehalten am Bund ihrer Strumpfhose. Schade nur, dass nicht einmal der jüngere Malte mehr Zeit für sie fand. Neuerdings lötete er lieber Kabel und Widerstände in ein altes Transistorradio. Vollmundig hatte er ihr erklärt, dass er damit am Ende Westradio empfangen würde. Sie wusste nicht, was das sein sollte, Westradio. Aber es klang spannend. Deshalb hatte sie anfänglich neben ihm gesessen und zugeschaut. Aber immer, wenn Malte das Gehäuse zusammengeschraubt hatte, pfiff und quietschte es nur noch schlimmer, wenn der Bruder am Regler drehte. Sie fand es bald sterbenslangweilig.

Siv lief weiter in den Garten hinein. Der schmale Pfad vor ihr verlor jetzt zunehmend an Kontur. Immer mehr Grasbüschel eroberten den freien Raum und verdichteten sich bald zu einer durchgehend grünen Fläche. Siv trat in den Schatten der Bäume und drehte sich ein letztes Mal um. Aufmerksam betrachtete sie die Konturen des Hauses, die in der Ferne zunehmend verwischten. Nur das dunkle Schindeldach ragte noch auffallend deutlich in den Himmel. Sie dachte daran, wie sie vor einigen Wochen zum ersten Mal durch die

Dachluke nach draußen aufs Haus geklettert war. Sie hatte die Öffnung zufällig entdeckt, als sie in den alten Sachen stöberte, die sich auf dem Dachboden über Generationen hinweg angesammelt hatten. Soeben hatte sie in einem Schrank den zerschlissenen elfenbeinfarbenen Torso einer Schneiderpuppe gefunden, als sie unerwartet der kalte Luftzug traf. Zuerst zögerte sie beim Anblick des offenen Fensters, doch ein flüchtiger Blick hinaus genügte, ihre Neugier ins Unermessliche zu steigern. Mit Hilfe eines Stuhles, den sie in der Dachschräge abstellte, gelang es ihr, durch die Luke zu klettern.

Siv lächelte. Sie spürte noch den Wind, der an ihren Haaren und dem Kleid gezerrt und die Ohren mit Tosen gefüllt hatte, als sie den ersten Schritt hinaus auf die verwitterten Holzschindeln gewagt hatte. Sie hatte sich auf eines der Schneebretter neben dem Schornstein gehockt und in den Himmel über sich geblickt. Ansehnliche Wolken zogen dort oben einem milchig weißen Horizont entgegen, wo sie sich unweigerlich aufzulösen schienen. Als sie sich an die Höhe gewöhnt hatte, betrachtete sie den Garten, der sich hinter dem Haus anschloss. Dabei fiel ihr auf, dass er eine unvollkommene, aber vielleicht gerade deshalb märchenhafte Schönheit besaß. Auf der einen Seite erstreckte sich auf beinahe der gesamten Länge eine wilde Streuobstwiese, auf der in unregelmäßigen Abständen weit ausladende, üppig blühende Obstbäume standen. Von dort oben erinnerten sie Siv an frisch bezogene Betten aus hellrosa Leinen. Gegenüber, auf der anderen Seite des Pfades, befand sich ein Bauerngarten. Hier duckten sich hinter einem Holzzaun, dem die Schneelast des letzten Winters mächtig zugesetzt hatte, eine Reihe von Gemüsebeeten und eine Rabatte mit Schnittblumen. In einem Holzschuppen lagerte Gartengerät und eine rostige Tonne fing das ablaufende Regenwasser auf. Das Herzstück war jedoch ohne Zweifel der zauberhafte Weiher am Ende des Gartens. Schlanke hohe Pappeln umschlossen ihn halbkreisförmig, und Siv war davon überzeugt, dass die Blätter der Bäume Beschwörungen wisperten, um den Teich vor Unheil zu bewahren. Vereinzelt drängte sich wucherndes Buschwerk bis an die Uferkante heran. Nahe dem Schilf schob sich ein schmaler Holzsteg auf den Weiher hinaus.

Ein Dutzend Seerosenblätter lagen wie ein Flickenteppich auf dem Wasser, gelegentlich von einer blassrosa Blüte erhöht.

Siv zog ihre Sandalen aus und huschte barfuß bis zum Ende des Stegs. Schweigend blieb sie dort stehen, hoch aufgerichtet und den Blick auf dem schwarzsamtigen Wasser zwischen den Seerosenblättern ruhen lassend. Sie war sich sicher, dass die Herren des Tümpels sie vom schlammigen Grund aus sehen konnten. Ungeduldig wartete sie. Es roch nach Kalmus und feuchter Erde. Libellen flogen vorüber, ihre filigranen Körper schimmerten bläulich. Ansonsten geschah nichts. Besorgt legte sie die Stirn in Falten. Irgendetwas hielt die Herren vom Tümpel heute davon ab, sich ihr zu zeigen. Aber was beunruhigte sie? Siv schloss die Augen und lauschte der Sinfonie sonnendurchwirkter Klänge, die allesamt über dem Wasser zu schweben schienen. Da vernahm sie ihn. Einen leisen, verzweifelten Laut, der regelmäßig wiederkehrte, als hätte er Angst, in der Flut der Geräusche unterzugehen. Sie öffnete die Augen und sah sich um. Geschwind hatte sie die Richtung bestimmt, aus der dieser Laut kam. Siv ging um den Weiher herum, hinüber zu den Pappeln, die jetzt steil vor ihr aufragten und unruhige Schatten auf die Wasseroberfläche warfen. Der verzweifelte Ruf wurde lauter. Siv bemerkte, dass er sogar das Wispern der Blätter übertönte. Unschlüssig blieb sie stehen. Sie erschauderte bei dem Gedanken, dass es vielleicht das Moormännchen war, von dem Malte ihr erzählt hatte und das mit allerlei Tricks Kinder von zu Hause weglockte. Aber da war es wieder, das verzweifelte Rufen. Siv machte einen Schritt nach vorne und bog vorsichtig die Grashalme auseinander. Zögernd beugte sie sich vor. Dann sah sie ihn.
Siv eilte durch die offene Terrassentür zurück ins Haus. Der Vater saß in einem Sessel und las. Sie stellte sich neben ihn, beide Hände hinter dem Rücken versteckt, und wartete ungeduldig darauf, dass der Vater sie bemerken würde. Vorerst betrachtete sie das Buch mit dem braunen Einband, das ihr nicht besonders groß erschien, vielmehr wie ein Heft. R-e-c-l-a-m buchstabierte sie leise die Aufschrift auf der Rückseite, aber schnell verlor sie das Interesse daran. Sie musste etwas Wichtiges mit den Eltern besprechen und ihr Blick glitt gespannt

über die schmale Hand des Vaters, die langen Finger, die das Buch festhielten. Kleine Härchen standen darauf ab, der schmale Goldreif am Ringfinger blinkte matt und warf einen bläulichen Schatten auf die weiße Haut. Ihre Augen folgten dem Hemdsärmel hinauf zum Kragen, wo sich die knochige Schulter unter dem Stoff abzeichnete. Lockige braune Haare fielen bis knapp über die Ohren herab und sie nahm den herben Duft seines Rasierwassers wahr. Langsam ließ ihr Vater das Buch sinken. »Was hast du?«, fragte er freundlich.

Siv streckte den rechten Arm aus und überreichte ihm eine Margerite. Feierlich sagte sie: »Für dich, Papa.«

Verdutzt nahm der Vater die Blume entgegen. Doch noch bevor er etwas erwidern konnte, drehte Siv sich um und lief zur Mutter in die Küche. Auf dem Herd zischte der Schnellkochtopf. Geschälte Kartoffeln lagen bereits im Wasserbad und mehrere panierte Jagdwurstscheiben türmten sich auf einem Holzbrett. Die Mutter lehnte mit geschlossenen Augen am Küchenschrank und rauchte. Der Rauch, der durch die rot geschminkten Lippen ihrem Mund entströmte, zeichnete kurz einen grauen Kondensstreifen auf ihren schwarzen Rollkragenpullover, bevor er verblasste. Die schlanken Beine schauten unter einem braunen Wildlederrock hervor, der knapp über dem Knie endete. Um die Taille hatte sie den breiten, mit bunten Perlen bestickten Gürtel geschlungen. Die Mutter blinzelte. »Hallo Schatz. Wasch dir die Hände. Es gibt gleich Essen.«

Siv sah mit an, wie die Mutter die Zigarette im Aschenbecher ausdrückte. Als die Glut erloschen war, machte sie einen Schritt auf die Mutter zu und schenkte ihr eine gelbe Rose. Sie wusste, dass Mama Rosen über alles liebte. »Für dich.« Danach machte sie wortlos auf dem Absatz kehrt und verschwand eilig im Bad. Während sie eifrig ihre Hände einseifte, war sie selbst erstaunt, wie einfach das ging.

»Du schenkst mir doch nicht ohne Grund eine Rose«, hörte sie plötzlich die Mutter in ihrem Rücken sagen. »Was willst du?«

»Das würde ich auch gerne wissen«, erklärte der Vater, der jetzt neben der Mutter im Türrahmen erschien.

Siv sah im Badspiegel, wie die Mutter einen schnellen Seitenblick auf die Margerite warf, deren Stiel der Vater zwischen die Buchseiten geklemmt hatte. Für einen Moment war sie enttäuscht, dass ihr Plan so früh durchschaut worden war. Ertappt wandte sie sich um, sah die beiden abwechselnd an und zog die Nase kraus. »Ich will ihn doch nur behalten dürfen«, murmelte sie gerade so laut, dass man sie verstehen konnte.

Die Mutter reichte ihr ein Handtuch. »Wen willst du behalten dürfen, Schatz?« fragte sie dabei.

»Na, den kleinen schwarzen Vogel.« Aufmerksam beobachtete sie die Reaktion auf den Gesichtern der Eltern. War die Überraschung, die sich jetzt darauf abzeichnete, ein gutes oder schlechtes Zeichen für sie?

Zwei Stunden später hatten die Eltern eingesehen, dass der kleine Vogel aus unerfindlichen Gründen von den Altvögeln unter dem Baum zurückgelassen worden und dem Tod geweiht war, würde man ihm nicht unverzüglich helfen. Zudem resignierten sie vor der Entschlossenheit ihrer einzigen Tochter, der offensichtlich sehr viel daran gelegen war, den kleinen Vogel aufzuziehen. Gemeinsam trugen sie ihn in einem alten Filzhut vom Vater ins Haus.

»Er braucht eine Wohnung«, stellte Siv pragmatisch fest, die jetzt ihre Hände schützend um den Vogel hielt. »Er könnte doch in meinem Zimmer im Puppenhaus wohnen.«

»Das wird zu klein für ihn«, erwiderte der Vater. »Bald wird er Platz brauchen, um mit den Flügeln schlagen zu können. Wir werden die Kiste vom Bücherclub nehmen, die draußen im Flur steht.«

»Aber die hast du noch nicht ausgepackt«, erwiderte die Mutter, die im Schrank über der Kiste nach alten Wäschestücken suchte, die sie eigentlich als Putzlappen verwenden wollte.

»Macht nichts. Kipp sie einfach aus!«, rief er zurück.

»Aber die sind nagelneu«, entgegnete sie.

»Ich weiß!« Der Vater schüttelte missmutig den Kopf. »Aber sie taugen nichts.«

Siv lauschte. Im Flur war es still. Sie nahm an, dass die Mutter die Bücher trotz des Einwands behutsam aus dem Karton nahm und sorgfältig daneben aufstapelte.

Inzwischen hatte der Vater die Rotlichtlampe geholt und kroch nun auf allen vieren vor Siv über den Teppich, auf der Suche nach einer freien Steckdose. Sie hörte, wie er leise vor sich hin schimpfte. »Zwölf Bücher schlagen sie einem im Jahr vor, weitere vierundzwanzig auf der Tauschliste, und wenn man Glück hat, findet man darunter eins, das lesenswert ist.«

Endlich entdeckte der Vater eine freie Steckdose und drückte den Stecker hinein. Inzwischen ließ Siv den kleinen Raben in ihren Händen nicht aus den Augen. Aber er verhielt sich ganz still und blinzelte sie an. Sie hörte, wie der Vater wieder unter dem Tisch hervorkroch. »Um zwei gute Bücher kaufen zu können, ist man gezwungen, zehn linientreue zu nehmen«, murrte er. »Als wenn es außerhalb der sozialistischen Staatengemeinschaft keine zeitgenössischen Autoren gäbe. Und so was nennt sich auch noch Leseland.«

Die Mutter erschien mit dem leeren Karton im Zimmer, stellte ihn wortlos ab und zündete sich erneut eine Zigarette an. Die Kiste enthielt jetzt einige abgetragene Unterhemden und Kopfkissenbezüge. Sie zog am Filter und betrachtete über die Glut hinweg ihren Mann, der fachkundig die Seitenwände des Behälters musterte. »Wenigstens das Verpackungsmaterial taugt was. Das könnte gehen.« Er stellte den Karton auf den Tisch, polsterte ihn mit dem Stoff aus und bat Siv, den Raben hineinzusetzen. Danach schaltete er die Rotlichtlampe an und richtete sie so ein, dass das warme Licht den Innenraum beschien. Sorgfältig betastete der Vater die schwarzglänzenden Flügel, öffnete den kleinen Schnabel ein wenig und untersuchte den Vogel gründlich.

»Er hat noch keinen Namen«, stellte Siv fest.

»Tja, Schatz. Dann sollten wir ihm einen geben«, sagte die Mutter. »Vorschläge?«

Siv kaute auf ihrer Unterlippe. Sie betrachtete den kleinen dunklen Vogel, aber es fiel ihr kein schöner Name ein.

»Wie wäre es mit Miles«, schlug der Vater vor.

Siv sah zur Mutter hinüber. Die schürzte die Lippen. Sie kannte die Vorliebe ihres Mannes für Miles Davis. Seit Jahren spielte er neben seiner Arbeit in der Landarztpraxis Trompete in einer Jazz-Formation.

»Meinst du wirklich? Ich weiß nicht.«

Der Vater verschränkte die Arme herausfordernd vor der Brust. »Und was ist mit Othello?«

Die Mutter schüttelte wieder den Kopf. »Olav, das ist ein Rabe, das ist zu kapriziös. Dir wird doch noch ein ordentlicher Name für den Vogel deiner Tochter einfallen.«

Erst als sie die schalkhaften Funken in den Augen ihres Mannes aufblitzen sah, wurde ihr die Doppeldeutigkeit ihrer Formulierung bewusst. Sie grinste.

»Gut«, sagte der Vater. Sein Blick wanderte über die Bücherregale an der Wand und blieb an den nordischen Sagen hängen. Er stand auf, nahm eines der Bücher zur Hand und schlug es auf. Er blätterte einige Seiten um, bis er gefunden hatte, wonach er suchte. Dann hockte er sich neben Siv und zeigte ihr eine Abbildung mit zwei Raben. »Das sind Hugin und Munin. Ihre Namen bedeuten der Gedanke und die Erinnerung. Den alten Legenden nach sollen sie Odin, den Göttervater der Germanen, über das Antlitz der Erde begleitet und ihm über alles berichtet haben, was dort vorgefallen ist.«

»Munin.« Leise wiederholte Siv den Namen. »Munin.« In diesem Moment drehte der Rabe den Kopf, legte ihn schräg zur Seite und sah das Mädchen unverwandt aus seinen schwarzen Augen an. Siv klatschte erfreut in die Hände. »Seht doch, Munin mag seinen Namen.«

1982

5

Aki sah den Schlag nicht kommen. Deshalb unternahm sie auch nicht den Versuch, sich zu ducken oder den Arm nach oben zu reißen, um ihr Gesicht zu schützen. Die Ohrfeige traf sie mit voller Wucht und riss den Kopf herum. Lichtpunkte tanzten vor ihren Augen, alles schien auf eine seltsame Art hinter einem Dunstschleier von ihr abzurücken und im Ohr klingelte es. Plötzlich spürte sie den Geschmack von Blut auf ihren Lippen. Dabei hätte ihr klar sein müssen, dass die Mutter so reagieren würde. Mit ihrer Handlung hatte sie die Mutter in die Enge getrieben und ihre Reaktion war die eines Menschen, der keinen Ausweg mehr sah.

Die Mutter hielt ihre linke Hand fest, die jetzt auffallend zitterte. Aus blutunterlaufenen Augen fixierte sie Aki zwischen den verschwitzten aschblonden Haarsträhnen hindurch. »Wo ist die Flasche?« Ihre Stimme klang schrill und überschlug sich. »Zum Teufel mit dir! Wo hast du die Flasche versteckt?«

Aus Akis Gesicht war jede Farbe gewichen. Haltlos streifte ihr Blick über die Geschwister, die vor ihr auf dem Fliesenboden der Küche saßen und sie erschrocken anschauten. Sie nahm den feuchten Fleck auf Klausis Hosenboden wahr, der sich vor Angst nass gemacht hatte, und Beate, die mit großen Augen ihre Puppe an die schmale Brust drückte. In ihrem Kopf herrschte so ein Durcheinander, dass sie keinen klaren Gedanken fassen konnte.

Die Mutter hatte plötzlich die Holzkelle zur Hand, mit der sonst die Kochwäsche im Kessel gewendet wurde, und schlug damit auf die Tischplatte. »Zum letzten Mal, Agnes, wo ist die verdammte Flasche?«

Beate fing an zu weinen, Klaus krabbelte unter einen der Stühle.

Hilflos und ungläubig musterte Aki die Mutter. Sie konnte nicht fassen, wie weit die Mutter bereit war, für ihre Sucht zu gehen. »In der Besenkammer«, sagte Aki tonlos und trat zur Seite. Ihre Brust schmerzte beim Atmen, als hätte sie glühende Kohlen inhaliert. Ihr Blut rauschte in den Ohren und sie fragte sich, wieso sie es getan hatte. Vielleicht hatte sie auf ein Wunder gehofft, dass die Mutter endlich mit dem Trinken aufhörte, wenn kein Schnaps in Reichweite war.

Trotz und Scham kämpften in ihr, als sie mit ansah, wie die Mutter an ihr vorbeischlurfte. Eigentlich hatte sie das Versteck für den Schnaps klug gewählt. Es war Wochen her, dass die Mutter Schrubber und Reinigungsmittel zur Hand genommen hatte, um die Wohnung zu säubern.

Ihr fleckiger Kittel raschelte gefährlich bei jedem Schritt. »Wehe dir, du hast mich angelogen …«

Die Tür flog auf und krachte gegen die Wand.

»Im Eimer, unter dem Scheuerlappen.«

Als Nächstes vernahm sie, wie die Holzkelle in die Ecke flog. Dem folgte das Drehgeräusch des Metallverschlusses auf dem Gewinde der Glasflasche. Aki wusste, was jetzt kam. Nachdem die Mutter ein Viertel des Flascheninhalts getrunken hatte, würde sie mit glasigen Augen auf sie zukommen und ihr lallend erklären, wie ungerecht das Leben sei.

Ja, ihr Leben ist ungerecht, dachte Aki bitter. Und was ist mit meinem Leben und dem der Geschwister?

Die Mutter rülpste in der Kammer. Dann verriet das Glucksen der klaren Flüssigkeit, dass sie weitertrank.

Aki wusste, nachher würde die Mutter sie wieder um Verzeihung bitten. Sie, die Große, die für ihre Situation doch Verständnis aufbringen müsse. Doch wehe, sie spielte dieses Spiel nicht mit, ließ sich nicht sofort darauf ein oder zögerte mit ihrer Zustimmung zu lange. Dann rastete die Mutter wieder aus, nannte sie eine Plage, die sie am Hals hatte, die ganz nach dem Dreckschwein von Vater kam, den Aki nicht einmal kannte. Sie, das Kind, das man besser abgetrieben hätte, als noch Zeit dafür war.

Aki drehte sich um, zog stumm die Jacke vom Haken und riss die Wohnungstür auf. Im fahlen Licht der Flurbeleuchtung wirkte das Treppenhaus noch schäbiger als am Tage. Dort, wo noch Bruchstücke von Putz wie Inseln an den Wänden hafteten, schimmerten trübe die verblassten Reste alter Ölfarbe. Drumherum reihten sich die groben Steine der Ziegelmauer, von grüngelben Flechten überzogen, als wollte ungesunder Schorf rohe Wunden heilen. Der Anblick der bleichen, abgetretenen, von steter Last gebogenen Treppenstufen erinnerte Aki daran, wie viele Menschen schon hier im Hinterhaus gelebt hatten, und nicht selten fragte sie sich, was aus denen wohl geworden war.

Sie schlüpfte in die Jacke und rannte die Treppe hinunter. Im Parterre empfing sie eisige Kälte, die der Ostwind durch die Spalten der Haustür drückte, in der seit Monaten die Glasscheibe fehlte und die mit zwei Holzbrettern provisorisch zugenagelt war.

Der Innenhof war nicht groß, vielmehr eine Verbreiterung des Durchgangs, der von der Straße durch das Vorderhaus hier hereinführte. Es war ein quadratischer Lichtschacht, in dem eine Reihe zerbeulter grauer Mülltonnen stand, jede von ihnen schwarz mit der Nummer der Wohnung bepinselt.

Als Aki den Hof betrat, roch es verbrannt, denn aus einem der Metallkübel stieg beißender Rauch auf. Wahrscheinlich hatte wieder einer der Bewohner glühende Asche hineingeschüttet und somit den restlichen Inhalt in Brand gesetzt. Überhaupt war Asche auf dem Hof allgegenwärtig. Die kargen Schneereste vor den Mülltonnen und nahe dem Kellergeländer hatten sich rostrot verfärbt. Auch die Schmelzwasserlachen waren von Ascherändern gesäumt, und selbst auf der Rinde der alten Linde, die ihre entlaubten, knorrigen Äste anklagend dem blassen, gelbgrauen Winterhimmel entgegenstreckte, zeichneten sich rötliche Aschemale ab.

Aki durchschritt zügig den Innenhof. Neben ihr stöberte eine fette Ratte zwischen den Mülltonnen. Als sie das Mädchen bemerkte, zischte sie drohend und funkelte Aki böse an. Kurz bevor sie den Durchgang erreichte, sah sie im ersten Stock des Vorderhauses, wie mit einer flüchtigen Bewegung die Gardine hinter einem Fenster zur Seite geschoben wurde. Sie kannte das Zimmer hinter diesem Fenster. Vor einem Jahr noch hatte die Frau, die in dieser Wohnung wohnte, öfter auf sie und ihre Geschwister aufgepasst, wenn die Mutter arbeiten war. Jetzt war ihre Mutter krank und es war an ihr, sich so gut es eben ging um die Geschwister zu kümmern. Aki schenkte Frau Drost, die gutmütig nickte, ein mattes Lächeln, bevor sie in das Halbdunkel des Torbogens eintauchte.

Zitternd, die Arme eng um die Brust geschlungen, blieb sie dort stehen und blickte auf die Straße hinaus. Es war ein sinnloser Versuch gewesen, die Schnapsflasche zu verstecken. Dabei wollte sie doch nur, dass sich endlich etwas änderte. Tränen stiegen ihr in die Augen. Vorsichtig tastete sie mit den Fingerspitzen über die Wange, die vom Schlag angeschwollen war. Sie schluchzte.

Struppig und abgerissen hockte sie hier im Dreck, den Demütigungen ausgesetzt. Warum hatte sie nicht solche Eltern wie die meisten ihrer Mitschülerinnen? Warum war es ihr nicht vergönnt, wie die anderen Mädchen aufzuwachsen? Geborgen, wohlbehütet und umsorgt wie kleine Prinzessinnen. Dementsprechend selbstbewusst traten die Mädchen in ihrer Klasse auch auf. Wer geliebt wird, lernt schnell, auch sich selbst zu lieben, dachte sie bitter.

Aki hatte rasch begriffen, dass diese Mädchen sie nicht wollten. Nie würde man ihr den Zugang zur Clique gewähren. Dafür waren die Unterschiede zwischen ihnen und ihr zu offensichtlich, ihre eigenen Möglichkeiten begrenzt. Wenn sie wenigstens schön oder interessant gewesen wäre, vielleicht, aber ihr Äußeres glich einer etwas zu grob geschnitzten Holzpuppe mit Holzwollehaaren, und sie galt als verstockt. Längst hatte sie sich angewöhnt, im Wettstreit mit ihrem Verlangen nach Zugehörigkeit zu dieser Mädchenwelt und ihrem eigenen Stolz die Oberhand zu behalten. Sie spürte, wie ihr beharrlicher Starrsinn ihr dabei half, keinen Wert mehr darauf zu legen. Auch wenn es sie schmerzte, einsehen zu müssen, dass ihr kommendes Schicksal, ihre Zukunft, immer mit einem Dasein in der Mietskaserne verknüpft sein würde. Diese Aussicht war ihr inzwischen vertraut, wie das Gefühl, hier in der Dunkelheit auszuharren und das Leben der anderen Menschen wie im Film zwischen den beiden Pfeilern des Torbogens am Ende des Durchgangs zu betrachten. Aki spuckte angewidert aus und wischte sich mit dem Handrücken über die Nase. Ja, sie war eine Aussätzige, eine, die definitiv nirgends dazugehörte. Punkt.

Aber vielleicht gab es einen anderen Weg für sie? Doch was konnte sie tun? Abhauen? Sie war doch erst elf, und wo zum Teufel sollte sie hin?

Unerwartet begann es zu schneien.

Ein Vorhang aus weißen Flocken, der sich geräuschlos über die Stadt legte und anfing, die grauen Narben zuzudecken. Müde lehnte sie sich an die kalte Mauer. Sie spürte, dass sie auch heute nicht die Kraft finden würde, eine Entscheidung herbeizuführen. Plötzlich rollte eine schwarze Limousine in ihr Blickfeld, blieb mitten im Torbogen stehen. Neugierig reckte Aki den Kopf. So ein Fabrikat hatte sie hier im Kiez noch nie gesehen.

Die Tür im Fond öffnete sich und ein junger Mann in einem hellen Leinenanzug stieg aus. Er war braungebrannt, zog zum Schutz vor dem Schnee den Kopf zwischen die Schultern und schlug hastig den Kragen seiner Jacke hoch. Auch der Fahrer war ausgestiegen und hatte inzwischen die Abdeckung geöffnet. Eilig stellte er zwei Koffer nebeneinander auf den Gehsteig und reichte dem Fahrgast einen braunen Karton, auf dem obenauf eine weiße Plastiktüte lag, die mit eigenartigen Schriftzeichen bedruckt war. Schnell hob der Fahrer zum Abschied die Hand, stieg in den Wagen und brauste davon. Unschlüssig stand der junge Mann zwischen dem Gepäck und sah sich abschätzend um.

Aki löste sich von der Mauer und ging auf ihn zu. Seitdem er das Auto verlassen hatte, kam er ihr irgendwie bekannt vor. »Kann ich ihnen helfen?«, fragte sie.

»Das wäre wunderbar. Würdest du für mich den Karton und die Tüte tragen? Sie sind nicht schwer. Ich nehme die Koffer.« Er lächelte und reichte Aki die beiden zuvor erwähnten Dinge.

Nebeneinander liefen sie durch den Torbogen. Verstohlen musterte sie die beiden Koffer, die genietet, an den Ecken verstärkt und mit bunten Aufklebern übersät waren. CD las sie. Einige trugen Aufschriften mit ähnlichen fremdartigen Schriftzeichen, wie sie sich auch auf der Plastiktüte in ihren Händen wiederfanden. »Wir müssen hier hinein«, sagte der Mann und deutete mit dem Kinn auf den

Eingang zum Vorderhaus. Aki stieß die Tür mit der Schuhspitze auf und blockierte sie mit ihrem Körper, bis er mit den beiden Koffern an ihr vorüber war. Als sie ihm folgte, bemerkte sie zu ihrer Überraschung, dass er im ersten Stock vor einer Wohnungstür stehengeblieben war und läutete. Erschrocken sah sie auf den Karton und die Tüte in ihren Armen. Jetzt wusste sie auch, warum der Mann ihr so bekannt vorgekommen war. Am liebsten hätte sie die Sachen auf den Stufen abgestellt und wäre davongerannt. Als sich schwere Schritte der Tür näherten, stellte sie sich so, dass sie vom Körper des Mannes und dem Gepäck verdeckt wurde.

»Jürgen?«, rief Frau Drost überrascht aus und umarmte ihren Sohn. »Junge, dass du schon da bist!«

»Das Außenministerium hat einen Wagen zum Flughafen geschickt«, erwiderte er knapp und tastete nach den Koffergriffen.

»Das ist ja toll. Komm rein.« Sie tat einen Schritt zur Seite und ihr Sohn verschwand im Flur. Dabei fiel ihr Blick auf Aki, die jetzt ohne Deckung mitten im Treppenhaus vor ihr stand. »Hallo, Aki.« Frau Drost kam auf sie zu, ihre braunen Augen unter den dichten Augenbrauen betrachteten sie liebevoll. »Wie geht es dir?«, fragte sie leise.

Aki bekam plötzlich einen Kloß im Hals. Das Blut schoss ihr in den Kopf und sie wurde von einer schwindelerregenden Mischung aus Zuneigung und Furcht erfasst, es war ein Gefühl, das neu für sie war. Gleichzeitig spürte sie, dass sie kurz davorstand, sich bereitwillig diesem Gefühl hinzugeben, sich in die Arme der Frau zu werfen und dem unsichtbaren Heer, das gerade so erfolgreich gegen ihre mühsam errichteten Schutzmauern brandete, zu beugen. Doch zu guter Letzt konnte sie sich auf ihren Argwohn verlassen. Das hier war nicht ihre Familie. Das hier war das Vorderhaus.

Aki räusperte sich, als wollte sie auf die Frage eingehen, trat dann aber nur einen schnellen Schritt zurück und hielt der Frau den Karton und die Tüte entgegen. »Ich habe ihrem Sohn nur beim Tragen geholfen.«

»Ich verstehe.« Frau Drost lächelte noch immer und es wirkte nicht falsch und einstudiert, wie manchmal bei ihrer Mutter. Nur eine Spur trauriger.

Aber Aki hatte sich im Griff und verzog keine Miene mehr. Sie wartete auf Jürgen, der soeben aus der Wohnung kam.

»Danke, dass du mir geholfen hast, du bist Aki Kretschmann, nicht?«, sagte er und nahm ihr die beiden Sachen ab. Doch zu ihrem Erstaunen stellte er den Karton neben sich ab und fuhr danach mit der Hand in die Tüte. Als er sie zurückzog, hielt er etwas, das wie das Ei eines großen, unbekannten Vogels aussah. »Das ist für dich. Das ist eine Mango, direkt aus Vietnam.«

Ungläubig betrachtete sie die grüngelbe Frucht in ihrer Hand. Sie hatte keine Ahnung, was eine Mango war.

»Zuerst musst du die Schale entfernen«, hörte sie ihn sagen, »dann zerteilst du das gelbe Fruchtfleisch. Aber vorsichtig, die Mango besitzt im Innern einen großen Kern.«

Akis Blick wechselte zwischen der Mango und dem Mann hin und her. Schließlich bedankte sie sich mit einem kurzen Nicken bei ihm.

»Gern geschehen.«

Nachdem Frau Drost die Wohnungstür hinter sich geschlossen hatte, blieb Aki noch einen Moment stehen und roch an der Frucht. Sie verströmte ein herbes Aroma und an einer Stelle, wo etwas Fruchtsaft ausgetreten war, klebte die Oberfläche. Behutsam berührte sie diesen Punkt mit der Zungenspitze. Es schmeckte bitter und süß zugleich, ein Aroma, das ihr noch nie begegnet war.

Wie unglaublich muss das Land sein, in dem solche Früchte wachsen, dachte sie und atmete langsam aus. Dorthin wollte sie eines Tages gehen.

6

Jens nannte sie Kanalberge. Dabei legte er die Betonung immer auf das zweite Wort: Berge. Aber letztendlich war es nur Aushub. Unmengen lehmiger Erde, die kurzerhand in nächster Nähe zum Silokanal aufgetürmt worden waren. Doch für Jens besaß der Ort die gleiche Wildnis und Kargheit, die gleiche tönerne Lautlosigkeit wie richtige Berge. An die erodierten Hänge klammerten sich Birken, verwachsen und abweisend wie Mauern wirkte das Brombeergestrüpp. Gab man dem Impuls nach und kletterte auf einen der Hügel, konnte man von dort oben, während man auf einem schmalen Grat balancierte, über die Teerdächer der Laubenkolonie hinweg die grau verputzten Fassaden der Neubaublöcke erblicken. In einem davon bewohnte er zusammen mit dem jüngeren Bruder ein Zimmer, gerade so groß, um darin eine Kommode, einen Schreibtisch, zwei Betten, die über Eck standen, und einen Kleiderschrank aufzustellen.

Seit einiger Zeit blieb der schmale Gang zwischen den Möbeln den Operninszenierungen des Bruders vorbehalten. Er bastelte aus Pappmaché und Karton Opernbühnen, auf denen er mit den Indianerfiguren aus Gummi, die er wahlweise in schillernde Stoffreste hüllte, Opern nachspielte. Die Musik dazu kam von einem Plattenspieler mit rotem Plastikgehäuse, in dessen Abdeckung ein Lautsprecher montiert war. Der Vater hatte ihn den Söhnen überlassen, nachdem er für sich eine neue Anlage gekauft hatte. Die magere Tonleistung reichte jedoch kaum aus, das Zimmer zu beschallen. Deshalb sang der Bruder alle Passagen auf der Opernplatte mit. Vor allem die hohen weiblichen Stimmlagen hatten es ihm angetan. Bald nervte Jens das tägliche Theater. Doch weder Drohungen noch Versprechen hielten den Bruder davon ab, seine Inszenierungen fortzusetzen.

Als Jens sich schließlich bei der Mutter darüber beschwerte, bemerkte er, wie sie kurz nach Atem rang, bevor sie ihn unerbittlich musterte. Es war, als hätte er ein unausgesprochenes Tabu der Familie verletzt. Am Ende schickte sie ihn ins elterliche Schlafzimmer, damit er dort seine Schulaufgaben erledigen konnte.

Der Raum war von einem grauen Halblicht erfüllt, das typisch zwischen den Wohnblöcken war, eine konturlose Illumination, die ihren Ursprung in den ineinandergefügten Betonplatten der Hauswände zu haben schien. Der Umriss des Doppelbetts klebte wie ein Scherenschnitt vor dem Fenster, auf drei Seiten von schmalen Teppichläufern eingerahmt.

Hier erklärte ihm die Mutter im Flüsterton, dass er als Älterer Verständnis für die Begabung des Bruders aufbringen müsse. Er schaute erstarrt zu, wie sie die Lampe auf dem Tischchen einschaltete und den Platz neben der Nähmaschine notdürftig freiräumte. Anschließend strich sie ihm mit einem knappen Lächeln, als würde sie damit sein Einverständnis erhalten, kurz mit der Hand über den Unterarm. Dann drehte sie sich um und ging hinaus.

Er erinnerte sich, dass, als er dastand und über die Situation nachdachte, sich plötzlich etwas in ihm gesträubt hatte, etwas so Ungestümes, dass er stumm die weißen Knöchel seiner Fäuste gegen die Zähne presste, während ihm heiße Tränen in die Augen schossen. War sie denn nicht auch seine Mutter? War nicht sie diejenige, die für Gerechtigkeit sorgen musste?

Er wartete, bis der Ausbruch vorüber war, dann löschte er die Lampe und trat im Halbdunkel ans Fenster. Die Lichter aus dem Wohnblock gegenüber leuchteten ihm entgegen. Sie waren nicht weit entfernt. Nur einige Dutzende Meter, unmittelbar hinter der schmalen Rasenfläche mit den Wäschestangen. Sie wirkten unnahbar, kalt und abweisend.

»Ach, komm schon!«, rief Torsten und riss Jens aus seinen Gedanken. Ungeduldig wies er mit der Spitze seiner Angelrute in Richtung Schlucht. »Wir müssen noch Tauwürmer suchen.«

Das, was die Freunde unter sich »die Schlucht« nannten, hatte, ebenso wie die Kanalberge, in den Augen Fremder wenig mit einem Taleinschnitt oder gar einem Abgrund zu tun. Eigentlich war die Schlucht nur eine Mulde, die zum Kanal hin durch künstlich aufgeschüttete Anhöhen begrenzt wurde. Sie war halbmondförmig von einer abfallenden Pflasterstraße umgeben, die hinter der Brücke begann und einen Schienenstrang mit sich führte. Auf den Gleisen rumpelten in Intervallen Straßenbahnen heran, die von hupenden Autos überholt wurden, deren Zweitaktmotoren blaue Abgaswolken hinterließen.

Nüchtern betrachtet war die Schlucht nicht viel mehr als eine Bodensenke, von Lärm umarmt, mit einer Müllhalde in ihrer Mitte. Hierher brachten die Kleingärtner ihren Grünschnitt, vor allem Zweige von Hecken und Bäumen. Aber auch ausgedienter Hausrat und die Metallgestelle alter Kinderwagen hatten sich hierher verirrt. Manchmal erbarmte sich die Natur und nahm sich des Mülls an, indem sie ihn mit Efeu überdeckte. Jens sah sich um.

Torsten hockte bereits am Boden und stocherte hingebungsvoll mit einer Holzlatte in der Erde. Die blonden halblangen Haare fielen ihm dabei ins Gesicht. Nur die gerade Nase und das kräftige Kinn mit dem Grübchen schauten hervor. Kurz darauf hielt er einen der fetten Regenwürmer mit plattem Kopf hoch. »Hast du die Köderdose?«

Jens reichte sie ihm. Eigentlich verbrachten sie beide beinahe jeden Tag zusammen. Es war die Art von unbekümmerter, eingeweihter Jungenfreundschaft, die entstand, wenn man vom ersten Tag an in benachbarten Hausaufgängen wohnte, die gleiche Schulklasse besuchte und in derselben Fußballmannschaft im Verein spielte. Torsten vorne im Sturm, er hinten als Torwart.

Jens' Blick fiel auf ein Schraubglas, das zur Hälfte im Erdreich steckte. Als er es herausgezogen und die modrig braunen Blätter samt dem leeren Schneckengehäuse entfernt hatte, hockte er sich neben Torsten und drückte die Öffnung des Glases schräg in den losen Boden, um ebenso nach Würmern zu graben.

Später überquerten sie die Brücke, die das Wohngebiet mit dem Rest der Stadt verband. In der Ferne ragten die Schlote des Stahlwerkes empor und gelbe Wolken verschmolzen mit dem staubigen Himmel. Die alte Brücke war längst baufällig. Hier und da gab es Stellen, die notdürftig gestrichen waren, doch zumeist bedeckten rostrote Flechten wie Ausschlag den Stahl. Der Verkehr wurde in beide Richtungen durch Ampeln geregelt, die abwechselnd dafür sorgten, dass die marode Konstruktion nicht überstrapaziert wurde.

Ihre bevorzugte Angelstelle befand sich keine fünfzig Meter von der Überführung entfernt auf dem gegenüberliegenden Ufer, direkt unter zwei großen Kastanienbäumen. Die beiden Jungen stiegen über das Brückengeländer und rannten die Böschung hinunter. Sie folgten einem schmalen Weg, der sich unweit der Uferkante neben einem löchrigen Maschendrahtzaun entlangschlängelte. Er gehörte zu einer Kleintierzuchtanlage und hinter ihm gackerten einige Hühner wegen der plötzlichen Störung aufgeregt und schlugen mit den Flügeln. Irgendwo krähte auch ein Hahn.

Die Erbauer des Kanals hatten Tonnen von Granitgestein an den Rändern aufgetürmt. Kleine Steinquader, die das Ufer vor der Wucht der Wellen schützten, welche die tief im Wasser liegenden Schubeinheiten erzeugten, die flussaufwärts stampften, um die unersättlichen Feuermäuler der Schmelzöfen mit Altmetall zu versorgen.

Als sie bei den Kastanien angekommen waren, kletterten sie über die Uferbefestigung hinunter zum Fluss. Während Torsten Steine rückte, um für sich eine Sitzgelegenheit herzurichten, holte Jens die Bambusrute aus dem Futteral, steckte sie zusammen und befestigte einen Wurm am Haken. Danach warf er die Angel in der Nähe des Ufers aus. Ein Stück trieb die Pose noch in der Strömung, bis die Sehne sich straffte. Dann hockte er sich auf eine Baumwurzel, lehnte den Rücken an den rissigen Stamm der Kastanie und schloss die Augen. Die Frühjahrssonne lag wärmend auf seinem Gesicht und tanzte als rote Flecken hinter seinen Augenlidern. Es ging ihm nicht ums Fischen. Vielmehr hatte er hier am Fluss das Gefühl, als eröffne sich eine andere Welt voller Ruhe und Frieden, fernab jedweder Gegenwart. Wenn er die Augen einen Spalt breit öffnete, sah er das Wasser vorüberströmen. Die Kanalberge, die sich am anderen Ufer lehmig weiß erhoben, bildeten einen schützenden Wall, der ihn die Zimmer im Neubaublock mit ihren Bewohnern für ein paar Stunden vergessen ließ.

Der helle Ton einer Fahrradklingel drang in sein Bewusstsein. Noch während Jens sich aufrichtete, sah er, wie Torsten über die Schulter zurückschaute und dabei angewidert das Gesicht verzog. »Der Janokowski«, sagte er verdrießlich. »Scheiße, Mann, was will der denn hier?«

Jens beugte sich zur Seite, konnte aber nicht um den dicken Stamm der Kastanie herum sehen. »Der ist doch harmlos«, erwiderte er.

»Dieser Spinner!«, stieß Torsten hervor. »Der soll mir bloß wegbleiben.«

Aber den Gefallen tat Jörg ihnen nicht. Nachdem er sein Fahrrad abgestellt hatte, schritt der hagere Junge, den man sofort an der Nickelbrille und den fusseligen Haaren erkannte, mit langen Schritten den Uferabhang zu ihnen herunter. »Hallo, Leute«, begrüßte er sie mit aufgeregter, erwartungsvoller Miene. »Schon was gefangen?« Seine Augen glitten forschend über die Angeln und neugierig hob er den flaschengrünen Kescher ein Stück aus dem Wasser. Er lief eilig hin und her und verbreitete eine lärmende Unruhe, die von einer knisternden Ungeduld begleitet wurde. »Ist vielleicht noch zu früh zum Angeln«, gab er zu bedenken.

»Ach, lass uns in Ruhe«, sagte Torsten bissig. »Besser noch, du verschwindest gleich wieder.«

Niemand rührte sich.

Torsten vergrub die Hände tief in den Hosentaschen und Jörg starrte auf seine Schuhe, blaue Germina-Turnschuhe mit zwei weißen Querstreifen an der Seite.

Jens merkte, wie sich sein Bauch verkrampfte. Er spürte die Feindseligkeit zwischen den Jungen und musste sich zusammenreißen, damit er nicht laut schrie: Was habt ihr für ein Problem? Stattdessen sagte er nur: »Ach, kommt schon.« Sein Blick fiel auf eine Broschüre, die in Jörgs Hosentasche steckte. »Was hast du da für ein Buch?«, fragte er mit einer Stimme, die interessiert und aufmunternd zugleich klingen sollte. Torstens anklagenden Blick ignorierte er. Er sah, wie Jörg den Kopf hob, die Brille zurück auf die spitze Nase schob und mit breitem Lächeln auf ihn zukam.

»Oh, das ist ein großartiges Buch, wirklich.« Er zog den schmalen Band mit dem Porträt eines Mannes auf dem Umschlag hervor und setzte sich Jens gegenüber. »Das ist das bolivianische Tagebuch von Che, äh, ich meine Che Guevara.«

»Aha …«

»Anhand seiner Aufzeichnungen lässt sich sehr gut nachvollziehen, welche Denkfehler die kubanischen Genossen bei der Fortführung ihrer Revolution in Lateinamerika gemacht haben.«

»Ehrlich mal, Janokowski, wen interessiert der Scheiß?«, fragte Torsten dazwischen, während er weitschwingend mit der Angel ausholte. Surrend lief die Sehne von der Rolle. Nachdem das Senkblei samt Haken und Köder auf Höhe der Fahrrinne im Kanal versunken war, steckte er den Griff in einen Spalt zwischen den Granitquadern und hockte sich daneben.

»Wen das interessiert?«, nahm Jörg das Gespräch wieder auf. »Euch alle sollte es interessieren. Schließlich seid ihr Bewohner dieses Landes, ihr lebt hier. Historisch ist die Gesellschaftsform des Sozialismus dem Kapitalismus weit überlegen. Übrigens ist die DDR eines der fortschrittlichsten Länder der Welt, das einer hervorragenden Idee folgt. Das kann man ohne Übertreibung sagen.«

Torsten brummte etwas Unverständliches und beobachtete mit zusammengekniffenen Lidern die Spitze der Angelrute, die sich durch die Strömung leicht bog und an der eine kleine Glocke hing.

Jörg hob das kleine Büchlein empor. »Die Kubaner dachten, man könne den Revolutionsgedanken exportieren, quasi in ein anderes Land verpflanzen«, dozierte er weiter. »Sie gingen von der Annahme aus, man müsse an die Spitze der neuen Bewegung nur einen Charismatiker wie Che setzen und die Sache liefe de facto von allein.« Jörg lachte auf, als hätte er soeben die Pointe eines Witzes vernommen. »Aber die Überlegung war völlig falsch. Die Idee von einer bolivianischen Revolution fand unter der Landbevölkerung nur wenig Widerhall. Was uns zu der Erkenntnis bringt, dass man bestehende Systeme nur von innen heraus ändern kann. Das heißt, der Wille zu Reformen, der Wille zur Veränderung muss aus dem eigenen Volk, sozusagen von der Basis her erwachsen.«

»Und wie soll das gehen?«, fragte Jens. »Glaubst du ernsthaft, die da oben lassen so etwas wie politische Veränderungen von unten zu?«

Jörg schaute ihn konsterniert an. »Wie meinst du das, hier bei uns in der DDR?«

Jens nickte.

»Was redest du für einen Quatsch? Müssen sie doch gar nicht. Wir haben doch schon den Sozialismus. Der ist vielleicht noch nicht perfekt, zugegeben, aber wir bauen ihn ja auch erst auf.« Er legte die Broschüre zur Seite und pulte mit dem Fingernagel zwischen den Zähnen. Dann betrachtete er ihn gedankenverloren und schnippte etwas weg, was nur er gesehen hatte.

»Aber es liegt ja bei uns, ihn zu gestalten«, fuhr er fort, »den Sozialismus, meine ich. In diesem Land hat das Volk die Macht. Hier geht es von unten nach oben. Jeder von uns kann den Prozess aktiv mitgestalten, Verantwortung übernehmen. In der FDJ, in der Partei. Überall dort, wo Menschen zusammenkommen, denen die Weiterentwicklung des Sozialismus am Herzen liegt. Von innen heraus kann man was verändern, verstehst du?«

»Und den Unsinn glaubst du wirklich?«, fragte Torsten, ohne sich umzudrehen.

»Selbstverständlich.« Jörg schob seine Brille abermals auf die Nase zurück. »Ich bin dabei. Nach dem Abitur werde ich Marxismus/Leninismus in Leipzig studieren, um mir das theoretische Rüstzeug anzueignen, die Leitgedanken der Philosophie weiterzudenken.«

»Ich würde gern Lehrer werden«, warf Jens ein. »Für Deutsch und Geschichte.«

Jörg nickte wichtig. »Und du, Torsten?«

»Waldarbeiter. Wie mein Vater. Oben im Fläming.«

Eine Pause entstand. Torstens Vater war im letzten Jahr völlig unerwartet bei einem Arbeitsunfall ums Leben gekommen.

»Und später vielleicht Förster«, fügte er leise, nur für sich hinzu, als würde er sich dafür entschuldigen, dass seine Vorstellungen von dem, was er später einmal werden wollte, das Erreichte des toten Vaters übertrafen.

Plötzlich durchschnitt ein leises Läuten die Stille. Alle Aufmerksamkeit galt nun der kleinen Glocke am Ende der Angelrute. Langsam tastete Torsten mit der Hand nach dem Griff. Die Angelspitze zuckte jetzt wild, als würde sie Morsezeichen in die Luft hacken. Das Läuten wiederholte sich stetig, bis die Glocke sich löste und zwischen die Steine fiel. Jens und Jörg waren aufgesprungen und warteten gespannt neben Torsten, der in wilder Erregung die Angel emporgerissen und mit einem kräftigen Zug angeschlagen hatte.

»Und?«, fragte Jens.

»Scheint ein ziemlicher Brocken zu sein«, presste Torsten zwischen den Zähnen hervor, mühsam die Kurbel der Rolle drehend.

»Ich hole den Kescher«, rief Janokowski und stürmte davon.

Eine Viertelstunde später zog Torsten den Zander an Land, und während er den Haken aus dem Maul entfernte, hielt Jens den glitschigen Raubfisch fest. Anschließend holte Torsten das Bestimmungsbuch aus dem Rucksack. Vereinzelt klebten noch getrocknete Fischschuppen auf dem schwarzen Folienumschlag, die wie wertvolle Perlmuttprägungen silbern im Sonnenlicht funkelten.

»Was willst du denn damit?«, fragte Jörg überrascht.

»Es gibt eine Fangverordnung für Angler.« Torsten blätterte, bis er die richtige Seite gefunden hatte. »Hier steht es schwarz auf weiß«, führte er weiter aus, »dass der Zander während der Laichzeit einer Schonfrist unterliegt.«

Jörg reckte den Hals.

»Das Fangverbot dauert noch bis Ende April.« Torsten hob den Kopf und sah entschlossen zu Jens hinüber. »Werfen wir ihn zurück in den Fluss.«

»Moment mal«, intervenierte Janokowski und sein Blick, der eindeutig Verwirrung verriet, wechselte zwischen ihnen hin und her. »Mensch, seid ihr bekloppt, der April ist fast vorbei und so ein Zander ist ein super Speisefisch. Was glaubst du, was deine Mutter für Augen macht, wenn du mit dem um die Ecke kommst.«

Torsten sah Jörg ungehalten an und Jens bemerkte, wie die Ader an seiner Stirn schwoll. Er strich so heftig mit der Hand durch das halblange Haar, als wollte er damit seiner Verärgerung Ausdruck verleihen. Doch dann erwiderte er nur ruhig: »Du hast vorhin von Verantwortung geredet. Für mich fängt sie hier an.«

Torsten nickte Jens zu und gemeinsam stiegen sie hinunter bis zur Wasserkante. Dort hockten sie sich auf die mit Algen besetzten Steine und gaben dem Fluss den Fisch zurück. Der Zander benötigte einen winzigen Moment, bis er begriff, dass er frei war, dann schlug er kräftig mit der Schwanzflosse auf die Wasseroberfläche und verschwand lautlos in der schattigen Tiefe.

»Abgefahren«, sagte Jörg und ging kopfschüttend zu seinem Fahrrad zurück.

»Lass dich nicht gleich wieder fangen«, murmelte Torsten und wandte sich stumm ab, stieg über die Granitquader nach oben und ließ den Freund in der Obhut des Ufers zurück.

Jens schwieg. Er war noch nicht bereit, sich wegzubewegen. Er stützte das Kinn in die Hand und starrte auf die verlassene Stelle am Flussgrund. Er empfand einen solch übermächtigen Jubel, dass sein Blut anfing, in den Schläfen zu pochen und ihm schwindelig wurde. Er spürte, wie der Geruch des Fisches in seine Haut eindrang. Eine Möwe flog über seinen Kopf hinweg und folgte wehklagend dem unruhigen Glanz des Stromes. Langsam tauchte Jens die Fingerspitzen ins kühle Wasser. Er wünschte, für immer an diesem Fluss sitzen zu können.

1983

7

Ein schneller Schritt zur Seite. Jens sprang ab, streckte sich, flog heran, den Blick immer auf den Ball gerichtet, und bekam die Fingerspitzen gerade noch hinter das Leder, um den Fußball vor den Torpfosten herum ins Aus zu lenken.

Der Schlusspfiff ertönte. Verhaltener Beifall brandete auf und Fahnen mit dem Vereinssymbol wurden geschwenkt. Drei zu eins verkündete die Anzeigentafel am Sprecherturm. Ihre Mannschaft hatte das Finale im Bezirkspokal gewonnen. Anders als seine Mitspieler sprang Jens nicht auf und lief an den Mittelkreis zu den anderen, die sich dort gegenseitig zum Sieg beglückwünschten. Er blieb auf dem Rasen liegen, schwer atmend. Der Geruch von Erde, Schweiß und feuchtem Leder sammelte sich in seiner Armbeuge. Er wagte es nicht, den Kopf zu heben. Besorgt fragte er sich, ob es gereicht hatte. Für ihn. Hatte er heute überzeugen können? Zweifel nagten an ihm. Zu Beginn des Spiels hatte er einige Aktionen benötigt, bis er die Nervosität ablegen konnte. Zudem war es ihm nicht gelungen, das Gegentor zu verhindern. Er vernahm dumpfe Schritte, die sich rasch dem Tor näherten.

»Mann, das hat gefetzt«, hörte er Torsten begeistert sagen. »Wie du das letzte Ding aus dem Winkel gefischt hast! Mein Kompliment. Super, Alter.«

Jens spürte, wie Torsten ihn übermütig anbuffte und ihm durch die Haare strubbelte. Er hob den Kopf. Der Freund stand über ihm und atmete stoßweise. Der Oberkörper, auf dem sich Sehnen und Muskeln in deutlichen Wölbungen unter der Haut abzeichneten, war entblößt. Ein weinroter Streifen geronnenes Blut zog sich vom Schlüsselbein bis zur Schulter hinauf. In letzter Zeit geschah es häufiger, dass die gegnerischen Verteidiger sich keinen anderen Rat mehr wussten, als Torsten irgendwie zu packen und festzuhalten, um ihn am Weiterlaufen zu hindern. Torstens Stulpen waren bis auf die Knöchel hinabgerutscht und die um die Waden geschlungenen Schienbeinschoner erweckten den Eindruck, als wären sie, wie die mit Stahlstollen besetzten Schuhe, Teile einer Kriegsrüstung, die er versäumt hatte abzulegen.

Als Jens den Freund so vor sich stehen sah, lächelnd und die Hand ausgestreckt, um ihm aufzuhelfen, da wurde ihm klar, dass Torsten ein Sieger war, ein Anführer, einer, der in so einem wichtigen Spiel wie heute ein Tor vorbereitete und eins selber schoss, aber hinterher kein Wort darüber verlor. Der, seitdem er ihn kannte, unerschütterlich an dem Gedanken festhielt, dass sie gewinnen würden. Einer, der immer wusste, was er wollte; der stets erkannte, was gut für ihn war.

Jens schluckte und schlug in die dargereichte Hand ein. Er war sich nie sicher, ob er für eine Sache Talent besaß, und wenn er ehrlich war, hatte er auch keine konkrete Vorstellung von dem, was er wirklich wollte.

Torsten stieß Jens mit dem Ellenbogen in die Seite. »Da vorn wartet der Trainer auf uns.«

Die Anspannung kehrte zurück, und als Jens zitternd die Handschuhe von den Fingern zog, legte Torsten ihm beruhigend den Arm um die Schultern.

Jens hob den Kopf. »Ich bin mir sicher, die nehmen dich«, sagte er mit rauer Stimme und einen Moment lang glaubte er selbst daran, dass er bereit war, seinem Freund den Triumph zu gönnen, auch wenn er selbst das Ziel verfehlen würde. Er wollte, dass sie Torsten die Chance boten, sich bis zur Perfektion zu entfalten, um eines Tages in der Nationalmannschaft zu spielen und vielleicht der beste Rechtsaußen des Landes zu werden.

Torsten blieb stehen und sah Jens von der Seite an. Das Flutlicht zauberte einen Kranz von Schatten um sie herum. »Entspann dich, Alter. Wenn du nicht genommen wirst, geh ich auch nicht. So einfach ist das.«

Unwillkürlich drückte Jens Torstens Hand. Torsten war ein echter Freund, sein wahrer Bruder. Torsten war genau so, wie er immer sein wollte.

»Klasse gespielt, Jungs! So sehen Pokalgewinner aus!«, begrüßte sie ihr Trainer und drückte sie nacheinander so impulsiv an sich, als wären sie nach einer langen, gefährlichen Mission erfolgreich nach Hause zurückgekehrt. Dann deutete er auf den Mann, der, die Arme hinter dem Rücken verschränkt, neben ihm stand. »Das ist Sportfreund Genosse Liebig, von dem ich euch bereits erzählt habe.«

Der hagere Mann im braunen Armeetrainingsanzug mit den rotgelben Streifen auf den Ärmeln begrüßte sie.

»Er ist Nachwuchstrainer beim FC Vorwärts Frankfurt an der Oder und heute als Talentsucher für den DDR-Oberligisten hier bei uns. Sein Augenmerk galt vor allem euch beiden. Ich möchte meinem Trainerkollegen nicht vorgreifen, aber ich denke, das, was er heute von euch gesehen hat, das hat ihm gefallen.«

Liebig nickte, sein Gesicht verriet Wohlwollen. »Gratulation, Männer, beeindruckende Leistung. Wir müssen da nicht lange um den heißen Brei herumreden, zwei wie euch können wir bei uns im Club gut gebrauchen.«

Torsten und Jens fielen einander in die Arme. Jens wurde unsagbar leicht ums Herz, sein Körper schien sich in den Wellen des aufsteigenden Glücksgefühls ins Unendliche ausdehnen zu wollen, und als Torsten einen Jubelschrei ausstieß, stimmte Jens sofort mit ein.

Indessen wandte sich Liebig an den Trainer. »Selbstverständlich müssen wir noch die sportmedizinische Untersuchung und die Überprüfung der Familien abwarten. Sie wissen ja, Westkontakte und so weiter. Aber wem sag ich das? Sie kennen ja die Prozedur.« Er räusperte sich, zog die Trainingsjacke am Bund glatt und schüttelte Jens und Torsten, die sich wieder halbwegs beruhigt hatten, zum Abschied die Hand. »Also gut, Männer. Dann sehen wir uns spätestens in einem Monat im Sportinternat in Frankfurt.«

Jens malte sich diese Reise als den Beginn eines anderen, neuen Lebens aus und ihn erfüllte eine erwartungsvolle Hoffnung, als er mit dem Linienbus zu der angegebenen Adresse fuhr, wo in einem grün gestrichenen Holzhaus mit weißen Sprossenfenstern unweit des Trainingsgeländes die medizinischen Untersuchungen stattfinden sollten. Anfänglich verlief alles nach Plan, sie nahmen ihm Blut ab, bestimmten sein Lungenvolumen und maßen Blutdruck und Herzschlag, während er verschiedene Sportübungen durchlaufen musste. Nach der Mittagspause gab es eine lockere Trainingseinheit mit dem Ball und den abschließenden Ausdauerlauf. Als er geduscht hatte, wurde er zu einer letzten Visite gerufen.

Bisher waren, soweit er das mitbekommen hatte, alle Tests positiv verlaufen, und in diesem Zimmer erwarteten ihn nun ein Arzt und eine Krankenschwester. Überraschenderweise hielt der Arzt ein Maßband in den Händen, während die Schwester einen Stift und Papier bereithielt. Sie vermaßen ihn vom Scheitel bis zur Sohle, den Umfang des Brustkorbs und alle anderen signifikanten Stellen am Körper, die sich irgendwie in Beziehung zueinander bringen ließen. Danach musste er sich wieder anziehen und sie baten ihn, auf das Abschlussergebnis zu warten.

Er war mit einem Becher Wasser nach draußen gegangen und hatte sich hinter dem hohen Ballfangzaun in der Nähe der Tür auf eine Bank gesetzt. Er war völlig ruhig, glaubte sich bereits am Ziel seiner Wünsche angekommen. Was sollte auch passieren? Alles war wie am Schnürchen gelaufen und der Rasen im Stadion der Freundschaft damit in greifbare Nähe gerückt.

Eine Stunde später saß er demselben Arzt gegenüber, nur hockte der diesmal hinter dem Schreibtisch, einen Stapel mit Papieren vor sich, die Jens zuvor an den einzelnen Stationen zusammengesammelt hatte. Seitlich an der Wand vor einer Lichtleiste klemmten Röntgenaufnahmen, von denen er annahm, dass sie zu ihm gehörten.

Der Mann hob den Kopf und sah ihn ausdruckslos an. »Das Positive vorneweg, junger Mann, Sie sind kerngesund.« Er griff nach dem obersten Blatt und sah ihn über den Rand seiner Brille hinweg an. »Jedoch sind Sie für eine Aufnahme in unsere Sporteinrichtung nicht geeignet. Sie sind zwei Zentimeter zu klein.«

Der Einwand trennte wie ein Schwerthieb seine Hoffnungen von der Wirklichkeit, demontierte in Sekundenbruchteilen ein erträumtes Leben. »Wie bitte?«, fragte er verdattert. »Wieso zwei Zentimeter zu klein?«

»Für die Aufnahme ins Sportinternat ist eine Mindestgröße von 1,81 m vorgeschrieben. Nach unseren Berechnungen wird ihr Körper, wenn er vollständig ausgewachsen ist, jedoch nur eine Körperhöhe von 1,79 m erreichen und dieses Resultat ist für Ihr Vorhaben leider nicht ausreichend.« Er ließ das Blatt zurück auf den Stapel fallen. »Sie verstehen, dass wir aufgrund langjähriger wissenschaftlicher Erfahrungen diese Vorgaben strikt einhalten und diesbezüglich auch keine Ausnahmen zulassen können.«

Der Arzt schwieg und Jens versuchte wie betäubt, im Gesicht des Mannes irgendwelche Anzeichen von Mitleid oder Enttäuschung zu entdecken. Aber er fand keine. Nicht einmal ein wenig unverbindliche Freundlichkeit, die man sonst geneigt war, Verlierern entgegenzubringen. Aber warum sollte er? Der Mediziner hatte nur gewissenhaft seine Arbeit erledigt, so, wie man es von ihm erwartete.

Wenigstens den Trainingsanzug und die schwarzen Turnschuhe durfte er behalten.

Jens rückte die Sporttasche auf seiner Schulter zurecht und sah die Straße hinunter. In der Ferne zeichnete sich die Silhouette eines Haltestellenschildes ab. Von dort aus würde er zum Bahnhof kommen und den Zug erreichen. Ungehalten stieß er einen Kiesel mit der Fußspitze vorwärts. Der Stein schlitterte über die Gehwegplatten, knallte klirrend gegen die Metallstrebe eines Gullys und fiel in den Kanalschacht hinab. Er blieb stehen, kaute unschlüssig an der Unterlippe und dachte flüchtig an Torsten, der ihn eigentlich hatte begleiten wollen, dann aber zum Geburtstag des Großvaters in den Fläming gefahren war. Der Gedanke daran berührte ihn unangenehm, denn vielleicht wäre es anders gelaufen, wenn der Freund dabei gewesen wäre. Er schüttelte den Kopf und setzte sich langsam wieder in Bewegung. Blödsinn! Was hätte das geändert? Er wäre trotz alledem keine zwei Zentimeter größer geworden. Zumindest konnte Torsten jetzt ohne Mühe sein Versprechen ihm gegenüber einlösen und auf den Platz in der Sportschule verzichten. Etwas sagte ihm, dass es den Freund sowieso lieber in den Wald hinauszog, als sein Dasein in einem Sportinternat zu fristen. Zwischen den Bäumen würde er freier und unbehelligter leben können.

Der Linienbus knatterte an ihm vorbei, doch Jens verspürte nicht die geringste Lust, ihm nachzurennen. Warum auch? Zum ersten Mal dachte er an die Heimkehr. An zu Hause. Wahrscheinlich würden die Eltern schon schlafen. Und wenn nicht? Bestimmt würde sein Vater ihm sagen, dass dies eine wichtige Erfahrung für ihn war, eine, die ihn lehrte, dass man im Leben nicht alles bekam, was man sich wünschte, und dabei sein Kinn nach oben recken. Die Mutter würde wahrscheinlich weder Zweifel an der Richtigkeit der Berechnungen der Ärzte hegen noch die unsinnigen Vorgaben des Sportinternats in Frage stellen. Vielmehr würde sie es auf ihre eigene, fatalistische Art als schicksalgegeben hinnehmen, als eine Tatsache, die sich bereits von jedem Einfluss entrückt, als endgültiges Konstrukt manifestiert hatte. Eventuell würde sie noch mit den schmalen Schultern zucken und ihm sagen: »Wer weiß, Junge, wozu es am Ende gut ist?« Und was den Bruder betraf, ihm würde nicht gefallen, das Zimmer nun weiter mit ihm teilen zu müssen.

Langsam lief er in der Durchsichtigkeit einer verblassenden Spätsommerdämmerung auf die Haltestelle zu. Im Westen verfärbte sich der Tag in ein kaltes Rosa.

Hierherzukommen, war für ihn eine Art Verheißung gewesen, die sich nun bereits in Bitternis wandelte. Jetzt würde man mit der Erwartung an ihn herantreten, dass er seine Träume beerdigte und sein Schicksal akzeptierte. Dass er wieder zu einer der anpassungsfähigen Kreaturen wurde, die sich geläutert einreihten in den grauen, bescheidenen Alltag täglichen Daseins, durchsetzt von bedeutungsschwerer Leere und lautloser Resignation.

Jens warf einen flüchtigen Blick auf den Fahrplan und musste feststellen, dass er soeben den letzten Bus verpasst hatte. »Scheiße! Das darf doch nicht wahr sein!« Zornig ließ er die Sporttasche auf den Boden fallen und starrte auf die verwaiste Straße. Lichtlos ragten ringsum die Laternen auf und ließen die Fahrbahn in der Dunkelheit wie geschmolzenes Zinn wirken, grau und matt glänzend. Deswegen entging ihm beinahe das dunkelblaue Auto, ein Käfer, der jetzt mit laufendem Motor neben ihm am Bordstein hielt. Die Seitentür schwang auf und das braungebrannte, beinahe exotisch wirkende Gesicht einer jungen Frau erschien. Unter der hohen Stirn wölbten sich zwei starke Augenbrauen, die dunklen Augen betrachteten ihn interessiert. Der Mund unter der kleinen Nase wirkte auf eine verführerische Art sinnlich. »Wohin, Soldat?«, fragte sie.

Zuerst wusste Jens nicht, was sie meinte. Doch dann wurde ihm bewusst, dass er ja noch immer den Trainingsanzug des FC Vorwärts trug, der Vereinsmannschaft der Nationalen Volksarmee. Das also war der Grund, warum sie ihn für einen Soldaten hielt, der irgendwohin wollte und mangels Alternativen nun hier festsaß. Er schluckte. »Ich bin kein Soldat«, antwortete er halblaut und schalt sich gleichzeitig, dass ihm nichts Besseres eingefallen war.

Sie wedelte die Antwort mit der Hand beiseite, als wäre sie eine lästige Fliege. »Vergiss es. Meine Frage galt auch mehr dem Wohin, Kleiner, denn soweit ich weiß, fährt hier draußen am Abend nichts mehr.«

»Ich denke, zum Bahnhof wäre okay.«

»Na, dann steig ein.« Sie stieß die Tür weiter auf und zog sich hinter das Lenkrad des Fahrzeugs zurück.

Er stellte die Tasche zwischen seinen Füßen ab. Der Motor bullerte los und die Frau lenkte den Wagen in die Mitte der Fahrbahn.

Jens sah sich neugierig im Inneren des Autos um. »Irre, ich bin noch nie in einem Westwagen gefahren.«

»Ist nicht meiner«, sagte sie. »Gehört einem Freund in Teltow. Ich will den Wagen gerade dorthin zurückbringen und anschließend weiter zu einer Bluesfete.« Sie angelte in der Konsole nach einer Schachtel Zigaretten. »Kannst du mir eine anzünden?«, fragte sie, während sie den Blinker setzte und abbog.

Unbeholfen sah Jens auf die Schachtel Alte Juwel und das Feuerzeug. BIC stand in roter Schrift darauf. »Entschuldigung, aber ich rauche nicht.«

Sie sah ihn kurz von der Seite an und lachte. »Verstehe, bist einer von den Sportlichen. Warst du deshalb hier?« Sie nickte mit dem Kopf in eine unbestimmte Richtung, die irgendwo hinter ihnen lag. Die schwarzen, schulterlangen Locken, die auf den Kragen der ausgewaschenen Wrangler-Jeansjacke fielen, gerieten bei der Drehung in Bewegung.

Hinterher wusste Jens nicht, warum er es getan hatte. Aber er erzählte ihr mit knappen Worten, was ihm widerfahren war.

Zuerst presste sie die Lippen zusammen, als wäre das, was er ihr soeben berichtet hatte, ein bisschen unangebracht und leicht irritierend für den Beginn einer gemeinsamen Autofahrt. Doch dann blies sie energisch den Zigarettenrauch durch einen schmalen Fensterspalt hinaus, indem sie leicht den Kopf hob. »Das ist nicht dein Ernst«, sagte sie. »Wegen beschissenen zwei Zentimetern? Und was hast du dazu gesagt?«

»Ich habe nichts gesagt. Ich was so überrascht. Außerdem, was hätte es geändert?«

»Das sind vielleicht Arschlöcher.« Heftig inhalierte sie von neuem den Rauch. »Ich sag dir was, Kleiner, in diesem Land lohnt es sich nicht, zu viel darüber nachzudenken, zu reden und zu planen. Diese Idioten mit ihren bescheuerten Richtlinien haben so einen Jungen wie dich gar nicht verdient.« Sie schnippte den Rest der Zigarette hinaus und sah ihn augenzwinkernd an.

Er schenkte ihr ein knappes, schmerzliches Lächeln.

»Wir sind gleich am Bahnhof. Wohin wolltest du noch mal?«

Er nannte den Namen der Stadt und gleichzeitig durchzuckte ihn die Erkenntnis, dass niemand ihn heute wirklich erwartete. Vereinbart war, dass er zwei Nächte im Internat verbringen würde, um nach der medizinischen Untersuchung einige Trainingseinheiten mit der Mannschaft zu absolvieren. Keiner ahnte, dass die Reise bereits am ersten Tag zu Ende war. »Kann ich mit dir nach Teltow kommen?«, fragte er sie unvermittelt. Von dort aus war es auch nicht weiter nach Hause. Zur Not könnte er morgen den Rest trampen oder mit dem Zug fahren.

Sie sah ihn abschätzend an. »Wie ist dein Name?«

»Jens.«

»Und wie alt bist du?«

»Sechzehn, grad geworden.«

»Glückwunsch. Wenn du mir eine Zigarette anzündest, nehme ich dich mit.«

Er angelte nach der Schachtel. »Und wie heißt du?«

»Kristin.« Sie legte die Betonung auf das zweite »i«.

Während er vorsichtig den Filter mit den Lippen festhielt und mit der Flamme den Tabak entzündete, durchsuchte sie die Mittelkonsole nach einer passenden Musikkassette.

Er sog so fest an der Zigarette, dass sich die Wangen nach innen wölbten, und er fühlte, wie der Rauch rasch den Mund füllte. Hastig riss er die Zigarette weg, damit der Qualm jetzt ungehindert über die Lippen quellen konnte. Er musste husten, nicht lange, aber doch, und reichte dabei die Zigarette an Kristin weiter.

»Einverstanden, du kannst mitkommen.« Sie lächelte und beschleunigte dann.

Die Stadt schrumpfte in der Dunkelheit. Der Wagen glitt durch die Finsternis, begleitet vom rhythmischen Abrollen der Räder über den Teerfugen. Tapfer unternahm die zarte Stimme von Kate Bush den Versuch, das Geräusch zu übertönen, was ihr aber nur teilweise gelang.

Kristin saß rauchend neben ihm und summte den Song mit. Jens faltete die Hände und legte sie in den Schoß. Er spürte, wie seine Seele langsam zu ihm zurückkehrte. Die Muskeln lockerten sich und zugleich tauchte er in die lebendige, wärmende Leichtigkeit ein, die Kristin wie eine Aura umgab. Erwartungsvoll drehte er den Kopf zum Fenster, sah zu, wie die Telefonmasten vorbeihuschten, und fühlte sich auf eine eigentümliche Art geborgen.

8

Siv und Anna Maria hockten auf der Rückbank des Polski Fiats und steckten verschwörerisch die Köpfe zusammen. Seit Wochen gab es in der Klasse nur noch ein Thema, die bevorstehende Jugendweihe. Der Tag, an dem die Jugendlichen in den Kreis der Erwachsenen aufgenommen werden sollten, wie es im offiziellen Sprachgebrauch hieß. Aber vor allem ging es darum, welches Mädchen welches Kleid tragen würde und ob es genügend Beziehungen besaß, um ihre Ansprüche umsetzen zu können. Die Frage, wer mit wem einmarschierte und ob die Jungen in einem Anzug oder einer Kombination aus Jackett und Hose zur Feierstunde erschienen, geriet dabei vollständig ins Hintertreffen. Siv hatte sich bei all diesen Spekulationen bedeckt gehalten. Anna Maria befürchtete insgeheim, dass ihre Freundin vielleicht in Lumpen gehüllt im Theater erscheinen würde, nur um den anderen, die fein und brav herausgeputzt waren, eins auszuwischen.

Plötzlich lachte Siv laut auf und begann gestenreich von der letzten Jugendstunde zu erzählen, einer Exkursion, die von der Schule zur Vorbereitung auf die Jugendweihe organisiert worden war und die sie in eine Milchviehanlage ins Nachbardorf geführt hatte. Wieder einmal stellte Siv unter Beweis, dass sie eine gute Imitatorin war. »Wir kamen also in diesen Raum mit der Melkvorrichtung für vierzig Kühe oder so und der Typ im weißen Kittel begann den Ablauf der Milchgewinnung zu erklären.« Siv verstellte jetzt ihre Stimme, damit sie tiefer klang. »Zweimal am Tag kommen die Kühe hierher. Zunächst wird jede der vier Zitzen gereinigt, anschließend wird ein Melkgeschirr ans Euter angehängt.« Sie machte eine ausladende Handbewegung. »Die Zitzenbecher sind über Schläuche mit einer Vakuumpumpe verbunden und haften deshalb besser am Euter. Ungefähr jede Sekunde saugt die Maschine einmal, dann lässt sie wieder für eine Sekunde locker.«

Beide Mädchen kicherten. Siv machte dabei eine eindeutige Auf- und Abwärtsbewegung mit der rechten halbgeschlossenen Hand. Anna Maria spürte, wie ihr das Blut ins Gesicht schoss und sie feuerrot wurde. Rasch packte sie Siv am Handgelenk und schielte dabei nach vorne zu ihrem Vater. »Hey, alles klar«, zischte sie und hielt Sivs Hand umklammert. »Hör auf damit. Ich habe es verstanden.«

Siv sah sie verschmitzt an. »Jedenfalls bekamen die Kerle große Augen und die Mädchen wurden genauso rot wie du.« Sie flüsterte jetzt. »Aber das Ulkigste war, der Typ von der Melkanlage hat das überhaupt nicht kapiert. Erst als einige blöd zu kichern anfingen, wurde er stutzig.«

»Waren die anderen Jugendstunden auch so lustig?«, fragte Anna Maria. Für einen kurzen, bangen Moment fühlte sie sich vom Rest der Klasse und von ihrer Freundin isoliert. Es gab ihr einen Stich. Demonstrativ drückte sie ihre Hände fester auf das in braunes Packpapier eingeschlagene Paket, welches sie auf den Knien trug.

»Keine Ahnung. Die Male zuvor hat mich Olav einfach krankgeschrieben. Er meinte, auf die Rotlichtbestrahlung kann die Familie gut verzichten.« Siv zuckte ergeben mit den Schultern. »Was ich so mitbekommen habe, war das vorher auch eher langweiliger Kram. Gespräche mit Parteibonzen und Offizieren. Aber echt peinlich für alle war wohl, dass sie eine Stunde lang das Gelöbnis für die Feierstunde aufsagen mussten …«

»Was für ein Gelöbnis?«

»Oh, lass mich nachdenken.« Siv machte ein ernstes Gesicht, winkelte den rechten Arm an und reckte die geballte Faust zum Thälmanngruß empor. »Ich gelobe, nach Wissen zu streben, für den Frieden zu kämpfen, den Sozialismus gegen jeden imperialistischen Feind zu verteidigen …« Sie ließ den Arm wieder sinken. »Na ja, so ähnlich …, du weißt schon.«

»Ja, ich weiß. Musst du den Schwur komplett auswendig lernen?«

»Na hör mal, ich kann doch nicht auf diese Art und Weise zwei kostbare Stunden meines Lebens vergeuden. Es reicht doch aus, wenn ich die Lippen bewege.« Sie lachte, wurde aber gleich wieder ernst. »Und bei euch da in der Kirche? Ich meine, habt ihr auch so ein Dingens, so ein Versprechen zur Konfirmationsfeier?«

»Ja, wir haben auch so etwas wie Unterricht. Aber im Unterschied zu den Jugendstunden beschäftigen wir uns mit der Bibel, ihrer Entstehung und den christlichen Ritualen. Wir sprechen über das Leben und reden vor allem über den eigenen Glauben.«

Siv zog die Augenbrauen theatralisch nach oben. »Das klingt ja voll nach Spaß. Hast du da Spaß? Ich meine so richtigen Spaß, so wie wir jetzt?« Sie zog eine Grimasse und brachte Anna Maria zum Lachen.

»Nein, solchen Spaß haben wir da nicht.«

»Siehste.«

Der Wagen fuhr an den rechten Straßenrand und hielt neben dem Rinnstein. Anna Marias Vater drehte sich zu ihnen um, schob die Mütze in den Nacken und lächelte freundlich. »So, die Damen, da wären wir. Die Schneiderin hat ihr Atelier in einem Flachbau auf der anderen Seite des Gebäudes. Dann lasst euch mal schick machen für euren großen Tag.«

»Danke fürs Herbringen, Herr Meinhold«, sagte Siv, beugte sich schnell nach vorn und gab Anna Marias Vater einen Kuss auf die Wange. Völlig überrumpelt schaute er hilflos zu seiner Tochter. Die verzog nur spöttisch die Mundwinkel, ihr waren die unkonventionellen Macken ihrer Freundin durchaus bekannt.

»Gern doch«, murmelte er verlegen.

Siv riss die Autotür auf und auch Anna Maria rutschte über die Rückbank, um den Wagen zu verlassen. Sie nickte über das Paket hinweg ihrem Vater zum Abschied zu.

Dem schien noch etwas eingefallen zu sein, denn er hob die Hand und bedeutete ihr kurz zu warten. »Ich fahre jetzt zur Mittelschicht ins Kraftwerk. Mutti ist nach der Arbeit noch mit dem Küster unterwegs. In der Kirche sind einige Ziegel kaputt und jetzt nisten Tauben im Dachstuhl, da muss dringend was geschehen. Sie schafft es sicher nicht, euch abzuholen. Am besten, ihr nehmt nachher den Triebwagen. Ach ja, auf dem Herd steht noch Suppe, die könnt ihr euch warmmachen.«

Wieder nickte Anna Maria und schenkte dem Vater ein kurzes Lächeln. Als sie mit dem unhandlichen Paket aus dem Auto stieg, blendete sie helles Zwielicht und sie kniff die Augen zusammen. Wolkenberge filterten die Strahlen der Sonne und über der ganzen

Gegend lag ein blassblonder Dunstschleier. Sie drückte die Autotür mit dem Knie zu. Der Motor heulte auf.

»Bis die Tage«, rief Siv dem davonfahrenden Auto nach und winkte.

Danach folgten sie der Giebelseite eines Stadthauses, bei dem die Fenster im Souterrain und in der ersten Etage zugemauert waren. Über die Zeit hinweg war ein Teil der Fassade auf den Fußweg gerieselt und zwischen den bleichen Bruchstücken, die sich am Mauersockel auftürmten, blühte ein einzelner Löwenzahn. Siv stieß einen Schrei der Verzückung aus, stürzte auf die Pflanze zu und kniete davor nieder. Voller Begeisterung betrachtete sie die eidottergelbe Blüte, roch mit Hingabe daran und strich zärtlich mit den Fingern über die gezackten Ränder der Blätter. Dabei verdrehte sie die Augen, als hätte sie völlig vergessen, wo sie sich gerade befand.

Anna Maria runzelte genervt die Stirn. »Hey, das ist Unkraut, Siv!«, sagte sie und wunderte sich selbst über den barschen Ton, den sie gegenüber der Freundin anschlug. »Lass uns weitergehen, mir fallen gleich die Arme ab.«

Widerwillig folgte die Freundin.

Wenig später bogen sie um eine Hausecke und erreichten auf der Rückseite ein gepflastertes Areal, das von einer Hofmauer, einem zweiten Wohnhaus und dem angekündigten Flachbau eingerahmt wurde. Längs der brüchigen Hofmauer stapelten sich unzählige Obstkisten in einem windschiefen Holzverschlag. Daneben hatte man vor einer Ewigkeit ein Auto unter einer von Schmutz und Taubendreck triefenden Schutzplane abgestellt. Die fließenden Konturen ließen nicht zu, dass man sich einen genaueren Eindruck von dem Fahrzeug darunter verschaffen konnte. Dafür sah man sofort, dass ringsum die Räder fehlten und die Achsen schon eine Weile auf Stapeln von Ziegelsteinen ruhten. An der Vorderseite war die Plane ein wenig verrutscht und eine verrostete Stoßstange lugte hervor. Sie war fleckig, stumpf und glanzlos wie ein blinder Spiegel.

Die Schneiderin erwartete sie bereits. Sie hielt ihnen die Tür auf und geleitete sie anschließend ins Atelier. Die Frau war groß, schlank und deutlich über fünfzig, hatte ein fein geschnittenes Gesicht und klare Augen. Die schweren dunklen Haare, die sie zu einem Knoten im Nacken trug, waren von einem Netz silberner Fäden durchzogen. Sie hatte einen schwarzen Hosenanzug an, zu dem eine leichte Jacke mit vielen Taschen und eine weit ausgestellte Hose gehörten.

»Früher war das hier ein Friseursalon«, erklärte sie ihnen und deutete auf die Spiegel an der Wand und die Umrisse von Waschbecken, die einmal darunter montiert gewesen waren. Dann zeigte sie auf einen langen Tisch, der in der Mitte des Zimmers stand. »Das Paket kannst du dort ablegen. Für eure Jacken gibt es hier drüben Haken.«

Neonlampen, die leise über ihren Köpfen summten, tauchten den Raum in grellweißes Licht und die unzähligen Schachteln und Behälter mit Knöpfen, Nähgarn und Reißverschlüssen auf den zahlreichen Ablagen projizierten scharfe Schattenkanten auf die grob verputzten Wände.

»Jetzt lass dich erst einmal anschauen«, wandte sich die Frau Anna Maria zu. Sie zog sie vom Tisch weg und umkreiste sie so andächtig, als würde ein Bildhauer eine kostbare Skulptur betrachten. »Mein Gott, Lucie hat mich schon vorgewarnt, wie groß du geworden bist ... und wie schön. Ein richtiges Fräulein.«

Anna Maria lächelte nervös. Sie fühlte sich geschmeichelt und zugleich peinlich berührt. Außerdem war sie davon überzeugt, dass Siv hinter ihrem Rücken irgendwelche Faxen machte. »Meine Großmutter lässt Ihnen ausrichten, dass sie Ihre Bestellung bezüglich der Plauener Spitze erhalten hat«, beeilte sich Anna Maria mitzuteilen.

Die Frau nickte anerkennend, machte noch ein paar Schritte im Kreis und unterbrach dann ihren Rundgang. »In Ordnung«, sagte sie wohlwollend. »Ich wollte mir nur einen ersten Eindruck verschaffen.«

Nebeneinander gingen sie zum Tisch zurück. Dort griff sie nach einer Schere und durchtrennte die Paketschnur. Anna Maria erkannte, dass ihre Großmutter mehrere Bögen Packpapier übereinander geschichtet hatte, die jetzt allesamt in den Knifffalten auseinanderklafften.

»Na, das nenn ich mal ordentlich verpackt«, warf Siv spöttisch ein.

»Diese Bögen verwenden wir später für Anna Marias Kleid«, erklärte die Schneiderin. »Wenn ich ihre Maße genommen habe, übertrage ich sie auf das Papier und fertige daraus einen sogenannten Rohling, der am Körper präzisiert wird. Erst wenn der Schnitt perfekt ist, beginnt die Arbeit am eigentlichen Kleid.« Sie legte die Bögen zur Seite.

»Was für ein Kleid hast du dir denn ausgesucht?«, fragte Siv neugierig.

Anna Maria zögerte mit der Antwort und überlegte, was sie der Freundin sagen sollte. Es widerstrebte ihr, sich von Siv wegen der Wahl des Kleides aufziehen zu lassen.

Vor allem, weil ihr die Entscheidung, was das Kleid betraf, unsagbar schwergefallen war. Sie vermutete, dass es den anderen Mädchen in der Klasse nicht besser erging. Keine Frau tat sich leicht, ein Kleid für einen Anlass auszuwählen, das sie für den Rest des Lebens, wenn auch nur auf Fotos, begleiten würde.

Anna Maria schüttelte unmerklich den Kopf. Sie dachte an die Kleider, die ihr in den letzten Wochen von allen Seiten vorgeschlagen worden waren und die jeder beachtenswerten Attraktivität entbehrten. Ihre Geduld war bald erschöpft. Sie verweigerte sich den unpersönlichen Lösungen aus der Jugendmode genauso wie dem kargen Angebot in der Damenabteilung des Konsument Kaufhauses. Selbst im Exquisit-Laden wollte sich bei keinem der sündhaft teuren Kleidungsstücke das sinnliche Gefühl einstellen, das eine Frau einzigartig erscheinen lässt und eine unter Umständen auftretende Unsicherheit souverän verdeckte.

Anna Maria blickte zu Siv hinüber. Was würde die Freundin zu dem Kleid sagen? Ein langes, nachtblaues Samtkleid mit abgesetztem Kragenspiegel. Sie hatte es schließlich beim Stöbern in der Küche der Großeltern entdeckt, an einem Sonntag nach der Kirche. Von dort hatte die Großmutter einen Versandhauskatalog aus dem Westen mitgebracht. Eine dicke Schwarte mit mehreren hundert Seiten, jede davon so dünn wie Pergament. Vielfach waren sie mit Eselsohren versehen und die eingerissenen Ränder waren sorgfältig mit durchsichtigem Klebeband repariert worden. Irgendwann war dieser Katalog über nicht mehr nachvollziehbare Wege in die Kirchengemeinde gelangt und seitdem wanderte er von einer Familie zur nächsten, wobei die Frau des Küsters exakt Buch darüber führte, wo sich das wertvolle Werk gerade befand. Zuerst erschien es Anna Maria unerklärlich, dass die Menschen überhaupt darin blätterten. Warum sollten sie auch? Sie konnten doch sowieso nichts daraus bestellen. Aber als sie zufällig das Kleid entdeckte, so schlicht und elegant, schlug ihr auf einmal das Herz bis zum Hals. Als sie sich vorstellte, tatsächlich in diesem Kleid zur Konfirmation zu gehen, begriff sie die Begehrlichkeit der anderen.

Sie erkannte, dass man den Katalog auf zweierlei Arten lesen konnte. Entweder man träumte sich in die bunte Warenwelt hinein, indem man die Angebote in seine Phantasiewelt integrierte, oder man nutzte die Abbildungen tatsächlich, um sich für eigene Kreationen inspirieren zu lassen. Manchmal gelang es, durch Kopieren etwas Neues zu schaffen, das dem Original nahekam und doch einen eigenen Zauber besaß. Die Oma hatte ihr augenzwinkernd verraten, dass trotz offiziellem Verbot den Katalog alle lasen. Genauso verhielt es sich mit den schmalen Romanheftchen von Bastei, die, als »Schmutz- und Schundliteratur« diffamiert, dennoch durch viele Hände gingen. Selbst die Frau vom ABV hatte sie im Nachttisch liegen und schmökerte heimlich darin, wenn ihr Mann das Haus verließ und mit der blauen »Schwalbe« auf Streife fuhr.

»Mein Gott!« Der überraschte Ausruf der Schneiderin brachte Anna Maria in die Gegenwart zurück. Ungläubig hielt die Frau den schillernden Inhalt des Pakets in ihren Händen. »Blauer Samtstoff. Und was für eine Qualität. Wie ist deine Großmutter denn da herangekommen?«

Anna Maria zuckte mit den Achseln. »Keine Ahnung. Aber sie meinte, wenn Sie etwas davon übrigbehalten, können Sie es weiterverwenden.«

Die Frau schüttelte energisch den Kopf. »Da bleibt auf jeden Fall was übrig. Das ist fast ein halber Ballen.«

Deshalb war er so schwer, dachte Anna Maria. »Sie hat auch Schnittmuster beigelegt. Die können Sie ebenfalls behalten.«

Die Frau lachte glucksend, während sie den Stoffballen anhob und ans Ende des Tisches schob. »Das ist ja wie Weihnachten und Ostern zusammen«, sagte sie fröhlich, als sie wieder bei den Mädchen stand. Dann zog sie unter den Papierseiten ein Magazin hervor und Anna Maria sah, wie sie plötzlich blass wurde.

»Geht es Ihnen nicht gut?«, fragte Siv.

Wortlos hielt die Schneiderin ihnen die Broschüre hin, so dass sie jetzt das Cover erkennen konnten. In roten Lettern stand »Burda-Moden« darauf, darunter ein Bild einer lächelnden Frau, die ein grünes Kostüm trug, und der auffällige Hinweis, dass 101 Schnitte im Heft enthalten waren.

Anna Maria zuckte zusammen. Aber das war nicht ihr Kleid. Vielleicht hatte die Großmutter das falsche Heft gegen die vier Rauchglasvasen aus Lauscha getauscht? Was, wenn ausgerechnet das Schnittmuster für ihr Kleid nicht dabei war?

Die Frau legte eine Hand auf ihre Brust. »Ich werde verrückt! Das ist wirklich ein Originalheft von Burda.« Die Tatsache traf sie so unvorbereitet, dass jedwede Souveränität mit einem Schlag von ihr wich und einer liebenswürdigen Ergebenheit Platz machte. »Gütiger Gott, beim besten Willen, Kinder, aber das kann ich nicht annehmen. Das ist viel zu wertvoll, das ist reiner Goldstaub, versteht ihr.« Noch immer betrachtete die Schneiderin den Schnittbogen hingebungsvoll. »O Gott, was mach ich denn nur?«

»Nähen Sie mir bitte ein so schönes Kleid wie das aus dem Katalog«, erwiderte Anna Maria flehend und deutete darauf.

»Das werde ich. Ganz sicher. Da kannst dich auf mich verlassen. Und Lucie bestellst du liebe Grüße und vielen Dank. Sie hat was gut bei mir, sag ihr das.«

Sie riss sich von dem Anblick der Zeitschrift los und räusperte sich. Routiniert klemmte sie sich das Nadelkissen ans Handgelenk und klopfte mit den Fingerknöcheln der anderen Hand auf die Tischplatte. »So, Mädchen, los geht's. Mit dir fange ich an.« Sie deutete mit ihrem schlanken Zeigefinger auf Siv. »Soweit ich informiert bin, geht es bei dir nur um eine kleine Änderung. Dein Kleid hast du mit?« Sie wartete die Antwort nicht ab. »Du kannst du dich da hinten umziehen.« Sie wies mit der Hand in Richtung der hinteren Wand.

Siv schnappte ihre Reisetasche und verschwand in einer Umkleidekabine, die sich in eine Mauernische duckte und durch einen grauen Wollvorhang vom restlichen Atelier abgetrennt war.

»Darf ich Fotos von der Anprobe machen?«, fragte Anna Maria und zeigte auf ihre Kamera, die sie jetzt aus der Manteltasche holte. »Die Aufnahmen sind nur für mich privat«, versicherte sie rasch, als sie den zweifelnden Blick der Frau bemerkte.

»Gut«, antwortete die Schneiderin zögernd. »Solange du mir nicht im Weg stehst.«

Anna Maria nickte, trat einen Schritt zur Seite und machte die Kamera einsatzbereit.

»Ich komm jetzt raus!«, rief Siv übermütig und schon fächerte der Vorhang mit einem kräftigen Ruck zur Seite.

Die Freundin erschien.

Als Anna Maria Siv erblickte, hielt sie unwillkürlich den Atem an. In diesem Moment wusste sie, dass sie sich in ihrer Einschätzung gründlich geirrt hatte. Siv würde nicht in Lumpen gehüllt zum Festakt erscheinen, um die Anwesenden mit ihrer Andersartigkeit zu düpieren. Nein, sie hatte ihren eigenen, einen ganz ihrer Persönlichkeit entsprechenden Stil gefunden.

Langsam schritt die Freundin den schmalen Gang zwischen den Regalen entlang und ihre nackten Füße tapsten leise über den Steinboden. Siv trug das Gewand einer Indianerin, ein zauberhaftes Kleid in einem hellen Beige mit langem Arm und aufwendigen Stickereien. Eine wilde Sanftheit ging von ihr aus. Auf ihrer Brust erhob sich ein stilisierter schwarzer Vogel, der aus unterschiedlichen geometrischen Formen zusammengesetzt war. Die Quadrate, Dreiecke und Linien um ihn herum waren in kräftigen Farbtönen gehalten und mit Perlen bestickt. Das Rot, Blau, Grün und Gelb flammten auf, als Siv sich im Licht bewegte. Die geometrischen Muster setzen sich um den halbkreisförmigen Ausschnitt am Kragen, am Rocksaum und an den Ärmelaufschlägen fort. In ihrem wilden Haar, von dem Siv überzeugt war, dass eine geheimnisvolle Kraft in ihm wohnte, steckte eine schwarze Feder.

»Du bist wunderschön«, flüsterte Anna Maria und hob die Kamera. Sie sah, wie sich Sivs Lippen zu einem »Danke« formten. In ihren Augen schwamm ein entrückter, leuchtender Glanz. »Die Feder ist von Munin«, hörte sie die Freundin sagen.

»Das habe ich mir schon gedacht«, erwiderte sie hinter der Kamera.

»Er ist in eine Pappel neben dem Weiher gezogen«, fuhr Siv fort. »Wir treffen uns immer oben auf dem Dach und dann erzähle ich ihm, was ich den Tag über so gemacht habe.«

Anna Maria drückte den Auslöser.

»Märchenhaft«, schwärmte die Schneiderin. »Das ist mal was völlig anderes. Ich bin wirklich überrascht! Kind, das hätte ich nicht erwartet.«

Ich auch nicht, dachte Anna Maria. »Du siehst super aus.«

Die Schneiderin forderte Siv auf, sich auf das kreisrunde, schmale Podest zu stellen und musterte sie nun mit prüfendem Blick. »Da ist nicht viel zu machen«, murmelte die Frau einige Minuten später und zog auf Höhe der Taille zwei Stofffalten mit Daumen und Zeigefinger zusammen. »Ein paar kleine Abnäher hier und da. Die kannst du später, falls es notwendig wird, wieder herauslassen. Wirst du einen Gürtel tragen?«

»Ja, Vera leiht mir den bestickten Perlengürtel und ihre Wildlederschuhe.«

Anna Maria wusste, dass Siv und ihre Brüder die Eltern neuerdings duzten und beneidete sie insgeheim um den lockeren Umgang. An so etwas war in ihrer Familie nicht zu denken.

»Anna Maria?« Sie sah, dass Siv oben auf dem Podest nach den richtigen Worten suchte. »Es geht mich ja eigentlich nichts an, aber du bist meine beste Freundin und ich überlege schon die ganze Zeit, wie ich es dir sagen soll.« Sie holte tief Atem und wischte sich eine widerspenstige Haarsträhne aus dem Gesicht. »Ich mache mir Sorgen. Ehrlich. Es hat bestimmt noch keiner von denen mit dir gesprochen, aber die ganze Klasse dreht wegen dir am Rad. Die FDJ-Leitung ist voll stinkig auf dich und ich habe mitgekriegt, wie der Direktor zu einem der Lehrer sagte, dass du selbst als Klassenbeste einen Platz an der EOS vergessen kannst, wenn du dich konfirmieren lässt. Er meinte, du verbaust dir damit deine gesamte Zukunft. Ich weiß ja nicht, ob das stimmt, aber ist dir die Sache das wert?«

»Steh still und zapple nicht herum!«, sagte die Schneiderin schnippisch, während sie eine Nadel aus dem Kissen zog, um sie in den Stoff zu stechen. Anna Maria bemerkte, wie sie dabei einen Moment lang zögerte.

Eine bleierne Stille hatte sich unmittelbar über den Raum gesenkt. Draußen näherte sich von irgendwoher der Ton einer Sirene, der stetig anschwoll, bis er unerwartet verstummte.

»Ich meine ja nur …«, brach Siv das Schweigen. »Wenn du das wegen deiner Familie tust, wegen Oma Lucie und so, dann denk noch mal drüber nach. Du gibst dafür echt viel auf. Vielleicht versaut dir das dein ganzes Leben, Mann.«

Sich des Gewichts ihrer eigenen Worte bewusst werdend, hielt Siv erschrocken inne und rieb sich verstohlen die Nase. Sie nuschelte: »Außerdem könnten wir dann gemeinsam Jugendweihe feiern, bei uns im Garten, das wäre doch schön und Malte wäre bestimmt glücklich, dich zu sehen.«

Stumm starrte Anna Maria ihre Freundin an. Sie spürte mit einem Mal eine Trockenheit im Mund, eine orientierungslose Taubheit ihrer Gedanken. Da war ein Kloß, der sich in ihrer Kehle bildete.

»So, Anna Maria, jetzt bist du an der Reihe. Zieh dich bitte mal in der Umkleidekabine bis auf die Unterwäsche aus.«

Anna Maria löste sich aus der Starre und wandte sich ab.

»Und du schlüpfst bitte vorsichtig aus dem Kleid, damit die Nadeln da bleiben, wo sie gerade sind.«

Anna Maria betrat die Umkleidekabine, zog den Vorhang hinter sich zu und ließ sich auf den Hocker fallen. Sie wusste, dass ihre Freundin sie nicht provozieren oder manipulieren wollte. Sie hatte die Worte ohne Arglist oder Hintergedanken ausgesprochen.

Es gab kein ideologisches Schema, dem die Freundin folgte. Trotzdem hatte sich bei Sivs Worten etwas in Anna Maria verkrampft. Ein Vorstoß aus dieser Richtung traf sie vollkommen unvorbereitet und sie fühlte sich plötzlich alleingelassen, wie noch nie in ihrem Leben. Was sollte sie Siv auf ihre Frage antworten? Dass das, woran sie glaubte, nicht von dieser Welt war? Oder anders, dass sie zwar hier in dieser sichtbaren Welt zwischen ihrer Freundin und den Schulkameraden lebte, aber gleichzeitig auch noch in einer anderen Welt und dass die Grenze zwischen den beiden fließend war?

Anna Maria konnte ihren Atem hören.

Sie wusste nicht, wie sie ihren Glauben vermitteln, jemandem logisch erklären sollte. Äußerlich gab es die Konfirmationsstunden, fanden Treffen mit der Landjugend statt, erlaubte es ihr Onkel, der Pastor, dass sie in der Dunkelkammer jedes ihrer Fotos ohne Einschränkung und frei von Zensur entwickeln durfte, aber das allein war es nicht, was für sie zählte.

Anna Maria erhob sich, führte mit beiden Händen das lange glatte blonde Haar hinterm Kopf zusammen und betrachtete ihr Gesicht aufmerksam im Spiegel. Es schien unverändert. Dann schloss sie die Augen und schaute nach innen, durch alles, was sie erlebt hatte, hindurch auf den Grund. Langsam öffnete sie die Augen wieder. Sie war nicht allein. Nie! Entschlossen griff sie nach dem Vorhang.

1985

9

»Mokkafix ist alle.« Petra reichte Ivo die letzte dampfende Kaffeetasse. »Ich habe es mit Kreide im Flur an die Wand geschrieben, neben dem Ata und der Milch.«

Wortlos nahm er das Gefäß entgegen und stellte es neben sich auf dem Nachttisch ab, ohne auch nur einen Moment damit aufzuhören, an die Zimmerdecke zu starren. Stumm und leicht verunsichert betrachtete sie ihn. Dann bückte sie sich, griff nach dem Stecker des Stabheizkörpers und drückte ihn in die Steckdose.

In der letzten Nacht war sie aufgewacht, weil es im Schlafzimmer schneite. Eine Sturmböe hatte die Fensterflügel aufgedrückt und grauweiße Schneeflocken wirbelten herein. Die Kristalle verharrten einen Moment lang in der Luft, bevor sie hinab auf den welligen Linoleumboden sanken. Petra hatte die feuchte Kälte zuerst an den Zehen gespürt, bald jedoch wanderte sie an ihren Beinen empor und drang in der Folge bis tief in ihren Traum vor. Dort verwischte sie bis zur Unkenntlichkeit die Manifestationen ihres Unterbewussten, wie bei einem Aquarell, wo die Farbe auf dem Papier verlief, wenn sie zu viel Wasser enthielt. Schließlich war sie doch erwacht und sah sich gezwungen, aufzustehen. Barfuß huschte sie über den frischen Schnee, um das Fenster zu schließen. Sorgfältig klemmte sie den losen Metallbügel auf dem Holzrahmen fest. Einige Flocken, die sich in ihren kurzen blonden Haaren verfangen hatten, nahm sie mit ins Bett.

Derweil schlief Ivo, das Kissen fest über den Kopf gezogen, als wollte er von der in Silber getauchten, federleichten, vergänglichen Schönheit, die willkürlich ihr Schlafzimmer heimsuchte, nicht das Geringste wissen.

Jetzt noch konnte Petra im milchigen Zwielicht ihre Fußspuren erkennen. Am Fenster rankten Eisblumen empor. Der Anblick ließ sie frösteln. »Ich kann dem Januar nichts abgewinnen«, stellte sie bibbernd fest, während ihr Atem in Dampfwölkchen aufstieg. Hastig öffnete sie den Knoten, der die karierte Decke über ihrer Brust zusammenhielt, ließ sie achtlos zu Boden fallen und schlüpfte nackt zu Ivo unter die Decke. »Komm schon, du musst mich ein wenig wärmen!«

Wie zur Bestätigung knackte der runde Bahnheizkörper, der unterhalb des Matratzenlagers stand.

Unaufgefordert gab sie Ivo einen Kuss auf die Schulter und legte ihren Kopf in seine Armbeuge. Sanft streichelte sie seine Brust. Aber Ivo ging auf ihre Zärtlichkeiten nicht ein. Nicht heute Morgen. Er brummte gereizt, stülpte seine Hand über ihre und hielt sie fest.

Petra hob den Kopf. Noch immer fixierte Ivo einen der Flecke an der Decke. Langsam zog sie ihre Hand unter seiner hervor und stützte ihr Kinn darin ab. »Stell dir vor, gestern Abend hat Motte erzählt, dass drüben in ihrem Haus durch diese Scheißkälte die Wasserleitung geplatzt ist. Kein Schwein von der Stadt hat sich drum gekümmert. Das Wasser aus dem Klo, du weißt schon, das eine halbe Treppe tiefer liegt, das ist einfach das ganze Stiegenhaus hinabgeflossen und dort gefroren. Jetzt haben sie einen richtigen Wasserfall aus Eis. Krass! Die kommen nur noch in die Wohnung, wenn sie sich wie Bergsteiger am Treppengeländer entlanghangeln.«

»Mmh!«

Petra beugte sich über ihn hinweg und erreichte den Henkel der Kaffeetasse auf der anderen Seite des Betts. Der Kaffee war jetzt nur noch lauwarm. »Was ist mit dir?«, fragte sie Ivo über den Tassenrand hinweg und kniff dabei die blauen Augen zu Schlitzen zusammen.

Er wirkte blass und bekümmert. Zum ersten Mal an diesem Morgen zeigte sein Gesicht eine Regung. »Was mit mir ist?«, stieß er zwischen den Zähnen hervor. »Den scheiß Einberufungsbefehl habe ich bekommen, das ist mit mir!« Er verschränkte die Arme vor der Brust.

»Wieso? Ich denke, du studierst dieses Kirchenzeugs?«

»Evangelische Theologie. Studiere ich auch … Verdammt, ich

habe wirklich geglaubt, wenn ich mir das umhänge, lassen mich die Armeeheinis erst mal in Ruhe.«

»Wann soll es denn losgehen?«, fragte sie gedankenlos.

»Im März, nach dem Ende des ersten Semesters. Reine Schikane.« Er nahm ihr die Tasse aus der Hand und führte sie an seine Lippen.

Petra musterte ihn. Sie waren sich vor ein paar Wochen in der »Grafik« über den Weg gelaufen, dem Studentenclub der Bildenden Künste. Wenn sie klamm war, und das kam häufig vor, half sie dort im Service aus. Sie hatte Ivo aufgelesen, als sie ihren Kram nach dem Ende der Veranstaltung zusammenpackte. Er fragte sie, ob sie eine Penne wüsste, weil er seine Freunde verpasst hatte, die ihn mitnehmen wollten. Sie bot ihm an, die Nacht in ihrer Bude zu verbringen und er begleitete sie nach Hause.

Ivo war charmant, witzig und großzügig mit Einladungen und Trinkgeld. Außerdem sah er verdammt gut aus und sie war davon überzeugt, würde Michelangelo heute leben und den David erschaffen wollen, Ivo würde ihm dafür Modell stehen. Der Meister wäre sicher begeistert von der Makellosigkeit seines Körpers, dem Bronzeton seiner Haut. Die schwarzen leicht gestuften Haare fielen ihm ins Gesicht mit den unergründlichen braunen Augen, den dunklen Bartschatten auf den Wangen und dem markanten Kinn.

Oft sagte sie sich, irgendwie könnte sie ihn lieben, aber sie traute ihren und seinen Gefühlen nicht.

»Und was hast du jetzt vor?«, fragte sie und unterdrückte den Impuls, sich die Tasse zurückzuholen.

Er lachte auf, aber es klang hohl. »Was soll ich vorhaben? Nichts! Mann, dieser Scheißstaat hat mich an den Eiern.«

Er blickte finster drein. Was hätte er ihr auch sagen sollen? Die einzige Bedingung, die er aushandeln konnte, war die, dass er nicht an der Waffe ausgebildet werden wollte. Dann mussten sie ihn zu den Spatensoldaten schicken. Vielleicht konnte er sich dort einen bequemen Posten sichern und die Sache aussitzen. Er würde sein Studium und seine christliche Gesinnung ins Feld führen, dabei hatten diese mit dem Entschluss nichts zu tun. Bei dem Gedanken, sich Befehlen anderer unterordnen zu müssen, wurde ihm so beklommen zumute, dass er sich am liebsten übergeben hätte. Er musste sehen, dass er da irgendwie herauskam.

Petra drehte den Kopf zur Seite. Sein Schweigen belastete sie. Sie fragte sich, ob so viel Freigeist, Schönheit und Lebenslust über Monate hinweg weggesperrt, ja vielleicht dauerhaft zerstört werden durfte. Ihr Blick glitt über den grünen zerschlissenen Ledersessel, der vor einer bis zur Hälfte weiß getünchten Wand stand, die abrupt in eine altrosa Blümchentapete mit Borte überging, weil die Farbe ausgegangen war. Vor dem Fenster hing ein weißes Laken und ein zerbeulter blauer Nachttopf aus Emaille stand neben dem inzwischen rotglühenden Heizkörper.

Petra kniff die Augen zusammen. Sicher, diese Bude hier war eine Rumpelkammer, eine schwarz bezogene Zufluchtsstätte in einem Abrisshaus, in dem sowieso nur die zwei mittleren Stockwerke bewohnt werden konnten. Über ihnen bedeckten unzählige Wannen und Schüsseln den Fußboden, um das Regenwasser oder, wie heute, den Schnee aufzufangen. Beständig zerbröselte der poröse Dachboden. Im Parterre dagegen konnte man wegen des Gestanks von Katzenpisse und Schimmel kaum atmen. In den Zimmern dort zeigte sich die Welt in einer hartnäckigen Hässlichkeit, die so unmittelbar vor einem stand, weil es nichts gab, was das Erscheinungsbild hätte mildern können. Jeder, der im Viertel lebte, die Anspruchslosen, die Zornigen, die Asozialen, ja selbst normale Bürger, hatte sich abseits der organisierten Verantwortungslosigkeit städtischer Behörden eingerichtet.

Petra rollte mit den Schultern. Trotzig liebte sie ihr Connewitz, vielleicht, weil ihr gerade hier das abgekapselte Dasein ein Gefühl von Obhut und Zugehörigkeit vermittelte.

Ivo gab ihr die Tasse zurück und richtete sich plötzlich auf. »Du, ich habe eine Idee!«, erklärte er und stützte sich auf den Ellenbogen ab. »Ich glaube, ich habe eine Möglichkeit gefunden, wie ich diesen Idioten zumindest zeitweise entkommen kann.« Eigentlich war es ganz simpel. Er strebte nur das an, was jeder Wehrpflichtige in seiner Situation anstrebte, nämlich so wenig Zeit wie möglich mit den Uniformträgern zu verbringen. Er wollte nicht nur alle zehn Wochen auf

Kurzurlaub fahren und dabei die Hälfte der Zeit in den Zügen der Deutschen Reichsbahn herumsitzen.

Sie trank den letzten, nun eiskalten Schluck Kaffee. »Lass hören.«

Er stockte und sie bemerkte, dass er sich mit dem, was er sagen wollte, ungewohnt schwertat.

Sie beschloss, ihm zu helfen. »Na, was hast du dir überlegt?«, fragte sie leise.

»Wir sollten heiraten. Ich meine du und ich.«

Petra spürte, wie ihr das Blut stockte und die Tasse aus der Hand rutschte. Sie rollte über den Boden, bis der Henkel sie blockierte.

»Wir sollen was? Hast du einen Knall?« Sie wusste nicht genau, was er hier abzog. Oder eigentlich doch. Bisher hatten sie in einer seltsamen Mischung aus Lust und Unschuld miteinander geschlafen, ohne sich jemals darum zu kümmern, was es bedeutete. Ich bin noch gar nicht bereit, mich fest zu binden, dachte sie entsetzt und machte sich mit einem schrillen Ton in der Stimme Luft: »Wie kommst du auf so eine bescheuerte Idee?«

Ivo hob beschwichtigend die Hände. »So bescheuert ist die Idee gar nicht. Ich habe mir das gerade überlegt. Als verheirateter Mann hast du das Recht, häufiger als die anderen nach Hause zu fahren. Das ist Punkt eins. Wenn aber die Frau zusätzlich ein dringendes Telegramm schickt, sagen wir mal, weil die Eltern im Krankenhaus liegen, eine notwendige Reparatur ansteht oder es Probleme in der Schwangerschaft gibt …«

»Probleme in der Schwangerschaft?! Spinnst du?! Mann, ich nehme die Pille.«

Er breitete die Arme aus. »Wissen die doch nicht. Also, wenn es ein irgendwie geartetes Problem gibt, was die Anwesenheit des Ehemannes erfordert, müssen die mich unverzüglich gehen lassen. Verstehst du?«

Sie schaute ihn argwöhnisch an. »Klar verstehe ich das. Aber dein Vorschlag erscheint mir ehrlich gesagt ziemlich einseitig. Alle Vorteile liegen auf deiner Seite.«

Ivo grinste. »Nicht alle, mein Schatz. Für das Ehegelöbnis und das Telegrammschreiben werde ich dich fürstlich entlohnen. Was hältst du von dreitausend Mark?«

»Hör zu, Jonschev, verarsch mich nicht.«

»Noch so ein Punkt. Ich würde gern deinen Namen annehmen. König. Das klingt nicht so sehr nach Ausländer und für dich ändert sich nichts.«

»Und was ist mit der Kohle? Wo kommt die her?« Sie setzte sich brüsk auf und die Decke rutschte vom Bett.

»Als Paar stehen uns nach der Eheschließung fünftausend Mark Ehekredit zu, bezahlt von Vater Staat, als Starthilfe in ein neues Leben.«

»So?«, fragte sie erstaunt.

»Außerdem kannst du in der Zeit hier in der Bude bleiben.«

Sie hob die Decke vom Boden auf und zog sie sich bis unter das Kinn. »Klingt gut, aber warte mal, wann lassen wir uns wieder scheiden?«

»Sobald ich von der Armee zurück bin. Gleich am nächsten Tag, wenn du willst.«

Petra wog ihre ohnehin begrenzten Möglichkeiten ab. Die Summe, die Ivo ihr anbot, war eine Lösung ihrer finanziellen Probleme auf längere Sicht. Sie wusste schon in diesem Moment, was sie tun würde. »Dreitausend Mark, sagst du, und keine anderen Verpflichtungen, als dir ab und zu ein Telegramm zu schicken?«

Er nickte eifrig und sie lächelte zufrieden.

»Doch, es gibt eine«, warf er plötzlich ein.

»Ich wusste es.« Sie schaute ihn abwartend an, aber er schob mit einer Hand die Bettdecke herunter und entblößte ihre Brüste. Andächtig begann er mit den Fingerkuppen um ihre Brustwarzen zu kreisen, die klein und dunkel von der Kälte abstanden. Dann beugte er sich vor und berührte die empfindliche Stelle mit den Lippen.

»Als meine angetraute Ehefrau …«, murmelte er, »… musst du mich jedes Mal ficken, wenn ich heimkomme, denn ich werde Eier so groß wie Tennisbälle haben.«

Petra verzog grinsend das Gesicht und legte ihre Hände um seinen Hinterkopf. Sie strich durch sein dichtes Haar und zog ihn noch näher zu sich heran. »So lange müssen wir nicht warten«, flüsterte sie.

Sie waren später losgekommen, als sie eigentlich wollten. Petra bestand darauf, die schwarze Plastikspinne aus dem Theaterfundus anstelle eines Blumenstraußes mitzunehmen. Überhaupt entsprachen sie nicht dem Bild eines klassischen Brautpaares. Ivo trug eine grüne, selbst gebatikte Malerhose mit weißen Kringeln, dazu ein rotes Hemd und eine schwarze Baumwolljacke. Petra hatte sich heute Morgen für das leuchtend rote Kleid entschieden, unter dem sie wegen der Kälte eine enge Trainingshose in derselben Farbe trug, und Stiefel angezogen. Ein alter Persianermantel aus dem An- und Verkauf mit passender Nerzkappe vervollständigte ihr Outfit.

Als sie in die Straßenbahn gestiegen waren, glitzerte zerbrochenes Glas auf dem Pflaster zwischen den Schienen und für einen Moment spiegelte sich das frostige Blau des Himmels in einer der Scherben. Sie nahmen auf einem Doppelsitz in der Nähe der Tür Platz. Mit auffordernden Bimmeln bahnte sich der Zug seinen Weg durch die hektische Stadt. Es fing wieder an zu schneien.

Ivo wartete ab, bis sie sich dem Zentrum näherten. Dann erhob er sich und wandte sich an die Fahrgäste: »Meine Damen und Herren, darf ich Sie kurz um ihre Aufmerksamkeit bitten. Diese wunderschöne Frau hier …«, er streckte den Arm aus und zog Petra zu sich heran, die sich ein bisschen unsicher neben ihm aufstellte, »und meine Besonderheit werden gleich den Bund fürs Leben schließen. Was uns zu unserem gemeinsamen Glück noch fehlt, sind Trauzeugen. Also wenn Sie ihren Personalausweis bei sich haben und eine Stunde Ihrer sicher überaus wertvollen Zeit entbehren können, wären wir Ihnen sehr verbunden, wenn zwei von Ihnen uns aufs Standesamt begleiten würden. Gerne laden wir Sie im Anschluss an die Eheschließung zu einer Bockwurst mit Brot und einem Getränk Ihrer Wahl in die Mitropa am Hauptbahnhof ein.«

Die Reaktionen waren durchaus geteilt. Die Frau in der Reihe hinter ihnen starrte sie ungläubig an, gleichzeitig schüttelten andere mit dem Kopf. Einige Leute lachten verhalten, hielten das Ganze für den kabarettistischen Streich einer Theatergruppe und erwarteten, dass gleich die Auflösung der absurden Szene folgen würde. Aber während die Straßenbahn rüttelnd durch eine Kurve fuhr und Ivo und Petra noch immer hofften, zwei Trauzeugen zu finden, stand ein alter Mann auf und schimpfte: »Verkommen seid ihr, respektlos, euch ist nichts mehr heilig. Pfui Teufel!«

Jetzt applaudierten einige zustimmend und der Alte nickte.

»Blödsinn!«, sagte eine Rothaarige so laut, dass es jeder im Wagen hören musste, und kam Kaugummi kauend auf sie zu. Sie trug helle Stonewashed Jeans, eine dicke apfelgrüne Jacke und darunter ein Top mit Leopardenmuster. »Kümmert euch nicht um die Spießer. Ich bin Nele und finde cool, was ihr vorhabt.«

Die Straßenbahn verlangsamte ihr Tempo.

»Ich auch!«, beeilte sich ein junger Mann mit Schnauzbart zu versichern, der rasch hinter Nele auftauchte. »Übrigens, ich heiße Ingo, bin Bauarbeiter und habe gegen Bockwurst nichts einzuwenden.« Er grinste.

»Echt klasse, Mann, super von euch«, sagte Ivo und wandte sich noch einmal an die Fahrgäste. »Meine Damen und Herren, danke für Ihr überaus großes Interesse. Bitte einen kräftigen Applaus für Nele und Ingo.«

Die Straßenbahn hielt in der Nähe des Neuen Rathauses, die Türen flogen auf und die vier verschwanden hinaus in den eisgrauen Tag, wo der Schnee gerade in Regen überging.

10

Akis Gesicht glänzte vor Schweiß und Nässe. Sie hielt inne, wischte sich mit einer flüchtigen Bewegung eine feuchte Haarsträhne aus der Stirn und stürzte atemlos weiter. Straßenlaternen flammten müde auf. Das schwache Licht zerrte Nebelfetzen aus der Dunkelheit, die an kahlen, mit einer dünnen Schneeschicht überzogenen Ästen klebten. Aki musste sich beeilen, damit die Mutter mit den Geschwistern nicht zu lange auf sie wartete. Mit der rot gefrorenen Hand hielt sie vorn am Hals den Kragen der Jacke zusammen, wo noch immer ein Knopf fehlte und an dem heute der Ostwind zerrte, der in Böen die Straße entlangfegte und unerbittlich kleine Eiskristalle vor sich hertrieb.

Geschickt wich sie einem jungen Pärchen aus, das sich redlich mühte, auf der festgetretenen Schneedecke zwei Bettenroste auf einem viel zu kleinen Handwagen zu transportieren. Sie hatten die übereinander liegenden Holzrahmen mit grüner Wäscheleine festgebunden.

Einige Meter weiter wechselte Aki nach einem schnellen Seitenblick hinüber auf die andere Straßenseite und erreichte endlich das Lokal, von dem sie annahm, dass sich Richard dort aufhielt. Zumindest war es beim letzten Mal so gewesen. Es war eine typische Berliner Eckkneipe, mit vergilbten Gardinen vor den Fenstern und zerschrammten Metallschildern der VEB Berliner Brauereien an dem verwitterten Wandpfeiler der Fassade.

Akis Schritt verlangsamte sich und sie blieb unmittelbar vor dem Eingang stehen. Ein älterer Schneehaufen, der in den letzten Tagen hier zusammengeschoben worden war, türmte sich wenige Meter neben dem Eingang wie ein Miniaturbergmassiv auf, seine vereisten, teils löchrigen Abhänge waren von Urinflecken in unterschiedlichsten Abtönungen überzogen.

Was wollte sie Richard eigentlich sagen? Dass er nach Hause kommen sollte, weil ihre Mutter auf ihn wartete? Dass es sich nach all den Jahren wieder gut für sie anfühlte, so etwas wie einen Vater zu haben?

In diesem Augenblick wurde die Kneipentür aufgestoßen und ein Mann taumelte lallend heraus. Aki presste sich schnell an die Hauswand und ließ den Zecher vorbei, der schwankend auf den Schneehaufen zuhielt. Angewidert drehte sie sich weg.

Aus dem düsteren, in dumpfes Gelb getauchten und von Zigarettendunst verhangenen Raum drang Lärm, der von lauter Schlagermusik, fluchenden Kellnern und den Stimmen streitender Männer durchsetzt war.

Aki versuchte die Beklemmung abzuschütteln, die in ihr aufstieg. Sie knetete nervös die Hände. Eigentlich wusste sie doch, was sie dort drin erwartete.

Der Zecher hinter ihr entfernte sich schwankend auf dem Gehsteig.

Aki atmete ein letztes Mal durch und trat ein. Gleich dem Eingang gegenüber befand sich der Tresen, hinter dem ein altes, braungebeiztes Küchenbuffet aufragte, auf dem sich Flaschen und Gläser türmten. Ein dicklicher Mann mit kleinen flinken Äuglein unter buschigen Brauen stand hinter dem Schanktisch und zapfte ununterbrochen Bier. Während er zusah, wie das Bier im dünnen Strahl ins Glas rann, bleckte er immer wieder die gelben Zähne und fuhr mit der Zungenspitze in seine Mundwinkel. Sein gestreiftes Hemd, bei dem der Kragen speckig und die Ärmel hochgekrempelt waren, wurde größtenteils von einem schwarzen Lederschurz mit dem Logo der Brauerei verdeckt.

Suchend sah sich Aki um.

Einen Moment lang glaubte sie, Richard weiter hinten an einem der Tische entdeckt zu haben. Neben ihr drängelte sich der Kellner mit einem Tablett voller Gläser durch die Menge. Sie nutzte die Chance und folgte ihm dichtauf durch die Gasse, die sich vor dem Mann auftat, und wartete ungeduldig, als er zwei Gästen die Getränke servierte.

»Die Selters ist ja schon tot«, maulte einer der beiden und hielt zum Beweis das Glas Mineralwasser hoch, in dem kaum ein Gasbläschen zu sehen war.

»Was denken Sie, warum ich Schwarz trage?«, erwiderte der Kellner schnoddrig und machte sich zum nächsten Tisch auf.

Kurz darauf lichtete sich das Gedränge und Aki nutzte die erstbeste Möglichkeit, um sich an dem Mann vorbeizuschieben. Im hinteren Teil der Kneipe standen Tische vor den getäfelten Wänden, an denen überwiegend männliche Gäste hockten, die entweder laut miteinander diskutierten oder allein vor sich hin ins Leere starrten. Aki nahm den stechenden Körpergeruch wahr, den die Männer ringsum verströmten, die tagsüber körperlich hart gearbeitet und sich nach der Schicht nur flüchtig oder überhaupt nicht gewaschen hatten. Wieder ließ sie ihren Blick über die Tische schweifen.

In einer Ecke wurde Skat gespielt. Einer der Spieler musste ein gutes Blatt haben, denn er knallte eine Karte nach der anderen auf den Tisch, ohne dass die anderen wirklich zum Zug kamen. Am Ende lüftete er seine Schiebermütze, kratzte sich genüsslich den Kopf und rief überschwänglich: »Meine Herren, Zahltag! Das war eben ein Grand mit Vieren!«

Endlich fand sie den Mann, nach dem sie suchte, rauchend und ein zur Hälfte geleertes Bierglas vor sich.

»Guten Abend, Richard«, sagte Aki erleichtert, während sie sich auf die vordere Kante eines Stuhles schob.

»Ach, du bist es«, sagte Richard und zog die Augenbrauen hoch, als sei er überrascht, freute sich aber auch, sie zu sehen.

»Mutter lässt fragen, wann du heute nach Hause kommst.« Aki bedachte ihn mit einem sorgenvollen Blick. Das Haar, das er sonst mit Pomade streng nach hinten kämmte, hatte sich an manchen Stellen gelöst und hing ihm nun wirr in Strähnen ins Gesicht. Seine dunklen Augen lagen tief in den Höhlen und Falten hatten sich wie Schluchten in sein Antlitz gegraben. Die Lederjacke, die er heute trug, knarrte bei jeder Bewegung und gab die Uhr am Handgelenk frei, als er erneut nach dem Glas griff. Sie zeigte kurz nach zehn.

Statt zu antworten, starrte Richard nur an ihr vorbei auf einen imaginären Punkt an der Wand, als gäbe es dort etwas Interessantes zu entdecken. Dann trank er einen Schluck Bier. »Deine Mutter hat mich wieder angeschrien«, sagte er und setzte das Bierglas ab. »Sie hat rumgebrüllt wie am Spieß, getönt, ich solle mich zum Teufel scheren …« In seiner Stimme schwangen Enttäuschung und Trauer mit.

Bitter verzog er die Mundwinkel und legte die Stirn in Falten.

»Ich weiß, dass es schwierig ist«, sagte Aki, um Rechtfertigung bemüht, gleichzeitig aber wurde ihr bewusst, dass es wohl besser gewesen wäre, wenn an ihrer statt die Mutter jetzt hier sitzen und das Gespräch führen würde.

»Und ob es schwierig mit ihr ist«, sagte Richard aufbrausend.

Aki versuchte, ihn zu beschwichtigen. »Mutter hat sich schon immer leicht aufgeregt. Außerdem hat sie gerade diese Kur hinter sich und mit der neuen Arbeit in der Kantine angefangen. Klaus und Beate sind auch noch da. Das alles ist ein bisschen viel für sie.«

Zumindest schien er ihr zuzuhören, auch wenn er dabei unentwegt das Bierglas auf dem Deckel drehte.

»Vielleicht müssen wir nur ein bisschen Geduld mit ihr haben, bis sich alles wieder eingespielt hat.« Aki hatte in voller Absicht »wir« gesagt, damit Richard nicht das Gefühl bekam, allein mit dem Problem dazustehen.

»Mag sein, dass es stimmt, was du da sagst«, antwortete er langsam. »Ziemlich sicher sogar. Bist ja auch ein kluges Mädchen.«

Aki trat von einem Bein auf das andere. »Hör zu, Richard, es ist spät. Morgen ist Schule und ich sollte schon längst im Bett sein.«

Kurz schien er zu zögern. Dann legte er flüchtig seine Hand auf ihre und stürzte das restliche Bier hinunter. »Ich glaube, ich hab für heute eh genug. Ich zahle noch, dann können wir gehen.«

11

Beim Anblick des Schildes »Balaton« sprang Siv von ihrem Platz auf und rief laut: »Wir sind da!« Ungestüm begann sie, ihren Rucksack von der Ablage zu zerren.

Anna Maria, die ihre Freundin amüsiert beobachtete, konnte gerade noch die Füße wegziehen, bevor das Gepäckstück mit voller Wucht vor ihr auf den Boden krachte. Flugs hockte sich Siv davor, fädelte ihre Arme in die beiden Trageriemen der Kraxe und drückte sich schnaufend aus den Knien empor. Abschließend griff sie nach dem Saxophonkoffer.

Ruckend hielt der Zug.

Anna Maria erhob sich ebenfalls und zog mit beiden Händen das Metallgestell ihres Rucksacks zu sich heran.

Siv hatte bereits die Abteiltür aufgerissen und schaute jetzt ungeduldig den Gang hinunter. In den Nebenabteilen blieb es ungewöhnlich ruhig. »Wo bleibst du denn?«, drängelte sie. »Wegen dir verpassen wir noch unsere Ferien.«

Endlich war auch Anna Maria abmarschbereit und Siv stürmte aufgeregt davon. Wenig später fanden sie sich auf einem schmalen Bahnsteig im Nirgendwo wieder. Neugierig sahen sie sich um. Jenseits der Gleise leuchteten auf einer abfallenden Wiese farbige Blütenblätter auf, die von zahllosen Bienen und Schmetterlingen umworben wurden. Es war ein heißer Augusttag, über ihnen spannte sich der Himmel, blassblau mit einem Hauch von Vanille; und obwohl es schon Nachmittag war, hatte die Intensität der Sonne kaum nachgelassen.

Wie Anna Maria richtig vermutete, hatte an dieser Station kaum jemand den Zug verlassen. Eigentlich nur sie beide und eine einzelne Frau, die kurioserweise eine Gans in einem Weidekorb mit sich führte und jetzt einen zerfurchten Sandweg entlangging, der sich, von einer wilden Brombeerhecke gesäumt, durch die Wiese schlängelte. Bald schon entzog sich der Pfad ihren Blicken. Da sie jedoch von hier aus einige Dachgiebel und die wie mit Gold durchwebte Wasseroberfläche des Balatons sehen konnten, nahmen sie an, dass der Weg hinunter ins Dorf führte.

Siv stupste Anna Maria an. »Merkste was?«

»Was denn?«

Siv legte ihren Saxophonkoffer ins Gras, holte dann tief Luft, machte drei Schritte vorwärts und breitete dabei die Arme aus. »Hier kann man viel leichter atmen als bei uns. Kein Kohlenstaub, kein Dreck.«

Anna Maria nickte, rührte sich aber nicht von der Stelle. Sie schloss die Augen und spürte dem Windhauch nach, der direkt vom See heraufkam und sich wie eine Offenbarung auf ihre erhitzte Haut legte. Er brachte Kunde von all den Verlockungen, die der ungarische Sommer für sie in den nächsten Tagen bereithalten würde. Den Duft des kühlen Wassers, das Aroma sonnengereifter Melonen und Paprikas, die feinherbe Süße des Weins und die leise Ahnung von durchtanzten Nächten unter den Bäumen am Ufer des Sees.

Siv beschattete ihre Augen. »Was glaubst du, wie weit es noch bis zum Campingplatz ist?«, fragte sie und holte Anna Maria mit ihrer Frage in die Gegenwart zurück.

»Nicht mehr weit. Ich denke, irgendwo da unten wird er sein.«

Sie mochten den Campingplatz sofort, seine tolle Lage am Wasser, die vielen jungen Leute, das bunte Treiben und die Stimmung, die auf ihm herrschte.

Erwartungsvoll klopfte Siv an die Tür des Pförtnerhäuschens.

»Jó napot!«, rief eine männliche Stimme.

Ihre Augen benötigten einen Moment, um sich an das Halbdunkel in der Hütte zu gewöhnen. Es roch nach Schweiß, Zigarettenrauch und Sonnencreme. In der Ecke dudelte ein Transistorradio.

»Jó napot kívánok! Guten Tag.«

»Ja?« Er schaltete das Radio ab.

»Wir wollten uns hier auf dem Campingplatz anmelden, für zehn Tage, mit einem Zweimannzelt«, sagte Siv.

Der Mann schaute sie abschätzend an. »Ostdeutsche?«

Siv nickte und Anna Maria fragte sich einen Moment lang irritiert, welche Rolle das Herkunftsland bei der Vergabe eines Fleckens auf einem Campingplatz spielen sollte.

»Aha.« Der Mann ließ sie im Dunkeln, was er mit der Frage bezweckte. Vielmehr beugte er sich jetzt über den Tisch und taxierte sie ungeniert von oben bis unten.

Unbewusst tat Anna Maria einen Schritt zurück. Das Alter des Mannes war schwer zu schätzen, irgendwo Anfang vierzig. Durch den ständigen Aufenthalt im Freien war seine Haut von der Luft und der Sonne ausgetrocknet und spannte sich wie brüchiges Leder über das zerfurchte, grobknochige Gesicht. Er hatte das Haar nach der aktuellen Mode geschnitten, vorne kurz, hinten bis auf die Schultern, und er trug ein Muskelshirt, obwohl er nicht den Eindruck erweckte, dass er trainieren würde. Langsam zog er den Zahnstocher, auf dem er seit ihrer Ankunft herumgekaut hatte, aus dem Mund. »Für zwei Wochen kostet das zehntausend Forint.«

»Zehntausend?«, fragte Anna Maria erstaunt und glaubte, dass der Mann sich geirrt haben musste. Das war beinahe die Hälfte ihrer gesamten Reisekasse. Falls der Kerl es nicht besser wusste, jeder DDR-Bürger, der vorhatte, in Ungarn Urlaub zu machen, durfte pro Jahr nur einen Höchstbetrag von vierhundertdreißig Ostmark umtauschen, was zweitausendsechshundertfünfzig Forint entsprach und im Vergleich zu der hier geforderten Summe geradezu lächerlich wirkte. Damit sie für die Reise überhaupt einige Forint zusammenbekam, hatte Anna Maria im Vorfeld ihre Eltern und Großeltern gebeten, sich ebenfalls offiziell ein Visum für Ungarn zu besorgen. So konnte sie auch deren Freibeträge umtauschen. Diese zusätzlichen Forint musste sie dann vor dem Zoll verbergen. Sie versteckte die eng zusammengerollten Scheine in ihrer Fotokamera an dem Platz, der allgemein hin für die zweite Filmkassette vorgesehen war.

Siv hingegen hatte ihre Brüder und die Eltern eingespannt und die Forint unter der Einlegesohle ihrer Mokassins versteckt.

»Zehntausend!«, wiederholte der Mann unbeeindruckt. »Außer«, sein Blick glitt dabei anmaßend über ihre Körper, während seine Zungenspitze die Unterlippe benetzte. Er machte eine Pause, in der sie den Kühlschrank surren hörten, »ihr stellt euer Zelt hier ganz in der Nähe auf und ich komm euch ab und zu besuchen.« Er grinste unverschämt und schob den Zahnstocher zurück zwischen die Zähne.

Anna Maria stand neben Siv und spürte, wie Ekel in ihr hochkroch. Sie wollte gerade etwas sagen, aber Siv kam ihr zuvor. »Fick dich selbst, du geiler Bock!«

Der Mann zuckte nur gelangweilt mit den Schultern und Anna Maria wollte nicht glauben, dass es wirklich Mädchen geben sollte, die so ein Angebot annahmen.

Siv knallte die Tür laut hinter ihnen zu.

Wieder zurück auf der Straße schauten beide sehnsüchtig zu den Zelten hinüber, die sich hinter der Absperrung überall auf den Wiesen wie bunte Segel erhoben.

»Was machen wir jetzt?«, fragte Anna Maria.

»Wir könnten draußen übernachten.« Siv deutete auf zwei Strohmieten, die in der Ferne auf einem Feld standen. »Die Nächte sind warm und wir sparen das Geld.«

»Das ist nicht dein Ernst«, entgegnete Anna Maria und suchte in Sivs Gesicht nach Anzeichen, dass die Freundin sie verulkt hatte. Aber es dauerte lange, bis Siv ihr zuzwinkerte. »Hast du einen anderen Vorschlag?«

Anna Marias Blick wanderte den Weg zurück, auf dem sie gekommen waren und blieb an den Häusern im Dorf hängen. Ihr war aufgefallen, dass die Grundstücke verhältnismäßig groß waren, oft standen neben dem Wohnhaus noch Garagen und Scheunen auf dem Gelände und alles war von Wiesen und Gemüsegärten eingerahmt. Plötzlich hatte sie eine Idee. »Lass es uns im Dorf versuchen.«

Siv verstand sofort, worauf Anna Maria hinauswollte. »Gute Idee, vielleicht haben wir Glück.«

Ihre ersten zaghaften Versuche, einen Platz für ihr Zelt zu finden, schlugen fehl. Entweder war niemand zu Hause oder die Verständigung gestaltete sich zu schwierig, so dass man ihr Ansuchen nicht richtig verstand.

Sie gaben nicht auf. Anna Maria klingelte erneut.

Diesmal trat ein junges Mädchen vor die Haustür und betrachtete sie neugierig. Sie war hager, ein wenig blass und ihre Bewegungen wirkten fahrig und ungelenk, wie es bei Teenagern in ihrem Alter der Fall war.

Siv wollte gerade ihren Text aufsagen, als das Mädchen einen langen Schritt auf Anna Maria zumachte und entzückt auf die kleine Plüschfigur zeigte, die sie, seitdem sie mit Siv auf die Reise gegangen war, als eine Art Talisman an einem Lederband um den Hals trug.

»Monchichi«, sagte das Mädchen und strahlte.

Anna Marias Finger tasteten nach der affenähnlichen Figur mit dem drolligen Gesicht, von der niemand wusste, was es genau sein sollte.

»Ja, ein Monchichi. Meine Großmutter hat es mir geschenkt.«

Die drei Mädchen sahen sich an. Eine kleine Pause entstand.

»Entschuldige bitte die Störung«, nahm Siv das Gespräch wieder auf. »Sprichst du Englisch?«, fragte sie das Mädchen.

»Ein bisschen«, antwortete sie.

»Ich bin Siv und das ist Anna Maria«, erklärte sie langsam.

»Katalin«, sagte das Mädchen und deutete auf sich.

»Gut!« Siv lächelte. »Katalin, wir suchen einen Platz, wo wir für ein paar Tage zelten können.«

Anna Maria sah, dass das Mädchen verstand, was sie von ihr wollten.

»Bitte wartet«, entgegnete sie. »Ich hole meine Großmutter.«

Aber das musste sie nicht, denn in diesem Moment erschien die Frau bereits hinter ihr im Türrahmen und sofort fühlte sich Anna Maria an ihre eigene Oma Lucie erinnert. Die weißen Haare, die nach allen Seiten abstanden, das gutmütige Gesicht, die blaue Kittelschürze. Nur ihre Augen, die waren grün.

Das Mädchen erklärte der Großmutter ihr Anliegen. Die alte Frau nickte einige Male, dann sah sie mit forschem Blick zu ihnen herüber. Die Frau sprach nur Ungarisch und Katalin übersetzte. »Ihr könnt dort drüben zelten«, wiederholte sie und zeigte in den Garten hinüber. »Pro Tag möchte Großmutter dreihundert Forint von euch.«

Anna Maria und Siv sahen sich an und nickten begeistert.

»Großmutter sagt, dafür könnt ihr auch das Bad im Haus mitbenutzen.«

»Danke sehr. Vielen, vielen Dank.«

Aber Katalin war mit ihren Ausführungen noch nicht fertig. »Mittagessen ist jeden Tag um zwölf, Oma wird für alle kochen, und Abendessen ist um sechs.«

Ungläubig sahen sich die beiden Mädchen an.

Die alte Frau hob den Zeigefinger.

»Eine Bitte hat meine Großmutter aber noch«, sprach Katalin weiter, doch während sie nun mit der Übersetzung fortfuhr, wurde ihr Gesicht eine Spur dunkler. »Könnt ihr mich zum Baden mit an den Strand nehmen? Ich darf dort noch nicht allein hin.«

»Das machen wir«, wandte sich Anna Maria an die alte Frau. »Danke, wir freuen uns.«

»Und ich spiel für Oma auch mal ein Ständchen«, sagte Siv und klopfte auf ihren Saxophonkoffer. Als Katalin das übersetzte, hob die alte Frau nur die Hände und winkte lachend ab.

Eigentlich war es kein richtiger Badestrand. Vielmehr ein schmaler Sandstreifen, der entstanden war, als der Schilfgürtel von der Uferkante zurückwich und so den Zugang zum See freigab. Nichtsdestotrotz war es der herrlichste Platz der Welt. Der frisch gemähte Rasen reichte bis unmittelbar an die Badestelle heran, das Wasser war herrlich warm und nicht tief, so dass auch kleinere Kinder unbedenklich darin plantschen konnten. Vereinzelte Bäume boten Schatten und manchmal, wenn der Wind drehte, wehte von einer Bretterbude am Rand der Wiese der Duft von frischem Langos herüber. Dann hielt Anna Maria beim Lesen ihres Buches inne, legte rasch einen Finger zwischen die Seiten und klappte es zu.

Katalin hockte neben ihr, den Kopf auf das angezogene Knie gestützt und war tief in ihr Spiel versunken. Gerade bettete sie hingebungsvoll das Monchichi in eines der leeren Brillenetuis, indem sie das Putztuch wie eine Zudecke über die kleine Figur breitete. Dabei summte sie leise vor sich hin. Plötzlich rief jemand ihren Namen und sie hob den Kopf, winkte und schlenderte dann zu einer Gruppe Mädchen in ihrem Alter, die nicht weit entfernt auf dem Rasen hockten.

Anna Maria drehte sich auf den Bauch um und ließ den Blick über den Strand schweifen. Zu ihrer Überraschung stand Siv nicht weit vom Ufer entfernt auf einem weißen Surfbrett mit roten Griffen, flankiert von einem Jungen in einer blauen Badehose, der ihr gerade ein Paddel reichte. Sofort begann sie, es vorsichtig neben dem Brett durchs Wasser zu ziehen. Anna Maria bemerkte, dass Siv Talent dafür besaß, auf schaukelnden Gegenständen die Balance zu halten, während sie sich damit übers Wasser bewegte.

Sie schüttelte den Kopf und wandte sich wieder ihrem Buch zu. Seit ihrer ersten Auslandsreise, es war die Konfirmandenreise nach Karlovy Vary gewesen, hatte sie sich angewöhnt, zur Einstimmung auf das jeweilige Land Bücher einheimischer Literaten zu lesen. Sie fand, irgendwie hatte sich das von selbst angeboten und ihre Neugier war geweckt. Wobei, und das musste sie sich eingestehen, sie am liebsten die Bücher der Autoren früherer Jahrhunderte las, die sie wegen ihrer detaillierten Schilderungen und prosaischen Sprache bevorzugte. Für den Urlaub am Balaton hatte sie sich Werke des Autors Sándor Márai in der privaten Bibliothek von Olav Wilde ausgeliehen. Márai war einer der bedeutendsten ungarischen Lyriker, Schriftsteller und Dramatiker des zwanzigsten Jahrhunderts und seine Werke fesselten sie auf ganz besondere Weise.

Anna Maria streckte sich wohlig auf der Decke aus. Wieder öffnete sie mit einer schnellen Bewegung die das Buch und suchte noch mit den Augen nach der richtigen Stelle, als sich unerwartet zwei eiskalte Hände auf ihre Schultern legten. Sie kreischte auf, denn es fühlte sich an wie ein Stromschlag, der ihren erhitzten Körper durchfuhr. Doch noch ehe sie etwas sagen konnte, schüttelte jemand hinter ihr ausgelassen den Kopf, so dass sie in eine Wolke feinster Wassertropfen eingehüllt wurde.

»Siv! Verdammt! Du tropfst mein ganzes Buch voll.«

»Na und? Ich kann noch ganz andere Sachen volltropfen, wenn ich will.«

Die Freundin landete lachend neben ihr auf der Decke, ihre Augen funkelten wild. Sie drehte sich übermütig auf den Rücken, um sich von der Sonne trocknen zu lassen.

Anna Maria betrachtete sie. Ein goldener Schimmer lag jetzt auf dem entspannten Gesicht. Ihre Brust hob und senkte sich und sie hielt die Augen geschlossen. Anna Maria widmete sich wieder ihrem Buch.

»Darf ich dich was fragen?«, unterbrach Siv nach einer Weile die Stille.

»Mmh.«

»Hast du deinen Entschluss, dich konfirmieren zu lassen, statt zur Jugendweihe zu gehen, jemals bereut?«

Anna Maria riss einen Grashalm ab und legte ihn als Lesezeichen zwischen die Buchseiten. »Du meinst, weil sie mich deshalb nicht zum Abitur zugelassen haben?«

»Na ja, stattdessen hast du diese Fotografenlehre angefangen. Aber ich kann mir beim besten Willen nicht vorstellen, dass du bis zu deinem Lebensende Passbilder machen und Babys auf Decken fotografieren willst.«

Anna Maria klappte das Buch zu und setzte sich auf. Neben Siv war es beinahe unmöglich, einer Tätigkeit nachzugehen, an der sie nicht in irgendeiner Form beteiligt war. Stumm blickte sie auf den See hinaus, wo am Horizont eines der Ausflugsschiffe vorüberfuhr, dann sagte sie mit Bestimmtheit: »Mein Entschluss, Fotografin zu werden, war keine Notlösung. Im Geschäft von Herrn Gericke habe ich es wirklich gut getroffen. Er kennt sich super aus und ich darf, wenn keine Leute im Laden sind, mit meiner Kamera vor den Fotohintergründen im Atelier experimentieren.« Anna Maria lächelte. »Neulich ließ er mich eine Schale mit Äpfeln fotografieren. Dabei erklärte er mir die Bedeutung der Ausleuchtungswinkel, wie man unerwünschte Reflexionen auf den Objekten vermeidet, und er zeigte mir die Schattenrisse, die dabei entstehen.«

»Klingt spannend«, sagte Siv gelangweilt. »Und wie ist er so?«

»Wer?«

»Der Gericke.« Siv beschattete ihre Augen mit dem Unterarm und sah Anna Maria an. »Ich meine, was für ein Typ ist er? Steht er auf dich?«

»Na hör mal, der ist kurz vor der Rente. Der Mann ist einfach nur nett und unglaublich kompetent.«

Dank der Fürsprache von Herrn Gericke hatte die Handwerkskammer sie ab diesem Herbst zur Abendschule delegiert. So könnte sie doch noch ihr Abitur ablegen und später einmal studieren. Mit der Lehre im Rücken würde sie sogar einen kleinen Vorsprung gegenüber ihren Kommilitonen haben.

Eine Autohupe ertönte.

Plötzlich sprang Siv auf und begann hastig, ihre Haare zu einem Knoten aufzuwickeln. »Übrigens, meine Gute«, sagte sie zu Anna Maria, »heute Abend essen wir nicht bei Oma.«

»Wieso nicht?«

»Weil wir beiden Hübschen heute mal so richtig einen draufmachen!«

Die Csárdás war von einer halbhohen Natursteinmauer umgeben, an der in regelmäßigen Abständen Blumenkästen hingen und die in ein geschnitztes Hoftor mündete, dessen Flügel weit offenstanden.

»Lass uns hier reingehen«, schlug Siv vor und schulterte ihren Saxophonkoffer. »Wir haben schließlich was zu feiern.«

Überrascht blieb Anna Maria stehen. »Was willst du denn feiern?«

»Dass wir jung und am Leben sind!« Siv legte den Kopf schräg und sah sie aufmunternd an.

»Klingt gut. Aber dafür werden die uns hier nicht umsonst essen und trinken lassen« gab Anna Maria zu bedenken.

»Abwarten.« Lächelnd verschwand Siv durch das Tor in den Innenhof des Restaurants. »Komm schon«, hörte Anna Maria sie von drinnen rufen. »Ist wirklich romantisch hier.«

»Verrückte Siv«, schimpfte Anna Maria leise und ging ihr nach. Insgeheim hatte sie sich vorgenommen, nur eine Suppe auf der Karte zu wählen und dazu ein Glas Wasser zu bestellen. Als sie um die Ecke bog, bemerkte sie, das Siv recht hatte. Die Csárdás war wirklich eine andere Welt, nicht zu vergleichen mit den Buden am Strand oder den kleinen verwinkelten Hausküchen, in denen sie manchmal zusammen mit den Ungarn aßen. Anna Maria wusste gar nicht, wo sie zuerst hinschauen sollte. Der Innenhof wurde auf zwei Seiten von einem weißen Arkadengang begrenzt, in dessen Mauerbögen abwechselnd prachtvolle Blumenampeln und schmiedeeiserne Laternen hingen. Über dem Platz spannte sich eine hölzerne Pergola, an der unzählige Weinreben rankten. Ihr dichtes Laub bot einen natürlichen Schatten für die Gäste an den Tischen, die in loser Formation um einen Springbrunnen herum platziert waren.

Zögernd durchquerte Anna Maria den Innenhof und wich dabei Amphoren und Weinfässern aus, die allesamt als Dekoration aufgestellt waren. Sie entdeckte seitlich über dem offenen Feuer einen ansehnlichen Kupferkessel, dessen Inhalt regelmäßig von einem schnauzbärtigen Mann in Tracht mit einer Holzkelle umgerührt wurde, der nebenan auch noch einen beeindruckenden Holzkohlengrill bediente.

Anna Maria fühlte sich auch nicht wohler, als Siv ihr von einem der Tische aus zuwinkte. Aus unerfindlichem Grund hatte sie die längste Tafel mit acht Plätzen in der Nähe des Grills gewählt und der Saxophonkoffer thronte selbstgefällig neben ihr, als wäre er ein weiterer Gast.

Atemlos erreichte Anna Maria den Tisch und ließ sich auf die Kante des Stuhls sinken. »Siv, was soll das?«, fragte sie eindringlich. »Du willst feiern, gut feiern wir! Von mir aus gerne, aber bitte nicht hier! Das ist viel zu teuer für uns! Wir können woanders hingehen. Noch ist Zeit zu verschwinden …«

»Bleib locker, Anna Maria. Lass dich überraschen!«

Anna Maria grub ihre Vorderzähne in die Unterlippe und sah Siv stumm an. Sie war sich nicht sicher, ob sie von ihrer besten Freundin auf diese Weise überrascht werden wollte.

Ein Kellner tauchte an ihrem Tisch auf, begrüßte sie freundlich und legte ihnen die Speisekarten hin. Dann fragte er sie in fast akzentfreiem Deutsch, was sie trinken wollten.

»Danke, bitte geben Sie uns noch einen Moment«, antwortete Siv weltgewandt. »Wir möchten das Getränk passend zum Essen wählen.«

Der Kellner nickte und verschwand.

Anna Maria verschlug es die Sprache. Sie schluckte und merkte, wie die Namen der Gerichte in der Karte vor ihren Augen verschwammen. Für die Preise, die hier für eine einzige Mahlzeit aufgerufen wurden, hatte sie sich in Fonyód auf dem Pullovermarkt eine Jeans, ein Paar Stoffturnschuhe und das coole Oberteil mit dem Namenszug einer Band gekauft. Rechnete sie noch ab, was die Oma an Geld von ihr erhielt und was sie täglich als minimales Taschengeld für den Bus oder als Eintritt benötigte, war ihr Reisebudget jetzt schon völlig ausgereizt. Der Besuch einer Csárdás entsprach ganz und gar nicht ihrer Preisklasse. Demonstrativ klappte Anna Maria die Speisekarte zu und legte sie vor sich auf den Tisch.

»Und, hast du schon was gefunden?«, fragte Siv nebenbei und die Art, wie sie so selbstverständlich fragte, ärgerte Anna Maria und trieb ihr die Zornesröte ins Gesicht. Doch bevor sie dazu kam, etwas darauf zu antworten, sprang Siv auf und winkte aufgeregt.

Erstaunt drehte sich Anna Maria um.

Vom Tor her näherten sich sechs junge Männer. Alle in T-Shirts, Trainingshosen und Turnschuhen.

»Komm schon, steh auf. Ich will dir die Jungs vorstellen«, sagte Siv und lachte. »Überraschung!«

Anna Maria erhob sich und stellte sich neben Siv.

»Das hier ist Tobias«, die Freundin deutete auf einen von ihnen, den Anna Maria als denjenigen erkannte, der vor ein paar Stunden mit Siv gesurft hatte. »Tobias hat heute Geburtstag und er hat uns zu seiner Feier hierher eingeladen. Aber nur, wenn ich ihm ein Ständchen auf dem Saxophon vorspiele.« Siv schickte sich an, den Instrumentenkoffer zu öffnen.

Tobias lächelte schüchtern. »Später gern. Aber jetzt haben wir alle erst mal richtig Kohldampf.«

Am Tisch stellten sich die anderen jungen Männer der Reihe nach vor. Sie waren ungefähr in ihrem Alter, kamen aus Wolfsburg und machten dort eine Lehre im Automobilwerk. Für ihren Urlaub hatten sie ein Ferienhaus unten am See gemietet, wo sie gemeinsam wohnten. Sie unterhielten sich lachend über die Leute am Strand, den Zeltplatz und die Orte am Balaton, die sie bereits besucht hatten.

Das Essen und der Wein waren wirklich köstlich und während Tobias das Dessert bestellte, hatte Günther, der neben Anna Maria saß, plötzlich eine Idee. »Sagt mal, ihr beiden, wie sieht's aus, dürfen wir euch morgen vielleicht zu einer kleinen Spritztour einladen?«

»Wo soll es denn hingehen?«, fragte Siv und wechselte einen vorsichtigen Blick mit Anna Maria.

»Bei unserem Jetta ist die Benzinpumpe kaputt und hier in Ungarn ist es unmöglich, einen Ersatz dafür aufzutreiben.«

Anna Maria bemerkte, wie Tobias Siv angrinste und sie zustimmend nickte.

»Deshalb wollen wir morgen mit den Motorrädern mal kurz nach Österreich rüber und dort eine besorgen. Wenn ihr Lust habt, könnt ihr uns begleiten. Wie wäre es, wenn wir uns gemeinsam Wien ansehen?«

Siv klatschte begeistert in die Hände, aber Anna Maria mischte sich sofort ein: »Jungs, das ist echt nett von euch, wirklich. Aber da können wir nicht mitkommen.«

»Wieso denn nicht? Also wenn es wegen des Geldes ist, kein Problem, wir …«

Anna Maria schüttelte energisch den Kopf. »Nicht wegen des Geldes. Aber als DDR-Bürgern ist es uns verboten, ins nichtsozialistische Ausland zu reisen.«

»Aber ich denke, Österreich ist neutral«, gab Günther zu bedenken.

»Ach, da kontrolliert doch sowieso niemand an der Grenze«, warf einer der anderen ein.

»Das mag schon sein. Aber wenn die uns erwischen, gehen wir sofort ab in den Knast. Also ehrlich, so schön wie es gewesen wäre, vielen Dank, aber es geht wirklich nicht.«

Ratlos sahen sich die Jungen an, einige zuckten mit den Schultern.

Die Stimmung war definitiv im Eimer und es war Siv, die den Abend rettete. Sie stand einfach auf, legte Tobias eine Hand auf die Schulter und verkündete: »Du bekommst jetzt von mir dein Geburtstagsgeschenk.«

Sie nahm ihr Saxophon aus dem Koffer und stellte sich unweit des Tisches auf, das viel zu mächtige, glänzende Instrument an einem um den Hals geschlungenen Riemen.

Anna Maria kannte die Melodie nicht. Aber darum ging es auch gar nicht. Sie hatte Siv schon einige Male spielen gesehen, aber noch nie so; noch nie so in sich versunken, noch nie so entrückt. Mit rotem

Kopf, die Augen geschlossen, stand sie da, den Körper gekrümmt, als würde sie alle Kraft für ihr Spiel benötigen. Sie spielte voller Hingabe und es ging etwas von ihr aus, das sich wie ein Zauber auf sie alle legte. Gebannt hörten die Jungs zu, selbst die Gäste an den anderen Tischen mochten sich der Musik nicht entziehen und ringsum erstarben die Gespräche. Leise rückten Stühle und die Zeit gerann zu einem Tropfen Ewigkeit.

12

Jens saß mit nacktem Oberkörper auf der Fensterbank und nippte an einem Kaffee. Neuerdings trug er die Haare länger. Die dunkelblonden Locken fielen bis auf die Schultern hinab und umrahmten ein hübsches Gesicht, in dem blaue Augen und ein sinnlicher Mund das Auffälligste waren.

Jens schaute über den Tassenrand hinweg aus dem Fenster. Das Haus, in dem Kristin wohnte, war das letzte in einer langen Reihe von Gründerzeitbauten. Früher war die Straße als Wohngegend sehr beliebt gewesen, denn es gab hier zahlreiche Ladengeschäfte, eine Kneipe, eine Kohlenhandlung und ein reizendes Eckcafé, das im Sommer Moskauer Eis verkaufte. Doch dann beschlossen die Stadtplaner, einen neuen Rangierbahnhof zu bauen, und kappten kurzerhand die Fahrbahn am oberen Ende der Straße, worauf diese unweigerlich den Charakter einer Sackgasse annahm und schließlich im Lärm der Tag und Nacht anrollenden Züge versank. Der schleichende Niedergang zu einem halbleeren Wohnviertel in bemitleidenswertem Zustand war nicht mehr aufzuhalten.

Jens konnte von seinem Platz am Fenster auf das Gewirr aus Gleisen blicken, das einem metallenen Kraken glich, der seine Tentakel in den sandigen Boden krallte. Würde er jetzt das Fenster öffnen, rußig schmeckende Luft käme hereingewabert, zusammen mit dem Motorenlärm der blauen Diesellok, die unermüdlich dort unten über die Schienen zuckelte. Dazu die aufgeregten Rufe der Männer, die langgezogenen Signalpfiffe und das Abrollen der Wagen, die irgendwann scheppernd zusammenstießen.

»Was ich dich eigentlich schon immer mal fragen wollte«, unterbrach Kristin seine Beobachtungen. Von ihm unbemerkt war sie im Bademantel und mit einem Handtuch um den Kopf geschlungen ins Zimmer getreten und steuerte nun mit einem Fläschchen Nagellack und einem Beutel Watte unterm Arm direkt auf ihn zu. »Was ist eigentlich aus den zehn Mark West geworden, die du damals für die Hauswoche bekommen hast?«

Jens sah zu, wie sie sich neben ihn setzte und damit begann, Wattestücke aus dem Ballen zu zupfen, diese geschickt zusammenzurollen und zwischen ihre Zehen zu stopfen.

Als sie seinen Blick bemerkte, schaute sie kurz auf. Jens räusperte sich. »Mein Vater hat sie einkassiert. Gleich nachdem ich die Wohnung betreten hatte.«

»O k a y!« Kristin zog die Buchstaben in die Länge und fuhr damit fort, auch beim anderen Fuß die Zwischenräume mit Watte auszupolstern. »Und wozu brauchte er das Geld?«

»Für Johnson-Autopudding.«

Kristin nahm den Nagellack, schüttelte das Fläschchen und sah ihn fragend an. »Was in aller Welt ist Autopudding?«

Jens hob die Schultern. »Irgendein Zeug, das man auf Autos schmiert, damit sie nicht rosten und der Lack besser glänzt. Frag mich nicht, ich habe davon keine Ahnung.«

Kristin zog den Pinsel aus dem Fläschchen und begann, die Zehennägel zu lackieren. »Hat er dir von dem Geld auch was gekauft?«, fragte sie ohne aufzublicken.

Jens stieg der scharfe Geruch des Nagellacks in die Nase. »Mmh. Einen Tintenkiller, und einen für meinen Bruder.«

Kristin spitzte die Lippen und begutachtete ihre Zehen.

Jens schaute wieder aus dem Fenster.

»Und was hättest du dir von dem Geld gekauft?«, fragte sie unvermittelt.

Er zuckte mit den Achseln. »Weiß nicht. Aber sicher keinen Johnson-Autopudding.« Er lachte leise auf.

Kristin strich ihm mit der Hand wortlos durch die Haare und deutete auf die Fensterbank, wo die Zigaretten und das Feuerzeug lagen. »Zündest du mir eine an?« Sie wackelte mit den Füßen. »Ich kann grade nicht.«

Jens schnippte eine Zigarette aus der Schachtel, setzte sie in Brand und inhalierte tief den Rauch. Dann reichte er sie an Kristin weiter.

»Kommst du nachher mit? Die Clique will wieder ins Kino.«

Jens nickte. »Klar. Aber zuerst muss ich noch den Woyzeck holen.«

Er lächelte, als Kristin fragend die Augenbrauen hochzog. »Ein Drama von Büchner, müssen wir in Deutsch lesen.«

»Aha.«

Er sah ihr an, dass sie mit seiner Aussage nichts anzufangen wusste. Er schlang die Arme um die Knie. »Da geht's um einen Soldaten, der eine Freundin und ein Kind hat. Aber sein Sold reicht gerade, um die beiden zu erhalten. Er ist Bursche bei einem Hauptmann. Übrigens der absolute Vollarsch, schikaniert den Woyzeck, wo er kann. Aber weil Woyzeck mehr Geld braucht, wird er zum Versuchskaninchen für einen Arzt. Ich glaube, er muss eine Erbsendiät machen oder so.«

Kristin verzog die Mundwinkel.

»Na ja, jedenfalls rackert der Woyzeck sich ab, lässt sich von den beiden Idioten demütigen und so richtig fertigmachen. Am Ende entdeckt er noch, dass seine Freundin eine Affäre mit einem Major hat.«

»Deshalb die Bezeichnung Drama.« Kristin schüttelte den Kopf.

»Jedenfalls ist der Woyzeck völlig fertig und hört dann auch noch Stimmen in seinem Kopf, die ihm befehlen, die untreue Freundin umzubringen. Da er sich keine Pistole leisten kann, kauft er ein Messer. Mehr kann ich dir nicht sagen, denn weiter habe ich noch nicht gelesen.«

»Was glaubst du, bringt er sie um?«

»Möglicherweise. Ausschließen würde ich es nicht.«

»Puh! Harter Tobak! « Kristin drückte die Zigarette im Aschenbecher aus, zog Jens zu sich heran und küsste ihn. »Gut, mein Liebling. Du nimmst das Moped und holst dein Buch. Wir treffen uns später bei Mario.«

»Ach Junge, du bist es«, sagte die Mutter überrascht, während sie sich mit dem Geschirrtuch die Hände abtrocknete. »Ist alles in Ordnung bei dir?« Sie schaute ihn fragend an, trotzdem spürte Jens, dass sie mit ihren Gedanken woanders war. Er ließ den Wohnungsschlüssel in die Seitentasche des Parkas gleiten. »Ich wollte nur schnell was für die Schule holen. Bin gleich wieder weg.«

Aus dem Wohnzimmer drangen die gedämpften Geräusche einer Sportübertragung.

Jens drückte sich an seiner Mutter vorbei und betrat das Jugendzimmer. Während er sich dort umsah, war ihm, als erlebe er das Geschehen als Außenstehender, so als würde ein Teil von ihm das Vorgehen weiter von der Diele aus beobachten. Alles hier schien unverändert. Noch immer hielten Bühnenkulissen jede freie Fläche auf dem Mobiliar besetzt. Auf dem Plattenteller lag eine Langspielplatte. Die Hülle lehnte am Schrank. Tosca, las Jens, von Giacomo Puccini.

Er trat vor das Bücherregal. Hier standen aufgereiht die treuen Begleiter seiner Kindheit, die Bindungen gelockert, die Buchrücken gebrochen, zu oft hatte er sich zwischen die Seiten geflüchtet. Sein Zeigefinger glitt am Regalbrett entlang. Jules Verne, las er, Karl May - und alle Bände vom Zauberer der Smaragdenstadt, zumindest die, die von Alexander Wolkow verfasst worden waren. Er erinnerte sich gut, wie er es kaum hatte erwarten können, bis die einzelnen Fortsetzungen erschienen. Beinahe jeden Tag fragte er in der Buchhandlung nach, bis er endlich den neuesten Band in den Händen hielt.

Bei dem Gedanken daran huschte ein knappes Lächeln über sein Gesicht, während er nach dem Woyzeck griff und ihn einsteckte. Dann verließ er das Zimmer in dem Wissen, keine nennenswerten Spuren hinterlassen zu haben.

»Willst du zum Abendbrot bleiben?«, fragte die Mutter und eine seltsame Unruhe lag dabei auf ihrem Gesicht.

»Nein. Kristin wartet, wir wollen mit der Clique ins Kino.«

Sie trat jetzt ganz dicht an ihn heran. Sie roch nach Seife und einer Spur Kölnischwasser. Ihre Stimme wurde drängender. »Junge, du bist grad dabei, dein Abitur zu machen. Das ist eine Auszeichnung, hörst du? Du wirst studieren und deinen Weg gehen.« Die Mutter musterte ihn eindringlich. »Die Kristin ist nett, keine Frage, aber sie wird dir bei dem, was du vorhast, nicht folgen können. Keiner von diesen Leuten kann dir auch nur annähernd das Wasser reichen. Du solltest dich von denen fernhalten, sie sind kein Umgang für dich. Das sind Halbkriminelle, die dich am Ende noch auf dumme Gedanken bringen.« Sie machte eine Pause. »Außerdem reden die Nachbarn schon. Kein Wunder, schau dich doch nur mal an, wie du rumläufst. Am Ende fällt das alles auf mich zurück.«

Plötzlich fühlte Jens Hitze in sich aufsteigen, gereizt nestelte er am Reißverschluss seines Parkas. Er schluckte und starrte seine Mutter an. Am liebsten wollte er sie packen und ihr ins Gesicht schreien, dass sie seine Freunde, über die sie so urteilte, überhaupt nicht kannte. Dass sie sich nur von ihren Vorurteilen, Vermutungen und Ängsten leiten ließ, und dass alle Kleidungsstücke, die er am Leib trug, Kristin für ihn besorgt hatte. Sie liebte ihn und sorgte für ihn. Er mochte die Jeanshose mit den Flicken, die speckigen Kletterschuhe, den abgetragenen Schwalbenschwanzparka und das Fleischerhemd. Nicht einen Pfennig mussten die Eltern dafür bezahlen, und was die Nachbarn anging, die konnten ihn mal. Sollten die sich gefälligst um ihre eigenen Angelegenheiten kümmern.

All das wollte er ihr sagen. Doch er stand nur stumm im Halbdunkel der Diele, von Liebe und Wut überwältigt, auf der Suche nach etwas, das ihm in diesem Moment Halt gab, ihm irgendwie noch vertraut vorkam. Etwas, das er nicht benennen konnte und das ihm trotzdem zunehmend entglitt.

»Was ist denn da draußen schon wieder los?«, rief der Vater aus dem Wohnzimmer.

»Nichts weiter. Der Große ist nur vorbeigekommen.«

Jens hörte, wie im Zimmer nebenan ein Sessel gerückt wurde. Kurz darauf erschien der Vater im Türrahmen, den er fast zur Gänze ausfüllte. »Du könntest wenigstens Guten Abend sagen«, brummte er.

Obwohl Jens nur die Silhouette erkennen konnte, ahnte er, dass der Vater sein weißes Unterhemd und die blaue Trainingshose trug, die an den Knien ausgebeult war. »Guten Abend«, sagte er widerwillig.

Irgendwo im Haus ging die Spülung und das Fallrohr im Bad rauschte.

»Ich bin nur kurz hier und fahre gleich zu Kristin zurück.« Ohne dass es ihm bewusst war, betonte er ihren Namen.

»Bist du wieder mit ihrem Moped unterwegs?«, fragte der Vater stattdessen, und als wäre die Frage nur rhetorisch gemeint, wartete er die Antwort nicht ab. »Ich habe dir gesagt, dass ich das nicht dulde. Das Moped gehört dir nicht. Wenn du damit stürzt oder einen Unfall baust, stehen wir als Eltern für den Schaden gerade. Wenn du dein eigenes Geld verdienst, kannst du dir gern eine Maschine kaufen. Aber bis dahin fährst du gefälligst mit der Straßenbahn. Haben wir uns verstanden?«

Jens warf seiner Mutter einen schnellen Blick zu. Aus ihrer Miene sprach Betretenheit sowie eine Hilflosigkeit, die an Mitgefühl erinnerte, aber er wusste, dass es nicht so war. Jens antwortete nicht. Er drehte sich zur Tür um, öffnete sie und wartete auf einen letzten Einwand, der ihn hätte zurückhalten können. Doch nichts dergleichen geschah. Deshalb sagte er nur noch leise: »Bis bald«, bevor er ging.

Die Klingel schrillte. Kurz darauf hörte Jens tapsende Schritte, die sich schnell näherten. Die Tür flog auf und Anja, Marios Freundin, stand splitterfasernackt und feucht glänzend vor ihm. Wassertropfen rannen an ihrem Körper herab und sammelten sich in einer Lache zu ihren Füßen.»Ah, der Jens«, sagte sie, stellte sich auf die Zehenspitzen und gab ihm einen flüchtigen Kuss auf die Wange. »Komm rein und mach die Tür zu.« Noch während sie die Worte aussprach, drehte sie sich um und lief eilig davon, wobei sie feuchte Fußabdrücke auf den Dielen zurückließ.

Jens blieb einen Moment unsicher stehen, dann schloss er die Tür und folgte ihr. Zu seiner Überraschung hockte Anja in der Küche in einer Zinkbadewanne, die gerade so groß war, dass sie mit angewinkelten Beinen darin sitzen konnte. In dem kleinen Zimmer herrschten tropische Zustände. Das Fenster war beschlagen und jeder Gegenstand im Raum von einem Dunstfilm überzogen.

Als sie sein verdutztes Gesicht bemerkte, legte sie die Arme auf den Rand und grinste schelmisch. »Was ist, mein Hübscher? Noch nie ne Frau gesehen, die ihre Mumu badet?«

Anja ließ Jens keine Zeit, näher darauf einzugehen. »Du stehst gerade günstig. Bist du lieb und füllst heißes Wasser nach? Ich muss noch zehn Minuten in der Plürre hocken.« Sie zeigte hinüber zum gusseisernen Herd, auf dem zwei hellbraune Emailletöpfe und ein Wasserkessel standen. Die Tülle hatte man vorsorglich vom Kessel entfernt, so dass der Wasserdampf entwich, ohne den charakteristischen Pfeifton zu erzeugen.

Jens fand ein Handtuch, zog es von der Stuhllehne, hob vorsichtig einen der Töpfe von der Feuerstelle und wandte sich der Zinkbadewanne zu.

»Warte, ich rutsche vor«, sagte Anja, ging in die Hocke und warf dabei ihre Haare nach vorn. Dann beugte sie sich mit dem Oberkörper leicht über den Rand.

Jens' Blick glitt die verheißende Linie von ihrem Nacken hinab, die zwischen den Schulterblättern hindurchführte und, dem Verlauf der Wirbelsäule folgend, schließlich zwischen dem Ansatz der kleinen festen Pobacken verschwand. Er zwang sich, auf das heiße Wasser zu achten, dass sich jetzt in kleinen Wirbeln mit dem übrigen Badewasser vermischte.

»Die anderen beiden auch«, hörte er sie sagen.

Nacheinander goss er den erhitzten Inhalt in den Zuber. »So, fertig.«

Mit einem leisen Aufstöhnen wohligen Empfindens glitt Anja in die Mitte der Badewanne zurück, wobei eine kleine Welle entstand, die sich am gegenüberliegenden Wannenrand brach, ein Teil davon schwappte über die Kante auf die Dielen.

»Jetzt warm genug?«, fragte Jens, der unschlüssig den Wasserkessel in den Händen hielt.

Belustigt schaute ihn Anja an. »Fühl doch mal.«

Das nebelige Küchenlicht ließ ihre Brüste schimmern.

Jens hob abwehrend die Hände. »Ich denke, die Temperatur passt.«

»Tja, wenn du lieber den Trauerkloß spielen willst.« Sie schob schmollend die Lippen vor.

»Will ich, also sei tapfer!« Jens drehte sich zur Seite und stellte den leeren Behälter auf den Küchentisch. »Ich gehe jetzt zu den anderen. Ich wünsche dir noch viel Spaß.«

»Na klar, lasst mich nur alle alleine«, rief sie ihm hinterher und lachte.

Als Jens ins Wohnzimmer kam, standen alle um den kleinen Couchtisch herum, auf dem ein Tablett mit Gläsern abgestellt war. Mario war gerade damit beschäftigt, eine Flasche Sekt zu öffnen.

Sorgfältig entfernte er die Metallfolie über dem Verschluss.

»Ist bei euch der Wohlstand ausgebrochen?«, fragte Jens mit Blick auf die Flasche.

»Kann man so sagen!« Mario strahlte übers ganze Gesicht. »Anja wurde gestern in die Exportabteilung delegiert. Das heißt fünfzig Mark mehr im Monat, und wenn es gut läuft, die eine oder andere Prämie. Mit einigen von den Frauen hat Anja schon früher zusammengearbeitet.«

Jens kannte die Exportabteilung der Konsü-Waffelfabrik von ihrem Schulbesuch im Werk. Die Mutter einer Mitschülerin arbeitete dort, und so wurde ihnen gestattet, den Betrieb zu besichtigen. Am Ende durften sie sogar von den Waffeln naschen, die eigentlich für den Export in die BRD bestimmt waren. Alle kannten das blaue Logo auf der bunten Tüte in den Händen der Mitarbeiterin, aus der sich jeder Schüler ausnahmsweise eine Waffel nehmen durfte. Wie sich herausstellte, war das Gebäck mit richtiger Schokolade überzogen, nicht wie sonst üblich mit einer Fettglasur, und noch auf dem Heimweg hatte Jens das zarte Zimtaroma auf den Lippen geschmeckt.

Der Korken knallte und der Sekt schäumte unter allgemeinem Gejohle aus der Flasche.

»Kommst du, Schnecke!«, rief Mario Richtung Küche und reichte die Gläser an die anderen weiter.

»Auf uns!«, prostete Mario und er gab Anja, die im Bademantel neben ihn trat, einen schnellen Kuss. »Und auf die Götter des Blues, des Rocks und des Folks«, fuhr er fort. »Auf Bob Dylan …«

»… und Neil Young«, fügte Anja hinzu.

»Auf Kate Bush und Joni Mitchell«, ergänzte Kristin.

»Auf Clapton«, murmelte Lutz. »Die geilste Gitarre überhaupt.«

Alle sahen Jens an.

»Auf Freygang«, sagte er. Es war die einzige Formation, die ihm so schnell einfiel. Vor ein paar Wochen hatte Kristin ihn zu einer Bluesmesse nach Berlin mitgenommen, wo eine Band namens Freygang aufgetreten war.

»Freygang?« Empört schaute Lutz ihn an. »Die würde ich jetzt aber nicht als Götter bezeichnen«, beanstandete er.

»Aber sie spielen Blues«, erwiderte Jens und dachte zurück an das Konzert in der Samariterkirche. Zuvor hatte er noch nie eine Kirche betreten. Er wusste noch, wie seltsam es ihn anrührte, als er neben Kristin Platz nahm und in den Reihen all die Menschen sah, die genauso wie sie gekleidet waren, die ihre Haare länger trugen und augenscheinlich auf dieselbe Musik wie sie standen. Umso erstaunter war er, als ihm bewusst wurde, dass die erwarteten Auftritte in einen echten Gottesdienst eingebettet waren, in dem der Pastor darüber sprach, dass es endlich Zeit wäre, die Schwerter dieser Welt zu Pflugscharen umzuschmieden.

»Einigen wir uns darauf«, mischte sich Mario ein. »Die Jungs von Freygang machen Blues und der ist immer göttlich. Also dann, Freunde, lasst uns die Gläser leeren auf die Riffs und Harmonien, die uns heilig sind.«

Sie stießen an und tranken.

Mario stellte sein Glas ab und schaute auf die Uhr. »Leute, es wird Zeit für unseren Auftritt.«

Das Konzerthaus lag von der Straße zurückversetzt in einem Hinterhof und man wurde nur auf das Lichtspieltheater aufmerksam, wenn man sich die Mühe machte, die handlichen Plakate des Progress-Film-Verleihs in dem abgewetzten, unbeleuchteten Schaukasten zu entziffern.

Nacheinander betraten sie das Foyer, wo heute eine ältere Frau im lilafarbenen Rollkragenpullover hinter der geschwungenen Glasscheibe des Kassenhäuschens hockte und in einem Buch las. Ungehalten über die Störung hob sie den Kopf und musterte sie tadelnd durch die dicken Gläser ihrer Brille unter der kleingelockten Dauerwelle. Widerstrebend öffnete sie die Sprechluke. »Was wollen Sie?«, fragte sie, wobei ihre Zunge unentwegt gegen die obere Reihe ihrer Vorderzähne stieß.

»Guten Abend«, sagte Mario höflich. »Bitte fünf Karten für ›The Last Waltz‹«.

»Das macht eins achtzig pro Karte.« Sie blinzelte mürrisch. »Übrigens, die Logen unten sind wegen Baufälligkeit gesperrt, ebenso die Galerie im ersten Stock. Bleibt ihnen nur der Zuschauerraum.«

Mario nickte. Die Informationen waren ihm bekannt. Das Kino verfiel schon seit Jahren. Wortlos reichte er ihr das Geld durch die runde Öffnung in der Glaswand.

Die Frau zählte umständlich nach, riss anschließend fünf Tickets von der Rolle und gab sie ihm. Erneut fixierte sie die Gruppe und legte die Stirn in Falten. »Und keine Fisimatenten da drin«, erklärte die Frau. »Ich sag's Ihnen, junger Mann, ich rufe sofort die Polizei.« Dann schloss sie, ohne eine Reaktion abzuwarten, demonstrativ die Abdeckung und widmete sich wieder ihrem Buch.

Mario war geneigt, energisch gegen die Scheibe zu klopfen und etwas Deftiges darauf zu erwidern, doch Anja schob ihn mit Nachdruck einfach in Richtung Kinosaal.

»Frechheit!«, schimpfte er noch und stieß wütend die Tür auf. »Was glaubt die Alte, wer sie ist! Und überhaupt, wer außer uns schaut sich denn sonst den Film an?«

»Sie haben es gehört, junger Mann«, flötete Kristin und machte die Stimme der Alten nach. »Reden Sie hier keinen Unsinn, sonst kommen die Bullen und verhaften Sie wegen Ihres fehlgeleiteten Äußeren als asoziales Element.«

Erschrocken hielt Jens inne und schaute sich unauffällig um.

»Hey, was ist, Kleiner?«, fragte Lutz, der mit seinem Gitarrenkoffer vor ihm stehenblieb. »Mach den Mund wieder zu. Willkür ist doch Realität in diesem Land und Blues ist nicht nur Musik. Er ist auch Widerstand gegen die Verfolgung von uns Trampern, oder wie würdest du das bezeichnen, was die 1976 in Altenburg mit über hundert Bluesern angestellt haben?«

Jens zuckte unbestimmt mit den Schultern. Er hatte keine Ahnung von dem, was damals in Altenburg geschehen war.

Lutz schniefte laut. »Entschuldige, Kleiner, ich vergaß, dass du da noch mit deinen Puppen gespielt hast.«

»Es reicht, Lutz!«, mischte sich Kristin ein.

»Ja, es reicht«, wiederholte Lutz und sah Kristin verdrießlich an. »Wenn du mich fragst, geht das schon viel zu lange.« Er schlurfte davon und Jens fragte sich unweigerlich, was früher zwischen ihm und Kristin gewesen war. Er sah, wie sich Kristin rasch mit den Händen übers Gesicht strich, als könne sie den stummen Vorwurf, der an ihr haftete, damit einfach wegwischen.

Durch ihre Finger hindurch trafen sich ihre Blicke. Langsam ließ sie die Hände sinken und einen Moment lang schien es Jens, als wollte sie etwas zu ihm sagen. Doch dann wandte sie sich plötzlich ab, unwirsch, so, als wäre sie gekränkt worden, und lief den Gang weiter hinunter. Jens folgte ihr und betrat als Letzter den Kinosaal.

Der Innenraum, der sich einst in den zwanziger Jahren des letzten Jahrhunderts als prunkvolles Herzstück des Lichtspieltheaters präsentiert hatte, hatte sich in diesen Tagen vollständig seinem Aschenputteldasein ergeben. Einige wenige Wandleuchten und ein kreisrunder Kristalllüster unter der mit Rissen überzogenen Stuckdecke erzeugten einen matten, staubigen Schimmer, der sich wie ein Weichzeichner wohlwollend auf das abgenutzte Interieur aus Samt, Messing und Holz legte. Selbst die geborstenen Dielen der eingestürzten Galerie und die mit Putzstücken und Tapetenresten überhäuften Stühle in den Logen darunter wirkten in dem Licht auf eine eigene Art entrückt und trotz der Absperrung wenig bedrohlich.

»Hast du deine Mundharmonika dabei?«, fragte Mario, der ohne Eile die Tragetasche öffnete, in der seine Gitarre lag.

Jens nickte.

Wie es aussah, waren sie allein in der Vorstellung. Aber ehrlich gesagt hatte Jens sich das erhofft, denn nur so konnten sie den Film mit ihren Instrumenten und Stimmen begleiten.

Während Lutz auf der Sessellehne in der letzten Reihe hockte, die Füße auf der Sitzfläche, und seine Gitarre stimmte, holte Anja zwei Schellenringe aus einem grünbunten Stoffsack mit Fransen hervor, den sie sich aus einem Wandteppich genäht hatte. Kristin kniete zwei Stühle weiter auf dem Boden und hebelte Kronkorken von den Bierflaschen. Jens setzte sich neben sie und polierte das Mundstück der Mundharmonika. Als die Lichter verblassten, huschten endlich auch Anja und Mario auf ihre Plätze. Kristin verteilte flüsternd die geöffneten Bierflaschen und erhielt im Gegenzug von Anja einen Schellenring.

Vorn auf der Leinwand brüllte herausfordernd der MGM-Löwe. Dann tauchten sie ein in die surreale Konzertfilmwelt von Martin

Scorsese, und während Mario die Eröffnungsmelodie auf der Klampfe zupfte, fuhren sie zusammen im Auto durch die Straßen einer amerikanischen Kleinstadt. Sie sprachen die Antworten der Musiker aus den Interviews mit, wie salbungsvoll vorgetragene Psalme, sie pfiffen und johlten zu den anzüglichen Äußerungen und musizierten voller Hingabe, wenn es die Band auf der Leinwand tat.

Soeben beendete Dr. John seinen Auftritt am Klavier, den sie für eine kleine Pause genutzt hatten, in der sie Bier tranken und Jens für Kristin eine Zigarette anzündete und sich danach sehnte, von ihr geliebt zu werden.

»Als Nächster ist Neil Young an der Reihe«, sagte Mario und wandte sich an Jens. »Du beginnst, wir setzen ein.«

Er unterdrückte die jähe Aufregung, die ihn befiel und führte die Mundharmonika an den Mund. Er spürte die Kühle des Metalls auf seinen Lippen. Sein Blick war unverwandt auf die Leinwand gerichtet, wo Neil Young den Kopf leicht nach vorn über die Mundharmonika beugte.

Jens atmete tief ein und ließ die Luft aus den Lungen langsam in das Instrument strömen.

Beinahe zeitgleich setzte ihr Spiel ein und sofort nahmen die Gitarren und Schellenringe der anderen die Tonfolge auf.

Jens schloss die Augen. Der Rhythmus seines Atems brachte die Klänge hervor, die vibrierend die Mundharmonika verließen, um ungehemmt hinauf unter die weit gespannte Decke des Saales zu steigen, wo sie sich hoffnungslos zwischen den angelaufenen Kristallstücken des Lüsters verfingen.

Weiter glitten seine Lippen über die Mundharmonika, lauschte er der Musik und sang gemeinsam mit den anderen den Text des Refrains von »Helpless«.

Als er sich umwandte und zu den anderen hinüberblickte, erfasste ihn eine offene, unverhohlene Begeisterung, denn er sah, wie die Finger über die Saiten der Gitarren flogen, wie die Schellenringe im Takt gegen die Handballen schlugen und wie Kristin ihn dabei anlächelte.

Und er war ein Teil davon.

Dann erreichte das Lied seinen Höhepunkt. In diesem Moment schien alles möglich.

Vor lauter Liebe stiegen ihm Tränen in die Augen, mit einem Mal offenbarte sich alles ganz klar und deutlich vor ihm und auf eine betörende Art und Weise war er unendlich erleichtert.

Dann war der Song zu Ende.

Applaus dröhnte aus den Lautsprechern und vertrieb den Zauber zwischen den Stuhlreihen. Jens ließ die Mundharmonika sinken. Noch hallten all die Empfindungen in ihm nach. Doch als Neil Young nach einem letzten Gruß in das Dunkel hinter der Bühne eintauchte, stellte sich bei ihm das diffuse Gefühl ein, bereits in diesem Moment etwas Wertvolles verloren zu haben. Zumindest für diesen Abend.

»Klasse gespielt, Alter!«, sagte Mario und prostete ihm mit dem Bier zu.

13

Ivo zündete sich eine Zigarette an, während er sich im dämmrigen Zwielicht der Baracke umsah. Niemand an diesem trostlosen Ort ahnte, dass er neben dem Westkaffee, der bei einer möglichen Kontrolle durch den wachhabenden Offizier notfalls als Ablenkung gedient hätte, heimlich noch eine zweite, unerlaubte Sache aufs Kasernengelände geschmuggelt hatte: ein unscheinbares, mit Pflasterstreifen auf seine Haut geklebtes Tütchen Cannabis-Samen.

Ivo ging hinüber zur Barackentür, öffnete sie einen Spalt und spähte aufmerksam hinaus in den Wald.

Es war Fügung, dass ausgerechnet Nele es war, die ihn beim letzten Kurzurlaub am Bahnhof abgeholt hatte. Petra war zur selben Zeit mit einem Bekannten am Rennsteig wandern. Als Petra ihm das in einem Brief mitgeteilt hatte, war er im ersten Moment stocksauer gewesen, schließlich hatten sie eine Vereinbarung. Und nun hielt sie sich nicht daran.

Doch als ihm plötzlich Nele euphorisch um den Hals fiel, verflog die Enttäuschung wie ein unliebsamer Gedanke. Sie küsste ihn mit ihren weichen vollen Lippen und dabei verfing sich sein überraschter Blick in dem blauen Robotron–Schriftzug oben unterm Dach. Er fand, dass der noch nie so vielversprechend gestrahlt hatte.

Sie nahm ihn mit und zusammen verbrachten sie das Wochenende in einer Wohnung im Leipziger Osten, die von einem Bhagwan-Jünger kurzerhand zum Ashram erklärt worden war und deren safrangelbe Wände Ornamente und Poster des spirituellen Führers schmückten. Ein Typ mit langem wallenden Haar und dichtem Vollbart, der sich in ein orange-rotes Priestergewand gehüllt hatte, nahm sie in Empfang. Als er seine Hände, die ein Räucherstäbchen hielten, zur Begrüßung aneinanderlegte und sich dabei tief verbeugte, war sich Ivo sicher, dass der rote Punkt, der die Nasenwurzel des Mannes schmückte, sofort herabfallen müsse, aber der Punkt blieb, wo er war.

Der Mann missbilligte Ivos Uniform als Zeichen der Aggression und forderte ihn auf, sich zu entkleiden, bevor er die heiligen Räume betrat. Da half auch die Erklärung nichts, dass er als Spatensoldat keinen Dienst an der Waffe leistete. Der Mann blieb unnachgiebig und reichte ihm eine Art Bettlaken, das Ivo sich schließlich um die Hüften schlang. Danach nahmen sie zusammen im Ashram auf Matratzen und Kissen Platz. »Du kannst frei sein«, erklärte der Vollbärtige, der sich selbst als den einzigen in der DDR meditierenden Bhagwan bezeichnete, »doch der Preis dafür ist, vollkommene Verantwortung für sich selbst zu übernehmen.«

»Aber Meister, woher weiß ich, wer ich bin und was ich will?«, fragte Nele.

»Dafür gibt es den Weg der Meditation, er öffnet dir die Tür zu deinem tiefen Selbst.« Gleichzeitig entnahm der Jünger einer dunklen geschnitzten Holzbox mit Elefantendekor eine Plastiktüte und begann, mit dem Inhalt daraus einen Joint zu drehen. »Man gerät schneller in den Zustand der Erleuchtung, wenn man was raucht«, stellte er fest.

Ivo beugte sich vor. Er hatte noch nie zuvor Marihuana gesehen und betrachtete neugierig die grün-goldenen Pflanzenteile. Er spürte, wie ihm das Herz bis zum Hals schlug. »Hey, das ist mein erstes Mal«, sagte er aufgeregt. »Woran merke ich, dass es wirkt?«

»Wenn es so weit ist, erreicht dein Bewusstsein eine ganz neue Ebene«, murmelte der Bhagwan-Mann, fuhr fachmännisch mit der Zungenspitze über den Joint und klebte ihn zu. »Vertrau mir, du merkst es.«

Danach hatte er ihn angezündet, einen tiefen Zug inhaliert und den Joint an sie weitergereicht. Ivo fand, dass er bitter, moosig und ein wenig nach Teer schmeckte, und musste ein leichtes Würgen unterdrücken. Beim zweiten Zug ging es schon leichter.

Nach einer Weile fragte Nele ihn, wie er sich nun fühle und legte dabei ihre Hand auf sein Knie.

»Phantastisch!«, hatte er verwundert geantwortet und das entsprach der Wahrheit. Er erinnerte sich noch, wie er versuchte hatte zu ergründen, ob ihm der Ashram wegen des Genusses der Droge so seltsam erschien oder weil es in der Tat seltsam war, hier zu sein. Die gelben Zimmerwände wichen langsam von ihm zurück, wandelten sich jetzt zu einer von goldenem Glanz durchsetzten Sonne, deren Strahlen angenehm warm auf die Haut schienen. Sämtliche Ornamente ringsum verblassten in dem Lichtstrom und es gelang ihm plötzlich, in allen Zimmern des Hauses gleichzeitig zu sein. Er spürte, wie das alte Haus zu einem seltsamen Leben erwachte. Er hörte, wie das Wasser in den Rohren gluckste, die Wände unter der Last ächzten und Strom knisternd durch die Leitungen zog. Irgendwo tief unter ihm nagte eine Ratte an den morschen Dielenbrettern, auch das hörte er deutlich.

In diesem Moment wurde ihm bewusst, dass die Droge wirkte.

»Ich bin bei dir«, flüsterte Nele neben ihm mit kehliger Stimme und ihre Hand rutschte vom Knie die Innenseite seines Oberschenkels entlang, bis in seinen Schritt. »Du und ich, wir werden fliegen …« Er nahm ihre Hand, küsste ihre Fingerspitzen und dann flogen sie all die Stunden, bis er wieder abreisen musste.

Ivo rollte mit den Schultern und warf die Kippe auf den Waldboden. Scheiße, jetzt hatte er einen Ständer. Um sich abzulenken und die lüsternen Bilder im Kopf loszuwerden, konzentrierte er sich ganz auf sein Vorhaben. Was hatte der Typ gesagt, als er ihm zum Abschied den Hanfsamen gab? »Gras anbauen ist gar nicht so schwer. Am Ende ist es wie bei jeder Pflanze. Du benötigst guten Boden, Licht und Wasser. Aber Vorsicht! Dein Garten sollte von außen nicht einsehbar sein. Am besten du machst das in einer wenig belebten Gegend oder irgendwo auf einem Grundstück, das für Fremde schwer zugänglich ist.«

Er trat hinaus auf die Lichtung, stand eine Weile da und musterte den Waldsaum. Bald würde es dunkel werden. Die Sonne stand bereits tief überm Horizont und die Wipfel der Bäume filterten die Strahlen. Ein Bussard kreiste lautlos über seinem Kopf, die Flügel gold und rosa umrandet vom letzten Tageslicht. Die Baracke in seinem Rücken wirkte abweisend und verloren, wie die ganze gottverlassene Kaserne. Selbst die verstaubten Fenster weigerten sich erfolgreich, ihre trostlose Umgebung zu spiegeln.

Ivo zündete sich eine neue Zigarette an.

Aber genau deshalb war diese Lichtung ein ideales Versteck für seine Hanfpflanzen. Sie war weit genug entfernt vom Verwaltungsgebäude, dem Küchentrakt und den Unterkünften. Die Chancen standen gut, dass sich niemand hierher verirrte.

Ivo schirmte die Augen mit der Hand ab.

Man musste nur den Sonnenverlauf und den Schattenwurf der Bäume berücksichtigen. Da drüben gab es eine Schneise, da wichen die Baumreihen etwas zurück. Dort wäre der ideale Platz. Mit der Zigarette in der Hand ging er hinüber und maß an der Stelle, die ihm am zweckdienlichsten schien, ein erstes Beet ab. Zur Markierung steckte er kleine Äste in die Erde. Zufrieden betrachtete er sein Werk. Ja, eine richtige Hanfpflanzung würde es werden. Genau hier. Er blickte hinab auf den mit Kienäpfeln übersäten Waldboden. Er würde viel Wasser brauchen und Dünger. Wieder nahm er einen Zug und schaute weiter hinab auf das Stück Land, das er nun für sich beanspruchte.

14

»Wie läuft es mit Mandy?«, fragte Ivo seinen Kameraden Ranzow. Der Schmied aus dem Thüringischen mit seinem aufbrausenden Temperament war eine Naturgewalt, ein Fleischberg aus Muskelmasse, der wahnwitzige Ausmaße zu besitzen schien und für den das Sechsmannzimmer in der Kaserne mit den drei Doppelstockbetten und den Holzspinden um ein Vielfaches zu klein war, selbst wenn er sich nur allein darin aufhielt.

Ivo hatte vom ersten Tag an beschlossen, Ranzow mit kleinen Aufmerksamkeiten für sich zu gewinnen. Er hatte es geschickt angestellt, so dass es auf das schlichte Gemüt des Mannes weder einschmeichelnd noch anbiedernd wirkte.

»Klasse, Mann«, antwortete Ranzow, während er von draußen die flachen Plastikkisten hereintrug, die Ivo zuvor in der Küche organisiert hatte. »Ein tolles Weib. Alles dran. Im nächsten Urlaub wollen wir zu ihren Eltern in die Prignitz fahren.«

Ivo nahm die zweite Cannabisernte in den Behältern in Augenschein, bevor er sie gewissenhaft zum Trocknen auf die ausgebreiteten Zeitungsseiten verteilte. »Das klingt doch vielversprechend«, sagte er über die Schulter hinweg.

»Mann, das klingt noch viel besser.«

Plötzlich zerbarst für alle hörbar im hinteren Teil der Baracke Glas unter einer Stiefelsohle und ohne Vorwarnung trat ein dunkler Schatten vor ihnen ins Licht. Der Offizier stand jetzt mitten im Raum und hob schnüffelnd die Nase. »Nach was stinkt das hier so schrecklich?«, fragte Hauptmann Lohmann argwöhnisch und die wässrigen Augen in dem wächsernen Gesicht glitten ruhelos durch den Raum.

Ranzow zuckte mit den massigen Schultern und sein hilfloser Blick wanderte zu Ivo.

Weil ihm in der ersten Schrecksekunde nichts anderes einfiel, nahm er Haltung an und meldete vorschriftsmäßig: »Genosse Hauptmann, Gefreiter König und Ranzow bei der Trocknung von Salbeitee.«

Eine kurze Pause entstand.

»Salbeitee? Habe ich noch nie von gehört«, sagte Lohmann verunsichert und betrachtete die Cannabisblüten, die weiträumig ausgelegt waren. »Warum wusste ich hiervon nichts?«

Ivo beugte sich vor und ließ ihm einen Blick zukommen, der, wie er hoffte, etwas Verschwörerisches zum Ausdruck brachte. »Es gab keine Garantie«, flüsterte er geheimnisvoll, »ob uns das Experiment gelingt, Genosse Hauptmann. Auf Waldboden wurde Salbeitee bisher noch nie angebaut. Aber wie Sie ohne Mühe erkennen können, waren wir erfolgreich und ich denke, unsere Ernte eröffnet der Volkswirtschaft der DDR ganz neue Möglichkeiten.«

Lohmann riss elektrisiert die Augen auf. »Neue Möglichkeiten für die Volkswirtschaft, wirklich? Wozu wird Salbeitee denn überhaupt verwendet?«

»Hauptsächlich in der Medizin.« Ivo überlegte fieberhaft, was er irgendwann mal über Salbei gehört hatte. »Ich weiß das alles von meinem Vater, er ist Arzt«, versuchte er Zeit zu gewinnen. »Salbei wirkt hervorragend bei Magen- und Lebererkrankungen, Zittern der Glieder, Entzündung des Rachens und er soll vor allem blutreinigend und beruhigend sein.«

Stumm sah der Offizier ihn an.

Doch Ivo hielt Lohmanns Blick unbeirrt stand, ließ sich nicht das Geringste anmerken.

»Blutreinigend und beruhigend, sagen Sie?«

»Ja, das sagte er«, entgegnete Ranzow schnell, um dann noch ein »Genosse Hauptmann« anzufügen.

Lohmann nickte, hob kurz die Mütze an und strich die dünnen rotblonden Haare mit der Hand zurück. »Ich finde das, was Sie hier machen, ehrlich gesagt sehr lobenswert.« Er setzte die Mütze wieder auf, verschränkte die Hände auf dem Rücken und wippte auf den Stiefelspitzen. »Wissen Sie, ich würde Ihren Tee gern mal ausprobieren.« Sein Blick wanderte von Ivo zu Ranzow und wieder zurück. »Man kann ihn doch schon trinken, oder?« Die Stimme klang jetzt überraschend barsch.

»Selbstverständlich«, stimmte Ivo eilig zu und begann einige trockene Cannabisblüten aus der ersten Ernte in eine Seite des »Neuen

Deutschlands« einzuwickeln, die er aus einem Stapel neben dem Tisch zog. Er wusste nicht, was er sonst hätte tun sollen. Lohmann zählte nicht zu den Hardlinern unter den Offizieren, und insgeheim wog er das Verhältnis von Gewinn und Verlust ihrer Ernte ab, wenn er ihn auf seine Seite ziehen konnte.

»Sie geben von dem Salbei einen Teelöffel in die Tasse und gießen heißes Wasser drauf. Dann zirka fünfzehn Minuten ziehen lassen. Achtung, aber nur einen Teelöffel, nicht mehr!«

»Einen Teelöffel«, wiederholte Lohmann. »Verstehe.«

Er nahm das Päckchen und wandte sich um. »Genossen, weitermachen«, sagte er noch, dann war er zur Tür hinaus.

Ranzow glotzte Ivo an. »Bist du irre, das haut den Lohmi um. Der wird hackebreit sein, wie letztes Mal bei der Lesung, und wenn es schiefgeht, kannst du das diesmal nicht gerade biegen.«

Ivo zuckte mit den Schultern. Er hatte keine Ahnung, was geschah, wenn man Marihuana mit kochendem Wasser übergoss, ob die Wirkstoffe dadurch vernichtet oder nur herausgelöst wurden. »Wir werden es erfahren«, sagte er knapp, fühlte sich aber unwohl in seiner Haut. Zumal Ranzow die berüchtigte Lesung erwähnte, die vor einigen Wochen in der Kaserne unter den Soldaten für Furore gesorgt hatte.

Denn eigentlich bestand Hauptmann Lohmanns Aufgabe als Politoffizier darin, den Soldaten der Baukompanie ein Mindestmaß an Kultur und politischer Bildung beizubringen.

Dafür organisierte er eine Reihe von Veranstaltungen, am liebsten Lesungen, die aber von den Soldaten nur vereinzelt, unter Zwang oder gar nicht besucht wurden. Da er aber regelmäßig Erfolgszahlen ans Regiment weitermelden musste, fiel die Diskrepanz in den Angaben bald auf und er wurde abgemahnt. Deshalb hatte er sich an Ivo gewandt, welchen er den eigenen Worten nach noch für einen der Vernünftigeren hielt, und ihn um Rat aus Sicht eines Soldaten gebeten. Ivo hatte dem Offizier erklärt, dass für einen Soldaten kleine Anreize ausschlaggebend waren, um zu entscheiden, ob er zu einer Veranstaltung ging oder nicht. Alkohol zum Beispiel. Zuerst hatte Lohmann brüsk abgelehnt. Doch er benötigte dringend eine Erfolgsmeldung und so standen bei der nächsten Lesung drei Flaschen Wodka auf dem Tisch, um den herum erwartungsvoll acht Soldaten, darunter Ivo und Ranzow, hockten und sich willig das erste Kapitel aus dem Buch »Das kleine Land« von Leonid Breschnew anhörten.

Es handelte von der tagelangen erfolgreichen Verteidigung eines Brückenkopfes durch eine Gruppe Sowjetsoldaten an einem von deutscher Übermacht besetzten Flussufer.

Am Ende des ersten Kapitels schlug Ranzow vor, dass man doch auf den heldenhaften Kampf der Roten Armee anstoßen müsse, was dazu führte, dass Hauptmann Lohmann von sich aus das Buch beiseite legte und sie die Gläser zu immer neuen Trinksprüchen erhoben, bis die Flaschen leer waren. An der Stelle war Lohmann schließlich mit dem Gesicht voran in eine Lache gesunken und der Stoff am Kragen der Offiziersbluse hatte sich dunkel mit Wodka vollgesogen.

Schon während der zweiten Flasche war Ivo unruhig geworden, nicht weil er womöglich die restliche Geschichte um »Das kleine Land« versäumte, sondern weil er sich den Kopf zerbrach, was mit Hauptmann Lohmann wurde, wenn einer der Regimentsoffiziere ihn in diesem Zustand vorfand. Am Ende bestand die Gefahr, dass das Ganze auf ihn selbst als Ideengeber zurückfallen könnte.

Ivo fand schließlich eine Lösung, ordnete an, was zu tun war und instruierte Ranzow. Der legte sich den volltrunkenen Hauptmann auf die Schulter und trug ihn hinauf ins Dienstzimmer, wo er ihn auf dem Feldbett ablegte und ordentlich zudeckte.

Indessen schickte Ivo die anderen Soldaten zurück auf ihre Stuben, nicht ohne ihnen vorher Dresche anzudrohen, wenn sie über das Vorgefallene auch nur ein Sterbenswörtchen verlieren würden. Dann öffnete er das Fenster und kletterte hinaus. Niemand beobachtete ihn, als er nacheinander die leeren Wodkaflaschen ins Fallrohr der Dachrinne schob, wo sie bestenfalls für immer verschwanden.

Drei Wochen waren seit Lohmanns Auftauchen in der Baracke vergangen. Ivo und Ranzow hockten unter dem Vordach des Küchentrakts und schälten Kartoffeln. Der Sommer kam früh in diesem Jahr. Schon im Mai knallte die Sonne vom stahlblauen Himmel herab, so dass Ivo anfing, sich ernsthaft Sorgen um die Bewässerung der Pflanzen zu machen. Doch irgendwann war die Atmosphäre von Staub und Hitze so aufgeladen, dass in den Nächten Gewitter über das Land zogen, die starke Regenfälle mit sich brachten. In der ersten Unwetternacht hatte Ivo sich noch davongestohlen, um auf der Plantage nach dem Rechten zu sehen. Doch der windgeschützte Platz zwischen den Bäumen war gut gewählt und auf die Saugkraft des Sandbodens war Verlass.

»Ich war mit Mandy gestern Abend im Sommerkino, drüben im Freibad«, riss Ranzow ihn aus seinen Gedanken.

»Aha.« Ivo nahm eine der Kartoffeln zur Hand, ihm war nicht nach einer Unterhaltung zumute.

»Wir haben uns ›Butterfly - Der blonde Schmetterling‹ angeguckt«, erklärte der Schmied unbeirrt weiter, während er sorgfältig die dunklen Stellen aus den bereits vorgeschälten Kartoffeln schnitt. »Ein geiler Film!«

Ivo nickte und dachte daran, dass eine Rekordernte auf sie warten könnte, wenn Lohmann ihnen nicht noch die Tour vermasselte. Zwar war bisher alles ruhig geblieben. Aber er befürchtete, dass es fast zu ruhig war. Sicherheitshalber hatte er sogar das Rauchen von Joints im Moment ausgesetzt. Ivo spießte die Kartoffel mit dem Messer auf. Problematisch fand er nur, dass er Lohmann seit Tagen nicht mehr zu Gesicht bekommen hatte. Einer vom Stab meinte sogar zu wissen, dass der Politoffizier krankgeschrieben wäre. Scheiße, Mann, dachte Ivo und schnippte die Kartoffel unbehandelt in den Behältern zu den anderen. Du musst Geduld haben, ermahnte er sich. Manche Dinge lassen sich eben nicht erzwingen. Zumindest diese Lektion hatte er in den letzten Wochen lernen müssen.

»Jungs, ich denke, das reicht«, sagte der Küchenbulle nach einem kurzen Blick und verschwand wieder in Richtung Kühlhaus.

Sie wuschen ihre Messer ab und trotteten zur Unterkunft zurück. Sie waren nur noch wenige Schritte vom Eingang entfernt, als plötzlich hinter ihnen die Stimme von Hauptmann Lohmann gellte: »Genosse König, Genosse Ranzow, bleiben Sie sofort stehen.«

Scheiße, heute Abend werde ich vielleicht meinen letzten Joint rauchen und dabei in Selbstmitleid ertrinken, dachte Ivo und drehte sich zögerlich um.

Der Politoffizier kam schnurstracks auf sie zu.

Zuerst fiel Ivo die Veränderung an Lohmanns Körperhaltung auf und er musterte ihn gespannt. Er hatte den Eindruck, dass der Offizier sich aufrechter hielt, mit mehr Schneid als sonst. Der Verdacht erhärtete sich, als der Hauptmann unmittelbar vor ihnen stand. Rasch legten sie die rechte Hand zum Gruß ans Käppi. Ivo hielt die Luft an.

Ja, auch im Gesicht war die Verwandlung deutlich erkennbar. Lohmann wirkte nicht mehr so blass und kränklich wie früher, eine gesunde Röte lag jetzt auf den Wangen und die Augen funkelten vor Tatendrang.

»Genossen«, der Mann schien in den Himmel zu wachsen, »zuerst einmal muss ich Ihnen mitteilen, Ihr Tee …, ja, wie sag ich es am besten, also Ihr Tee hat regelrecht Wunder gewirkt. Ich habe hervorragend geschlafen und meine Gliederschmerzen sind wie weggeblasen.« Er drehte sich kurz zur Seite, als wäre es ihm peinlich, dass er gegenüber einfachen Soldaten solche persönlichen Dinge äußerte. Doch dann wedelte er voll von einer neuen Entschlossenheit kräftig mit den Armen, als wische er damit jeden Zweifel beiseite. »Genossen«, wandte er sich wieder an sie, »eigentlich war es meine Absicht, Ihnen heute vor der versammelten Kompanie mitzuteilen, dass ich Sie zur Auszeichnung vorgeschlagen habe.«

»Eine Auszeichnung, Genosse Hauptmann? Wofür denn?«, fragte Ivo vorsichtig.

»Eine Auszeichnung, ganz richtig. Drei Tage Sonderurlaub wegen hervorragender gärtnerischer Tätigkeit zur Stärkung unserer Volkswirtschaft.« Hauptmann Lohmann musterte sie mit triumphierendem Blick. »Was sagen Sie, Genossen?«

Zuerst dachte Ivo nur an die Ernte und frohlockte still. Doch als er in Lohmanns Augen das begierige Glitzern nach Anerkennung sah, stieß er Ranzow unbemerkt in die Rippen und beide schlugen knallend die Hacken zusammen. Ihre Hände schnellten synchron zum Käppi hinauf. »Genosse Hauptmann, wir dienen der Deutschen Demokratischen Republik!«

1986

15

Zuerst wusste Aki nicht genau, was es war, das sie zu dieser Stunde geweckt hatte. Als sie die Augen aufschlug, umgab sie zunächst nur die Schwärze der Nacht. Erst nach und nach nahmen die einzelnen Gegenstände im Zimmer Konturen an. Da war das Doppelstockbett, in dem Klaus und Beate schliefen und daneben der Kleiderschrank. Obenauf der Wäschekorb mit den Sommersachen, zugedeckt mit einem Laken. Daneben stand ein Regal, von dem sie wusste, dass es hauptsächlich den Spielsachen der Geschwister vorbehalten war. Wenn sie den Kopf drehen würde, konnte sie womöglich die Umrisse von Beates Puppen und Klausis Plastikdumper erkennen.

Aber das war es nicht, was sie beunruhigte.

Sie lag ausgestreckt im Bett und atmete ängstlich lauschend die Dunkelheit ein. Da war es wieder, das leise scharrende Geräusch.

Sie spürte, wie ihr Herz stärker klopfte. Plötzlich stieg Furcht in ihr auf. Ob das ein Einbrecher war? Vorsichtig richtete Aki ihren Oberkörper auf und sah zur Tür hinüber.

Im fahlen Mondlicht, das sich durch einen Spalt in den Gardinen in einem blassen Streifen ins Zimmer ergoss, erkannte sie die Silhouette eines Mannes, die still am Fußende ihres Bettes ausharrte. Nur das feuchte Glitzern der Augen verriet ihr, dass er sie beobachtete. Sie zuckte vor Schreck zusammen und zog das Deckbett bis zum Hals hoch. Dann glaubte sie Richard zu erkennen. Verunsichert lehnte sie sich gegen die Rückwand des Bettes. »Richard?«, flüsterte sie zaghaft und ihre Augen suchten im Halbdunkel nach den Geschwistern, die aber friedlich nebenan in ihren Bettchen schliefen. »Ist was passiert?«

»Nein, nichts ist passiert«, sagte er mit belegter Stimme und setzte sich neben sie aufs Bett. »Ich kann nur nicht schlafen. Dieser Vollmond macht mich völlig kirre.« Seine Fingerspitzen krochen über das Laken auf ihre Hand zu.

Akis Blick folgte den Fingern und ihre Angst kam zurück.

»Ich fühle mich von deiner Mutter ungeliebt, verstehst du?«

Sie ahnte den Kummer, der ihn umtrieb, bestürzt sah sie aber auch das gierige Funkeln in seinen Augen und hörte das Flehen in seiner Stimme.

»Ich wünschte, deine Mutter wäre etwas zugänglicher, so wie damals im Mai auf dem Vergnügen, als wir das erste Mal getanzt haben. Sie war so anschmiegsam und lieb ...«, seine Finger schlossen sich mit leichtem Druck um ihre Hand. »... so wie du.«

Aki wollte ihm entgegnen, dass diese Eigenschaften auf ihre Mutter nur zutrafen, wenn sie getrunken hatte, aber sie brachte kein Wort heraus, sondern würgte nur trocken. Als er sich zu ihr vorbeugte, starrte sie ihn mit großen Augen an und versuchte instinktiv, sich ihm zu entziehen. Doch wo sollte sie hin?

In ihrem Rücken war nur der harte Bettpfosten und noch immer hielt er sie an der Hand gepackt. Vielleicht sollte ich nach der Mutter rufen, schoss es ihr durch den Kopf. Aber was würde die dazu sagen? Würde sie ihr glauben?

Richards Gesicht war jetzt dicht vor ihrem. Sie vernahm die erregten Atemzüge, die allesamt säuerlich nach Bier und Nikotin rochen. Dann drückte er seine harten und spröden Lippen auf ihre, während seine Hand fordernd unter die Bettdecke glitt.

Bei seinen zudringlichen Berührungen versteifte Aki am ganzen Körper. Das Herz wollte ihr vor Scham zerspringen und Tränen der Demütigung schossen ihr in die Augen. Sie wollte nur noch sterben, als sich der schwere Mann auf sie wälzte.

Da erwachte Klaus im Bettchen nebenan, drehte sich herum und rief leise jammernd nach ihr. Der Ruf des Bruders drang trotz des qualvollen Schmerzes bis in ihr Bewusstsein und als wäre sie soeben davon geweckt worden, antwortete sie mit erstickter Stimme »Ich bin hier, Schatz!«

Sofort ließ Richard von ihr ab.

Hurtig rutschte er auf den Rand des Bettes zurück, hielt sie aber weiterhin fest umklammert. »Kein Wort davon zu deiner Mutter«, zischte er grimmig, »sonst bringe ich dich um, du Fotze. Hast du mich verstanden?«

Ehe sie antworten konnte, hastete sein Schatten quer durchs Zimmer und zur Tür hinaus.

»Aki? Bist du da?«, fragte Klaus mit dünnem Stimmchen und sein blasses Kindergesicht erschien über der Absperrung, die verhindern sollte, dass er aus dem Bett fiel.

»Ja, ich bin hier, Klausi.«

Sie versuchte gleichmäßig zu atmen, schlug die Zudecke zurück und erhob sich mit zitternden Knien. Alles an ihr stank nach diesem Widerling.

»Hast du schlecht geträumt?« Sie versuchte, ihre Stimme normal klingen zu lassen.

Klaus nickte.

Sie strich ihm mit der Hand über den Kopf. »Das macht doch nichts. Willst du mit zu mir ins Bett kommen?«

Wieder nickte der Junge.

»Gut, dann steig vorsichtig die Leiter herunter. Ich muss nur noch mal ins Bad und dann gehen wir beide wieder schlafen, einverstanden?«

16

Dass die höheren Klassen heimlich auf dem Schulhof rauchten, war der Direktorin schon lange ein Dorn im Auge. Aber bisher war es ihr nicht gelungen, diesem unliebsamen Verhalten Einhalt zu gebieten. Gedankenversunken drückte die Frau den Rand der Kaffeetasse gegen das Kinn, während sie zum Fenster hinaussah.

Ein Grund war sicher die Unübersichtlichkeit des Schulhofes. Der asphaltierte Platz zog sich über die gesamte Breite des Gebäudes hin, und obwohl er von einem Maschendrahtzaun umgeben war, gab es gleich mehrere Möglichkeiten, ihn zu betreten oder zu verlassen.

Ihr Blick wanderte nach links zum Schulgartengelände, dass dort unmittelbar am Schulhof anschloss und wo mannshohe Bäume und Sträucher eine offene, natürliche Einfriedung bildeten.

Ihr gegenüber befand sich der Sportplatz mit der roten Aschebahn, der Weitsprunggrube und dem Fußballfeld. Die Turnhalle mit den Umkleidekabinen war gleich nebenan. Um dorthin zu gelangen, mussten die Schüler eine Pforte im Zaun passieren, die nie verschlossen war.

Die Direktorin schürzte die Lippen.

Etwas abseits der Turnhalle stand ein Trafohaus, das den gesamten Schulkomplex mit Strom versorgte. Der Standort war denkbar ungünstig gewählt, fand sie, denn zwischen der Umzäunung und dem Bauwerk ergab sich ein toter Winkel, der am häufigsten von den Schülern aufgesucht wurde, um unbemerkt zu rauchen oder verbotene Dinge wie Buttons und Poster zu verkaufen oder zu tauschen.

Sie wandte sich vom Fenster ab und ging an ihren Schreibtisch zurück. Egal, wie sie es drehte und wendete, sie konnte neben den beiden die Aufsicht führenden Lehrern keine weiteren Lehrkräfte entbehren. Also hatte sie neuerdings Schüler der zehnten Klasse zur Unterstützung als Pausenaufsicht eingeteilt. Damit sie auch als weisungsbefugt für die Mitschüler erkennbar waren, trugen sie rote Armbinden. Sie war gespannt, ob sich die Maßnahme bewährte.

Aki stand etwas abseits von den anderen hinter dem Trafohaus und rauchte. Obwohl es erst Oktober war, fiel Schnee, der sich aber, sobald er den Boden berührte, in Matsch und schmutzige Wasserlachen verwandelte. Aki hatte ihre Kapuze über den Kopf gezogen und zum Schutz vor dem Wetter den Rücken in Richtung Schulhof gedreht, was sich als Fehler herausstellte. Denn von den anderen unbemerkt, hatte sich einer der instruierten Zehntklässler dem Versteck genähert. Erst im letzten Moment zog er die Armbinde über den Ärmel.

»Du da«, der Junge zeigte mit dem Finger auf Aki.

Sie drehte sich um, ließ sofort die Kippe fallen und stellte ihren Schuh darauf. Sie versuchte, den Rauch möglichst unauffällig auszuatmen. Aber es war bereits zu spät.

Der Junge verzog höhnisch grinsend das Gesicht. »Rauchen ist auf dem Schulgelände verboten. Ab zur Direktorin.«

Aki spürte, wie Wut in ihr aufstieg. Sie war nicht die Einzige, die hier im Versteck geraucht hatte. Einige der Jungen in ihrer Nähe hatten sich sofort verdrückt und sahen nun aus sicherer Entfernung dem Schauspiel zu.

»Verpiss dich! Ich gehe nirgendwohin«, sagte Aki und versuchte, ruhig zu bleiben.

»Siehst du das hier?«, fragte der Junge und deutete großspurig auf die Armbinde. »Ich denke, du weißt, was das bedeutet. Deshalb kommst du jetzt gefälligst mit zur Direktorin.«

Mit einer Schnelligkeit, die sie dem Jungen nicht zugetraut hatte, kam der auf sie zu. Einen Herzschlag lang überlegte sie, davonzulaufen. Aber schon allein die Idee war absurd. Sie saß in der Falle. Der Zehntklässler packte sie hart am Oberarm.

»Fass mich nicht an«, herrschte Aki den Jungen an und riss sich los. »Ich warne dich!«

Irgendwo lachten laut einige der Jungen im Hintergrund. »Hast du nicht gehört, Mirko? Das Mädchen warnt dich!«, höhnte einer von ihnen.

Der Junge fühlte sich verspottet und an der Ehre gepackt. Mit wutverzerrtem Gesicht umfasste er sie hart mit beiden Armen und wollte sie gewaltsam wegzerren.

Aki glaubte, in der Umklammerung zu ersticken. Sie fühlte die fremden Hände auf ihrer Brust, an ihrem Hals, überall auf ihrem Körper; anonyme, Ekel erregende Hände, die beinahe jede Nacht so fordernd nach ihr griffen und sie berührten. Sie schrie auf vor Wut und Angst und gleichzeitig fühlte sie nur noch unbändigen Zorn, der in einem grellen Blitz mitten in ihrem Gehirn explodierte.

Eine Flut von Bildern raste durch ihr Bewusstsein, ohne dass sich eines davon wirklich festsetzte. Unerbittlich tauchten sie nacheinander auf, als hätten sie nur darauf gewartet, ihr Hirn zu überschwemmen. Wie Irrlichter kamen sie ihr vor in einem Sumpf aus Leiden, Entehrung, Bitterkeit und unerfüllter Liebe. Sie befreite sich wie aus einer Ohnmacht von der Umklammerung.

Dann hob sie die Fäuste, schlug eins ums andere Mal mit voller Kraft auf die Erinnerungen ein, als könnte sie damit alles, was ihre Seele demütigte, auslöschen. Sie tobte wie ein wildes Tier, bis sie kraftlos in sich zusammensank. Erst als sich der Schleier vor ihren Augen hob und sie langsam wieder zu sich fand, sah sie den Jungen blutüberströmt und lang ausgestreckt vor sich im Matsch auf dem Schulhof liegen.

Hinterher fiel es ihr schwer, sich an etwas Konkretes zu erinnern. Alles war so unglaublich schnell geschehen. Da waren mit einem Mal so viele Schüler und Lehrer um sie herum und sie spürte die entsetzten, fassungslosen Blicke.

Sie wischte sich mit dem Handrücken die Speichelreste von den Lippen und versuchte dabei, irgendwie einen klaren Gedanken zu fassen.

»Das Kind ist ja allgemeingefährlich«, hörte sie eine der jüngeren Lehrerinnen sagen. »Ich weiß nicht, ob wir das Mädchen an der Schule belassen können.«

Zwei Lehrer führten Aki weg, hinüber ins Schulgebäude. Mit jedem Schritt, den sie stolpernd tat, wurde ihr bewusster, dass sie heute eine unsichtbare Grenze überschritten hatte.

Sie sperrten Aki in den Frauenruheraum und schlossen hinter ihr ab. Durch die dünne Tür konnte sie hören, wie ihre Klassenlehrerin auf die Direktorin einredete: »Aki ist vielleicht keine besonders gute Schülerin, aber sie war nie verhaltensauffällig. Wie ich gehört habe, hat die Mutter einen neuen Partner. Vielleicht hat es etwas damit zu tun. Sie wissen ja, wie eine Veränderung der Familienverhältnisse auf Jugendliche wirken kann.«

Sie hörte, wie es kurz still wurde, bevor die Lehrerin weitersprach: »Ich denke, wir sollten einen Hausbesuch bei Frau Kretschmann vereinbaren. Vielleicht bitten wir noch Herrn Krüger vom Elternbeirat dazu.«

»Gut, wenn Sie meinen«, stimmte die Direktorin widerwillig zu, »Sie kennen das Mädchen besser als ich. Vereinbaren Sie einen Termin mit der Mutter von Aki.«

»Und das Mädchen?«

»Soll sich erst einmal beruhigen, dann sehen wir weiter.«

Aki hörte, wie sich die Schritte auf der Treppe entfernten. Dafür ertönte jetzt das Martinshorn eines Krankenwagens vor dem Schulgebäude.

Aki hockte sich auf das mit Gummi überzogene Ende der Liege. Das Baumwolltuch war unbenutzt, schneeweiß und ohne Falten.

Die Schulklingel rief gedämpft zur nächsten Stunde.

Ihr Blick begann zwischen der Tür und dem Fenster hin und her zu wandern. Die Lehrerin will einen Hausbesuch machen, ging es ihr durch den Kopf. Sie würde ihre Mutter aufsuchen und ihr alles erzählen und sie fragen, ob sie wüsste, ob ihre Tochter mit dem neuen Mann Probleme hätte.

Aki verzog angewidert das Gesicht und hing ihren Gedanken nach. Sie rieb sich mit der Hand über die Augen. Warum musste immer alles so kompliziert sein? Richard würde annehmen, sie hätte der Lehrerin von ihm erzählt. Würde er seine Drohung in die Tat umsetzen? Wie würde die Mutter auf die Fragen reagieren? Sie zögerte einen Moment lang, schwankte bei ihrer Suche nach einer passenden Antwort zwischen Hoffen und Bangen. Dabei kam ihr plötzlich die Idee, dass die Mutter das alles für ein großes Missverständnis halten könnte.

Sie wäre Richard weiter ausgeliefert.

Die nackten weißen Wände schimmerten im hellen Licht der Neonlampe.

Auf einmal erkannte sie die Lösung und wusste, was zu tun war. Rasch öffnete Aki das Fenster, schwang sich hinaus und landete unbehelligt in den Grünanlagen.

Wachsam blickte sie sich um.

Dann sprintete sie quer über den Hof und wurde wenig später vom Halbdunkel der Schulgartenbäume verschluckt.

17

»Ich habe mich für drei Jahre Wehrdienst an der Grenze verpflichtet.«

Jens sah, wie Kristin einen Moment lang die Fassung verlor. Er berührte kurz ihre Hand. Es war eine hilflose Geste, er wusste nicht, ob er sich bei ihr entschuldigen oder sie beruhigen wollte.

Kristin nahm eine Zigarette aus der Schachtel, steckte sie in den Mund und zündete sie an. Die Flamme flackerte leicht. Tief inhalierte sie den Rauch.

Jens fühlte sich unwohl in seiner Haut. Immer wieder war er im Kopf einen möglichen Verlauf des Gespräches durchgegangen. Doch je länger er darüber nachgedacht hatte, umso klarer war ihm geworden, dass er keine Ahnung hatte, wie Kristin auf die Nachricht reagieren würde. Er spürte deutlich, dass die Stimmung umgeschlagen war, sie ihm distanzierter begegnete. Sie rief die Kellnerin mit einem Wink herbei und bestellte eine Tasse Kaffee. Dann warteten sie, bis die Frau außer Hörweite war.

»Erinnerst du dich noch daran, was ich dir damals im Auto gesagt habe, als ich dich vor dem Trainingsgelände auflas?«

Jens hob stumm die Schultern.

»In diesem Land lohnt es sich nicht, zu viel nachzudenken, zu reden und zu planen.«

»Ja, richtig, das hast du gesagt.«

Sie strich die Asche ab und sah ihn über die Glut hinweg an. »Weißt du, drei Jahre sind eine verdammt lange Zeit, da kann eine Menge geschehen.« Ihre Stimme klang beherrscht, wenn man von dem leichten Zittern absah. »Ich hoffe für dich, dass du dir diesen Schritt gut überlegt hast.«

Gut überlegt? Was für eine Frage. Besaß er denn Alternativen? Wenn er studieren wollte, musste er drei Jahre lang seinen Wehrdienst ableisten. Erst gibst du dem Staat und dann gibt der Staat dir. Alle Jungen in seiner Klasse hatten sich für drei Jahre verpflichtet, außer Thomas, dem Mathefreak, der bereits nach neun Monaten Armeedienst sein Kybernetik-Studium antreten sollte. Außerdem hatte der Verantwortliche des Wehrkreiskommandos, dem Jens an einem Tisch mit rotem Fahnentuch gegenübergesessen hatte, keinen Zweifel daran gelassen, wie seine Zukunft aussehen würde, wenn er sich weigerte. Er würde für den Rest seines Lebens mit einem dreckigen Karren Werkstücke im Getriebewerk hin und her fahren.

Das musste Kristin doch verstehen?

Die Kellnerin brachte den Kaffee und Kristin bezahlte gleich. Langsam steckte sie das Portemonnaie zurück in die Tasche.

»Was wird jetzt aus uns?«, fragte Jens.

»Aus uns? Was soll daraus werden? Glaubst du wirklich, ich warte drei Jahre, um mich dann abservieren zu lassen, weil du im Studium eine andere aufgegabelt hast?«

Sie legte die Stirn in Falten. »Lass mich eins klarstellen. Ich bin weder die Frau eines zukünftigen Karrieristen noch die Art von Frau, die ihre besten Jahre mit Warten verbringt.«

Kristins Stimme drang jetzt nur noch aus einer gewissen Entfernung zu ihm.

»Bei mir ist es ganz simpel. Ich kann nicht alleine sein. Für das, was du da vorhast, bin ich einfach nicht bereit. Sorry, Kleiner, nimm es nicht persönlich. Aber du hast dich für deinen Weg entschieden und ich mich für meinen. Also trennen sich unsere Wege hier.«

1987

18

Für sie fing Afrika gleich hinter der Stadtgrenze an. Erhaben rollte der alte BMW 327 über die schmale Landstraße, die von Obstbäumen gesäumt wurde. Malte hatte das Schmuckstück im April bei einem Bauern in der Scheune entdeckt, wo es fast als Hühnerstall geendet wäre. Das Auto stammte aus den Dreißigern und er hatte den Wagen gemeinsam mit seinem Freund Eckhard, einem stämmigen Rothaarigen, der in Leipzig Malerei studierte, zu neuem Leben erweckt.

Der Sechszylinder brummte kraftvoll und die leicht vibrierenden Nadeln in den runden Anzeigen bewegten sich im Normalbereich. Malte, der genauso weißblond wie seine Schwester war, hatte extra für sie das Verdeck heruntergeklappt und der Wind und die Geschwindigkeit fuhren ihnen in die Haare und weckten die Begeisterung.

Siv, die zwischen Anna Maria und ihrem Bruder auf der durchgängigen Vorderbank saß, stellte sich plötzlich in wilder Erregung auf den Sitz und zeigte aufgeregt mit dem ausgestreckten Finger auf einen Punkt in der Ferne. »Malte, stopp, stopp, da drüben, rechts von der Straße die Anhöhe, das ist der perfekte Platz.«

Anna Maria reckte sich ebenfalls und ihr Blick folgte Sivs Finger.

Die Idee zu diesem Ausflug war geboren worden, nachdem sie alle zusammen den Film »Jenseits von Afrika« im Kino angeschaut hatten. So ein Picknick wie das auf der Safari musste es sein, da waren sie sich sofort einig.

Das Auto verließ die Straße und holperte einen Feldweg hinauf. Malte verringerte das Tempo und sofort lag der Duft von Weizen und warmer Erde in der Luft. Ein Schwarm Vögel erhob sich seitlich aus den Ackerfurchen und flog mit leisem Rauschen davon.

Der Platz für das Picknick war hervorragend gewählt. Ein wenig erhöht unter einem Ahorn, dessen Blätter schon leicht gefärbt waren und das Sonnenlicht golden filterten. Es hatte mehrere Tage nicht geregnet und die Staubfahnen, die über die gelben Stoppelfelder strichen, welche sich in leicht hügeligen Wellen bis zum bläulichen Horizont ausbreiteten, verstärkten den Eindruck einer afrikanischen Savannenlandschaft noch. In der Ferne grasten Kühe gemächlich in einer Senke.

Malte hielt den Wagen an, stieg aus und lief um ihn herum. Geschäftig öffnete er die hintere Tür, um Eckhard zu erlösen, der in der Mitte der Rückbank hockte, eingekeilt von einem Grammophon mit riesigem Trichter und einem Picknickkorb. »Er nahm sogar das Grammophon mit auf die Safari«, rezitierte Malte die Sätze aus dem Film, während er den Apparat anhob. »Drei Gewehre, Proviant für einen Monat und Mozart.«

»Halt, warte!«, rief Siv. »Breiten wir doch erst mal die Decke aus!« Sie hielt Eckhard, der inzwischen ausgestiegen war, das Ende eines weißen Lakens entgegen.

Anna Maria beobachtete, wie das Licht von dem hellen, sich aufbauschenden Stoff reflektiert wurde, der, von den beiden emporgeschleudert, nun langsam hinab zur Erde schwebte.

Sie folgte Malte, in den Händen die Obstschüssel. Obenauf lagen goldgelbe Weintrauben, eine Rarität, die sie persönlich im Pfarrgarten ihres Onkels pflücken durfte.

Als sie die Schüssel abstellte, rutschte ihr der Hut ins Gesicht. Siv hatte darauf bestanden, dass sie alle in Safarikleidung erschienen. Für Malte und Eckhard war das kein Problem, sie hatten sich nur braune Filzhüte auf den Kopf gesetzt und Eckhard trug einen Gürtel, den er sonst als Pinselhalter verwendete, nun als Patronengurt. Siv dagegen sah aus, als wäre sie direkt der Leinwand entsprungen. Sie hatte antike rehbraune Schnürstiefel mit kleinen Häkchen angezogen und war mit einem langen braunen Leinenrock bekleidet. Darüber trug sie eine gestärkte Spitzenbluse mit auffälliger Elfenbeinbrosche an der Halskrause, die sie Carola, der Requisiteurin, bei ihrem Ferienjob im Theaterfundus abgeschwatzt hatte. Die wilden Haare hatte sie in einem Psyche-Knoten gebändigt und mit Hortensienblüten verziert. Der Mund war ganz klein und dunkelrot geschminkt.

Anna Maria trug ein unauffälliges beiges Hemdblusenkleid mit einem breiten Ledergürtel um ihre schmale Taille. Ihr blondes langes Haar hatte sie zu mehreren Zöpfen ineinandergeflochten, die in ihrem Nacken unter dem runden Safarihut hervorschauten, den sie wieder aus der Stirn geschoben hatte.

Anna Maria und Siv verteilten die kleinen mit roten Drachen bemalten Teller aus der elterlichen Vitrine auf der weißen Decke, richteten den Käse her, drapierten die Scheiben vom kalten Braten und legten die gekochten halben Eier mit dem Klecks schwarzen Kaviars auf ein Holzbrett. Am Ende schichteten sie die Weißbrotscheiben in ein Körbchen.

Anna Maria hatte das Gefühl, mittendrin und gleichzeitig außerhalb dieser Szenerie zu stehen. So unwirklich kam sie ihr vor. Doch der Duft der Speisen erinnerte sie daran, dass alles real war.

Während Eckhard eine Flasche Wein entkorkte und den rot funkelnden Inhalt in böhmische Kristallgläser goss, zog Malte achtsam eine Schellackplatte aus der Hülle, fuhr mit dem Hemdsärmel über die Oberfläche und positionierte sie auf den Plattenteller des Grammophons. Danach setzte er den gebogenen Tonarm mit der Nadel darauf ab und drehte die kleine Kurbel an der Seite des Kastens, um den Motor aufzuziehen.

Ein englischer Walzer erklang aus dem Trichter mit dem typisch knisternden Unterton.

»Köstlich! Das alles!« Eckhard schaute auf die angerichteten Speisen, erhob sein Glas und schwenkte es in einem weiten Bogen. »Auf Rosen, Lippen, Mädchen …«

Die anderen nahmen ebenfalls ihre Gläser zu Hand und erwiderten im Chor: »… leichtfüßige Jungs. Prost!«

Lang ausgestreckt lagen sie auf der Decke und genossen das Mahl, wobei jeder seinen Gedanken nachhing und in die weite Landschaft schaute.

Eckhard ließ Sivs lange Schnürsenkel spielerisch durch seine Finger gleiten und hoffte, sie würde irgendwann etwas anderes in ihm sehen als den Bekannten ihres Bruders. »Wisst ihr, wie ich sonst reise?«, eröffnete er das Gespräch.

»Wie ein Phantasiereisender, oder …« neckte ihn Siv mit einer Bemerkung, die auf den Film anspielte, und kicherte.

Eckhard stutzte. »Da hast du gar nicht so unrecht. Ich nehme mir einen Bildband und gehe in den Gemälden spazieren …«

»Oh ja, das kenne ich auch.« Anna Maria nahm ihren Hut ab und legte ihn neben sich auf die Decke. »Ich war immer mit meinen Halmamännchen in den Kalenderblättern aus dem Westen unterwegs, die bei meiner Oma in der Küche hingen. Also die Alpen kenne ich schon ganz gut.«

Alle lachten.

»Ja, aber ich kann sogar die Alten Meister in ihren Ateliers besuchen. Ich schaue ihnen zu, wie sie ihre Farben aus Pigmenten anreiben und wie sie den entscheidenden Pinselstrich setzen. Ach, Italien, du Land meiner Träume«, schwärmte Eckhard. »Was würde ich drum geben, da mal hinzukommen und die Landschaften und die Bilder im Original zu sehen.«

»Was wäre dein Wunschziel?« Anna Maria schaute zu Malte, der es sich neben ihr bequem gemacht hatte.

»Ganz klar, Big Apple. Ich würde nach New York reisen.«

Er drehte sich auf den Rücken und streckte die Arme nach oben aus in Richtung Himmel. »Ich möchte einmal die Wolkenkratzer sehen und dazu einen dieser Hamburger essen, ihr wisst schon, das Brötchen mit dem Fleischklops drin. Na ja, und wenn ich schon mal da bin, kaufe ich mir noch eine echte Levis 501.« Malte senkte die Arme wieder, riss einen hohen Grashalm ab und blinzelte verschmitzt zu Anna Maria. »Und du?«

Anna Maria knipste mit den Fingern eine Beere von der Weintraube ab, die vor ihr lag, und spießte sie zusammen mit einem Stück Käse auf die Gabel. »Ich? Nach Frankreich würde ich reisen. Das Licht an der Côte d'Azur muss unglaublich sein«, sie hob genussvoll den Bissen an die Lippen. »Dazu das gute Essen und der Wein. Ja, ich glaube, ich könnte mich in einen Franzosen verlieben.«

Wieder lachten alle und Anna Maria warf ihre Zöpfe mit einer spielerischen Kopfbewegung nach hinten.

Siv, die gerade einen Käfer auf ihrem Handrücken beobachtete, der in diesem Moment seine Flügel ausbreitete und davonflog, spitzte die Lippen. »Also Leute, ihr seht das alles viel zu kompliziert. Ich würde es wie die Schamanen machen.«

»Wie die Schamanen?«

Siv nickte. »Die gehen in Trance und ihr Geist verlässt den Körper. Die können so überall hinreisen, sogar bis zum Mond.« Sie streckte sich wieder lang auf der Decke aus und blinzelte in den wolkenlosen Himmel. »Wisst ihr, und unterwegs, da treffen sie andere Seelen, die auch auf Reisen sind und dann tauschen sie sich aus. Was meint ihr, was die sich so alles zu erzählen haben.«

»Siv, du spinnst!«, entgegnete Malte kopfschüttelnd.

»Nein, tu ich nicht«, erwiderte sie trotzig.

»Ich mach uns noch eine Flasche Wein auf«, sagte Eckhard in die aufkeimende Stille hinein.

Malte erhob sich, ging zum Wagen hinüber und kramte im Kofferraum in dem Stapel Schellackplatten, bis er die richtige gefunden hatte. Das Konzert für Klarinette und Orchester von Wolfgang Amadeus Mozart strich an diesem Spätnachmittag in seiner ganzen Perfektion über die frisch gemähten Äcker, die sich langsam im magisch flirrenden Licht auflösten.

Gedankenvoll saßen sie noch eine ganze Weile dort auf dem Plateau unter dem Ahorn, in der Gewissheit, dass sie alle den gleichen Traum träumten, während sie mit ansahen, wie sich das Blau des Himmels am Horizont langsam dunkel färbte.

19

Jauchzend fiel Beate ihr in die Arme und Aki hob sie hoch, so dass sich ihre Nasenspitzen berührten. »Wo bist du so lange gewesen?«, fragte die kleine Schwester und legte die Ärmchen um ihren Hals.

Aki schluckte. Vor einem Jahr hatte man sie nach ihrer Flucht aus der Schule abends im Wartesaal des Bahnhofs aufgegriffen und in ein Kinderheim gebracht. Jeden Tag hatte sie gewartet, dass die Mutter dort auftauchte und sie mit nach Hause nahm. Sie war sich sicher, dass man sie gegen den Willen der Mutter dorthin gebracht hatte und dass die Familie nicht wusste, wo sie war. Anders konnte sie sich nicht erklären, warum in all den Monaten niemand kam.

»Sehr weit weg«, antwortete Aki, während sie Beate auf den Dielenboden absetzte, »aber jetzt bin ich wieder da.«

»Das ist schön, Aki«, sagte die Kleine, drehte sich auf dem Hacken um und stürmte den Korridor hinunter. »Mutti, Mutti«, rief sie dabei durch die Wohnung, »schau mal, wer gekommen ist!« Die Zipfel ihres Kleidchens flogen.

Aki folgte ihr langsam. Alles hier war ihr vertraut. Der rote Mantel der Mutter an der Garderobe, daneben die Jacken der Geschwister. Die Flurlampe mit dem grüngelben Stoffschirm, die zerschrammte Kommode und das braune Muster der Tapete.

Sie hatte sich im Heim lange in Geduld geübt. Bis zu dem Tag, wo sie Zeugin eines Gesprächs zwischen dem Heimleiter und der Frau von der Jugendfürsorge wurde. Sie unterhielten sich leise und ahnten nicht, dass sie mit einem Scheuertuch in der Hand ganz in der Nähe auf der Treppe kauerte. Hier erfuhr sie, dass Richard seit einigen Tagen ausgezogen war und die Mutter nun wieder allein mit den Geschwistern wohnte.

Noch auf dem Flur hatte sie den Entschluss gefasst. Ihre Familie brauchte jetzt dringend ihre Hilfe und sie musste schleunigst zu ihnen. Deshalb hatte sie sich am Morgen auf die Pritsche des Milchwagens geschlichen, um, gut versteckt hinter den Kästen, aus dem Heim abzuhauen.

Aki betrat die Küche.

Vor ihr stand die Mutter, tief über die Spüle gebeugt. Als sie ihre Anwesenheit bemerkte, drehte sie sich langsam um. Aki sah, dass sie Gemüse putzte, in der einen Hand hielt sie eine Mohrrübe, in der anderen ein Obstmesser. Auf dem Herd brodelte Wasser in einem Topf.

»Schau mal, wer gekommen ist«, wiederholte Beate und zupfte der Mutter dabei unablässig an der Kittelschürze.

»Ich sehe es«, sagte die Mutter und legte langsam das Messer und die Mohrrübe aus der Hand. Umständlich wischte sie sich ihre Hände an der Schürze trocken und kam währenddessen einen Schritt auf Aki zu. »Was willst du hier?«

Aki schluckte und versuchte ein Lächeln.

Die Mutter hob den Kopf. »Zum Teufel mit dir, Agnes«, sagte sie leise und ihre Stimme vibrierte vor Ablehnung. »Du wagst es, hierher zurückzukommen?«

Aki verkrampfte sich. »Ich dachte, du würdest …«

»Du dachtest?«, schnitt ihr die Mutter das Wort ab. »Was dachtest du, Fräulein? Das du hier immer noch willkommen bist?« Sie schnaubte angewidert. »Nach alldem, was du mir angetan hast, du kleines Flittchen? Richard hat mir alles über dich erzählt, denk nur nicht, ich wäre nicht im Bilde. Du hast ihn geil gemacht, ihn fast jede Nacht verführt!«

Die Worte trafen Aki wie Faustschläge in den Bauch. »Das stimmt überhaupt nicht!«, rief sie verzweifelt.

Aber die Mutter hörte nicht zu. »Der eigenen Mutter den Mann ausgespannt und mir hinterher noch die Klassenlehrerin und die Jugendhilfe auf den Hals gehetzt!«

Aki hob schwach die Hände. In ihrem Kopf herrschte eine dumpfe Leere und ziellos blickte sie in der Küche umher. »Aber …«

»Nichts ›aber‹. Ich rufe jetzt die Polizei und die bringen dich dahin zurück, wo du hingehörst. Ins Heim! Ich wunder mich überhaupt, was du hier willst«, die Mutter funkelte sie eiskalt an, »ich habe dich doch längst zur Adoption freigegeben!«

Aki spürte, wie sich eine von Abscheu getriebene Kälte rasend schnell in ihr ausbreitete. Die Gefühle, welche die Worte der Mutter in ihr hervorriefen, vor allem die Furcht, die sie nach wie vor in ihr erzeugten, kamen ihr schmerzvoll bekannt vor. Doch auch wenn sie längst Bestandteil ihres Lebens waren, heute war sie nicht bereit, die Lügen und Demütigungen hinzunehmen.

Die Mutter hatte sie zur Adoption freigegeben!

Sie spürte die Bitterkeit, die Kälte erreichte ihr Herz. Das war doch ihre Familie hier in dieser Wohnung, die sie brauchte.

Aki presste die Zähne aufeinander.

Warum wollte die Mutter nicht, dass sie dazugehörte? Warum verstieß sie die eigene Tochter, gab sie weg?

Plötzlich öffnete sich die Tür zum Wohnzimmer und Klaus erschien im Türrahmen. »Habe ich mich doch nicht verhört, du bist es wirklich.« Freudestrahlend kam er auf sie zu.

Aki bemerkte, wie er sich in dem einen Jahr verändert hatte. Er war jetzt zehn und ordentlich gewachsen. Die milchig weiße Haut betonte sein scharf geschnittenes Gesicht.

Aki wollte die ausgestreckte Hand ergreifen und ihn an sich ziehen, doch die Mutter vertrat ihm bestimmt den Weg. Sie packte Klaus am Oberarm und hielt ihn fest, so dass er Aki keinen weiteren Schritt entgegenkommen konnte. »Verschwinde hier, Agnes«, keifte sie. »Ich habe dir gesagt, ich rufe die Polizei.«

Aki spürte eine unbändige Wut in sich aufsteigen. Die Luft um sie wurde dicht wie eine Wand und war mit rotglühenden Lichtpunkten gesprenkelt. Aki trat nah an die Frau heran, die einmal ihre Mutter gewesen war. »Geh mir aus dem Weg!«, befahl sie, die rechte Hand zur Faust geballt.

Bleich, die Lippen zu Strichen zusammengepresst, wich die Mutter vor ihr zurück und ließ Klaus los.

Aki beugte sich zu ihrem Bruder hinab und gab ihm einen Kuss auf die Stirn. »Vergiss mich nicht, hörst du.«

Dann wandte sie sich an Beate, wischte ihr eine widerspenstige Locke aus der Stirn, bevor sie auch sie zum Abschied küsste.

Dabei bemerkte sie, dass Beate sie ungläubig aus großen Augen anstarrte, weil sie nicht verstand, warum die Schwester wieder fortging. Sie war doch gerade erst gekommen!

Doch Aki wandte sich um, nahm ohne zu zögern den Zwanzigmarkschein, der auf dem Küchentisch lag, stopfte ihn wortlos in die Tasche und stampfte davon.

20

Seine Verwandlung hatte an einem regnerischen Tag begonnen, als man die Rekruten zum Abschluss der Grundausbildung fünfzehn Kilometer über Sandpisten durch den Wald scheuchte, die sich inzwischen durch die anhaltende Nässe in breiige Schlammpfade verwandelt hatten. Mann und Material blieben immer wieder im Dreck stecken. Jeder einzelne Schritt bedeutete unendliche Anstrengung.

Jens blinzelte durch die beschlagenen Scheiben der Augengläser seiner Tränengasmaske und versuchte sich zu orientieren. Wie unter einer Taucherglocke vernahm er die eigenen Atemzüge, laut schnaufend und von gehetzter Intensität. Ich darf auf keinen Fall kollabieren, sagte er sich andauernd und versuchte, die aufsteigende Panik niederzuringen. Links und rechts explodierten weiterhin Tränengasgranaten, während er taumelnd vorwärts stolperte. Immer weiter, bis er irgendwann, ihm kam es wie Jahre vor, als Letzter der Einheit die Ziellinie überquerte. Völlig erschöpft lehnte er sich an einen Baumstamm und erbrach bittere Galle. Während er sich mit zitternder Hand über den Mund wischte, schwor er sich heimlich, dass er nie wieder so kläglich versagen würde.

Er wartete einen Nachmittag ab, an dem er den Großteil der Einheit im Ausgang wusste. Der Kraftraum lag im Souterrain des Offiziersheimes und Jens musste sich an der Wache in ein Heft eintragen, bevor er zögerlich und von innerlicher Anspannung erfüllt, die Treppen hinabstieg.

Der Raum war nicht sonderlich groß und mit den Geräten und Liegen, die für das Training spezieller Muskelgruppen vorgesehen waren, erschöpfte sich die Fläche schnell. Darüber hinaus lehnten in einer Ecke unterschiedlich lange Hantelstangen, umrahmt von zu Pyramiden gestapelten Gewichtsscheiben. An einer Stelle ragten die Enden zweier Barrenholme aus der Wand. Es gab nur ein schmales Fensterband, das knapp unter der Decke längsseits der Straße verlief, welches aber mit einer blauen Folie überklebt war, die ausschließlich dazu diente, die Benutzer des Trainingsraums vor neugierigen Blicken zu schützen. Jens erkannte schnell, dass sich keines der Fenster richtig öffnen ließ, was auch den penetranten Geruch nach Schweiß, Eisen und feuchtem Leder erklärte.

Er war nicht allein hier. Vier muskelbepackte Männer, mit dem gleichen auffallend kurzen Haarschnitt wie er selbst, stemmten gewaltige Gewichte und machten dazu unflätige Bemerkungen. Jens hielt sich zurück. Er wusste sowieso nicht genau, wie er das Training beginnen sollte. Er vollführte einige Lockerungsübungen, die er vom Fußball her kannte. Dabei beobachtete er die Gruppe mit einer Mischung aus geheimer Ablehnung und widerwilliger Bewunderung.

Einer der Männer bemerkte seinen Blick und kam breitbeinig auf ihn zu. »Was ist, Jungscher? Willst du mal den Bizeps eines Entlassungskandidaten anfassen?« Er lachte schallend über seinen Witz und zog ein bunt bemaltes Maßband aus der Tasche. »Noch neunundachtzig Tage. Wie viele hast du noch vor dir? Sechshundert, Siebenhundert oder Achthundert?« Er brüllte lachend los, die anderen drei fielen lauthals ein und wedelten nun ebenfalls mit ihren Maßbändern.

»Kriegt euch wieder ein!«

Ohne dass Jens es gemerkt hatte, war jemand hinter ihm durch die Tür getreten, die Klinke noch in der Hand.

»Pablow, alte Socke, wie lange hast du eigentlich noch?«

»Viel zu lange, wenn ihr mich fragt. Und jetzt lasst ihn in Ruhe.«

Johlend zogen sich die vier in ihren Teil des Raumes zurück.

»Zum ersten Mal hier?«, fragte Jochen Pablow und Jens nickte, während der Mann die Trainingsjacke auszog und über einen Medizinball legte. Er war von beeindruckender Statur. Wie ein Gebirge erhob sich seine Brust und die gewaltigen Arme schienen ein Eigenleben aus Sehnen und Muskeln zu führen. Sein ganzer Rumpf wirkte wie ein auf die Spitze gestelltes Dreieck, das von einer schmalen Taille ausging. Nachdem er seine Sachen verstaut hatte, wandte er sich wieder Jens zu: »Gut, wenn du willst, erkläre ich dir, wie das hier funktioniert.«

Dieses Zusammentreffen lag jetzt über ein Jahr zurück und Jens hatte gewissenhaft alle Anweisungen von Pablow befolgt. Anfänglich hatte er sich vor den anderen geniert, wenn er mit der Zwei-Kilo-Hantel die Wiederholungen absolvierte, aber Jochen stand an seiner Seite und zählte mit. Manchmal, wenn Jens völlig ausgepumpt war und glaubte, jemand reiße ihm bei lebendigem Leib die Arme heraus, verzog er den Mund zu einem tapferen Lächeln, als wollte er sich über die Schmerzen nur lustig machen. Doch schnell stellte er fest, dass ihn niemand beobachtete, dass sich niemand darum scherte, mit welchem Gewicht er trainierte. Als ihm die Zwei-Kilo-Hantel zu leicht wurde, gab Jochen ihm die fünf Kilo, danach steigerte er auf sieben. Sie erarbeiteten für ihn einen Trainingsplan, wie viel Gewicht er mit welchen Muskelgruppen in bestimmten Einheiten bewegen sollte. Außerdem legte Pablow ihm nahe, fünf Mahlzeiten am Tag zu sich zu nehmen. Er sollte sich am besten einfach beim Frühstück und Abendessen ein Brot mehr schmieren.

So floss die Zeit dahin in einer sich endlos wiederholenden Monotonie von Wach- und Trainingseinheiten. Das Einzige, was sich änderte, waren die Anforderungen, die man an ihn stellte. Aus Fünfzehnkilometermärschen wurden schließlich Dreißigkilometermärsche und die Gewichte, die er stemmte, überstiegen irgendwann sein eigenes Körpergewicht bei weitem.

Sie trainierten hart.

Einer verließ sich auf den anderen, wenn sie zwischen den Hantelbänken permanent am Rand einer Ohnmacht entlangwankten. Für Jens gab es nichts anderes mehr. Er konzentrierte sich gänzlich auf die Erschaffung seines neuen Körpers. Er ordnete ihm alles unter. Er ging kaum mehr in den Ausgang, trank keinen Alkohol, rauchte nicht, und selbst wenn er auf Wache stand, suchte er sich einen größeren Ast oder einen umgestürzten Baum, um unbemerkt zu trainieren. Die Zeit, in der er noch Bücher gelesen hatte, lag weit zurück und auch die Mundharmonika hatte er seit dem Eintritt in die Armee nicht mehr angefasst.

Oft, wenn ihm beim Bankdrücken schwarz vor Augen wurde, spornte er sich an, dass jedes Gramm Muskelmasse ihn näher zur Erlösung bringen würde, vielleicht sogar bis ans Ende allen Selbstzweifels.

Irgendwann begannen sie mit Negativwiederholungen.

»Was ist das denn?«, fragte Jens neugierig und Jochen erklärte es ihm: »Das ist eine ganz neue Methode aus Amerika. Du trainierst den Muskel normal aus, bis er blockiert.«

Jens nickte, verstand aber nicht so ganz, was er damit meinte.

»Okay, du kannst dir das so vorstellen, wenn du eigentlich fertig bist, machst du weiter, also immer noch drei bis vier Wiederholungen. Klar?«

»Aber ich habe dann doch gar keine Kraft mehr im Muskel«, gab Jens zu bedenken.

»Deshalb nimmst du in dem Fall ja auch noch die andere Hand zur Hilfe. Wie gesagt, Negativwiederholungen.«

Jens schaute Jochen skeptisch an. »Das klingt echt schmerzhaft.«

»Ist es auch. Ich habe es zu Hause ausprobiert. Aber glaube mir, das Ergebnis ist enorm. Schau dir das an.« Pablow ließ seinen beeindruckenden Bizeps hüpfen.

»Hey, Jungs, für eure Muckis braucht ihr ja bald einen Waffenschein«, sagte Gerd, ein hoch aufgeschossener Kerl, der aus derselben Stadt wie Jens kam und der genau in diesem Moment durch die Tür trat. Er legte einen Brief neben ihn auf die Hantelbank. »Hab mir gedacht, dass ich dich hier finde. Ist vorhin für dich gekommen. Direkt aus der Heimat.« Neugierig schielte Jens auf den Absender, aber der Brief kam von seinen Eltern und er ließ ihn unbeachtet liegen.

Gerd schaute sich neugierig um, nahm zum Spaß eine der Sieben-Kilo-Hanteln auf und bewegte sie eher unkoordiniert mehrmals hoch und runter. »Mann, ihr seid ja krank«, ächzte er und ließ die Hantel polternd auf den Boden fallen. Dann klopfte er Jens, der immer noch auf der Bank saß, freundschaftlich auf die Schulter: »Wir sehen uns morgen auf Wache.«

Der schaute kurz hoch. »Gut, bis dann. Und danke.«

Dann, an einem Montag, betrat Pablow mit verändertem Gesichtsausdruck den Trainingsraum. Er sah sich misstrauisch um, aber sie waren allein im Kraftraum. »Hier«, er zog ein Heft unter der Trainingsjacke hervor, »das wollte ich dir unbedingt zeigen.«

Jens' Blick fiel auf ein buntes Hochglanzmagazin, bei dem ein unglaublich muskulöser, ölig glänzender, braungebrannter Mann auf der Titelseite prangte. Überrascht hielt er die Luft an. So konnte ein Männerkörper tatsächlich aussehen.

»Weißt du, wer das ist?«

Jens schüttelte den Kopf.

»Arnold Schwarzenegger.«

»Aha?« Jens überlegte, ob er den Namen schon einmal gehört hatte.

»Na, sag mal!« Jochen boxte ihn kameradschaftlich in die Seite. »Das ist der erfolgreichste Bodybuilder aller Zeiten.«

Jens lächelte fragend: »Wirklich?«

»Warte, hier sind noch mehr Fotos von ihm.«

Jochen blätterte aufgeregt in dem Magazin weiter. Plötzlich rutschte eine Visitenkarte zwischen den Seiten heraus und fiel, von Jens unbeachtet, auf den Boden.

Unauffällig hob Pablow das Stück Papier auf und ließ es in seiner Hosentasche verschwinden.

1988

21

Beunruhigt schaute sich Anna Maria um. Soeben waren die Unterrichtsstunden in der Abendschule zu Ende gegangen. Ohne Eile hatte sie ihre Bücher und Hefte verstaut und mit der Jacke über dem Arm den Klassenraum verlassen. Draußen auf dem Flur, wo es immer leicht nach Bohnerwachs roch, stellte sie die Aktentasche auf einem der tiefen Fensterbretter ab und schlüpfte in ihre Jacke. Dabei war ihre Hand auf der Suche nach den Haustürschlüsseln in beide Jackentaschen gefahren und auf ein gefaltetes Blatt Papier gestoßen. Verdutzt klappte sie es auseinander und stellte überrascht fest, dass es ein Flugblatt war.

Es war von kleinem Format und in Schwarzweiß gedruckt. »Umkehr zum Leben« stand in schnörkellosen Lettern eindrucksvoll am oberen Rand, eingebettet in einen stilisierten Himmel, über den einzelne dunkle Wolken zogen. Darunter erstreckte sich eine Wasserfläche, die mit hellen Halbmonden überzogen war, welche Wellen symbolisierten.

Sie stutzte. Darin schwamm ein seltsamer Fisch. Der Teil des Fisches, der aus dem Wasser ragte, war noch heil und intakt, der Teil unterhalb der Wasserlinie bestand nur noch aus einem Grätenskelett. »I. Pleißegedenkumzug«, las sie, »5. Juni 88, Weltumwelttag«.

Nachdenklich ließ sie das Flugblatt sinken. Jeder, der hier in der Gegend lebte, kannte die tragische Geschichte der Pleiße, die einst die Lebensader der Stadt Leipzig gewesen war. Doch die ungeklärten Abwässer der chemischen Industrie und die unerwünschten Nebenprodukte aus der Braunkohleveredelung verwandelten den Fluss von einem einst klaren, fischreichen Gewässer, in dem ihr Vater früher gebadet hatte, zu einer stinkenden, klebrigen Kloake, auf der, je nach betriebsbedingter Einleitung, kilometerweit kakaobrauner, rosaroter oder weißgelber Schaum stand. Als schließlich der schreckliche Gestank den Einwohnern der Stadt nicht mehr zumutbar war, wurde der Fluss unter die Erde verbannt, in Rohre verpresst, oder man schüttete ihn an einigen Stellen gleich ganz zu.

Anna Maria stockte der Atem, während sie auf das Flugblatt starrte. In diesem Moment wurde ihr bewusst, dass sie etwas tun wollte. Der Zustand der Pleiße war nur eines der augenfälligsten von vielen regionalen Umweltproblemen. Dieser stand symbolisch für die ökologische Tragödie im gesamten Land.

Plötzlich öffnete sich hinter ihr die Klassenzimmertür. Hastig schob sie das Flugblatt zurück in die Jackentasche. Aus den Augenwinkeln sah sie Herrn Köhler, der Mathematik und Physik unterrichtete und sie jetzt fragend durch seine Brillengläser hindurch anblinzelte. Hatte er das Flugblatt gesehen? Unwillkürlich fasste sie sich mit den Fingerspitzen an ihre Ohrringe. Sie konnte es nicht mit Bestimmtheit sagen. Unruhig wartete sie ab, was weiter passieren würde.

Unterdessen verschloss Köhler in aller Ruhe die Tür, behielt aber hinterher den Schlüssel in der Hand. »Warten Sie etwa auf mich?«, fragte er tonlos. »Haben Sie noch Fragen zum Stoff?«

»Nein, ich war noch auf der Toilette und wollte gerade gehen.« Anna Maria griff nach ihrer Tasche.

»Gut.« Köhler deutete mit der Schlüsselspitze in Richtung Ausgang. »Dann darf ich Sie noch hinausbegleiten und hinter uns abschließen, damit alles seine Ordnung und Richtigkeit hat.«

22

Aki hatte alles hinter sich gelassen: die Mutter, die Geschwister, die Wohnung im Hinterhaus, die Schule, ihr ganzes bisheriges Leben. Tagelang war sie durch die Stadt geirrt und hatte in den Trümmern ihrer Seele nach einem Ausweg gesucht. Nachdem ein Betrunkener sie am zweiten Tag angepöbelt hatte, kaufte sie sich ein Küchenmesser, das sie von da an immer bei sich trug. Wirklich sicherer fühlte sie sich dadurch aber nicht. In den Nächten im Park machte sie kaum ein Auge zu. Eigentlich war sie immer unterwegs, aus Angst, belästigt oder von der Polizei aufgegriffen zu werden. Sie wusste nicht, was schlimmer für sie wäre.

Irgendwann erfuhr sie, dass man einfach an der Endstation in der letzten S-Bahn des Tages sitzenbleiben konnte, denn der Zug wurde die Nacht über im Depot abgestellt, wo man dann bis zum nächsten Morgen ungestört schlief.

Jetzt, wo es kälter wurde, beschloss sie das in dieser Nacht auszuprobieren. Mit klopfendem Herzen rollte sie im abgedunkelten Wagen ins S-Bahn Depot. Gerade, als sie sich auf den Sitzflächen mit angezogenen Beinen zum Schlafen eingerichtet hatte, schreckte sie ein lautes Klirren auf. In der Tür erschien ein Junge, der in einem alten Rucksack einen Haufen leerer Bierflaschen mit sich herumschleppte.

Kübel war ein Punk, zerrissene Westjeans, Lederboots, ein schwarzes T-Shirt, auf dem mit roter Farbe ein A in einem Kreis gemalt war, und eine Lederjacke mit einer Reihe echter Buttons am Revier. Seine Haare hatte er auf beiden Seiten des Kopfes bis auf die Haut abrasiert, nur in der Mitte erhob sich senkrecht ein Haarkamm, der von der Stirn bis in den Nacken reichte. Um den Hals trug er eine Eisenkette und am linken Ohr baumelte ein Stück gepresstes Metall, »1 Kübel Dreck« war darauf eingestanzt.

Als er sich breitbeinig auf die Bank gegenüber setzte und der Rucksack mit den Flaschen lärmend zwischen ihnen auf den Boden fiel, erstarrte Aki und tastete unmerklich nach dem Messer in ihrer Jackentasche.

»Na, Kleene, haste vergessen auszusteigen?«, fragte er in die Stille hinein.

Aki bemerkte, wie er sie aufmerksam musterte und schüttelte stumm den Kopf.

»Also biste abgehauen?«

Sie sah ihn mit finsterer Miene an.

»Ach Scheiße, noch ein verlorenes Kind.«

Er nahm eine Zigarette, die hinter seinem rechten Ohr steckte, und zündete sie an. »Und jetzt willst du hier pennen?«, fragte er.

Aki zuckte mit den Schultern.

Kübel beugte sich vor: »Keine gute Idee, glaub mir. Morgen ist Montag, da sind die scheiß Techniker früh dran. Wenn die dich hier im Zug erwischen, gibt's ordentlich auf die Fresse und hinterher kommen die Bullen. Kannste vergessen.«

Kübel sog den Rauch ein und seine Wangen stülpte er dabei nach innen, bevor er ihn wieder ausblies. »Am besten, du kommst mit mir mit. Hab für heute eh genug.« Er stieß mit dem Fuß gegen den Rucksack, in dem Flaschen klirrten. »Die bekackten Armeeschweine saufen sich jeden Sonntag die Hucke zu, weil sie zurück zur scheiß Asche müssen. Blöd für die, aber gut für mich!«

Als er aufsah, bemerkte er das Unbehagen in Akis Gesicht. »Kleene, vor mir musste keine Angst haben. Punkehrenwort.« Er schürzte die Lippen. »Glaub mir, ich weiß genau, wie du dich fühlst. Aber du musst das verstehen, ich kann dich hier nicht zurücklassen. Nicht jetzt, wo ich dir begegnet bin.«

Aki schaute auf die schemenhaften Konturen im Innenraum des Depots. Sie spürte, wie hinter seinen Mauern der rastlose Pulsschlag der Stadt auch noch in der Nacht fiebrig weiter vibrierte, wie Stunde um Stunde verstrich und ihre Wachsamkeit vor der wimmelnden Dunkelheit nicht ewig anhalten würde. Ihr wurde klar, dass sie gezwungen war, jedweden Schutz anzunehmen, den man bereit war, ihr zu gewähren.

»Einverstanden«, sagte sie zögernd. »Ich komme mit. Aber wohin gehen wir überhaupt?«

»Ich habe eine Penne am Prenzelberg klargemacht.« Er lachte auf.

»Vertrau mir, die Bude ist groß genug, einer mehr oder weniger fällt da gar nicht auf.« Dann trat er die Zigarette aus und wuchtete den Rucksack hoch. »Aber kein Wort zu den anderen, dass ich hier Pullen sammle. Das schadet meinem guten Ruf als Punk, verstehste?«

In diesem Jahr fiel Aki auf, dass sie den Mai besonders liebte. Selbst hier zwischen den todgeweihten Gründerhäusern weckte er ein Gefühl von Lebensfreude und Lust. Auf den Schutthalden wucherte frisches Grün, im Efeu an der Hauswand summte es und die alte, einst weißlackierte Trabantkarosserie leuchtete in längst verblichener Schönheit. Aki reckte ihr Gesicht der Sonne entgegen. Ihre Begegnung mit Kübel war jetzt einige Monate her, und rückblickend betrachtet, hatte sie es mit ihm eigentlich ganz gut getroffen. Er hatte nichts versucht und behandelte sie eher wie eine Schwester. Sie glaubte, dass er sie mochte und besorgt um sie war, wenn auch auf seine ganz eigene Weise.

Neugierig schaute sie zum Hoftor und lauschte. Wo blieben sie nur? Aber sie vernahm nur eine Fahrradklingel, dicht gefolgt von Motorengeräusch. Dann legte sich wieder Stille auf die Straße.

Sie wandte sich wieder der Sonne zu. Blöd nur, dachte sie, dass Berlin ausgerechnet im letzten Jahr den 750. Geburtstag feiern musste. Polizei und Stasi hatten regelrecht Jagd auf Punks gemacht, um das Stadtbild zu säubern. Beinahe täglich verschwand einer ihrer Kumpels. Entweder landeten sie im Knast, erhielten plötzlich die Einberufung zur Armee oder wurden in den Westen abgeschoben. Kübel war wegen der verschärften Polizeikontrollen dauernd am Schimpfen und versteckte sich. Aber Ende August hatten sie ihn nach einem Punkkonzert doch erwischt und aufs Revier geschleppt. Dort nahmen sie ihm den Personalausweis ab. Er erhielt einen PM 12, einen vorläufigen Ausweis.

Aki spürte, wie ihr bei der Erinnerung daran der Schweiß ausbrach und wischte ihn sich von der Stirn. Sie wusste, dass dieses Vorgehen darauf abzielte, politisch Unliebsame zu schikanieren, und gerade bei den auffälligen Punks wollten sie erreichen, dass die sich ins politische System einpassten. Das hieß: polizeilich gemeldet, fester

Wohnsitz und eine geregelte Arbeit. Außerdem verpassten die Bullen Kübel den 48er. Berlinverbot auf unbestimmte Zeit.

Kurz glitten ihre Gedanken ab und sie dachte an Klaus und Beate. Dabei kniff sie die Augen zusammen, als hätte sie Zahnschmerzen. Die Wärme auf der Haut half, die Härte der Realität zu mildern.

Im Herbst hatten sie schweren Herzens beschlossen, das Quartier auf dem Prenzlauer Berg und damit auch Berlin zu verlassen. Kübel organisierte zwei Bahntickets und sie fuhren nach Leipzig. Er hatte ihr erklärt, dass sein Cousin Ronny hier wohne und dass die Sachsen sowieso nicht gut auf die Berliner zu sprechen wären. Viele machten sich sogar regelrecht über die 750-Jahr-Feier lustig und befestigten Aufkleber mit »822 Jahre Leipzig« auf ihren Autos.

Aki hörte hinter sich vertraute Schritte über den Beton schlurfen. Na endlich, dachte sie erleichtert und öffnete die Augen. Kübel kam in seinem markanten Gang angelatscht, dicht gefolgt von Hülse und Alge, die einen Kasten Bier trugen.

»Mann, Kleene, da haste was verpasst«, tönte Kübel schon von weitem. »Eben ist gleich hier um die Ecke ein Balkon runtergekommen und voll auf den Gehweg gekracht. Hat fast 'ne Frau und ihr Kind erschlagen. Peng!« Er klatschte derb beide Handflächen zusammen und lachte.

»Du hättest das blöde Gesicht der Stinos sehen sollen«, fiel Hülse aufgeregt ein, »als die oben ihre Balkontür aufmachen und das Ding ist weg.«

Kübel fläzte sich auf einen alten Stuhl. »Die Feuerwehr hackt gerade den scheiß Rest von dem Balkon ab. Ich hab zu Hülse gesagt, lass uns hier verschwinden. Du weißt ja, ich habe nur vorläufig und wenn die scheiß Bullen kommen …«

Aki nickte.

Hülse hockte sich auf den Bierkasten.

»Ich geh erst mal kacken«, erklärte Alge und latschte in eine Ecke des Hofes, wo sie vor ein paar Wochen eine Grube ausgeschachtet hatten, über die jetzt eine dick mit grüner Farbe angepinselte Tür lag, in die zuvor ein Loch geschnitten worden war. Auf dem Loch stand eine Kloschüssel mit einer hölzernen Abdeckung. Wenn man Glück hatte, befand sich daneben ein zerbeulter Eimer mit etwas Wasser.

»Mach nicht so laut«, schrie Kübel, »und sitzt still!«

Aki war froh, dass das Klo notdürftig von einem Fliederbusch verdeckt wurde, der gerade in Blüte stand. Der schwere Duft übertünchte derzeit erfolgreich alle anderen Gerüche im Hof. Mit Schaudern dachte Aki an den Winter, wo den Bewohnern des Hauses nur ein Raum im Parterre zur Verfügung stand, in dem man in rostigen Emailleschüsseln die Notdurft verrichten musste. Sie hatte sich regelrecht davor geekelt und es sich so gut es ging verkniffen, denn die Behälter wurden tagelang nicht ausgelehrt, weil entweder die Schüsseln oder ihr fäkaler Inhalt oder beides an den Dielen festgefroren waren. Oftmals fand sich auch schlichtweg niemand, der sich bereiterklärte, sie zum Entleeren nach draußen zu schaffen.

Die meisten Punks lungerten viel lieber zu zehnt den ganzen Tag in der Küche um den Gasherd herum, dessen fünf voll aufgedrehte Gasflammen die einzige Heizmöglichkeit im Haus bedeuteten. Sie spielten Karten oder vergnügten sich mit einem Computerspiel aus dem Westen, bei dem ein imaginärer weißer Ball von einer Seite des Bildschirms auf die andere rollte.

»Ist Ronny, der alte Wichser, schon da?«, fragte Kübel Aki und zündete sich eine Zigarette an. »Der Arsch wollte uns Fleisch vorbeibringen.«

»Hab ihn nicht gesehen«, erwiderte sie.

Indessen kam Alge vom Klo zurück, und während er demonstrativ die Hose zurechtrückte, wandte er sich an Hülse: »Ach ja, ich soll dir Grüße von Pilz-Micha bestellen.«

»Echt, der lebt noch?«, fragte Hülse verwundert und angelte stehend durch seine zerrissenen Hosenbeine hindurch nach einem Bier.

Kübel verlangte auch eins. »Wer ist Pilz-Micha?«, fragte er.

»Wir waren zusammen im Erntelager, zehnte Klasse«, erklärte Alge. »Hülse, Micha und ich. Micha hatte Fliegenpilz dabei, so getrocknete braune Stücke, die haben wir uns am ersten Abend nach der Ernte reingepfiffen.«

»Fliegenpilz? Ich denke, der ist giftig und sein Genuss tödlich«, fragte Aki erstaunt.

Hülse kicherte. »Wie man es nimmt. Bei uns hat das Zeug voll geknallt. Haben uns körbeweise mit den reifen Pflaumen bepflastert. Hinterher sah es wie nach einem Bombenangriff aus. Nur Lippe hat es entschärft, der Sack fiel gleich ins Koma.«

Alge hebelte den Kronkorken mit den Zähnen vom Flaschenhals und spuckte ihn anschließend aus.

»Dieses Pflanzenzeug ist nicht zu unterschätzen«, meinte Kübel und reichte eine offene Bierflasche an Aki weiter. »Mein Opa war ein harter Hund, Waffen-SS in Russland. Der hat mir mal erzählt, wenn die einen Treffer hierher bekamen«, er stach sich mit dem Zeigefinger in die Wange, »haben die Eisenhut gekaut. Davon wurde die ganze Fresse taub und du hast von der Wunde nix mehr gemerkt. Du hättest den Einschuss ohne Betäubung zunähen können.«

»Hammer«, murmelte Alge und nuckelte an seinem Bier.

»Was macht Pilz-Micha heute?«, wollte Hülse wissen.

»Hab ihn mal besucht«, erwiderte Alge. »Der wohnt in so einem mickrigen Dorf im Elbsandsteingebirge, kurz vor der Grenze. Ist da unten der einzige Punk weit und breit. Aber immer noch fett auf Pilze. Als ich ankam, hat er gerade Moni, das ist seine Alte, am offenen Fenster voll breit gevögelt. Das musst du dir vorstellen. Die Alte vor ihm auf dem Fensterbrett, die dicken Titten hingen wie Glocken draußen in der frischen Luft und er von hinten, immer rein. Pam, Pam, Pam. Das halbe Dorf stand unterm Fenster und der ABV hatte eine Hammerlatte, sag ich dir.«

Alge nahm einen weiteren Schluck und Aki sah, wie an seinem dürren Hals der Adamsapfel zwischen den Sehnen hüpfte. Dann rülpste er. »Also diese Moni, das ist sowieso eine völlig durchgeknallte Braut. Als ich mit Pilz-Micha im Wald unterwegs war, um Nachschub zu besorgen, hat die sich splitternackt, nur mit Stiefeln, an die Straße gestellt und es dann auf dem Parkplatz mit einem Fernfahrer getrieben.«

»Quatsch«, warf Kübel ungläubig ein.

»Ehrlich, Alter! Pilz-Micha hat mir selbst erzählt, dass seine Alte voll scharf ist, das geilt die an, sich von völlig Fremden durchficken zu lassen … Aber die kommt immer wieder zurück, hat wohl einen Narren an Micha gefressen.«

»Oder an den Pilzen«, sagte Aki.

Wieder klappte das Hoftor. Alle Köpfe gingen rum.

»Hey, Ronny, alter Hippie«, rief Kübel und sprang vom Stuhl auf. »Bringst du uns endlich was Ordentliches zum Fressen?«

Aki beschattete ihre Augen.

Ronny schleppte einen gigantischen Stoffbeutel herbei und stellte ihn schnaufend neben dem Bierkasten ab. Aki sah, dass auf dem ausgebeulten Leinen kreisrund und in roten Buchstaben das Wort Volkssolidarität stand. Sie hob den Kopf und musterte Kübels Cousin. Eigentlich waren sich die beiden gar nicht unähnlich, nur das Ronny Jesuslatschen trug, dazu Jeanshose und Fleischerhemd. Und er hatte keinen Iro, sondern die etwas längeren Haare im Nacken zu einem Zopf gebunden.

»Na, dann ist ja die Grillsaison eröffnet«, tönte Kübel.

»Was ist mit der Feuerstelle?«, fragte Ronny dazwischen. »Wir brauchen Holz, einen Grill …«

»Verbreite hier nicht so eine Unruhe«, ermahnte ihn Kübel. »Alge und ich gehen los und besorgen ein paar Balken. Ihr könnt ja schon mal den Grillplatz herrichten.«

Ratlos sah sich Ronny um. Aki stand auf und reichte ihm die Hand. »Hallo, ich bin Aki. Wir könnten von da drüben ein paar Ziegelsteine nehmen und die ums Feuer legen, was meinst du?«

Ronnys Miene hellte sich auf. »Gute Idee, aber dann fehlt uns immer noch eine Grillauflage.«

Aki überlegte kurz, da kam ihr eine Idee. »Im Gasherd ist ein Ofengrill, der könnte dafür gehen. Ich werde ihn holen, dann können wir es ausprobieren.«

»Danke.«

Unwillkürlich hielt Aki die Luft an, als sie das marode Gebäude betrat. Überall rieselte der Putz, Kabelenden ragten wie gebrochene Finger aus der Wand und es roch nach Fäulnis und Verfall. Die Küche, von der sie gesprochen hatte, lag im ersten Stock. Selbst jetzt, bei schönstem Wetter, hockten noch einige der Punks wie zerfetzte

Fledermäuse in den abgedunkelten Zimmern. Es war unmöglich für Aki zu erkennen, womit sie sich den ganzen Tag beschäftigten. Meist schliefen sie nur irgendeinen Rausch aus. Aki vermutete, dass der Geruch von gebratenem Fleisch sie nach und nach ans Tageslicht locken würde.

Sie betrat die Küche, öffnete die Klappe des Herds und zog den Grill heraus. Erstaunt stellte sie fest, dass die Ablage zwar schwarz vom Ruß der Gasflamme war, aber ansonsten keine gröberen Speise- oder Fettreste daran hafteten. Erfreut über ihre Entdeckung kehrte sie in den Hof zurück.

Auch Ronny war inzwischen nicht untätig gewesen und hatte bereits mehrere Lagen Ziegelsteine zu einer quadratischen Mauer aufgeschichtet. Gerade kam er wieder mit einer Ladung Ziegel vor der Brust angeschnauft.

»Hey, du kannst uns helfen, Hülse«, sagte Aki und deutete auf Ronny und die Feuerstelle.

»Mach dein' Scheiß selber«, antwortete Hülse. »Merk dir eins, Mädchen, ich lehne Arbeit prinzipiell ab.« Er machte eine bedeutsame Pause. »Weißt du warum? Weil Arbeit Fügen bedeutet und ich füge mich niemandem. Prost.« Er trank die Flasche in einem Zug leer, ließ sie dann fallen und schwankte zum Fliederbusch hinüber.

»Alles klar, du Spinner!«, murrte Ronny und passte die letzten Ziegelsteine ein. »Keinen Handschlag machen, aber nachher der Erste an der Futterrampe.«

In diesem Moment kreuzten Kübel und Alge mit dem Holz auf. Ronny stapelte es geschickt in dem Mauerviereck auf, stopfte Papier dazu und zündete alles an. Bald prasselte ein Feuer unter dem Ofengrill. Nacheinander legte er die Fleischstücke auf. Er bestreute sie mit Gewürzen, löschte die Flammen mit Bier und bald stieg ein verlockender Duft in den gelbblauen Himmel.

Kübel holte einen Sternrekorder und stellte ihn auf das Dach der Trabantkarosserie. Punkmusik dröhnte zwischen den Hauswänden wider. »Das ist ›Wutanfall‹«, schrie er quer über den Hof. »Also, ihr Arschlöcher, schmeißt alle Hemmungen weg! Heute gibt's richtig Fleisch und Bier.«

Die meisten Punks nahmen die Fleischstücke gleich in die Hand und wenn das Stück zu heiß war, deponierten sie es erst auf dem einen und dann auf dem anderen Hosenbein.

Irgendwann später begannen Hülse und Alge, sich zu streiten.

»Mann, ich will frei sein!« sagte Hülse.

»Was ist denn Freiheit?«, fragte Alge zurück. »Politische Tyrannen kommen und gehen, und man kann niemals vollkommen sicher sein, dass nach dem Sturz des einen Tyrannen nicht gleich der nächste an die Macht kommt. Glaub mir, richtig frei bist du nie.«

»Ey, Mann, ich bin hier Flüchtling im eigenen Land. Aber drüben im Westen …« Hülse verschluckte sich und spuckte hustend Bier und Fleisch aus.

Aki fiel auf, dass Ronny sich nicht an den Gesprächen beteiligte, sie bemerkte aber, dass er die ganze Zeit, während er Fleisch briet, leicht den Kopf schüttelte. Als er ihren forschenden Blick bemerkte, hob er den Kopf und sah sie fragend an. »Wie hältst du das nur mit diesen Typen aus?«

Aki zuckte mit den Schultern.

Ronny nickte, als ob er verstehe. Dann hielt er inne und schaute sie prüfend an. »Mädchen, du hast noch gar nichts gegessen«, seine Augen wanderten über den Rost. »Hier habe ich ein schönes Stück für dich, wenn du das willst.«

Sie nickte und er reichte es ihr auf einem Stück Pappe. »Weißt du, die Punks sagen: Niemand hat mich gefragt, ob ich so leben möchte. Also lasst mir mein Leben, so wie ich es lebe, denn alles, was ich gern hatte, haben sie mir kaputtgemacht. Reicht dir das als Antwort?«

»Aber du bist erst siebzehn. Erwartest du nicht ein bisschen mehr vom Leben?«

Die Musik fing an zu leiern. Entweder waren die Batterien alle oder das Magnetband hatte sich um den Tonkopf gewickelt. Aber niemanden schien es zu stören.

»Die meisten hier«, Aki deutete mit dem Kopf in die Runde, »sind der Meinung, sie haben zu viel Zukunft in der DDR. Alles wird einem vorgeschrieben. Das Leben ist bis zur Rente, ja bis zum genormten Grabstein, komplett durchgeplant. Das wollen sie nicht.«

»Und was willst du?«, fragte Ronny. Er hatte sich neben sie gesetzt und spießte gerade mit der Messerspitze ein Stück Rindfleisch auf.

»Na, ich meine, ich will mal was Besseres als das hier.«

Ronny schob sich das Fleischstück in den Mund. »Was Besseres?«, fragte er kauend. »Meinst du einen Ausreiseantrag stellen oder so was?«

Aki verzog das Gesicht. »Ich weiß nicht.« Sie musste sich eingestehen, dass sie, so sehr sie Kübel und seine Kumpels auch mochte, deren Sicht auf das Leben nicht teilte. Ihnen gefiel es, im Moment zu leben, so wie jetzt, hier in diesem Hof zu sein. Das war alles, was zählte. Aki dagegen brauchte Sicherheit. In den ersten Frühlingstagen hatte sich in ihr der leise Wunsch geregt, ihr Leben zu ändern. Plötzlich verspürte sie ein Kribbeln auf der Haut und eine nie zuvor empfundene Unruhe breitete sich in ihr aus. Sie wollte irgendwann in ein normales Leben zurückkehren, darüber war sie sich klar geworden. Doch noch wusste sie nicht, wie sie das anstellen sollte. Stattdessen schlang sie das erste Stück Fleisch mit zwei Bissen hinunter. Gierig stopfte sie sich ein Stück Brot in den Mund und kaute.

Zufrieden sah Ronny ihr beim Essen zu und lächelte. »Ich bin da an so einer Sache dran, jetzt am Wochenende.«

Aki sah, wie Ronny nach den richtigen Worten suchte.

»Unsere Fleischerei beliefert eine Party. Wir machen Schwein am Spieß, Rostbratwurst … möglicherweise auch Steaks.«

»Was für eine Party?«, fragte Aki skeptisch und wischte sich über den Mund.

»Nichts Gezwungenes, eher locker. Ist ein bisschen außerhalb von Leipzig, auf dem Land, bei einem Arzt.« Ronny räusperte sich. »Also, ich könnte da ein wenig Hilfe gebrauchen. Weißt schon, bei der Fleischausgabe, Teller stapeln, Brote schneiden, gucken, ob genug Senf und Ketchup da sind. Hast du Lust?«

Aki sah ihn aufmerksam an. »Und was ist damit?« Sie rieb Daumen und Zeigefinger aneinander.

»Ich denke, fünfzig Mark für den Abend krieg ich hin, und du könntest bei mir mitfahren.«

»Okay, aber eins sag ich dir gleich, grapschen ist nicht. Da gibt's frontal eins in die Fresse, klar?«

Ronny zog die Augenbrauen hoch und hob entrüstet die Hände. »Aki? Mann, was denkst du von mir?«

Sie spürte, dass von Ronny in dieser Hinsicht keine Gefahr ausging und schlug in die Hand ein, die er ihr entgegenhielt. »Einverstanden, dann holst du mich am Sonnabend hier ab.«

23

Jens hätte es wissen müssen. Dass er in dem Moment, wo er zusammen mit Sven zu Eckhard und Ivo in den Wagen gestiegen war, sich auf eine geheimnisvolle Reise durch die Zeit begab, von der er nicht wusste, wo genau sie enden würde. Doch er ahnte auf der Rückbank in dem beengten Gefühl des abgekapselten Dahinschwebens, dass der himmelblaue Trabant eine verkannte Zeitmaschine war.

Als sie von der Landstraße abbogen und der holprigen Zufahrt folgten, fiel sein erstaunter Blick auf ein Ehepaar, das ihnen untergehakt entgegenkam. Der Mann, der einen dreiteiligen Anzug und Hut trug, erzählte gerade etwas, worüber die Frau in einem schwarzen Kleid und mit einer Federboa um den Hals herzhaft lachte. Noch bevor er sie näher in Augenschein nehmen konnte, verschwanden sie hinter einer Hausecke.

»Hier kannst du parken«, hörte er Sven zu Eckhard sagen.

Der Trabant änderte abermals die Richtung und bremste. Eckhard stieg aus und klappte den Fahrersitz nach vorne. Jens kletterte von hinten heraus, richtete sich auf und konnte nicht glauben, was er sah. Auf dem Vorplatz parkten, in mehrere Reihen gestaffelt, glänzende Oldtimer unterschiedlicher Marken. Direkt vor ihm stand ein alter BMW, schneeweiß, das Verdeck zurückgeklappt. Dahinter erhob sich ein zweistöckiges langgestrecktes Haus mit großen Sprossenfenstern, in denen sich rotgolden die Abendsonne spiegelte. Die Fassade war mit Efeu und Kletterrosen bewachsen, die mit unzähligen kleinen weißen und rosa Blüten über einem Holzspalier rankten. An den geschwungenen Dachgiebeln hatte man Lichterketten mit bunten Glühbirnen angebracht und auf den Büschen vor dem Haus waren kunstvoll Reihen elektrischer Kerzen festgesteckt, die wie eine überdimensionale Weihnachtsdekoration wirkten. In den hohen Bäumen, die das Haus umstanden, schaukelten Lampions aus Papier.

Dann bemerkte er einen energischen jungen Mann in einem weißen Nadelstreifenanzug, der sich ihnen mit langen Schritten näherte. Er glaubte, am Revers ein Monokel baumeln zu sehen, das durch die

Bewegung heftig hin und her pendelte. Ohne Begrüßung lief der junge Mann an ihm vorbei und blaffte Sven an, der sich anschickte auszusteigen. »Was denkst du dir? Ich dachte schon, du tauchst hier überhaupt nicht mehr auf. Die Feier fängt gleich an und die Zapfanlage hat zu wenig Druck. Und überhaupt müssen die beiden Bars im Garten noch eingerichtet werden und …«

»Nun halt mal die Luft an, Bruderherz«, brummte Sven gutmütig. »Beschwer dich bei der Deutschen Reichsbahn wegen dem Triebwerkschaden. Zum Glück hat uns Eckhard am Bahnhof aufgelesen, weil er Ivo dort abgeholt hat.«

Sven trat jetzt einen Schritt von der Wagentür zurück, damit Ivo ausreichend Platz zum Aussteigen hatte. Schlagartig hellte sich Maltes Miene auf und er schloss den Neuankömmling herzlich in die Arme. »Hey, Alter! Mensch, lass dich anschauen. Na, haste die Asche endlich hinter dir?«

Ivo nickte und umarmte ihn kurz, besorgt darauf bedacht, dass das kleine, in braunes Packpapier gewickelte Päckchen unter seinem Arm keinen Schaden nahm.

Danach trat Eckhard zu Malte und klopfte ihm freundschaftlich zur Begrüßung auf den Rücken. Maltes fragender Blick blieb an dem Mann in Unform hängen, der fasziniert die Umgebung betrachtete.

»Das ist Jens«, erklärte Sven. »Wir saßen im selben Abteil. Er hat durch die Verspätung seinen Anschluss verpasst. Eckhard nimmt ihn morgen mit nach Leipzig.«

Jens, der seinen Namen vernommen hatte, drehte sich um und Malte nickte ihm über das Dach des Trabants hinweg zögernd zu. Dann deutete er hinüber zum Hauseingang, aus dem soeben weitere Gäste traten. Auch sie trugen allesamt Kleidung aus einer anderen Zeit. »Also Olav hat sich zu seinem Fünfziger eine Prohibitionsparty gewünscht, und wie ihr seht, bekommt er die auch.«

»Cool«, meinte Eckhard.

Auch Jens nickte anerkennend. Jetzt wurde ihm einiges klar, von wegen Zeitreise.

»Drüben im Wartezimmer hat Carola den Fundus aus dem Stadttheater aufgebaut. Also geht erst mal dort rüber und kleidet euch ein.«

Als Sven sich anschickte, mit den anderen mitzugehen, hielt ihn Malte zurück. »Wo willst du hin, du bleibst schön hier und kümmerst dich erst mal um das Fass. Ich renne schon den ganzen Tag rum wie ein Bekloppter. Gleich kommt der Fleischer, den muss ich auch noch einweisen.«

»Und was ist mit meinen Klamotten?«, murrte Sven. »Du machst hier auf großer Gatsby. Ich will mich auch noch umziehen.«

In Maltes Gesicht zuckte es und er zog die Augenbrauen zu einem Strich zusammen. »Jetzt nicht, dafür ist später noch Zeit.«

Sven hob resignierend die Schultern und trollte sich in Richtung Garten.

Indessen stiegen die anderen drei die breite Treppe zum Eingang hinauf und betraten nacheinander den Korridor. Die Tür zum Wartezimmer der Landarztpraxis stand sperrangelweit offen und lautes Stimmengewirr erfüllte die Luft. In dem Durcheinander benötigten sie einen Augenblick, um sich zu orientieren. Dicht gedrängt reihten sich metallene Kleiderständer aneinander, darunter standen auf unzähligen Schachteln und Kisten Schuhe und Handtaschen. In einer Ecke stapelten sich Hüte in allen Größen und Formen und über mehreren Bügeln hingen Federboas und Tücher. Auf zwei mit schwarzem Samt eingedeckten Tischplatten lagen dekorativ silberne Broschen, Halsketten, Fliegen für die Herren, schillernde Stirnbänder und Zigarettenspitzen. Es roch süßlich nach Parfüm, Schweiß und Theaterschminke.

Die drei beschlossen kurzerhand, sich in dem chaotischen Gewirr von Menschen und Utensilien zu trennen. Jeder für sich wollte sein Glück in der Anprobe versuchen.

Es war stickig. Jens löste den Verschluss seiner Militärkrawatte und stopfte sie ungehalten in die Jackentasche. Anschließend öffnete er den obersten Knopf des Uniformhemdes, damit er besser Luft bekam. Der Schweiß rann ihm in den Nacken. Er befürchtete, dass er unansehnliche dunkle Flecken auf dem Stoff hinterlassen würde. Kurz fragte er sich, was er hier eigentlich verloren hatte. Er könnte jetzt bei seiner Tante in Leipzig im Garten sitzen und entspannt mit dem Cousin ein Bier trinken. Sicher fragten sie sich schon, wo er blieb. Einen Moment überlegte er, ob er nicht einfach losmarschieren sollte. Aber jetzt am Abend war das keine gute Idee, außerdem würde ihn in dieser abgelegenen Gegend sicher kein Auto mitnehmen. Missmutig sah er sich um.

Ivo trug immer noch das Päckchen unterm Arm und es wurde allerhöchste Zeit, dafür ein geeignetes Versteck zu finden. Er hatte keine Lust, es die ganze Zeit über im Auge behalten zu müssen. Entschlossen wich er den anderen Partygästen aus, die ausgelassen zwischen den Metallständern immer neue Kleidungsstücke anprobierten und sich dabei unter lautem Gelächter kleine Neckereien zuwarfen. Unauffällig gelangte er in eine der hinteren Ecken, kniff die Augen zusammen und begann, wahllos die Kleidungsstücke auf den Bügeln hin und her zu schieben. Von den Anzügen und Hemden ging ein leichter Geruch nach Mottenkugeln aus und teilweise waren sie fleckig oder die Nähte aufgeplatzt. Ihr Anblick und der Geruch weckten unangenehme Erinnerungen, die in ihm aufstiegen und ihn bedrängten, denen er jetzt aber nicht nachgeben wollte. Rasch bückte er sich und schaute sich auf dem Linoleumboden nach einer ausgedienten Tasche oder einem alten Karton um; etwas, das groß genug war, um das Päckchen darin unauffällig verschwinden zu lassen.

Ivo war so mit der Suche beschäftigt, dass er viel zu spät bemerkte, wie jemand plötzlich unmittelbar neben ihm stand. Er spürte nur, wie sich ein Finger auf sein Schulterblatt legte und ihn antippte.

Langsam kroch er unter der Kleiderstange vor. Überrascht fiel sein Blick auf rote Zehennägel und ein Paar wohlgeformter Füße in hochhackigen Sandalen. Er hob den Kopf und richtete sich auf.

»Hey, mein Schöner, das sind alles ausrangierte Klamotten. Da wirst du nichts finden.« Sie sah ihn abschätzend an. Ihr Profil war so elegant geschwungen wie bei einem italienischen Filmstar und um ihre roten Lippen spielte ein aufreizendes Lächeln. Das Haar war zu einem exakten Bubikopf geschnitten und glänzte, als wäre es schwarz lackiert.

Ivos Mund wurde trocken.

»Komm mit, ich habe vorn einen erstklassigen Frack, der sollte genau deine Größe haben.«

Sie drehte sich auf der Stelle um und er ging ihr nach. Ivo betrachtete ihren Traumkörper mit den langen Beinen, die in knappen roten Kunstledershorts steckten. Das muss die Requisiteurin aus dem Theater sein, überlegte er und versuchte fieberhaft, sich an ihren Namen zu erinnern.

Schließlich erreichten sie die Rückseite des Raumes und Carola schob mit der Hand eine schwarzweiß gemusterte Stola beiseite, hinter der eine Türklinke sichtbar wurde. Rasch schloss sie auf und bedeutete Ivo, ihr zu folgen. Hintereinander schlüpften sie durch den Spalt.

Ivo erkannte, dass sie sich nun im Behandlungszimmer des Arztes aufhielten, umgeben von abgeschlossenen Medikamentenschränken, einer schmalen Liege, einem Schreibtisch, an dem zwei Stühle standen und einem hohen Glasschrank mit Nierenschalen, Halsstäbchen und Verbandsmaterial.

»Hier dürfen wir eigentlich nicht rein«, flüsterte Carola verschwörerisch. »Aber Olav meinte, es ist okay, wenn ich hier die Sachen für die Familie und enge Freunde deponiere. Kleidung für die Jungs, das Kleid für Vera, na ja und so weiter.«

Ivo nickte zustimmend.

An dem Wandschirm, der neben dem Fenster stand, hingen helle Anzüge und tatsächlich auch ein schwarz glänzender Frack mit gestärktem weißen Hemd und einer Weste. Sie nahm den Bügel herunter, legte sich die Kleidungsstücke über den Arm und kam auf ihn zu. »Okay, probier den mal.«

Ivo schaute sich im Raum um.

»Was ist?«, fragte sie. »Schüchtern?«

»Nee, das nicht«, grinste er und wedelte mit dem Päckchen in seiner Hand, »aber ich wollte das hier eine Zeit lang unbemerkt deponieren. Hast du eine Idee?«

Sie zeigte auf die Liege. »Leg es dorthin, einfach unter deine Sachen. Außer mir kommt hier keiner rein.«

Bereitwillig nahm er ihr Angebot an und zog sein Hemd aus.

Sie schaute kurz zur Tür. »Was hast du da überhaupt drin?«, fragte sie neugierig.

Ivo legte seinen Zeigefinger auf die Lippen und trat dicht an sie heran. Sie erkannte ihre Gesichtszüge in seinen braunen Augen. »Pssst. Großes Partygeheimnis«, flüsterte er. Sie legte den Kopf schräg. Während er ihr den Frack vom Arm nahm und sie dabei zufällig berührte, trafen sich noch einmal ihre Blicke.

Durch die Tür hörten sie, wie jetzt mehrere Leute lautstark miteinander diskutieren. Dann rumpelte es.

Carola wandte ihr Gesicht in die Richtung, aus der der Lärm kam, und trat lächelnd einen Schritt von Ivo zurück. »Ich glaube, ich muss da mal nachsehen.«

Dann war sie auch schon fast aus der Tür.

»Hey, wie heißt du?« fragte er.

»Carola«, flüsterte sie.

»Ivo.« Er hob den Frack hoch: »Danke für den hier.«

Sie drehte sich auf der Schwelle kurz um. »Gern geschehen«, hauchte sie verführerisch. »Bis dann.«

Was die Auswahl seines Partyoutfits anging, war Jens keinen Schritt weiter gekommen. Schon bei den Oberhemden war er an die Grenzen des Fundus gestoßen. Selbst nach einer Viertelstunde intensiver Suche hatte er kein Kleidungsstück in der passenden Größe für sich gefunden. Jedes Hemd, das er vom Bügel zog und mit beiden Händen abschätzend hochhielt, schien eher für ein Kind als für einen erwachsenen Mann gefertigt worden zu sein. Dazu kam das stete Gefühl, dass das Angebot immer begrenzter wurde, denn kaum, dass er ein Hemd zurück auf den Bügel hing, griff eine andere Hand danach.

Zweifelnd wanderte sein Blick durch den Raum. Die Sachen auf den anderen Kleiderständern und Stapeln daneben sahen auch nicht größer aus. Er trat zwei Schritte zur Seite. Am Rand des Tisches waren Schlipse und Fliegen in einer Holzbox ordentlich aufgeschichtet. Er zog ein schwarzes Band heraus und überlegte, wie er das Ding wohl binden sollte. Suchend drehte er sich um und hielt nach den Reisegefährten Ausschau. Aber in den schmalen Gängen begegneten ihm nur unbekannte Gesichter. Überall wurde getuschelt, sich überschwänglich begrüßt und laut gelacht.

Unbehaglich wischte er sich mit der Hand übers Gesicht und griff dann nach einem Paar breiter Hosenträger, die er sich über die Schulter legte. Wenigstens ist ein Anfang gemacht, dachte er und näherte sich einem Ständer mit Tuchhosen. Er schnaubte verärgert, denn unpassender konnte die Auswahl nicht sein. Gleich zu Beginn erwischte er eine helle wadenlange Hose mit weiten Beinen. Solche Hosen hat vielleicht mein Opa getragen, dachte er bissig. Knickerbocker, so heißen die Dinger doch.

Plötzlich tauchte Eckhard neben ihm auf.

Jens hätte ihn fast nicht erkannt. Neidvoll nahm er zur Kenntnis, dass sein Begleiter bereits in einem leichten Tweedanzug steckte und dazu auf dem Kopf einen Strohhut trug. Die braune Fliege unter dem roten Bart war tadellos gebunden. In diesem Aufzug hätte man ihn für einen englischen Landadeligen halten können.

»Na, was Passendes gefunden?«, fragte er Jens launig.

Der schüttelte den Kopf. »Irgendwie ist hier alles zu klein für mich.«

»Ja, das kommt davon, wenn man Mister Universum sein will«, lachte Eckhard. »Bleib hier. Ich suche Carola, die wird dir sicher helfen.«

Jens schaute ihm nach, wie er in der Menge verschwand. Dann unternahm er einen letzten verzweifelten Versuch, doch noch eine Hose für sich zu finden.

»Mein Gott, Großer, wenn ich gewusst hätte, dass du kommst, dann hätte ich extra einen Anzug für dich angefertigt«, hörte er eine Frauenstimme hinter sich sagen. »Das wäre mal wieder eine echte Herausforderung für mich gewesen.«

Jens drehte sich um und starrte sie verwundert an.

»Heb mal deine Arme hoch«, sagte Carola und zog ein Maßband aus ihrer Hosentasche. Routiniert schlang sie es um seinen Oberkörper und hielt es vor der Brust zusammen. »Wow, hundertsechsunddreißig Zentimeter.« Dann presste sie ihre Hände eng aufeinander und hielt sie senkrecht unter ihr Kinn, so dass die Fingerspitzen es leicht berührten. »Puh, du bist ein wahrer Prachtkerl, aber mit Standardgrößen hast du nichts am Hut, oder?«

Jens schluckte betreten.

»Schon klar. Aber in dem Armeezeugs kann ich dich nicht auf die Party lassen. Also zieh dich am besten schon mal bis auf die Unterwäsche aus, ich lass mir was einfallen.«

Wenig später tauchte sie wieder vor ihm auf. »So, mein Großer. Hier habe ich eine schöne gestreifte Hose für dich. Hosenträger hast du ja schon, wie ich sehe.« Sie zeigte auf das Paar, welches immer noch auf seiner Schulter lag. »Dazu werden wir dir eine schwarze Fliege umbinden.« Abschätzend sah sie ihn an. »Welche Schuhgröße hast du?«

»Dreiundvierzig«, antwortete Jens.

»Das ist gut, da habe ich was Passendes ...« Sie verschwand unter einem Garderobenständer. Jens hörte, wie sie einen der Kartons öffnete. Papier raschelte. Dann kam sie mit einem Paar glänzender schwarzer Schuhe in der rechten Hand wieder zum Vorschein. In der linken Hand hielt sie weiße Gamaschen und wedelte damit. »Supi, auch das hätten wir.«

Wortlos zog Jens die Sachen an.

Skeptisch betrachtete Carola ihr Werk. »Das weiße Feinripphemd allein mit der Fliege gefällt mir nicht. Sieht irgendwie billig aus.«

Jens sah sie hilflos an.

Plötzlich blitzten Carolas graublaue Augen auf. »Warte mal, wir hatten vor einem Jahr die Rigoletto–Inszenierung ...« Wieder tauchte sie unter einen der Kleiderständer ab. »Der Tenor hatte einen ähnlich starken Körperbau wie du«, hörte er sie sagen. Dann kam sie wieder hervor. »Nur lag der Schwerpunkt bei ihm eher in der Körpermitte und der hatte nicht so schöne Muskeln. Hier, probiere mal die Weste.«

Jens zog sie über.

»Perfekt, mein Großer.« Carola strahlte. »Das war es. Lass die Uniform hier, ich hänge sie so lange für dich weg.«

»Danke schön.«

Er nahm wahr, wie zu beiden Seiten immer noch Leute in Hosen, Hemden und Kleider schlüpften. Bonbonfarbene Federboas wurden umgelegt und Bolerojäckchen ausprobiert.

»Super, Renate, das steht dir gut, nimm das grüne Stirnband dazu«, bemerkte Carola im Vorbeigehen, an eine Mittvierzigerin im glitzernden Flapperkleid gewandt.

Jens beobachtete, wie sie zu einer Tür ging, hinter der sich die Praxisräume befanden und aus der soeben Ivo in Frack und Zylinder heraustrat. Er sah blendend aus. Carola stellte sich direkt vor ihn hin und glättete mit einem aufreizenden Lächeln die seidenen Aufschläge. Für jeden im Raum war ersichtlich, wie heftig es zwischen den beiden knisterte. Jens fiel auch auf, dass Ivo das kleine braune Päckchen nicht mehr bei sich trug.

Im Hausflur traf Jens auf Eckhard, der nervös auf und ab ging. »Und wo muss ich jetzt hin?«, fragte er.

»Ist nicht schwer zu finden«, beeilte sich Eckhard zu versichern. »Wenn du aus der Haustür kommst, nach rechts. Nach einigen Metern erreichst du eine Einfahrt und da ist es auch schon. Kannst dich nicht verlaufen.«

»Kommst du nicht mit?«, fragte Jens.

Eckhard nestelte verlegen an den Taschenaufschlägen seiner Jacke. »Ich möchte noch der Tochter des Hauses meine Aufwartung machen.« Er lächelte schief.

»Alles klar.« Jens nickte ihm aufmunternd zu. »Dann mal los.«

Als er wenig später vor das Haus trat, glühte über ihm der Abendhimmel bereits in den unterschiedlichsten Rottönen, von rosa bis orange. Ihm kam es vor, als würden sich die Lampions jetzt viel deutlicher vom dunklen Laub der Bäume abheben. Er bog um die Ecke und sah dort in etwa drei Metern Höhe einen riesigen Schriftzug: COTTON CLUB, in stilisierten Buchstaben, wobei das C am Anfang über zwei Zeilen ging. Jetzt wusste er, was Sven gemeint hatte, als er ihnen im Auto erklärte, dass Malte die Schriftzeichen auf einem dunklen Holzbrett montiert und sie mit weißen Neonröhren eingerahmt hatte, um sie wirkungsvoll über dem Eingang erstrahlen zu lassen. Aber es gab noch mehr zu sehen.

Zur Begrüßung spielte eine Dixielandband, die sich unter dem Schild formiert hatte. Die Männer waren in rot und weiß gestreifte Westen gekleidet und trugen flache Hüte mit bunten Bändern über der Krempe. Jens blieb eine Weile neben ihnen stehen und wippte mit dem Fuß im Takt der Musik. Ihm fiel auf, dass die Trompete das Thema vorgab und die Klarinette und Posaune die Melodie umspielten, während Kontrabass, Tuba, Banjo und Gitarre für den Rhythmus sorgten.

Jens schaute über den Zaun und sah, dass die Bars bereits in vollem Betrieb waren. Grüppchen von lärmenden Leuten schwärmten aus und bevölkerten das Gelände. Von Minute zu Minute schien sich der Garten mehr zu füllen. Es kamen Theaterleute, Schauspieler, Beleuchter, Garderobieren und Platzanweiser, Bauern und Arbeiter aus dem Dorf, der Besitzer der Gärtnerei, der Friseur, die Verkäuferin aus dem Konsum mit ihrem Gatten, beide unvorteilhaft in zerknitterte Leinenkostüme gehüllt, die Kegelbrüder, der Skatclub und der Heimatverein, dazwischen ein Pfarrer, mehrere Musiker, die ihre Instrumente auf der Rasenfläche abstellten, und ein Töpfer in bunten Latzhosen mit seiner Frau, die einen roten Hut, groß wie ein Wagenrad, aufhatte. Der bekannte Regisseur aus Leipzig mit seinem wesentlich jüngeren Freund in einem knappen weißen Trikot kam offensichtlich nur wegen des Glücksspiels. Jens erspähte die beiden im hinteren Bereich des Gartens, wo mehrere Tische mit Roulette, Blackjack und Poker aufgebaut waren.

»Kann der sich kein Hemd leisten?«, schnarrte hinter Jens eine abfällige Stimme, die zu einem schnauzbärtigen Kerl gehörte, der sich in einem braunen Anzug und mit einer Schiebermütze auf dem Kopf dem Eingang näherte. Begleitet wurde er von zwei Kumpanen, die neben ihm liefen und ebenso gekleidet waren.

»Ist vielleicht der Türsteher«, mutmaßte der, der ganz außen ging, und grinste frech zu Jens rüber. Die Männer waren offenbar schon angetrunken. Auch die zwei Frauen in knielangen Fransenkleidern, die dicht hinter ihnen gingen, kicherten und flüsterten miteinander, als sie zu Jens schauten.

Erst jetzt bemerkte Jens, dass auch andere Gäste ihn verstohlen musterten. Vor Scham schoss ihm das Blut in die Wangen und die Ohren begannen heiß zu glühen. »Lass sie reden«, hörte er auf einmal Pablows Stimme in seinem Kopf. »Dein Körper ist das Ergebnis harten Trainings. Sei stolz darauf.« Jens rollte mit den Schultern und erreichte das Ende einer Schlange, wo er hinter einer älteren Frau wartete, die immer wieder unsicher nach den verstaubten Kunstblumen an ihrem Hut tastete.

Ein Stockwerk höher stand Siv neben Vera im Badezimmer. Sie hatte ihr rotes Kleid mit den langen Fransen umständlich unter dem Kinn festgeklemmt und knipste gerade die Clips an den champagnerfarbenen Seidenstrümpfen fest. Vera schüttelte missbilligend den Kopf. »Du übertreibst mal wieder. Eine Strumpfhose hätte doch gereicht. Man sieht das sowieso nicht.«

Siv schüttelte stumm den Kopf, der vor Anstrengung bereits feuerrot war. Die weißblonden Haare hatte sie mit Hilfe eines Lockenstabes zu Wasserwellen geformt, die nun in extravaganter Zickzackform ihr Gesicht einrahmten und am Hinterkopf von einem gebogenen Kamm gehalten wurden.

Nebenan pfiff Olav eine Melodie, die ihm gerade einfiel und die er variierte. Dann klopfte es an der Tür. Die Melodie verstummte. »Hallo, Eckhard, komm rein«, hörten sie Olav sagen und die Blicke der beiden Frauen trafen sich im Spiegel. Siv zog die Augenbrauen hoch und begann nun ruhig, die Form ihrer Lippen mit einem korallenroten Stift nachzuziehen.

Vera nahm unterdessen ihr schwarzes langes Kleid von dem Bügel, der an der Duschkabine hing, und strich gedankenversunken mit der Hand über die glitzernden Perlen, welche die gesamte Vorderseite in geometrischen Mustern bedeckten. Mein Gott, wie kurz kam ihr die Zeit vor. Heute ist der Tag der Party, dachte sie. Olav wird fünfzig. Fünfzig! Dabei hatte sie ihn doch gerade erst beim Tanz im Schwesternwohnheim als jungen Medizinstudenten kennengelernt.

Vera schaute zu ihrer Tochter, die, wie es ihr schien, bewusst herumtrödelte. Sie öffnete einen Tiegel mit Creme, verschloss ihn wieder, nahm eine Parfümflasche und stellte sie wieder zurück, um sie dann doch wieder in die Hand zu nehmen.

»Was ist mir dir?«, fragte Vera.

Siv reagierte nicht. Gewissenhaft tupfte sie sich die duftenden Tropfen hinter die Ohrläppchen. Plötzlich hielt sie inne und begann leise zu singen »Ich bin von Kopf bis Fuß auf Liebe eingestellt …«, und grinste breit. »Weißt du eigentlich, dass heute Holger Lennart auf der Party auftritt? … Vera, der Holger Lennart!«

Vera sah den schwärmerischen Ausdruck auf ihrem Gesicht. »Ach, und ich dachte, Eckhard und du …«

Siv verdrehte die Augen. »Eckhard! ... Das ist nur ein Freund.«

Vera rieb sich mit der Spitze des Zeigefingers den Lippenstift von den Zähnen. Wieder trafen sich ihre Blicke im Spiegel.

»Aber Holger Lennart …« Siv ließ den Satz unbeendet und drehte sich stattdessen kreiselnd um die eigene Achse, so dass die Fransen an ihrem Kleid waagerechte Spiralen bildeten. »Und ich weiß noch was. Er sucht ein neues Saxophon für die Band.«

Vera lächelte. »Na, dann wünsche ich dir heute auf der Party viel Spaß.«

Siv umarmte ihre Mutter und hauchte ihr einen flüchtigen Kuss auf die Wange. »Ich hab dich lieb.«

»Ich dich auch, mein Schatz. Und nun geh schon! Lass deine Freunde nicht warten.«

Siv zuckte leicht mit den Schultern, griff nach der kleinen bestickten Tasche, die am Haken hinter der Tür hing, und trat erhaben in den Halbschatten des Flures hinaus.

Ivo blieb kurz auf der Anhöhe stehen, lüftete übermütig den Zylinder und sog die warme Luft ein. »Frei.« Das Wort formte sich unwillkürlich in seinem Kopf. Er genoss es, hier in diesem Garten zu sein und dachte daran, wie er früher der strengen Aufsicht seiner Eltern entwischt war, wenn sie die Wildes für einige Tage in den Sommerferien besuchten. Sein Vater und Olav hatten sich als Studenten ein Zimmer geteilt und ließen alte Zeiten aufleben, wenn sie sich trafen.

Das waren unbeschwerte Tage. Kaum waren sie mit dem Auto hier angekommen, war Ivo herausgesprungen und zuerst hierher in den Garten gelaufen, wo er die Wilde-Kinder entweder beim Spielen oder beim Faulenzen angetroffen hatte. Zusammen hatten sie aus

Zaunlatten ein Floß gebaut und auf dem Weiher schwimmen lassen, waren auf Bäume geklettert oder mussten Sivs ausgebüchsten Kaninchen hinterherlaufen. Manchmal, wenn er beim Spielen unverhofft auf seine Eltern traf, meinte er zu erkennen, dass selbst sie irgendwie unbekümmerter wirkten, einen Teil ihrer städtischen Borniertheit und Selbstgefälligkeit abgelegt hatten.

Ein Lächeln schlich sich in seine Mundwinkel. Die Erinnerungen an die Sommer hier gehörten zu seinen glücklichsten. Er drehte den Kopf und blickte aufmerksam zu den Wipfeln der Pappeln am Weiher hinüber. Doch von Munin, Sivs Raben, war nichts zu sehen. »Das ist ihm wohl ein bisschen zu turbulent hier«, murmelte Ivo und steckte vergnügt die Hände in die Hosentaschen. Gelöst schlenderte er über die Wiese am Rand der Obstbäume entlang. Überall auf den Rasenflächen und entlang des Pfades brannten vereinzelt Pechfackeln mit züngelnden Flammen und kunstvoll mit Gaze und Flitter drapierte Schaufensterpuppen wiesen den Weg zu den einzelnen Attraktionen.

Da bemerkte er ein altes Klavier auf einer Plattform links von ihm. Auf den ersten Blick machten der schäbige, verstaubte Holzkorpus und die angelaufenen Messingleuchter einen erbärmlichen Eindruck auf ihn. Sven hatte davon gesprochen, dass es am späteren Abend von einem Künstler als Skulptur versteinert werden sollte.

Ivo trat näher heran und seine Hand strich liebevoll über die abgeschabte Patina. Gedankenvoll klappte er die Abdeckung auf. So weit er erkennen konnte, schienen alle Tasten und auch die Pedale vorhanden zu sein.

Er zog den kleinen Hocker zu sich heran, setzte sich darauf und schlug willkürlich ein paar Töne an. Wie er erwartet hatte, war es nicht besonders gut gestimmt, aber auch nicht völlig unbrauchbar. Es war eher so, als würde man unerwartet einen Freund aus alten Zeiten treffen und benötigte etwas Zeit, um sich ehrfürchtig der alten Gemeinsamkeiten zu besinnen.

Ivo begann eine kurze Tonfolge zu spielen und lauschte den Klängen. Anschließend improvisierte er eine simple Melodie und er ertappte sich dabei, dass ihm der Dialog Vergnügen bereitete. Er und das alte Klavier kamen auf eine behutsame, vertraute Art gut miteinander klar.

Nicht weit entfernt rückte die Gästereihe nur langsam vor, weil sie in regelmäßigen Abständen stockte. Als Jens sich streckte, konnte er über die Köpfe hinweg eine antike Großformatkamera auf einem Stativ entdecken, die von einer blonden jungen Frau in einem weißen Charlestonkleid bedient wurde. Immer wieder verschwand sie bis zu den Schultern unter einem schwarzen Tuch, vor dem ein Ziehharmonikabalg mit Holzgehäuse und ein Objektiv zu sehen waren. Wenn sie die Hand hob, fror das Paar vor der Linse förmlich ein und bewegte sich erst wieder, wenn sie es weiterwinkte.

Jetzt traten die drei Schiebermützenträger vor die Linse und nahmen die beiden Frauen in ihre Mitte. Die Fotografin trat auf sie zu und bedeutete ihnen, noch näher zusammenzurücken und stillzuhalten. Einer der Männer schlich ihr nach und deutete eine übertriebene Umarmung an, wobei er eine frivole stoßende Hüftbewegung vollführte. Die anderen in der Gruppe brachen in schallendes Gelächter aus und stimmten gemeinsam einen alten Schlager an: »Fräulein, woll'n Sie nicht ein Kind von mir …«

Jens war bereits in Begriff, an den Wartenden vorbeizugehen, um die Typen zurechtzuweisen, doch schnell merkte er, dass es unnötig war. Die blonde Frau ließ sich auch von den lärmenden Radaubrüdern nicht aus der Ruhe bringen. Konzentriert und mit sicherer Hand setzte sie ihre Arbeit fort. Als die Aufnahme im Kasten war, winkte sie die schunkelnde Gruppe ohne die geringste Regung im Gesicht weiter.

Als die alte Dame an der Reihe war, stellte Jens fest, wie hinreißend die Fotografin war. Bei jeder Bewegung umspielte das Kleid ihren Körper, und wenn sie die Apparatur bediente, winkelte sie eines der langen gebräunten Beine elegant an. Unweigerlich fragte er sich, ob sie tatsächlich fotografierte oder eine Schauspielerin war, die nur so tat. Aber er traute sich nicht, sie anzusprechen. Auch nicht, als er ihr für die Aufnahme unmittelbar gegenüberstand. Sie sah ihn kurz prüfend an und tauchte wieder unter die Abdeckung.

Er fühlte, wie er verkrampfte. Sie musste es gemerkt haben, denn sie betätigte den Auslöser nicht. Stattdessen kam ihr Kopf erneut zum Vorschein und sie schenkte ihm über die Kamera hinweg ein Lächeln. Jens erwiderte es verblüfft, es klickte, und da gab sie ihm auch schon das Signal weiterzugehen. Er spürte beinahe so etwas wie Enttäuschung.

24

Auf der gegenüberliegenden Seite des Gartens, einige Meter hinter einem großen weißen Pavillon, spannte Ronny eine Wachstuchdecke mit blauem Rautenmuster über die Biertischgarnitur und befestigte sie unterhalb der Tischplatte mit Reißzwecken. Inzwischen schleppte Aki eine Stiege mit Steingutschälchen und dicken braun glasierten Gurkentöpfen herbei. Während sie den Stand einrichtete, achtete sie darauf, dass alle Dinge griffbereit nebeneinander waren. Messer, Gabeln, Löffel und die dünnen weißen Papierservietten. Hinter ihr zischte es und sie drehte sich um. Ronny machte sich schnaufend am Grill zu schaffen. Abwechselnd drehte er am Holzgriff einer dicken Kurbel oder fachte mit einem Blasebalg das Feuer an. Aki sah, wie die Holzkohle aufglühte und kleine Flämmchen emporloderten.

»Die Glut darf nicht zu heiß werden«, erklärte Ronny, als er ihren Blick bemerkte, »sonst verbrennt die empfindliche Haut des Schweins.«

Aki fand, dass der Anblick des fetttriefenden Tieres, dessen Maul von einer dicken Eisenstange durchstoßen war, die sich durch den gesamten Leib zog, etwas seltsam Groteskes, fast obszön Abstoßendes an sich hatte. Aber die köstlichen Duftschwaden, die bald von dem Braten aufstiegen, ließen ihr das Wasser im Mund zusammenlaufen.

Sie wandte sich wieder ihrem Aufgabenbereich zu. Seitlich auf den Bänken hatte sie bereits die weißen Teller mit dem grünen Rand für die Gäste aufgestapelt. Nun bückte sie sich, fischte den Senfeimer aus dem Weidenkorb und begann, kleine Portionen in jeweils ein Steingutschälchen abzufüllen.

Ronny trat neben sie und reichte ihr zwei Brote, die sie auf große Holzbretter legte. Sein Blick schweifte prüfend über Tisch und Bänke. »Mensch, Aki, das hast du gut gemacht«, sagte er anerkennend. »Du bist ein Naturtalent. Wenn du hier fertig bist, können wir mit dem Schwein loslegen, denke ich.«

Aki nickte und hörte hinter sich wieder den Blasebalg und das Fett, das zischend in die Glut tropfte.

Unwillkürlich glitt ein Anflug von Stolz über ihr Gesicht. Sie drückte ihren Rücken durch, griff entschlossen nach dem Messer und begann, dünne Scheiben vom Brot zu schneiden.

25

Jens schlenderte über den Rasen, hinunter in den mit Fackeln erleuchteten Garten. Es gab dort einen nachgebauten englischen Tea-Room mit Sitzgelegenheiten an kleinen Tischen, die liebevoll mit hellem Leinen eingedeckt worden waren. Gleich nebenan entdeckte er eine Bar, wo ein Mann in einem weißen Frack sorgfältig Sektschalen polierte. Auf dem Rand der Terrasse, die unmittelbar an das Haus anschloss, erspähte er Eckhard, der dort saß, den Strohhut neben sich abgelegt, und augenscheinlich ein Porträt von einer jungen Frau zeichnete. Sie war wie eine Burlesque-Tänzerin in ein rotes Kleid mit Fransen gehüllt und ihr auffallend helles Haar lag in großen Wellen am Kopf an. Obwohl jeder, der genau hinsah, bemerken musste, dass Eckhard bis über beide Ohren in sie verliebt war, flirtete sie ungeniert mit einem langen schlaksigen Kerl in schwarzem Anzug, dem die lockigen Haare bis auf die Schultern fielen. Sein Gesicht hatte eine längliche Form mit dünnen Lippen und einer ausgeprägten Nase. Es war nicht eigentlich attraktiv, aber er wirkte fesselnd durch den bezwingenden Blick und die Energie, die von ihm ausging.

Jens ging noch einen Schritt näher heran und glaubte, in dem Mann Holger Lennart zu erkennen, den Jazzmusiker, der trotz seiner noch jungen Jahre bereits eine Legende auf der Trompete war. Lennart schenkte der Frau seine ganze Aufmerksamkeit und sie schien förmlich darin zu baden.

Schließlich erhoben sich die beiden plötzlich, ohne weiter auf Eckhard zu achten, und steuerten ins Gespräch vertieft den Pavillon an, wo sie kurz darauf begannen, ein Duett mit Saxophon und Trompete zu spielen. Jens sah noch, wie Eckhard wütend das Blatt vom Block riss, die Zeichnung mit einem Stein beschwerte und im Haus verschwand.

Doch er kam nicht dazu, länger darüber nachzudenken, denn Sven kam auf ihn zu und bat ihn, für ein paar Minuten in der Bar den Ausschank zu übernehmen, damit er sich endlich umziehen konnte. Natürlich hatte er eingewilligt und schob soeben eine Tasse mit Rotwein über die Theke.

Die Bar war einer Küche aus einem Berliner Hinterhaus der zwanziger Jahre nachempfunden. Noch immer bewunderte Jens Maltes Einfallsreichtum, der aus einem gebräuchlichen Wasserboiler eine Zapfanlage für Weine gebastelt hatte. Öffnete man den Drehverschluss mit dem blauen Punkt, strömte Weißwein in die Tasse. Betätigte man den Verschluss mit dem roten Punkt, floss Rotwein.

»Einmal kaltes Wasser bitte.« Der Mann schob seine Melone aus der Stirn und zwinkerte ihm verschwörerisch zu, als gehöre das mit zur Bestellung.

Jens drehte sich um und öffnete die blaue Leitung. Noch bevor er sich umwandte, spürte er ihre Anwesenheit, ihren Blick in seinem Rücken. »Da, bitte, einmal kaltes Wasser.«

»Danke, Meister.«

Er kämpfte gegen den Drang an, sofort zu ihr hinzuschauen. Stattdessen nahm er ein Geschirrtuch und wischte über den Tresen. Erst dann hob er unauffällig den Kopf. Sie lehnte mit einer langen Zigarettenspitze in der Hand an einem Pfosten des Pavillons und beobachtete ihn. Der dünne schimmernde Stoff ihres Kleides floss an ihr herab und betonte die schmalen Glieder. Der weite Ausschnitt gab den Ansatz ihrer Brüste frei. Knapp über ihrem linken Ohr hielt eine längliche silberne Spange die Fülle der kunstvoll eingedrehten goldglänzenden Locken zurück, die ihr über die Schulter fielen. Wie zufällig schaute sie in seine Richtung und ihre Blicke verhakten sich ineinander.

Es war die Fotografin.

Er wollte ihr gerade zunicken, als sich von der Seite ein männliches, braun zerfurchtes Gesicht unter einer Hutkrempe in sein Blickfeld schob. »Tschuldigung, Meister, ich kriege einen Becher warm.«

Jens nahm eine Tasse aus dem Regal und füllte das Gefäß mit Rotwein.

Anna Maria hatte sich nicht von der Stelle bewegt. Elegant führte sie die Zigarettenspitze an ihre Lippen und sog den würzigen Rauch der Orient in ihre Lungen. Dieser Mann war ihr bereits am Tor aufgefallen. Er hatte etwas an sich, das ihn von den anderen Gästen unterschied. Sie überlegte, was es genau war.

Auf den ersten Blick wirkte seine auffallende körperliche Präsenz fast provozierend. Aber das war es nicht allein. Etwas Vertrautes, Behutsames, aber auch Ungestümes ging von ihm aus, etwas, das sie unweigerlich in seinen Bann zog. Er kam ihr wie ein Reisender vor, der jahrelang fortgewesen und plötzlich zurückgekehrt war und der nun gut gelaunt vor ihr stand, so dass ihr erst dadurch sein schmerzliches Fehlen bewusst wurde.

Sie verlagerte das Gewicht von einem Bein aufs andere. Sie erkannte aber auch, dass in der Aura, die ihn umgab, noch etwas anderes mitschwang, etwas, von dem er bestrebt war, es vor der Welt verborgen zu halten. Etwas Einsames, Unverstandenes, gut versteckt unter dem Panzer aus Muskeln, den er sich zugelegt hatte.

Sie erinnerte sich an seine Reaktion, als sie ihn vorhin beim Fototermin angelächelt hatte. Es war wie ein gegenseitiges Erkennen gewesen, wie ein Wiederfinden, als würde in der Seele des anderen ein Fenster aufgehen.

Anna Maria schnippte die Asche von der Zigarette und ließ dabei ihren Blick über den Garten schweifen. Obwohl sie die meisten Leute hier bereits seit ihrer Kindheit kannte, war sie doch immer nur eine Zuschauerin geblieben, eine Beobachterin, die sich nie wirklich zugehörig fühlte. Er war auch ein Außenseiter, genau wie sie. Sie fühlte es, und wieder sah sie zu ihm hin.

Er stand jetzt am Zapfhahn und seine Muskeln bewegten sich geschmeidig unter der glatten Haut, wenn er die Becher abwechselnd unter den Hahn stellte oder sie den Gästen über die Theke reichte. In den Pausen suchte sein Blick immer wieder nach ihr und fand sie.

Unterdessen tauchte Sven in schwarzer Hose, dunklem Hemd und mit weißer Krawatte am Kragen an der Bar auf, den hellen Panamahut frech ins Genick geschoben. Kameradschaftlich schlug er seiner Vertretung auf die Schulter, hielt ihm dankbar die Hand hin und nahm flugs seinen Platz hinter der Theke ein.

Jens trat vor die Bar.

Anna Maria blies den Rauch der Zigarette kräftig durch die Nasenflügel aus. Sie sah, dass er stehenblieb und zu ihr herübersah. Ein Lächeln umspielte ihre Lippen. Langsam stieß sie sich von dem Pfosten ab und ging auf ihn zu.

Er erwartete sie, und als sie herankam, reichte er ihr die Hand und stellte sich vor.

Ihr fiel auf, dass die Hand groß, warm und trocken war. »Anna Maria. Hallo.«

»Freut mich, dich kennenzulernen. Bist du wirklich Fotografin?«

»Wie kommst du jetzt darauf?«

»Vorhin am Eingang, die Sache mit dem alten Fotokasten. Ich dachte, na ja, vielleicht bist du ja auch eine Schauspielerin, die nur so tut, als ob sie uns fotografiert.«

»Aha. Nein, zufällig bin ich wirklich Fotografin und werde die Fotos von der Party in einem richtigen Labor entwickeln.«

»Stark!«

Anna Maria lächelte. »Und wie bist du hierhergekommen?«

»Mit einer Zeitmaschine.«

»Mit einer was?«

»Eckhards blauer Trabant, der ist eigentlich eine Zeitmaschine, denn wir starteten in den Achtzigern, und wie du siehst, kamen wir in den Zwanzigern an.«

Anna Maria lachte.

Während die Musik der Jazzband melodisch swingend die Luft erfüllte, spazierten sie über die trockene Wiese am Rand der Obstbäume entlang.

Jens pflückte einen der kleinen gelben Äpfel und polierte ihn an seiner Weste. »Aber was sag ich da? Vielleicht habe ich mich auch geirrt und wir sind direkt im Paradies gelandet.« Schmunzelnd reichte er Anna Maria die Frucht.

Einige Meter weiter taumelte singend eine kleine Gruppe Männer zum Casino hinüber.

»Ja, sicher, im Paradies. Wo sonst? Neuerdings gibt es dort Alkohol und Poker. Ich kann echt von Glück sagen, das ist die beste Gartenparty meines Lebens.«

Jens blieb stehen. Kurz überlegte er, wie sie das gemeint haben könnte. »Ehrlich? Das gleiche habe ich eben auch gedacht, genau in der Sekunde.« Er spürte, wie sein Herz klopfte.

Anna Maria sah ihn abwartend an.

»Aber wenn es dir hier nicht gefällt«, sagte Jens schnell, »ich habe sehr gute Verbindungen zu den Zeitreiseleuten. Ich kann da sicher was organisieren und wir können sofort von hier verschwinden. Ich finde ja auch, dass ich hier nicht wirklich reinpasse. So ganz ohne Hemd.«

Anna Maria lachte auf. »Sicher, aber das macht nichts. Das steht dir. Man sieht es daran, wie die Frauen auf dich reagieren.«

»Oh, danke. Gut zu wissen. Ich finde auch, so ein Hemd ist völlig überbewertet.«

Sie schlenderten weiter, alberten herum und der Mond folgte ihnen in seinem Lauf über den nachtblauen Himmel.

»Und was machst du, wenn du kein Zeitreisender bist?«

»Dann bin ich bei der Armee.«

»Wie lange hast du noch?«

»Ein bisschen über ein Jahr.«

»Und danach?«

»Ich würde gern studieren. Lehrer fände ich gut. Und du?«

»Auch, aber eher Fotografie an der HGB in Leipzig.«

»Klar, verstehe.«

Ohne dass sie es bemerkt hatten, waren sie in den dunkleren Teil des Gartens gelangt.

»Kann ich dir schreiben?«, fragte sie plötzlich, als sie kurz unter einem Baum innehielten.

Jens nickte zögernd. »Das wird nicht leicht sein … Ich gebe dir die Adresse, aber du weißt ja, ich komme nur alle zehn Wochen raus. Denkst du, dass du damit klarkommst?«

Lächelnd hakte sie sich bei ihm ein.

Als die Musik nur noch wie ein Flüstern zu ihnen gelangte, nahm Jens Anna Maria ganz behutsam in die Arme und sie begannen sich leicht in ihrem eigenen Takt zu bewegen. Sie tanzten so eng zusammen, dass sich ihre Gesichter berührten. Dann küssten sie sich.

26

Ein kräftiger Tusch hallte durch die Nacht. Die Partygäste strömten aus allen Winkeln des Gartens herbei und versammelten sich um die Sektpyramide, wo der Gastgeber, Dr. Olav Wilde, im Smoking gemeinsam mit seiner Frau Vera die Gäste erwartete.

Rasch bildete sich eine Schlange von Gratulanten. Vorneweg die engsten Freunde und die Kollegen aus der Jazzband. »Mensch, Olav, altes Haus, herzlichen Glückwunsch.« Es folgten ein herzlicher Händedruck und eine Umarmung, eine dunkle Plattenhülle wechselte mit den Worten »von uns allen« den Besitzer.

Erwartungsvoll drehte Olav das Plattencover um. »Mensch, ihr seid ja verrückt!«, entfuhr es ihm, als er den Musiker Miles Davis auf der Hülle erkannte.

»Es ist das legendäre Album ›Kind of Blue‹«, ergänzte einer.

Olav schossen die Tränen in die Augen. Die Platte galt als Meilenstein in der Geschichte des Jazz. »Wo habt ihr die bloß her«, stammelte er und zog ungelenk die Musikerkollegen, einen nach dem anderen, an sich heran.

Andere Gratulanten folgten und rasch füllte sich der kleine Campingtisch neben der Pyramide mit zahlreichen Geschenken.

Inzwischen begann der Mann im Frack, auf einer Leiter stehend, den Sekt aus zwei Flaschen gleichzeitig über das oberste Glas auszugießen. Die schäumende Flüssigkeit schoss in den Kelch und füllte ihn bis zum Rand. Danach trat der Sekt über die Glaskante, lief am Kelch herab und verteilte sich von da an kaskadenförmig nach unten, bis alle weiteren Gläser mit dem prickelnden Getränk gefüllt waren.

Als die Familie und alle Gäste ein Sektglas in den Händen hielten, klopfte Vera mit einem Löffel gegen ihr Glas und die Gespräche verstummten.

»Wir alle leben geistig von dem«, hob Olav Wilde zu sprechen an, »was uns Menschen in bedeutungsvollen Stunden unseres Lebens gegeben haben. Das hat mein berühmter Kollege Albert Schweitzer gesagt.« Olav dankte seiner Frau, den Kindern und all jenen, die auf dem Geburtstagsfest erschienen waren. Dabei schaute er in viele vertraute Gesichter, erkannte Menschen, die er als Arzt behandelt hatte, und andere, mit denen er musizierte. Da standen Freunde seiner Kinder zwischen den zurückhaltenden Leuten aus dem Dorf und neben extrovertierten Schauspielern, die ihm lachend zuprosteten. Es berührte ihn tief, sie alle an diesem Abend zu sehen. Dennoch hatte er sich die Worte, die er sprach, genau überlegt, denn er wusste nicht, wer von den Anwesenden sie eventuell weitertragen würde.

Malte beobachtete das Geschehen unterdessen vom Tor aus. Leise wisperten die Männer hinter ihm, die sich entlang der drei Tragstangen verteilt hatten. Noch war die Nachtluft warm, aber langsam mischte sich ein Hauch feuchter Kühle darunter. Angestrengt schaute er zu Ivo, der regungslos am Klavier saß. Schnell blickte er über die Schulter zurück. Die fünfstöckige Torte schien unversehrt und der weiße Zuckerguss glitzerte im Licht der Neonlampen. Hastig rückte er noch zwei Kerzen gerade, die sich auf dem unteren Rand der Torte befanden. Unruhig suchte sein Blick Ivo. Jetzt müsste es doch gleich so weit sein. Endlich zog der Freund den Zylinder vom Kopf und schwenkte ihn. Das vereinbarte Zeichen.

Erleichtert atmete Malte aus. »Jungs, es geht los«, flüsterte er.

Gleichzeitig rissen alle die Streichhölzer an und zündeten die fünfzig Funken sprühenden Wunderkerzen auf der Torte an. Anschließend hoben die sechs Männer in den dunklen Anzügen gleichzeitig die Tragestangen auf ihre Schulter. Unterdessen flitzte Malte zum Verteilerkasten und schraubte die Hauptsicherung heraus.

Schlagartig erstarben alle elektrischen Lichter und nur die Fackeln auf der Wiese und die beiden Kerzen am Klavier brannten knisternd weiter. Sanft fiel ihr Licht auf Ivos Gesicht und die Tasten, auf denen er »For he's a jolly good fellow« zu spielen begann.

»For he's a jolly good fellow, for he's a jolly good fellow ...« Nacheinander setzten die Musiker mit ihren Instrumenten ein und die Gäste, die im weiten Rund versammelt waren, hoben die Gläser und sangen beschwingt im Chor. »For he's a jolly good fellow ...«, sie machten eine kurze Pause, »... which nobody can deny!«

Jubel brandete auf, als die Männer mit der Torte in den Lichtschein traten und sie behutsam absetzten. Vera schlug erstaunt die Hände vor dem Mund zusammen und Olav schüttelte lachend den Kopf. In dem Moment, wo die Torte den Boden berührte, zündeten neun sprühende Bengalfeuer und, flankiert von zwei Trägern, sprang plötzlich Carola aus der Mitte der Torte heraus. Sofort stimmten die Bläser einen Charleston an und sie begann mit wilden Arm- und Beinbewegungen wie verrückt zu tanzen. Es sah aus, als würde sie versuchen, auf einer Eisfläche wegzulaufen, ohne dabei von der Stelle zu kommen. Die Plastikbananen an ihren Hüften wippten und ihre Brüste drohten, das knappe weiße Bikinioberteil zu sprengen. Die Männer pfiffen begeistert und die Frauen klatschten laut. Einer der Musiker reichte Olav seine Trompete. Begeistert setzte er sie an die Lippen.

Die Performance erreichte ihren Höhepunkt und Holger, der direkt neben Siv stand, zwinkerte ihr aufmunternd zu. Daraufhin löste sie sich aus der Reihe der Musiker und spielte ein Solo. Holger stellte sich neben sie und nahtlos gingen sie zu einem Duett über. Sie wurden getragen vom wilden Rhythmus und der Vorfreude auf die kommenden Tage, die sie zusammen verbringen wollten, und die ihr ausgelassenes Spiel noch befeuerte.

Aki verfolgte das Geschehen von ihrem Stand aus. Sie hatte sich sogar auf eine der Bänke gestellt, um besser sehen zu können und riss die Augen weit auf, um nichts zu verpassen. Sie war voller Bewunderung für die Tänzerin. Noch nie hatte sie eine so schöne Frau gesehen. Ihr Körper bewegte sich so geschmeidig, so natürlich und so anmutig, als wäre der Tanz ihre eigentliche Natur.

Bei dem Anblick fühlte sie, wie ihr Herz stärker in der Brust klopfte. Aki biss sich auf die Unterlippe. Wie herrlich, wie kühn, wie draufgängerisch diese Frau doch war, und wie sinnlich. Aufgewühlt knüllte sie den feuchten Lappen in ihren Händen zusammen. Noch immer schaute sie wie gebannt zu der tanzenden Frau hinüber. Selbst die bunten Lampions über ihrem Kopf schienen sich leise im Takt der Musik zu wiegen.

Als sich Carola unter Jubelrufen verabschiedet hatte und mit geworfenen Handküssen in der Dunkelheit verschwand, erhob sich Ivo und schlug am Klavier einen dunklen Mollton an.

Die Stimmung änderte sich schlagartig.

Mit Tortenstücken auf ihren Tellern versammelten sich die Geburtstagsgäste andächtig um das alte Instrument.

Ivo nahm seinen Zylinder ab und hielt ihn wie bei einer Grabrede mit beiden Händen vor die Brust. Er räusperte sich vernehmlich. »Meine Damen und Herren ...« begann er mit tragender Stimme. »Alles hier auf Erden hat einen Anfang und ein Ende. Heute ist der Tag gekommen, wo wir uns von einem guten Freund verabschieden müssen.«

Einer der Dixielandmusiker stimmte einen Trauermarsch an und alle anderen setzten ein und umspielten die Melodie in klagenden Variationen.

Jetzt trat ein Mann in zerbeulten Latzhosen in den Kreis der Besucher. Er und zwei Kumpane schleppten mehrere schwarze Eimer mit einem grauen Gemisch aus Sand, Zement und Wasser aus einem Campingwagen heran und stellten sie neben dem Klavier ab. Eine erwartungsvolle Stimmung machte sich breit.

»Da geht es also hin in Ewigkeit«, erklärte Ivo und trat einige Schritte zur Seite. »Boris wird jetzt die Versteinerung vornehmen.«

Der Mann begann, die zähe Flüssigkeit gleichmäßig über das Klavier zu gießen und sie blieb tropfend an den Leuchtern hängen, während die Kerzen erloschen. Bald überzog auch die weißen und schwarzen Tasten ein grauer Film, der sie für immer verstummen lassen würde.

Boris hockte sich hin und begann ächzend den unteren Corpus und die Pedale zu überziehen.

Ivo bemerkte, wie Olav beunruhigt zum Himmel hinauf sah. Er wusste, dass Boris ihm erklärt hatte, es würde einige Tage dauern, bis die Masse vollständig ausgehärtet war. Aber es sah nicht nach Regen aus.

Als schließlich das komplette Gehäuse von einer steinernen Hülle überzogen war und sogar noch ein einbetoniertes Bierglas mit einem bunten Wiesenblumenstrauß als Clou auf der Abdeckung thronte, verbeugte sich Boris schnaufend vor den Zuschauern, die ihm anhaltenden Beifall spendeten.

Andreas, der Pianist der Holger-Lennart-Band, stand etwas abseits unter den Bäumen neben Ivo, er hielt die Arme vor der Brust verschränkt. Misstrauisch verfolgte er das Geschehen. »Ich kann dem nichts abgewinnen«, sagte er zu Ivo. »Wie leben, wenn die Musik vorbei ist?«

Ivo sah den Pianisten stumm von der Seite an und ein kalter Schauer kroch ihm den Rücken hoch.

27

Die meisten Gäste waren bereits gegangen. Ein paar Musiker liefen noch über den Vorplatz, verstauten Notenständer und Instrumentenkoffer in den Fahrzeugen und wechselten letzte Abschiedsworte. Dann wurden Motoren angelassen, deren Geräusche schnell in der Dunkelheit verebbten. Im Garten hinterm Haus erloschen nacheinander die Fackeln und nur noch einige wenige Girlanden blinkten einsam in den Bäumen.

Ivo saß gedankenversunken im Pavillon an dem Konzertflügel und spielte Improvisationen, deren Klangfolgen tief aus seinem Innersten kamen und die Welt unwirklich werden ließen. Während seine Finger über die Tasten glitten, dachte er an die schöne Requisiteurin. Würde sie noch kommen oder hatte sie ihn bereits vergessen? Ein Anflug von Ungewissheit schwang in den Tönen mit.

Neben dem Klavier bewegten sich Siv und Malte mit entrückten Mienen und biegsamen Bewegungen wie in Trance über die Tanzfläche.

Jens, der bei Anna Maria saß, hatte das Gefühl, dass die Töne in ihm Bilder aus längst vergangenen, verblassten Sphären auferstehen ließen. Vielleicht lag es auch an dem kleinen braunen Haschischkuchen, den Ivo gebacken und von dem sie alle gekostet hatten. Aber als er die aufsteigenden Bilder sorgfältig betrachtete, verriet ihm irgendetwas daran, dass er erwachsen geworden war. Es lag nicht daran, dass er als Soldat diente oder mit Anna Maria zusammen in diesem Pavillon saß. Es war einfach geschehen.

Stumm und verwundert betrachtete er die Frau neben sich. Er konnte ihren Herzschlag spüren, während er mit dem Finger behutsam über ihren Unterarm strich. Er wagte kaum zu atmen und als er den Blick hob, sah er, dass sie lächelte.

Einen Pfosten weiter klammerte sich Eckhard mühsam an das Holz, indem er beide Arme eng darum schlang. Nachdem Siv mit diesem Musiker losgezogen war, hatte er sich an der Bar der speziellen Ceylonmischung hingegeben. Jetzt kreiste der Alkohol ungehemmt in seinem Blut, manipulierte die Glieder und ließ alles um ihn herum zunehmend in wattierte Bedeutungslosigkeit versinken. Mit letzter Willensanstrengung verfolgte er durch enge Augenschlitze Sivs traumwandlerische Tanzbewegungen.

Eine Frau näherte sich dem Pavillon. Es war Carola. Sie überquerte die Fläche und lehnte sich dann betont lasziv an eine Seite des Konzertflügels. Sie trug ein enges golddurchwirktes Kleid mit weit ausgeschnittenem Bustier, das ihre vollen Brüste schimmernd einrahmte. Aufmerksam schaute sie in Ivos Gesicht, das immer noch Erstaunen, gleichzeitig aber einen Anflug von sinnlichem Begehren zeigte, was ihr schmeichelte.

Sie deutete auf den Rest des Haschischkuchens im braunen Packpapier auf dem Flügel. »Die Überraschung? Darf ich?«

Er nickte schwach.

Zögernd griff sie nach dem Stück, steckte es sich in den Mund und lutschte dann genussvoll an Daumen und Zeigefinger. Gelassen stütze sie dabei die Ellenbogen auf das Gehäuse des Instruments, beugte sich weit vor und wiegte sich leicht in den Hüften.

Ohne erkennbaren Grund hielt Siv plötzlich in ihrem Tanz inne und schaute sich um, als wäre sie soeben aus einem Traum erwacht. Ihr Blick glitt über das Haus, den Garten und die kleine Gruppe, die sich hier im Pavillon versammelt hatte. »Anna Maria, wir sollten den Moment in einem Foto festhalten. Dann haben wir etwas Reales, das wir betrachten können, wenn wir uns an diese wunderbare Nacht erinnern wollen.« Sie blickte auffordernd zu ihrer Freundin.

Auch Anna Maria benötigte einen Moment, um wieder in der Wirklichkeit anzukommen. Bevor sie sich erhob, küsste sie Jens zärtlich auf die Schläfe. Dann drehte sie sich zur Brüstung, dorthin, wo sie ihr Stativ und die Tasche mit den Fotoapparaten wusste. »Gute Idee, dann formiert euch schon mal.« Rasch kam sie mit der Kamera zurück, fixierte das Stativ und stellte den Selbstauslösemechanismus ein. Als sie aufschaute, hatten sich beinahe alle Freunde in der Mitte des Pavillons aufgestellt. Selbst Eckhard versuchte, so gut es ging, die Schwierigkeiten mit dem Gleichgewicht zu kaschieren, indem er sich einfach gegen Malte lehnte, der ihn hilfsbereit stützte.

Anna Maria wollte gerade den Mechanismus in Gang setzen, als Carola plötzlich an die Brüstung trat und Aki heranwinkte, die das Geschirr von den Tischen abräumte und in eine Holzstiege stapelte. »Hey, Kleine, du hast für heute genug geschuftet. Lass gut sein. Komm mit her zu uns.«

Aki glaubte zuerst nicht, dass man sie gemeint hatte. Doch als sie sich umsah, war niemand weiter da. Widerstrebend nahm sie die Einladung an, wischte sich die Hände sauber und stieg zögernd die Stufe herauf. Schüchtern stellte sie sich neben die wunderschöne Frau, die sie aufgefordert hatte und ihr jetzt schwesterlich den Arm um die Schultern legte. Vorsichtig betastete sie mit zwei Fingern das schillernde Kleid. Es fühlte sich glatt und weich an. Noch nie hatte sie etwas Vergleichbares gesehen oder berührt. »Gefällt es dir?«, hörte sie die Frau fragen. Sie fühlte sich ertappt. Schuldbewusst sah sie zu der Frau auf, deren Gesicht wie überirdisch im Glanz des goldenen Scheinwerferlichts erstrahlte. Zu ihrem Erstaunen zwinkerte sie ihr zu.

»Moment, Leute!«, rief Siv aus. »Da fehlt noch einer!« Sie ging an den Rand des Pavillons und pfiff eine markante Tonfolge. Sie wartete kurz, dann pfiff sie noch einmal. Leiser Flügelschlag war zu hören. Dann segelte Munin, ihr Rabe, fast lautlos aus der Dunkelheit heran und landete sicher auf ihrer ausgestreckten Hand.

Anna Maria warf einen letzten prüfenden Blick auf die kleine Schar. Dann betätigte sie den Auslöser. Während die Zeitverzögerung die Sekunden herunterzählte, ging sie zu dem Platz, der zwischen Siv und Jens für sie freigehalten worden war. Ihre Hand suchte seine und drückte sie fest. Die Kamera klickte.

»Und was machen wir jetzt?«, wollte Siv wissen.

Jens gelang es nur mit Mühe, ein Gähnen zu unterdrücken.

»Leute, ihr wollt doch nicht etwa schon schlafen gehen?«, fragte sie mit gespielter Entrüstung. »Kommt, wir gehen zum Weiher runter, das wird lustig.«

Holger Lennart, der sich inzwischen umgezogen hatte und nun in Jeans und Hemd an der Brüstung lehnte, stimmte begeistert zu.

»Warum nicht«, sagte Anna Maria und blickte zu Jens. Gemeinsam setzten sie sich in Bewegung.

Ivo dagegen rührte sich nicht.

Carola schaute den anderen hinterher und ließ sich dann behaglich in Ivos Arme zurücksinken, der hinter ihr auf dem Boden saß und mit dem Rücken an einem der Pfosten lehnte. Das helle Holzdach über ihnen schien Carola so weit weg wie der Himmel und gleichzeitig so nah, als ob sie die Planken berühren und zu sich herunterziehen könnte. Deutlich nahm sie die Anspannung seines Körpers wahr.

Er holte einen Joint aus der Innentasche und zündete ihn an. Sie roch den süßlichen Rauch, der an ihrem Kopf vorbei in den nächtlichen Himmel aufstieg und nahm dann selbst einen Zug. »Ich hab gehört, du bist verheiratet?«, fragte sie forschend. »Eckhard hat vorhin so was angedeutet.«

»Nicht mehr«, brummte er undeutlich.

»Aha. Was willst du eigentlich machen, jetzt, wo die Armee vorbei ist?«

Er antworte nicht sofort, stattdessen inhalierte er tief den Rauch.

»Du bist ein begnadeter Pianist«, redete Carola weiter. »Warum machst du da nicht mehr draus?«

»Ich will nicht spielen müssen, wenn ich keine Lust dazu habe. Schon gar nicht für Geld. Ich spiele, wenn mir danach ist.«

»Also bleibst du bei der Theologie?«

»Hat dir das Eckhard auch erzählt?« Er schnippte die Kippe in den Garten. »Ach Quatsch, das habe ich doch nur studiert, damit ich nicht zur Fahne muss. Damit bin ich durch.«

Eine kurze Pause entstand.

»Zeichnen kann ich ganz gut, vielleicht werde ich Grafiker. Mal sehen.«

»Das wäre schön, dann könntest du für mich ein paar Modezeichnungen machen und ich fertige danach die Kleider an.« Ihre Augen leuchteten auf. »Was meinst du?«

Sie spürte Ivos behutsame Fingerkuppen langsam über ihre Schultern die Arme hinab zu ihrem Busen gleiten.

»So wie das hier?«, fragte er mit rauer Stimme.

Der Stoff knisterte leise und Carola durchlief ein Schauer, als er begann, ihre Brüste zu streicheln.

»Vielleicht. Auch«, stieß sie gepresst hervor, während er mit der anderen Hand das Kleid an ihrem Schenkel bis nach oben schob zu ihrem Schoß.

Es war jetzt still geworden im Garten um sie herum. Nur vor dem Haus hörten sie noch, wie Aki mit dem Fleischer den Lieferwagen belud und die Türen klappend zufielen.

Oben am Fenster im ersten Stock stand Vera, den Kopf an die kühle Scheibe gelehnt. Der Tag war so voller Ereignisse gewesen und hatte sie vollends erschöpft. Hinter ihren Schläfen pochte ein dumpfer Schmerz. Während sie auf die Wirkung des Schlafmittels wartete, schaute sie den vier Gestalten hinterher, die sich hinunter zum Weiher bewegten. Vera glaubte, unter ihnen Siv zu erkennen. Sie zog den Morgenrock enger um ihre Brust.

Olav murmelte leise im Bett hinter ihr. Er gab mit den Lippen blubbernde Laute von sich, fast so, als würde er selbst im Schlaf noch Trompete spielen. Das Album von Miles Davis lehnte an der Nachtischlampe. Daneben lag das Porträt mit den vertrauten Gesichtszügen ihrer Tochter.

Vera wandte sich wieder dem Fenster zu. Der Druck im Kopf ließ endlich ein wenig nach. Ihr Blick suchte noch einmal nach den vier Silhouetten. Doch die Dunkelheit hatte sie inzwischen vollständig verschluckt.

Es war Jens, der Eckhard auf eine der Bartheken gebettet liegen sah, Svens gestreifte Schürze, mit der er sich zugedeckt hatte, fest umklammert. Ein Stück entfernt tanzte Malte unter den Apfelbäumen. Er hatte sich eine rosa Federboa um den Hals geschlungen und hielt eine der Schaufensterpuppen im Arm, die er zu einem schwungvollen Walzer, den er vor sich hin summte, im Kreis herumwirbelte.

Scherzend gingen sie weiter und erreichten schließlich den Weiher. Dort verstummten sie abrupt, denn jeder von ihnen spürte sofort den Zauber dieses Ortes. Die Wasserfläche lag im silberfarbenen Licht des Mondes und alle Sternbilder des Nachthimmels spiegelten sich darin.

Ringsherum zirpten Grillen im Gras und die schimmernden Zweige der Pappeln strichen lautlos über das Firmament.

Siv nahm Holger an die Hand und zog ihn hinaus auf den Holzsteg. Dort setzten sie sich und ließen ihre Beine locker über die Kante hinabbaumeln. Die Arme jedoch hielten sie angewinkelt vor die Brust, sie hatten zwischen die Daumen Grashalme geklemmt und versuchten nun durch Hineinblasen das Quaken der Frösche nachzuahmen und mit ihnen zu kommunizieren. Doch die setzten davon unbeeindruckt ihr nächtliches Konzert fort.

Anna Maria und Jens waren um den Teich herumgegangen und erreichten eine flache Stelle, wo sich das Ufer zwischen dem Schilf öffnete. Der helle Sand reflektierte das Licht und unweit stand eine knorrige Holzbank.

»Was hältst du von einem Mitternachtsbad?«, fragte Anna Maria. Der Gedanke war ihr plötzlich gekommen.

Jens nickte befangen und streifte die Weste ab.

Dem schillernden Wasser zugewandt, entledigte sich Anna Maria rasch ihrer Kleidung und bewegte sich nun tastend auf das Ufer zu.

Jens beobachtete die schlanke, entschlossene Gestalt, die wie selbstverständlich ihre Füße in die glatte Oberfläche des Weihers eintauchte, als wäre sie eine verschollene Fee, die nun in ihr angestammtes Reich zurückkehrte. Achtlos ließ er seine Sachen ins Gras fallen und ging ihr nach.

Er hörte, wie Siv und Holger am anderen Ufer leise
miteinander sprachen, bis Siv auflachte und sie dann schwiegen.

In gleichmäßigen Zügen schwammen Jens und Anna Maria nebeneinander her und zitternd tanzten die Sterne auf dem Wasser. Es roch süßlich nach Seerosen und die Nässe glitt kühl und weich wie Seide an ihren nackten Körpern entlang. Scheu umkreisten sie sich.

Jens hätte nur den Arm ausstrecken brauchen, um sie an sich zu ziehen, aber er tat es nicht. Etwas hielt ihn davon ab, als könnte er den Zauber dieses Moments dadurch zerstören. Stattdessen ließen sie sich wiegen in den seichten Wellen, die jede ihrer Bewegungen umspielte.

28

Die schwarze Dampflokomotive verringerte ihr Tempo, pfiff dabei übermütig und stieß eine Reihe weißer Wolken aus, die wie Schleier über Anna Marias Kopf hinwegwehten, bevor sie sich vor dem azurblauen Himmel auflösten.

Sie beugte sich über die Absperrung der Wagenplattform und schaute ungeduldig am Zug entlang nach vorn. Der Fahrtwind wehte ihr ins Gesicht. Trotzdem erkannte sie erleichtert, dass sie endlich die gewünschte Bahnstation erreichen und ihre Odyssee ein baldiges Ende finden würde. Doch je länger sie das erhoffte Ziel betrachtete, umso entmutigender wirkte es auf sie. Denn im Schatten eines großen roten Fachwerkziegelhauses drängten sich unzählige Menschen auf dem schmalen Bahnsteig zusammen. Alle schienen sie die Ankunft des Zuges zu erwarten.

Anna Maria hielt die Luft an. Unruhig glitt ihr banger Blick über die vielen Köpfe hinweg. Ob Jens auf sie gewartet hatte?

Schon ihr Fernzug hatte zwei Stunden Verspätung vom Festland mitgebracht und hier auf der Insel musste sie noch einmal in diese kleine Eisenbahn umsteigen, welche die Urlaubsorte miteinander verband. Zudem hatte es für sie unterwegs keine Möglichkeit gegeben, Jens über die Verspätung zu informieren. Als wäre das nicht schon belastend genug, hatte sie ungeduldig feststellen müssen, dass der Inselzug stellenweise so langsam fuhr, dass sie am Ende den Hinweis »Blumen pflücken während der Fahrt verboten« nicht mehr für einen überzogenen Scherz der Bahndirektion hielt.

Schließlich kam die Lokomotive vor dem Prellbock zum Stehen und Wasserdampf entwich zischend aus den Ventilen. Gespannt öffnete Anna Maria die Absperrung der Plattform. Die Schindeln auf dem Bahnhofsgebäude glänzten matt in der Sonne und auf dem Dachfirst lungerten etliche Möwen herum.

Da endlich entdeckte sie ihn.

Er trug eine helle Jeans, sein Gesicht war braun gebrannt, und in der leichten Freizeitkleidung unterschied er sich kaum von den anderen, die neben ihm auf Angehörige oder Feriengäste warteten. Dank seiner Statur überragte er die meisten und sein Blick wanderte suchend die Reihe der Wagen entlang, an jeder der Türen einen winzigen Moment verharrend. Dann traf sein Blick auf Anna Maria, sie winkte ihm zu und sah erleichtert, wie er erfreut die Hand hob. Er bahnte sich einen Weg, ohne sie noch einmal aus den Augen zu lassen und sie kam ihm entgegen, indem sie die zwei Eisenstufen des Waggons hinunterstieg.

Er musste den ganzen Vormittag auf sie gewartet haben. Wahrscheinlich hatte er sich zwischendurch nicht einmal von der Stelle wegbewegt. Sie spürte, wie ein unbehagliches Gefühl in ihr aufstieg, obwohl sie nichts für die Verspätung konnte. Oder lag es viel eher daran, dass sie gleich einem Mann gegenübertreten würde, von dem sie nicht allzu viel wusste und den sie erst vor einigen Wochen auf einer Gartenparty kennengelernt hatte?

Anna Maria runzelte die Stirn. Wenn sie es sich richtig überlegte, hatten sie sich nur einmal geküsst, und nun sollte sie gleich mehrere Tage zusammen mit ihm in einem kleinen Zelt verbringen?

»Hallo, junge Frau, könnten Sie bitte beiseitetreten, andere wollen auch aussteigen.« Der Mann, der hinter ihr aus dem Wagen drängte, trug zwei schwere Koffer, seine Frau hatte einen kleinen Jungen auf dem Arm.

»Entschuldigung, ich …« Sie ging ein paar Schritte vom Wagen weg und spürte plötzlich deutlich das Gewicht ihrer Kraxe auf dem Rücken. Ihr Herz raste. Hör auf, das hier in Frage zu stellen, sagte sie sich. Um sich Mut zu machen, rief sie sich den Spaziergang im Garten ins Gedächtnis, ihren Tanz unter den Bäumen, das zauberhafte Bad im Weiher, sein Lächeln, wenn er sie ansah. Und dann stand er auch schon vor ihr.

Sein schwarzes Turnhemd betonte die kräftigen Arme.

Ihre Blicke begegneten sich. Dasselbe Lächeln.

»Alles gut bei dir?«, fragte er und zog sie sanft an sich.

Anna Maria nickte und vergrub ihr Gesicht für einen Moment in der Mulde an seinem Hals. Sie spürte, wie er seinen Arm schützend um sie legte und sich dabei ebenfalls entspannte.

»Habt ihr beide kein Hotelzimmer?«, frotzelte ein mit mehreren Taschen bepackter Kerl, der sie im Vorbeigehen anrempelte und die Frau neben ihm schimpfte verärgert.

»Nein, nur ein Zelt«, erwiderte Jens schlagfertig und begann, Anna Maria den Rucksack abzunehmen. »Das steht übrigens gleich dort drüben.« Er zeigte zum Küstenwald auf der anderen Seite. »Im Gegensatz zu denen da, müssen wir nur die Gleise überqueren.«

Gemeinsam traten sie mit dem Strom von Menschen hinaus auf den Vorplatz. Jens wollte sich nach rechts wenden, aber Anna Maria hielt ihn zurück. »Kann ich zuerst das Meer sehen?«

Fragend zog Jens die Augenbrauen hoch.

»Ich war noch nie am Meer.«

»Noch nie?«

»Nein. Niemals.«

»Das gibt's doch nicht! Echt? Also, dann solltest du das auf keinen Fall verpassen.«

»Genau deshalb bin ich hier.«

»Ach, und ich dachte schon, du bist wegen mir hergekommen.«

Sie knuffte ihn spielerisch in die Seite.

Er lachte, rückte die Kraxe auf dem Rücken zurecht und nahm sie an die Hand. »Also, dann nichts wie runter an den Strand. Schauen wir mal, ob das Meer noch da ist. Wir können gleich hier links den Weg nehmen.«

Sie gingen los und folgten einem gepflasterten Pfad, der sich bald unter losem Sand verlor. Zu beiden Seiten erhoben sich Föhren, ihre zerzausten Baumkronen waren vor dem Wind auf der Flucht. Es roch nach Harz, und plötzlich schmeckte Anna Maria Salz auf ihren Lippen. Daraufhin wurden ihre Schritte immer länger, bis sie zu laufen anfing. Ohne innezuhalten schüttelte sie die Sandalen von den Füßen, ließ sie einfach liegen und stürmte weiter.

Jens ging ihr lachend nach, bückte sich nach den Schuhen und sah, wie Anna Maria den Dünenübergang erreichte und mitten auf dem Scheitelpunkt wie angewurzelt stehenblieb.

Der Anblick war überwältigend. Die grünblaue See, von hellen, sich kräuselnden Wellenkämmen durchbrochen, reichte bis an den

Horizont hinaus. Während sie dort stand, fuhr ihr ein kühler Wind in die Kleidung, spielte mit ihrem Haar und strich ihr über die Stirn. Sie schloss die Augen und atmete das Meer ein.

Mit leichten Schritten ging sie weiter durch den weichen, weiß strahlenden Sand und fühlte, wie alles von ihr abzufallen begann. Die feuchte Kühle unter ihren Sohlen verriet ihr, dass sie den Spülsaum erreicht hatte, wo die Ausläufer der Wellen ihre Knöchel umspielten, als wollten sie ihr schmeicheln.

Anna Maria spürte, wie ihr Atem verflachte, wie die Spannung aus dem Nacken wich und sich ein schlichtes Glücksgefühl einstellte. Dieser erste Eindruck von der Ostsee würde ihr immer in Erinnerung bleiben.

Jens trat neben sie und legte seine Hand auf ihren Unterarm. »Es heißt, wenn man aufs Meer schaut, schaut es zurück«, flüsterte er ihr ins Ohr.

Sie schenkte ihm ein nachdenkliches Lächeln.

»Ich schlage vor, wir bringen deine Sachen ins Zelt und wenn du willst, können wir später noch mal an den Strand gehen.«

»Später? Warum bleiben wir nicht gleich hier?«

»Ich dachte, dass du nach der langen Fahrt vielleicht Hunger hast und wir erst einmal was essen gehen. Was hast du denn gedacht, was ich vorhabe?«, fragte er verschmitzt.

Rasch drehte Anna Maria den Kopf zur Seite, weil sie rot wurde. »Oh, alles gut, essen ist toll.« Noch einmal schaute sie aufs Meer hinaus und lautlos tanzten helle Lichtsprenkel auf ihrem erhitzten Gesicht.

Hand in Hand wanderten sie später an der Wasserkante entlang ins Nachbardorf. Zuvor hatten sie sich auf dem Campingplatz eingerichtet, der hinter der weit geschwungenen Sandbucht in einem Küstenwald lag. Jens hatte ihr das blau-orange Zelt zwischen den hohen Kiefern gezeigt und sie mochte es auf Anhieb. Alles in dem niedrigen Raum schien sanft und rötlich angestrahlt zu sein. Es roch würzig nach Farnen und Pilzen und es kam ihr vor, als würde sie sich in einer Lichtblase befinden, die über dem mit dunklen Nadeln und Moosen bedeckten Waldboden schwebte.

Während Jens draußen die Halterung der Zeltleinen überprüfte, hatte sie rasch Hose und Shirt abgestreift und ein luftiges helles Leinenkleid übergezogen.

Nach einer Weile erreichten sie gemeinsam einen Platz am Strand, wo mehrere Boote im Sand lagen. Dort war die Luft erfüllt von dem Geruch nach Teer und Fisch und kleine rote Fähnchen flatterten im Wind.

Oberhalb, in einem der Bootsschuppen, betrieb die örtliche Fischerkompanie ein kleines Restaurant. Der schlichte Raum war mit Netzen, Positionslampen und Reusenschwimmern dekoriert und die Teller mit Hering und Bratkartoffeln standen auf blanken Holztischen. Dazu tranken sie kühles Bier aus kleinen bauchigen Flaschen.

Jens sah sich geheimnisvoll um, als der Fischer wieder in seiner Kombüse verschwunden war. Dann beugte er sich weit über seinen Teller zu ihr hinüber. »Weißt du eigentlich, dass die meisten Inselbewohner hier Nachfahren berüchtigter Piraten sind?«

Er sah, wie Anna Marias Gabel in der Luft verharrte. »Quatsch, du willst mich veralbern.«

»Nein, sogar der legendäre Klaus Störtebeker wurde hier auf der Insel geboren.«

»Wirklich?«, flüsterte sie.

»Ja, er war der Sohn eines Bauern und soll ungeheure Kräfte besessen haben. Die Winter verbrachte er oft hier in einem geschützten Hafen und seinen Schatz hat er in einer der unterirdischen Höhlen in den Kreidefelsen versteckt.«

Anna Maria beugte sich leicht vor. »Echt jetzt? Und woher weißt du das alles?«

»Meine Mutter kommt ursprünglich von der Insel.«

Anna Maria sah Jens abschätzend an. »Dann hast du auch Piratenblut in deinen Adern? Stark genug bist du ja.«

Jens lachte. »Erwischt«, er hob die Hände, »du hast verdammt recht, was soll ich sagen.« Er zwinkerte ihr zu. »Als Nachfahre eines Piraten genießt man auch Privilegien. Wenn du willst, zeige ich dir nachher eine der geheimnisvollsten Buchten der Insel.«

»Geheimnisvoll?«

»So was von geheimnisvoll.« Er legte den Finger auf die Lippen. »Aber du darfst es keinem verraten.«

Anna Maria lachte. »Sonst ist es ja kein Geheimnis mehr.«

Nach dem Essen lehnten sie beide an der von der Sonne erwärmten halbhohen Mauer, die den Kurplatz einfasste und schauten in die Weite. Anna Maria spürte, wie sich dabei verstohlen ihre Körper annäherten.

Hinter ihnen in der Kurmuschel verklangen gerade die letzten Takte eines bekannten Schlagers und das Duo, eine Frau und ein Mann im mittleren Alter, winkte zum Abschied dem Publikum zu.

Jens löste sich zuerst und lenkte ihre Schritte weg vom breiten Sandstrand, an dem in regelmäßigen Abständen kleine Burgwälle aufgeschüttet waren, hinter denen nackte Menschen, eingerieben mit Nussöl, in der Sonne dösten, miteinander redeten oder leise Radio hörten.

Sie gingen in Richtung eines Strandabschnitts, der an einem dicht bewachsenen Steilhang lag und wilder, urtümlicher war. Entwurzelte Baumstämme, ausgeblichen, rissig wie altes Elfenbein und dunkle Findlinge versperrten den Zugang, doch es gab am Rand einen undeutlichen, aber erkennbaren Pfad, dem sie folgten.

»Bleib dicht hinter mir«, bat Jens und bog gleichzeitig einen Ast zur Seite.

Anna Maria drückte sich an dem Gehölz vorbei und wischte sich eine Binse aus der Stirn. Runde Wasserlachen, die sich gebildet hatten, nachdem das Wasser abgelaufen war, wimmelten voller kleiner Fische.

Als sie die versteckte Bucht dahinter erreichten, mit dem unberührten Sand, rein wie Zucker, waren sie allein. Vereinzelnd ruhten riesige, von grünen Flechten und Algen überzogene Steine im Meer, an denen sich die Wellen brachen. Das sanft wogende Wasser und das hohe Schilf um sie herum schienen einer anderen Welt anzugehören, über die sich eine dünne blaue Himmelshaut spannte, hinter der sie das Universum wussten.

Anna Maria schloss die Augen und ließ es zu, dass Jens sie umarmte, sie sanft an sich zog. Er küsste zuerst ihre Wange, dann ihre

Stirn, ihr Haar. Er ließ seine Hände zärtlich an den geschwungenen Linien ihres Rückens bis zu den Hüften entlanggleiten. Behutsam zog er ihr dünnes Kleid herab und streifte es über die Füße.

Sie strich ein wenig verwundert über seine Arme, den Nacken und seine Wirbelsäule entlang.

Ihre Lippen fanden sich und lösten sich wieder.

Ihre Liebkosungen hatten etwas unschuldig Bacchantisches, so als wären sie aller Sorgen, Mühen und Ängste entbunden, ja sogar ihrer Hoffnungen. Als wären dieser Moment und die Begierde das einzige, worauf es ihnen ankam. Sie legten sich nackt auf den feuchten Sand und Anna Maria spürte wie seine sehnsüchtige Hand ihren Bauch berührte, er ihren Nabel mit einem hingehauchten Kuss streifte.

Sie fühlten das Rauschen in ihrem Blut und tasteten sich voran im Strom der Lust, der immer noch mehr Lust erzeugte.

29

»Bist du sicher, dass es hier ist?«, fragte Holger und stieg auf die Bremse. Angestrengt schob er die dunkle Sonnenbrille in die Stirn und beugte sich übers Lenkrad, um einen besseren Blick durch die Frontscheibe des Wolgas auf das Jugendclubhaus zu erhaschen. Das Gebäude, das sich hinter einem rostigen Metallzaun erhob, erschien ihm abgrundtief hässlich. Ein schmuckloser Bau mit langen, schmalen Fenstern, die abwechselnd von breiten, grauen Betonwülsten eingefasst wurden. Davor wucherten auf einem Rundbeet mitten im Hochsommer die unansehnlichen Reste verdorrter Frühlingsblumen. Holger überflog noch einmal das kurze Anschreiben und verglich die Adresse auf dem Briefkopf.

Indessen sah Siv im Beifahrerspiegel, dass der Barkas mit den anderen Bandmitgliedern hinter ihnen gehalten hatte. Heute war der Tag, an dem es darauf ankam, mit der Band vor der Einstufungskommission des Bezirkes zu bestehen.

Siv wickelte eine Haarlocke um ihren Finger. Sie war gleich nach der Party zu Holger nach Dresden gezogen. Vormittags besuchte sie bereits einige Vorbereitungskurse an der Musikhochschule, doch nachmittags übte sie unter Holgers strenger Anleitung das aktuelle Repertoire der Lennart-Band ein. Beinahe jeden Abend trafen sie sich im Probenraum und sie ärgerte sich maßlos, wenn sie ihren Einsatz verpasste oder ein Solo verhaute. Holger und die Band nicht zu enttäuschen, die so große Hoffnungen in sie setzten, entfachte einen Ehrgeiz in ihr, zu dem sie sich nicht fähig geglaubt hatte. Auch wenn sie keiner der Musiker offen kritisierte und Holger vielleicht nur leicht eine Augenbraue hob, hieß das für sie unbarmherzig: Noch einmal.

Gestern hatten sie und Holger freigemacht und waren an der Elbe spazieren gegangen, denn heute kam es darauf an, die Nerven zu behalten.

»Wir sollen die technische Ausrüstung im Hof entladen, steht hier, und dann durch den Bühneneingang ins Haus bringen«, erklärte

Holger und reichte ihr den Brief, den sie zurück ins Handschuhfach legte.

Der Bandleader startete den Motor und sie folgten der Straße an der Längsseite des Gebäudes entlang. Beinahe gleichzeitig entdeckten sie die offene Einfahrt. Holger ließ einen knatternden Rollerfahrer vorbei, dann schlug er das Lenkrad ein. »Das kann doch wohl nicht wahr sein«, entfuhr es ihm verärgert, als sein Blick auf einen verdreckten Lastwagen fiel, der unweit vom Bühneneingang stand. Er hatte einen Berg Briketts geladen und Wolken schwarzen Staubes wallten auf, als der Mann dort oben mit einer Eisenforke die Kohlen in eine bereitgestellte Kiepe schippte.

»Ausgerechnet heute, konnten die keinen anderen Tag dafür finden?«, schimpfte Holger. »Nicht nur dass die uns die gesamte Zufahrt versperren, obendrein versauen sie uns noch das Equipment. So ein Mist!«

Indessen war Andreas aus dem Barkas gestiegen und stand nun neben dem Wolga. Er warf einen schnellen Blick in den Hof, dann begann er sie einzuweisen.

Vorsichtig stieß Holger mit dem Gespann zurück und rangierte auf der Straße, bis sie mit dem Anhänger voran in den Hof des Jugendclubhauses rollten.

Siv bemerkte, dass er in größtmöglichem Abstand zum Lastwagen hielt. Hinter ihnen quetschte sich der Barkas in eine letzte freie Lücke.

Als Siv ausstieg, spürte sie, wie ihr das Atmen schwerfiel. Die Sonne stand hoch am Himmel, es war ein glühendheißer Tag. Die Betonfläche hatte sich aufgeheizt, breiiger Teer quoll aus den Fugen und blieb an den Schuhsohlen haften. Träge baumelte ein Spruchband mit einer Losung zwischen zwei Fahnenstangen. Sie nahm an, dass es bereits seit dem letzten Maiumzug dort hing, denn die Farbe mancher Buchstaben war inzwischen in den Stoff eingesickert. »Künstler und Kulturschaffende«, entzifferte sie. »Mit neuen Leistungen für ein anregendes kulturelles Leben in Stadt und Land!«

»Kommst du, Siv, wir laden jetzt aus«, drängte Holger ungeduldig, während er die Anzüge, die in Hüllen auf Bügeln hingen, und die Instrumentenkoffer rasch an die jeweiligen Bandmitglieder weiterreichte. Dabei warf er immer wieder dem Mann giftige Blicke zu, der nur einige Meter weiter in die Knie ging und den Inhalt der Kiepe, eingehüllt in eine Wolke Kohlenstaub, in eine der Kellerluken schüttete.

»Mann, ehrlich, muss das sein! Passen Sie doch auf!«, platzte Holger der Kragen, während er auf seine cremeweißen Budapester schielte. »Könnten Sie mit der Drecksarbeit nicht wenigstens solange warten, bis wir mit Ausladen fertig sind? Machen Sie mal Pause!«

Der Mann setzte die Kiepe ab und erhob sich schwerfällig. Langsam wandte er sich um, als sei jede Bewegung etwas Kostbares. Schweißtropfen hatten helle Bahnen in das grobporige, zerfurchte und von Staub geschwärzte Gesicht gezeichnet. »Hör zu, du Schnösel«, sagte er bestimmt, seine Stimme raspelte dabei wie Sandpapier. »Plustere dich hier bloß nicht so auf! Ich gehe auch nur meiner Arbeit nach und hab Termine einzuhalten. Denkst du vielleicht, mir macht's Spaß, in der Mittagshitze Kohlen auszuliefern?«

Holger gab die Notenständer an Andreas weiter und schlug die Türen des Anhängers zu. »Da kann ich nur sagen: Augen auf bei der Berufswahl, Kumpel!«, entgegnete Holger Lennart ungerührt und griff nach seiner Trompete, bevor er sich auf dem Absatz umdrehte.

Es dauerte eine Zeit lang, bis sich die Band vollständig auf der geräumigen Bühne des Clubhauses vor dem roten Vorhang mit dem Wappen der Deutschen Demokratischen Republik eingerichtet hatte.

Holger nahm Siv beiseite und deutete auf zwei Tische vor der Bühne, hinter denen sechs leere Stühle in einer Reihe angeordnet waren. »Dort sitzt nachher das Gremium, das über unsere Einstufung entscheidet. Es gibt A, B und C und die Sonderklasse. A, B und C interessieren uns nicht. Da du erst mit dem Studium beginnen wirst und wir die Umbesetzung hatten, müssen wir heute die Einstufung in der Sonderklasse schaffen.« Er senkte die Stimme und sprach eindringlich weiter. »Fürs Erste! Unser Ziel muss natürlich ganz klar die Berufsmusikerlaufbahn sein, aber das weißt du ja.«

»Holger, wir sind so weit«, rief Andreas im Hintergrund und setzte sich hinter das Klavier.

Siv nickte stumm. Sie verstand, dass heute alles von ihr abhing.

»Na dann, Leute, Soundcheck«, ordnete der Bandleader an.

Hinterher stellten sie die Instrumente in die Halterungen und gingen nach unten in die Garderobe. Holger hatte von irgendwoher über weitverzweigte Beziehungen neue weiße Anzüge für die Herren besorgt, Siv würde das rote Kleid von der Party tragen. Es hatte ihr ja schon einmal Glück gebracht.

Alle zogen sich um. Dann begann das Warten. Eine nervöse Spannung füllte den Raum, keiner sprach. Endlich klopfte es an der Tür. »Die Holger-Lennart-Band?«, fragte eine weibliche Stimme.

»Ja!«

»Ihr Auftritt, Sie beginnen.« Eine junge Frau in FDJ-Bluse machte ein Häkchen auf ihrer Liste. »Hals- und Beinbruch.« Dann trat sie einen Schritt zur Seite.

Holger schickte seine Musiker voraus und blieb noch einen Moment neben ihr stehen. »Wer sitzt heute in der Jury?«, fragte er, als er mit der Frau allein war.

Sie blätterte in ihrer Kladde und stoppte bei einem Blatt, auf dem mehrere Namen standen. »Die Vorsitzende für Kultur beim Rat des Bezirkes«, las sie vor. »Der Direktor der Musikschule Dresden, der Stellvertreter der SED-Bezirksleitung, die Leiterin des Jugendclubhauses und diverse FDJ-Kader für Kulturarbeit aus den Schulen.«

»Danke.« Holger nickte und folgte den anderen. Der Leiter der Musik- und Gastspieldirektion Dresden wäre mir lieber gewesen, dachte er. Aber sei's drum.

Er erreichte die kleine Treppe, die zur Bühne hinaufführte. Sicher führte er das Mundstück der Trompete an die Lippen. Wenn er ehrlich war, keiner der Genannten bereitete ihm Kopfschmerzen. Es sollte eigentlich laufen. Gut, die Parteifunktionäre konnten oftmals mit Jazz nicht viel anfangen, ließen sich aber gemeinhin von der Spielfreude der Band und der Atmosphäre im Saal anstecken. Dessen ungeachtet sollten sie nichts dem Zufall überlassen.

Holger setzte die Trompete wieder ab. »Bringen wir es hinter uns«, sagte er halblaut zu sich selbst und spürte einen leichten Widerwillen, der teils durch Argwohn, teils durch die schäbige Umgebung hervorgerufen sein mochte. Heute jedoch konnte er das nicht gebrauchen. Er holte tief Luft, stieg geschwind die Stufen hinauf, lief lächelnd über die Bühne ins Scheinwerferlicht und breitete die Arme auseinander. »Guten Tag, meine Damen und Herren. Heute für Sie, exklusiv, die Holger-Lennart-Band.«

Sie spielten fünf Stücke. Holger moderierte launig und professionell durchs Programm und im Anschluss wurde von der Jury einstimmig entschieden, der Einstufung in die Sonderklasse stattzugeben. Die Vorsitzende für Kultur, eine attraktive Frau um die vierzig in einem knappen weißen Sommerkleid, ließ es sich nicht nehmen, persönlich den Bescheid zu überreichen. Sie strahlte Holger an, als sie ihn mit der Band zum nächsten Dresdner Jazzfestival einlud und ihn um ein Autogramm bat. Dabei tätschelte sie unablässig seinen Arm und der Bandleader verneigte sich brav vor ihr, als er die Karte mit seinem Namenszug an sie überreichte. »Sehr gern«, sagte er dabei und schaute ihr tief in die Augen.

Siv trat inzwischen mit dem Kleid überm Arm und dem Instrumentenkoffer auf der Schulter aus dem kühlen, schattigen Gang hinaus ins gleißende Nachmittagslicht. Sie benötigte einen Augenblick, um ihre rosa Sonnenbrille aus der Hosentasche zu angeln und auf die Nase zu schieben. Dabei blieb ihr Blick an der weißen Kühlerhaube des Wolgas haften. »Arschloch« stand da mit Kohlenstaub geschrieben.

Unbehaglich horchte Siv hinter sich den Flur hinunter. Es war still. Von Holger und den Jungs war noch nichts zu hören. Rasch stellte sie ihr Saxophon hin, hängte das Kleid am Bügel an einen Mauervorsprung und hastete zur Toilette neben dem Bühneneingang. Eilig rollte sie dort Papier ab, tauchte es am Waschbecken unter den Wasserstrahl und kehrte vor den anderen Musikern auf den Hof zurück.

Sie wischte die Buchstaben mit dem nassen Papierfetzen weg und warf das Knäuel anschließend in eine Mülltonne, die hinten an der Mauer stand.

Als Holger und der Rest der Band erschienen, stand sie lächelnd neben dem glänzenden Wagen.

30

Ivo ließ das knappe Höschen aus lachsfarbener Kunstseide durch seine Finger gleiten. Vor ihm auf dem Tisch stapelten sich bunte Miederwaren aller Art. Büstenhalter, Spitzenstrümpfe, altertümliche Korsetts mit Fischbein, Strapse und Negligés. Woher hatte Carola nur all diese Dinge?

Durch das offene Fenster drang Vogelzwitschern, das immer wieder vom lauten Dröhnen eines Rasenmähers unterbrochen wurde. Wenigstens kein Automotor, der stinkend vor sich hin knattert, dachte Ivo, denn unter Carolas Fenster standen mindestens zwei Dutzend Garagen in Reih und Glied, an die sich eine Kleingartenanlage anschloss.

Carola blitzte ihn über den Tisch hinweg an. »Dir wäre es wohl am liebsten, wenn die Polly in der Dreigroschenoper nur den Slip da auf der Bühne trägt, oder?«

Ivo wandte den Blick vom Fenster ab und musterte sie aufmerksam. Sie saß noch in seinem Unterhemd und den Seidenshorts am Tisch, die sie im Bett getragen hatte. Ihre langen braunen Beine lagen auf einen Stuhl gebettet. Die Kaffeetasse stand daneben.

Auch er hatte nur die Jeans übergestreift. Sein Blick fiel auf ihre vollen Brüste, die den gerippten Stoff ganz ausfüllten und sich im Sonnenlicht, das seitlich durch das Fenster fiel, deutlich abzeichneten.

Er verzog das Gesicht zu einem frechen Grinsen. »Wenn sie genauso geile Titten hat wie du, warum nicht?«

Carola nahm kopfschüttelnd die Nadel in die Hand und zog den weißen Tüllschleier zu sich heran, der zur Requisite der Hochzeitsszene gehörte. »Du denkst auch nur an das eine«, meinte sie abschätzig.

»Komm, erzähl mir nichts. Du tust es doch auch. Ich habe noch nie eine Frau getroffen, die so gerne fickt wie du, und …«, er machte eine Pause und dachte an die vergangene Nacht, »… und die das so gut kann.«

Carola lachte, nahm ein rosa Strumpfband, hielt es wie ein Katapult in der Hand und schnipste es über den Tisch. Sie traf Ivo damit am Kinn. »Komm, kühl dich ab. Mal ernsthaft. Dieser neue Regisseur findet die alten Kostüme scheiße und ich soll bis morgen plausible Vorschläge machen.«

Ivo griff nach zwei runden Strassblüten und hielt sie hoch. »Also die kannst du super auf die Nippel kleben. Das finde ich scharf.« Dann warf er sie über den Tisch zu ihr hin.

»Typisch Erotomane.« Sie fing die Blüten auf, nahm sie in die Hände und hielt sie sich prüfend vor die Brust. »So schlecht ist die Idee gar nicht. Find ich gut. Vielleicht mit einem Body darunter …« Sie überlegte, dann legte sie die Glitzerdinger wieder hin. »Mann, die Brechterben fallen hintenüber, wenn ich mit so was komme. Hast du nicht was anderes?«

»Wer hat nun überhaupt die Rolle der Polly gekriegt?«

»Die Fredericke.« Carola rammte die Nadel ärgerlich in das kleine rote Kissen, das sie mit einem Gummi an ihrem Handgelenk befestigt hatte.

»Scheiße, wie das denn?«, fragte Ivo erstaunt.

»Hat wohl die Beine beim Richtigen breitgemacht, was weiß ich«, antwortete Carola knapp.

»Aber die ist ja flach wie ein Brett. Da geht das mit dem Strass auf keinen Fall. Bei der gilt eher: je mehr Stoff, desto besser.« Ivo zog eines der alten Rokoko-Korsetts aus dem Stapel heraus.

Carola nickte beifällig. »Eine Schnürbrust. Das ist das Beste für die, damit quetschen wir die Titten auf das doppelte Volumen oben raus. Zeig mal her.«

Sie hielt die Korsage hoch ins Licht. »Hm, ist schon ganz schön verschlissen das Ding und dazu noch voller Flecken. Stell dir vor, die singt da drin: ›… und ein Schiff mit acht Segeln und mit fünfzig Kanonen wird liegen am Kai …‹, da denkst du doch echt, es ist alles schon vorbei.«

Carola hatte mit voller Intonation sehr laut gesungen und von draußen hörten sie jetzt eine wütende Männerstimme rufen: »Ruhe da oben, es ist Mittagszeit!«

»Ja, genau, Schnauze halten! Und Rasenmäher aus!«, rief sie zurück.

Ivo hielt sich feixend die Faust vor den Mund und Carola stieß mit dem Fuß krachend das Fenster zu.

»Blöder Sack!«, schimpfte sie. Dann hob sie noch mal abwägend die Korsage hoch.

»Weißt du was«, mischte sich Ivo erneut ein, »ich kann da doch ein Gemälde mit einem Schiff drauf malen, so im Stil der alten Holländer. Die Flecken wären weg und das ist mal was völlig anderes.«

»Hey, geil. Kriegst du das heute noch hin?«

Ivo nickte.

»Du bist ein Schatz.« Sie warf ihm über den Tisch einen Luftkuss zu.

Er nahm sich gleich noch einen Büstenhalter vor, dessen Körbchen spitz wie Tüten geformt waren und zog an den Spitzenborten unter dem Bügel. »Wenn wir das Zeug hier abschneiden und das Ding mit Leder oder Gummi überziehen, vielleicht noch ein paar Nieten reinstanzen, dann geht das richtig ab. So rockerbrautmäßig.«

»Ja, super, kann ich mir gut vorstellen, den behalte ich gleich. Aber woher kriegen wir das Zeug? Nieten kann ich besorgen, aber Leder und Gummi?«

»Wir zerschneiden Fahrradschläuche und alte Jacken und drüben beim Schuster lässt du es zusammennähen.«

Carolas Augen glänzten. »Mensch, Ivo, das kann eine richtige Kollektion werden.« Sie hopste aufgeregt vom Stuhl, tanzte um den Tisch und setzte sich rittlings auf seinen Schoß. Ihre Hände verschränkte sie locker in seinem Nacken. »Stell dir vor, normalerweise stehen die Frauen stundenlang nach diesen einfachen BHs an. Das geile Zeug reißen die uns doch sofort aus den Händen. Wenn wir damit auf dem Markt stehen, sind wir im Handumdrehen ausverkauft!« Sie hielt inne. »Wir müssen nur einen Weg finden, um an genügend Material zu kommen.«

»Da kann ich dir helfen«, meinte er leichthin, obwohl er noch keine Ahnung hatte, wie er das anstelle sollte.

Sie küsste ihn stürmisch auf die Lippen.

Er hob leicht die Hand, als hätte er Einwände. »Aber ich bestehe darauf, dass du mir jeden Prototyp persönlich vorführst und wir ihn auf Tauglichkeit testen.«

Carola umschlang ihn mit den Armen und vor ihrem inneren Auge formten sich bereits die Wäschestücke.

31

Seine Uhr zeigte zwei Minuten nach vier. Jens gelang es nur mit Mühe, wachzubleiben. Immer wieder fielen ihm die Augen zu, und wenn er sie hastig wieder aufriss, verzerrten sich die Konturen der Bäume und Sträucher um ihn herum zu eigenartigen Gebilden und sein übermüdetes Gehirn gaukelte ihm Geräusche und Bewegungen in der Dämmerung vor, wo keine waren.

Er verlagerte sein Gewicht auf den anderen Fuß, während sein Blick den Hang hinabschweifte, über die Freifläche in der Talsenke hinweg, hinüber zur Staatsgrenze. In dieser Nacht war es in ihrem Postenbereich ruhig geblieben und wie zur Bestätigung funkelten am bleichen Nachthimmel vereinzelt Sterne.

»Ich geh jetzt«, sagte Pablow plötzlich neben ihm.

Jens glaubte sich verhört zu haben. »Wie bitte?«

»Ich geh jetzt«, wiederholte Pablow ruhig.

»Was heißt, du gehst jetzt? Wohin denn? Die Wachablösung ist doch erst in einer Stunde.«

Pablow sah ihn durchdringend an. »Es geht nicht um die Wachablösung.« Er nickte unmerklich mit dem Kopf in Richtung Grenze. »Ich will rüber.«

»Aber wieso jetzt?« Jens bemühte sich, seine Gedanken zu ordnen. »Jochen, du bist Resi! In nicht mal vierzig Tagen hast du die Fahne hinter dir.«

»Eben. Eine so günstige Gelegenheit, in den Westen abzuhauen, bekomme ich nie wieder, verstehst du?«

Jens war mit einem Schlag hellwach. »Du meinst das ernst!«

Pablow nickte. »Ich kenne Leute in Westberlin. Die haben ein Fitnesscenter und wollen mich sponsern. Ich könnte wie Schwarzenegger an richtigen Meisterschaften teilnehmen.«

Jens sah bei diesen Worten den Kraftraum vor sich, die vielen Stunden gemeinsamen Trainierens, das Fitnessmagazin aus dem Westen, die ölglänzenden Körper zerrannen vor seinen Augen …

»Los, komm doch einfach mit«, drängte Pablow ihn. »Hauen wir zusammen ab. So wie du beisammen bist, haben die sicher auch was für dich und wir könnten weiter zusammen trainieren. Stell dir das mal vor, du und ich …«

Jens spürte, wie ihm schwindelig wurde, als würde der Boden anfangen, sich unter ihm zu bewegen. Was sollte er tun? Das alles klang verlockend. Aber gleichzeitig wurde ihm klar, dass er mit diesem Schritt alle Brücken hinter sich abbrechen würde. Er sah vor sich das Gesicht von Anna Maria, die lächelnden vollen Lippen, die er so gern küsste, die immer ein wenig skeptisch blickenden Augen. Andere Gesichter folgten. Das der Mutter, wie immer mit besorgter Miene, das beherrschte des Vaters und das immer noch kindliche Antlitz des Bruders. Er fühlte, wie sich bei dem Gedanken, sie alle zurückzulassen, ein Eisenring um seine Brust schloss, der ihn zu lähmen schien.

»Nee, Jochen, ich kann das nicht. Tut mir leid. Ich bleibe hier.«

Pablow nickte und etwas in seinem Gesicht verriet Jens, das er mit dieser Antwort gerechnet hatte. Langsam zog er das Käppi vom Kopf und stopfte es in die Beintasche. Dann nahm er ohne Hast die Kalaschnikow von der Schulter und lehnte sie gegen einen Baumstamm. Stumm schaute Jens zu, wie er das Tragegestell löste und hinter sich ins Gras gleiten ließ. Das Koppel mit Magazintasche und Bajonett folgte.

Jochen Pablow nahm seine Hand und drückte sie fest. Ein letztes Mal trafen sich ihre Blicke.

»Gut, dann geh ich jetzt.« Er wollte sich bereits von ihm abwenden, als er noch einmal innehielt. »Wirst du mir in den Rücken schießen?«, fragte er über die Schulter zurück.

Jens spürte, wie ihm ein Kloß im Hals wuchs. Was für eine Frage! Plötzlich schossen ihm Tränen in die Augen.

»Nein, ich weiß, das wirst du nicht«, beantwortete Pablow die Frage selbst. Dann lief er los und rannte hastig den Abhang hinunter. Von den Wiesen stiegen feuchte Nebel auf und zogen in dichten Schwaden über die Freifläche.

Jens hob zum Abschied die Hand.

»Verdammt! Schießen Sie, Soldat!«, gellte hinter ihm eine sich überschlagende Stimme durch den Wald und schwere Schritte bahnten sich krachend ihren Weg durchs Unterholz. »Ich erteile Ihnen Feuerbefehl!« Die Stimme kam schnell näher. »Verdammt, schießen Sie endlich!«

Jens sah den Kompaniechef mit von Hass und Anstrengung verzerrtem Gesicht angehetzt kommen, dicht gefolgt von einer Rotte Soldaten. Im Laufen nestelte er an der Pistolentasche.

Jens drehte sich hastig um. Pablow hatte ein Drittel der Freifläche hinter sich gebracht und die ersten Ausläufer der Nebelbank umspielten seine Beine.

»Scheiße, ich hätte es wissen müssen«, brüllte der Major, der jetzt neben ihm zum Stehen kam. Hektisch zog er die Makarow aus dem Futteral und lud sie durch. Indessen bedrohten die Soldaten Jens mit den Läufen ihrer Maschinenpistolen.

Der Offizier zielte, dann feuerte er.

Das Echo des Schusses rollte das Tal hinunter.

Wie hypnotisiert starrte Jens auf den flüchtenden Freund. Es war für ihn nicht zu erkennen, ob Pablow getroffen worden war. Noch immer rannte er durch die Senke um sein Leben. Als der Offizier den zweiten Schuss abfeuern wollte, blockierte der Verschluss. Rasend vor Wut schmiss der Major die Pistole auf den Waldboden und riss Jens die Kalaschnikow aus den Händen. »Gib her, du Memme!«, schrie er und entsicherte dabei mit einer fließenden Bewegung die Maschinenpistole.

Pablow setzte noch immer in langen Sprüngen vorwärts, als die Kalaschnikow zu hämmern anfing. Glühend heiße Patronenhülsen flogen an Jens' Gesicht vorbei, doch er zuckte nicht zurück. Er sah nur den Freund, hinter dem die Projektile Erdfontänen in die Höhe rissen, die sich ihm rasend schnell näherten. Völlig unerwartet schlug Pablow einen Haken, änderte nur um wenige Grad die Fluchtrichtung und beschleunigte noch einmal, als hätte er sich für den entscheidenden Spurt die Kräfte aufgespart.

Fast hatte er die Nebelbank erreicht.

Die Waffe in der Hand des Kompaniechefs schwenkte herum und ratterte erneut los. Leuchtspurgeschosse durchschnitten die Luft wie glühende Nadeln und Jens musste mit ansehen, wie sie den Freund erreichten und unabwendbar in seinen Körper einschlugen. Jochen Pablow erstarrte mitten in der Bewegung, er riss die Arme hoch und stürzte dann kopfüber in die Wiese.

Fassungslos starrte Jens hinab in die Senke.

Pablow ist tot!

Diese Erkenntnis bewirkte, dass sich völlige Leere in ihm ausbreitete.

Die Maschinenpistole neben ihm verstummte und eine gespenstische Stille legte sich auf den neu angebrochenen Tag. Drüben auf der anderen Seite begann eine Amsel zu singen.

Jens sah, wie die Nebelschleier den toten Freund erreichten, wie sie über ihn hinwegstrichen und, als würden sie einem höheren Willen gehorchen, begannen, ihn gnädig wie in ein Leichentuch einzuhüllen.

»Na, geht doch!«, grunzte der Kompaniechef zufrieden und richtete sich auf. Es war diese selbstgefällige Bemerkung, die Jens zurück in die Gegenwart katapultierte. Plötzlich spürte er den heißen, verzehrenden Schmerz, der ihn zu zerreißen drohte. In seiner Kehle löste sich der Knoten und ein alles verachtender Schrei drang aus seinem tiefsten Inneren herauf, als er sich blindlings auf den Offizier stürzte. Jens rammte ihm die Faust in den Magen, gleichzeitig entriss er ihm das Gewehr. Dann schlug er wie rasend mit dem Kolben auf den Mann ein, einmal, zweimal, dreimal.

Völlig außer sich, bemerkte er nicht den dunklen Schatten, der von der Seite heranflog und ihn hart an der Schläfe traf. Flammender Schmerz blendete seine Augen, bevor er mit einem letzten Seufzer über die Kante in den schwarzen Abgrund der Ohnmacht kippte.

»Ausziehen!«, hallte die Stimme durch die geöffnete Klappe in der Mitte der Zellentür. »Alles runter!«

Jens fing an, seine Kleider abzulegen, aber er kam nur schleppend voran. Immer, wenn er nur leicht den Kopf bewegte, begann sich alles um ihn herum zu drehen und Übelkeit stieg in ihm auf. Außerdem hatte er das Gefühl, dass die linke Gesichtshälfte geschwollen war und mit dem Ohr etwas nicht stimmte. Es summte so eigenartig.

»Geht's ein bisschen schneller?«

Jens war bei der Unterwäsche angekommen und zögerte.

»Alles, habe ich gesagt«, dröhnte die Stimme wieder.

Dann war er nackt. Er spürte den eisigen Boden unter seinen Fußsohlen.

Ein Schlüssel drehte sich knackend im Schloss, die Tür flog auf. Ein mittelgroßer Mann in einer grauen Uniform kam herein. »Umdrehen«, schnauzte er Jens an. »Gesicht zur Wand.« Dann nahm er das Bündel mit den Sachen an sich und schloss die Tür wieder. »Umdrehen!«

Durch die Klappe wurde jetzt ein Ballen neuer Kleidung geschoben. Überrascht blickte Jens hinüber zur Öffnung. Er zog nach Desinfektionsmittel riechende, lange blassblaugraue Unterwäsche heraus. Dazu hatte man ihm die typischen Wollsocken und einen abgetragenen schwarzen Militärtrainingsanzug gelegt. Es waren fast die gleichen Kleidungsstücke, mit denen er bei seinem Eintritt in die NVA ausgestattet worden war. Nur händigten sie ihm keine Stiefel, sondern ein Paar alte Filzlatschen aus.

Dann führten sie ihn aus der Zelle.

»Gesicht zur Wand! Warten!«

Er starrte auf die graue Ölfarbe vor sich, die tief in den glatten Putz eingedrungen war und die jedwedes Licht, jeden Farbtupfer und auch jede lebensfrohe Regung gnadenlos zu absorbieren schien.

Irgendwann näherten sich Schritte und ein Wachmann kam heran und drückte ihm unsanft eine leere Wanne in die Hand. In diese wurden an der Wäscheausgabe ein Nachthemd, blauweiß karierte Bettwäsche und ein Laken geworfen, dazu ein Stück Kernseife und eine Tube Zahnpasta.

Dann schloss sich hinter ihm dumpf die Zellentür.

Erschöpft ließ er sich auf den Holzhocker sinken. In seinem Schädel tobte ein stechender Schmerz. Doch der konnte die Furcht nicht überdecken, die immer stärker an seiner Seele nagte. Verdammt, er saß in einem Gefängnis und er musste kein Prophet sein, um zu wissen, dass sein Angriff auf den Kompaniechef Konsequenzen haben würde.

Müde schloss er die Augen und massierte mit den Fingerspitzen die Stirn. Wie hatte es nur so weit kommen können?

Erneut sah er Pablow vor sich, niedergemäht von einer Maschinengewehrgarbe, und er hörte seine Stimme, die ihn leise fragte, ob er ihm in den Rücken schießen würde. Wieder. Und wieder und immer wieder.

Krachend rutschte der Hocker weg und er schlug gegen die Wand. Er hatte begonnen, seinen Oberkörper immer heftiger hin und her zu bewegen, bis der Schemel umstürzte. Jetzt, wo er auf dem eisigen Zellenboden lag, hielt er die Luft an, zwang sich, ruhig zu atmen und die Augen offen zu halten. Du musst dich irgendwie ablenken, sonst wirst du verrückt, ging es ihm durch den Kopf. Aber womit?

Mühsam erhob er sich.

Diese Zelle war ein einziges Loch. Auf engstem Raum gab es ein Klosett, ein Waschbecken mit ausschließlich kaltem Wasser, daneben ein einzelnes Brett als Ablage. Außerdem eine schmale Pritsche, die aber in diesem Moment an der Wand hochgestellt und angeschlossen war. Er nahm an, dass sie nur zum Schlafen heruntergeklappt wurde. Langsam drehte er sich auf dem Hacken um und sein Blick fiel jetzt auf ein Quadrat aus Glasbausteinen, das anstelle eines Fensters mattes Licht in den Raum ließ.

Wie im Flur, war auch hier überall um ihn herum schmierige graue Ölfarbe angebracht worden. Sie schien an diesem Ort allgegenwärtig zu sein.

Er horchte. Harte Schritte näherten sich der Tür. Im Spion erschien zuerst ein Auge, dann wurde aufgeschlossen. »Raustreten! Gesicht zur Wand!«

Kurz darauf fand sich Jens in einem Zimmer wieder, das nicht viel größer als seine Zelle war. Die spartanische, unpersönliche Einrichtung erinnerte ihn sofort an die Büros in der Kaserne, die er während des Revierdienstes regelmäßig hatte reinigen müssen.

Nur saß hier kein Grenzoffizier hinter dem Schreibtisch, sondern ein untersetzter Mann mit dunklem Haar in einem braunen Anzug, der ihn aufmerksam durch seine silbergefasste Brille beobachtete. Vor ihm stand eine Schreibmaschine, daneben lagen diverse Papiere.

Wortlos deutete er auf den einzigen freien Stuhl im Raum, dessen Stoffbezug abgewetzt war und wo sich nur mit Mühe blassorange Blütenblätter auf dem schmutzigweißen Untergrund erkennen ließen. Der Wachmann blieb hinter Jens an der Tür stehen.

»Sie haben dem Unterfeldwebel Jochen Pablow zur Republikflucht verholfen«, blaffte der Mann ihn ohne Vorrede an.

Jens versuchte, die durchdringenden Kopfschmerzen zu ignorieren und sich auf das Gespräch zu konzentrieren. »Nein, das habe ich nicht. Die Flucht ist gescheitert. Ich weiß nicht, ob Sie Kenntnis davon haben, aber Jochen Pablow ist tot. Er wurde erschossen.«

Der Mann reagierte ungehalten. »Dieser Umstand ist nur dem beherzten Eingreifen des Kommandeurs zu verdanken. Er hat die Tat vereitelt.«

Jens wurde übel.

»Sie wussten, dass Pablow an diesem Tag fliehen würde!«, fuhr der Mann fort.

Jens schüttelte den Kopf. »Nein. Ich wusste es nicht. Jochen hat mich erst unmittelbar davor am Grenzposten in sein Vorhaben eingeweiht.«

»Sie lügen.«

Jens spürte, wie ihm der Schweiß ausbrach. »Tu ich nicht«, entgegnete er.

»Wir wissen, dass Sie das schon länger ausgeheckt haben. Uns liegt ein Schreiben Ihres Kommandeurs vor, in dem er erklärt, dass Sie beinahe ihre komplette Freizeit gemeinsam verbracht haben.«

»Wir waren befreundet, haben zusammen trainiert.«

Der Mann schlug mit der Faust auf den Tisch. »Wollen Sie mich für dumm verkaufen? Ausgerechnet an dem Tag, an dem Pablow Republikflucht beging, stand er mit Ihnen zusammen auf Wache.« Der Mann hob einen Packen Papiere hoch und ließ ihn wieder auf die Tischplatte fallen. »Uns liegen die Aufstellungen aller bisherigen Wachaufzüge vor. Und soll ich Ihnen was sagen, niemals, ich betone, nicht ein einziges Mal, war das jemals zuvor der Fall.« Der Mann nagelte ihn mit seinem Blick fest. »Selbstverständlich kam Ihnen die Sache auch nicht merkwürdig vor, wenn plötzlich ein Gruppenführer, noch dazu aus einem anderen Zug und kurz vor der Entlassung, mit Ihnen zusammen auf Wache steht?«

Jens versuchte sich zu erinnern. »Er sagte mir, dass er als Ersatz für einen Soldaten einspringt, der kurzfristig erkrankt war.«

»Wie rührselig. Ich hingegen würde das ein bisschen zu viel Zufall nennen. Vielleicht hätten Sie anstelle Ihrer Muskeln mal lieber Ihre grauen Zellen trainieren sollen. Der Mann, den sie immer noch als Ihren Freund bezeichnen, hat Sie nämlich gewaltig verarscht und ordentlich in die Scheiße geritten.«

Der Beamte faltete die Hände vor seinem Bauch zusammen und lehnte sich zurück. »Sie haben einen Fahneneid zum Schutz der Deutschen Demokratischen Republik geleistet und bei der Ausübung Ihrer militärischen Pflicht versagt. Ich denke, Sie wissen, was Sie erwartet«, er machte eine bedeutungsschwangere Pause. »Ich will dem Gericht nicht vorgreifen, aber ich schätze, für Beihilfe zur Republikflucht, Befehlsverweigerung und den tätlichen Angriff auf einen militärischen Vorgesetzten ... fünf bis sechs Jahre, vielleicht auch mehr. Abführen!«

Alle halbe Stunde tauchte die Einhundert-Watt-Birne über der Tür die Zelle in ein grelles weißes Licht, während der Spion geöffnet wurde. Jens wusste, die ständigen Kontrollen sollten den Gefangenen den Schlaf rauben und ihn zermürben. Aber in dieser Nacht konnte er sowieso nicht schlafen. Seitdem er in die Zelle zurückgebracht worden war, kreisten seine Gedanken endlos um das Verhör. Dabei lauschte er auf die knallenden Schritte im Flur, die sich näherten und wieder entfernten. Aber er kam zu keinem Ergebnis.

Dafür glühte und pochte seine linke Gesichtshälfte jetzt umso schmerzhafter. Er erhob sich von der Pritsche, ging hinüber zum Waschbecken und kühlte die Wange mit Wasser. Dabei rann ihm ein Tropfen am Unterarm herunter. Verschwommen erinnerte er ihn an andere Tropfen am See, an ihr Lachen, das glucksend zu ihm drang.

Sie wartete auf ihn. Vor drei Tagen noch hatte er voll Vorfreude ihren Brief beantwortet. Ende September wollten sie sich in ihrem

Heimatdorf treffen. Er sollte ihre Familie kennenlernen. Alles war bereits organisiert. Er hatte sofort zugesagt.

Jens stöhnte auf, das Herz wollte ihm zerreißen.

Unvermittelt begann er zu weinen. Er senkte den Kopf, seine Schultern zuckten unregelmäßig. Alles aus, dachte er. Alles vorbei.

32

Feiner Nieselregen hüllte die Stadt seit Tagen in bleigraue Schleier, begleitet von einem böigen Ostwind, der über den Vorplatz fegte und an den buckligen Sträuchern zerrte, die in quadratischen Steinbottichen aufgereiht vor der Kaufhalle standen.

Aki hörte, wie ihre Zähne unablässig aufeinanderschlugen, obwohl sie sich bemühte, das heftige Zittern zu unterdrücken. Inzwischen war es Tage her, dass sie etwas gegessen hatte und sie konnte sich vor Schwäche kaum noch auf den Beinen halten. Sie kauerte durchnässt, ausgekühlt und erschöpft auf der Steinkante neben Kübel und lehnte ihren Kopf an seine Schulter. Wenn sie mühsam die Lider öffnete und zu den Neubaublocks hinüberschaute, erblickte sie matt leuchtende Fenster, die mal weg und dann wieder da waren und die sich vor ihren Augen in konturlose Lichtprismen auflösten.

Kübel stupste sie an.

Aki wischte die Feuchtigkeit fort, die ihr unablässig ins Gesicht rieselte. War was?

Kübel deutete zur Kaufhalle hinüber. »Kleene, jetzt haben sie drin grad die Lampen ausgemacht.«

Kurz darauf verließen mehrere Frauen durch eine Seitentür das Gebäude. Ein Schlüsselbund klapperte. Hastig spannten sie ihre Regenschirme auf. Dann verabschiedeten sie sich durch kurze Zurufe und jede lief für sich, tief geduckt unterm Schirm, eilig davon.

Kübel schob den Ärmel seiner Lederjacke zurück und schaute auf die Uhr am Handgelenk. Dann schniefte er geräuschvoll, zog dabei die Schultern hoch und rieb mit einer Handfläche kräftig über Akis Rücken, um sie dadurch etwas zu wärmen. »Gleich gibts was zu futtern. Nur noch paar Minütchen die Lage abchecken und dann ist alles klärchen, drehen wir das Ding.«

Aki fühlte sich wohl in Kübels Gegenwart, er war ein echter Freund. Sie rückte näher an ihn heran. Schweigend saßen sie nebeneinander und starrten auf die Kaufhalle.

Kübels Uhr unter dem Leder tickte die Sekunden weg.

Ringsum auf den Pfützen entsprangen Tropfenkreise, nervös und silbrig, manche trieben Luftblasen vor sich her.

Endlich entschied Kübel, dass der passende Zeitpunkt gekommen war. Er stand auf und zog den Riemen seines unförmigen Rucksacks fest. Sie liefen zum Seiteneingang hinüber und der Dietrich drehte sich leise klickend im Schloss. Lautlos schwang die Tür auf.

Kübel schob Aki hinein. »Du stehst Schmiere«, sagte er leise. »Wenn was ist, pfeifste. Ich beeile mich mit dem Einkauf.« Er grinste spöttisch, dann schwang er sich über die Absperrung und sein Schatten verschwand zwischen den Regalen.

Aki postierte sich so, dass sie durch die Fenster den Eingang und den Vorplatz einsehen konnte. Auf der Straße, die zu den Blocks führte, fuhren mehrere Autos entlang, aber keins von ihnen schwenkte auf den Parkplatz ein.

Akis Blick fiel auf eine Taube, die aufgeplustert zwischen den Fahrradständern kauerte. Unwillkürlich zog sie ihre Jacke, die jetzt klamm und nass war, vor der Brust zusammen. In der Kaufhalle war es unerwartet kalt und der Fliesenboden schien an vielen Stellen noch feucht.

Nervös sah sich Aki um.

Im Glasschrank des Tabakstandes, wo Zigaretten und Zigarren warteten, verkauft zu werden, begegnete sie dem eigenen Spiegelbild. Im ersten Moment erschrak sie, weil es ihr so fremd erschien. Sie ging dichter heran. Ihre Augen lagen in tiefen Höhlen und die Nase wirkte spitz in dem schmalen Dreieck, das ihr Gesicht bildete. Das Haar war glanzlos und ungekämmt. Notdürftig hatte sie es mit einem Gummi am Hinterkopf zurückgebunden.

Sie fuhr heftig zusammen, als es laut schepperte. Irgendwo zwischen den Regalen war etwas heruntergefallen. Aki schnellte herum und schaute angespannt zur Fensterfront hinüber. Doch sie konnte nichts entdecken, das sie beunruhigte. Nur das der Regen weniger zu werden schien, fiel ihr auf.

Wieder lauschte sie, konnte aber diesmal nur das Geräusch ihres eigenen unregelmäßigen Atems hören. Was trieb Kübel nur so lange?

Endlich löste sich seine vertraute Silhouette aus der Dunkelheit und kam rasch auf sie zu, den Rucksack, den er mit sich schleppte, hatte er prall gefüllt. »Ich habe alles. Los, lass uns verschwinden.« Er schulterte das Ding mit Schwung und drehte sich ruckartig zur Tür. Da gab es ein surrendes Geräusch, als würde eine Winde abgewickelt. Der poröse Stoff des Rucksacks riss der Länge nach von oben nach unten auf und alles, was Kübel in den Sack hineingestopft hatte, polterte und klirrte scheppernd auf den Steinboden der Kaufhalle. »So eine Scheiße!«, schrie er verzweifelt. Vor ihnen breitete sich ein Scherbenhaufen aus zersprungenen Bierflaschen, Spaghettigläsern mit Tomatensoße und Mischobst aus, dazwischen lagen Konservendosen des Sassnitzer Fischkombinats und welche mit Frühstücksfleisch. Alles vermischte sich zu einer matschigen Pampe und dünnflüssige Bierlachen breiteten sich in alle Richtungen unter die Regale aus.

Aki war starr vor Schreck und wagte nicht, sich zu bewegen. Kübel schimpfte knurrend vor sich hin, dann zeigte er auf die gelben Plastekörbe neben der Kasse. »Komm, wir schnappen uns jeder einen, voll machen und dann nichts wie weg!«

Aki warf Büchsen und Gläser in ihren Korb. Sie hatte die Sachen fast wahllos aus einem Regal in der Nähe genommen und dachte nur daran, den Korb schnell zu füllen. Kübel bog um die Ecke, er hatte nur Bierflaschen eingepackt und zog Aki jetzt am Arm, um mit langen Schritten den Laden zu verlassen.

Plötzlich drang flackerndes Blaulicht durch die Frontscheiben der Kaufhalle. Eine Sirene heulte.

Aki erschauderte und sprang gehetzt nach hinten. »Pass doch auf!«, zischte Kübel, als sie dabei kräftig an seinen Korb stieß. Dann drehte er den Kopf. »Scheiß Bullen, wo kommen die denn auf einmal her?«, knurrte er. »Hat uns wieder irgendeine Ameise verpetzt.«

Kübel setzte den Korb polternd ab und schob ihn Aki vor die Füße. »Du bleibst hier!« Er zeigte grimmig in Richtung Verkaufsraum. »Versteck dich dahinten, ich gehe raus und lenke die Greifer ab.«

Aki zitterte. Ihre Wangen brannten und auf ihrer Oberlippe bildete sich ein dünner Schweißfilm. Eine bleierne Schwere lähmte sie, doch sie zwang sich, über die Fluchtmöglichkeiten nachzudenken.

»Komm, wir verschwinden über die Lieferrampe«, sagte sie schließlich und sie merkte, wie schwer es ihr fiel, die Worte auszusprechen.

»Geht nicht. Die haben von innen eine Kette davor. So viel Zeit, das Schloss zu knacken, bleibt uns nicht.«

»Was willst du tun?«, fragte sie unsicher.

»Wirst schon sehen«, antwortete Kübel, ging hinüber zum Seiteneingang und stieß die Tür klappernd mit dem Fuß auf. Entgegen seiner Anweisung folgte Aki ihm. Sie konnte nicht anders. In seiner Gegenwart fühlte sie sich sicherer. Ein paar Schritte hinter Kübel blieb sie stehen und sah im Eck des Türrahmens, dass es endgültig aufgehört hatte zu regnen.

Der Punker bewegte sich jetzt achtsam vorwärts und trat in die Lichtstrahlen zweier Stabtaschenlampen, die sich auf seine Brust hefteten.

»Bürger, Sie sind wegen Verdachts auf Einbruchdiebstahl vorläufig festgenommen«, erklang eine harte Männerstimme aus dem Dunkel hinter der Taschenlampe. »Nehmen Sie die Hände hoch und drehen Sie sich langsam um.«

Kübel tat nichts dergleichen. Er blieb ganz ruhig stehen und rührte sich nicht.

Nur Aki sah, wie seine rechte Hand unter der Lederjacke am Hosenbund entlang glitt, bis sie …

Ihr blieb vor Schreck das Herz stehen. Wo zum Teufel hatte Kübel die Waffe her? Starr vor Entsetzen sah sie, wie sich seine Hand, zu allem bereit, um den Griff der Pistole schloss.

Dieser Arsch von Hülse, dachte Aki. Sie hatte zufällig mitbekommen, wie er und Kübel in Leipzig heimlich die Köpfe zusammengesteckt und über Sprühpistolen gesprochen hatten, mit denen man Reizgas verschießen konnte. Hülse hatte damit geprahlt, dass er einen Draht zu Punks im Westen hätte, die bei Auseinandersetzungen mit Bullen oder Faschos diese Pistolen einsetzten.

Sie hatte das alles für typische Angeberei unter Jungen gehalten. Ein Fehler, wie sich jetzt herausstellte. »Kübel, das ist Wahnsinn«, zischte Aki, um ihn zurückzuhalten, aber sie konnte sich nicht entschließen einzugreifen.

Kübel hörte sie nicht. Frech grinste er ins Licht. Heute fühlte er sich unbesiegbar. Aki dröhnte seine Stimme in den Ohren, als er die Polizisten verhöhnte. »Ich weiß nichts, ich kann nichts, bitte gebt mir eine Uniform.«

»Bürger, zum letzten Mal …«

»Zum letzten Mal«, äffte Kübel sie nach und zog die Waffe. Er zielte über die Lichtstrahlen hinweg auf die Köpfe der Polizisten und drückte ab. Mit lautem Zischen entlud sich ein Teil der Kartusche. Aki vernahm, wie die Männer vor Schmerzen aufschrien und eilte aus der Tür ins Freie. Vor ihr wälzten sich die zwei Polizisten auf den Platten.

»Verdammte Scheiße«, heulte Kübel neben ihr auf und hielt sich die Hand vors Gesicht. Sie bemerkte, dass er wohl die Windrichtung falsch eingeschätzt und auch er eine Portion des Tränengases in eines seiner Augen bekommen hatte. »Ich kotze gleich, das brennt wie Hölle«, maulte er.

Stöhnend kniff Kübel das Auge zusammen und Tränen liefen ihm über die Wange. »Scheiße, Aki, komm endlich, wir müssen abhauen.«

Als sie hinter ihm herhetzte, immer noch den Korb in der Hand, hoffte sie einen Moment lang, dass sie noch einmal davonkommen würden.

Aber sie täuschte sich.

Augenblicklich flogen zwei funkelnde Augen durch die Nacht förmlich auf sie zu. Sie öffnete den Mund, um Kübel zu warnen, doch da war der Schäferhund schon an ihr vorbei und packte aus vollem Lauf Kübels Arm, dessen Hand noch immer die Waffe umklammert hielt. Wie Dolche durchbohrten die Zähne des Tieres das Leder der Jacke und gruben sich rücksichtslos ins Fleisch.

Kübel schrie laut gellend auf. Sein ganzer Körper schien nur noch aus Schmerz zu bestehen. Er fühlte Tränen und Rotz im Gesicht und das Blut, das warm über seinen Unterarm rann. Er wollte sich wehren, hob verzweifelt die freie Hand zum Schlag und trat kräftig mit den Füßen in den schweren Stiefeln nach dem Hund. »Scheiß Köter«, fluchte er gepresst. »Feige Sau.«

Doch der Hund wich den Schlägen und Tritten geschickt aus, ohne den Biss ein einziges Mal zu lockern. Er blieb immer eine Armlänge auf Distanz.

Kübel, fast blind vom Gas und ohne ein Gefühl im Arm, ließ die Waffe schließlich auf den harten Boden fallen. Trotzdem riss der Hund weiter an ihm, zog und zerrte ihn knurrend vorwärts, bis Kübel der Länge nach hinstürzte und atemlos liegen blieb.

Ein Pfiff ertönte und der Hund ließ endlich von ihm ab.

Aki hörte, dass Kübel wie ein kleines Kind wimmerte. Ihre Kehle schnürte sich zusammen. Sie ließ den Korb fallen und stürzte zu ihm. Tröstend nahm sie seinen Kopf in ihre Hände und strich über seine Stirn. »Alles wird wieder gut«, flüsterte sie mit erstickter Stimme. Was hatten die Bullen und ihr Scheißköter ihm angetan? Sie fühlte das Blut, das ungezähmt hinter ihren Schläfen pochte.

Ein harter Griff packte sie am Kragen und riss sie hoch.

»Ihr verdammten Bullenschw…«, fuhr sie auf, doch ihr Wutschrei ging in einem Gurgeln unter. Ehe sie sich losreißen konnte, klickten Handschellen in ihrem Rücken.

33

Jens musste sich für eine Richtung entscheiden. Aber er wusste nicht, wo er war, und es fiel ihm schwer, einen klaren Gedanken zu fassen. Es hatte ihn vorhin ein wenig abgelenkt, mit dem Fahrer des Lastwagens zu reden, der zur Nachternte aufs Feld hinausfuhr und ihn an der Zuwegung abgesetzt hatte. Er hatte ihm versichert, dass der Pfad zum Dorf führte, in dem Anna Maria wohnte.

Aber jetzt war er wieder allein, stand regungslos in der Finsternis auf dem Streifen Feldweg zwischen den dunklen Wiesen, umgeben von einer Stille, die nur vom leisen Summen elektrischer Zäune unterbrochen wurde.

Er hielt sich die Ohren zu. Er konnte das Geräusch nicht ertragen. Es löste eine nackte, kalte Angst ihn ihm aus und Schweiß brach ihm aus den Poren. Er stolperte weiter über die harten trockenen Grasbüschel, an den Kopfweiden vorbei, auf der Suche nach einem Ort, wo er endlich dem Ton entfliehen und Ruhe finden würde. Wo er auf Hilfe hoffen konnte.

Das surrende Geräusch weckte Erinnerungen an einen sich stetig wiederholenden Rhythmus von hell und dunkel, dem er vor einigen Tagen noch hilflos ausgesetzt gewesen war.

Schmerzend stechende Helligkeit, wenn die Tischlampe während der endlos scheinenden Verhöre in sein Gesicht schien; autoritäre, Furcht erzeugende Dunkelheit später in der Zelle, wo er sich verzweifelt bemühte, gegen die aufsteigende Angst anzukämpfen, gegen die schwarze, unendliche Leere, die nach seinem Herzen griff.

Jens spürte, wie der harte Boden unter seinen Füßen anfing zu schwanken. Erschöpft blieb er stehen und schaute zum Nachthimmel hinauf. Für einen Augenblick war der blasse Mond hinter der dichten Wolkenbank zum Vorschein gekommen und er erkannte vor sich die fahlen Umrisse von Häusern. In einem der Gehöfte bellte ein Hund.

In der Zelle hatte er sich gefühlt, als hätte man ihn an Armen und Beinen in Ketten gelegt und über einen Abgrund gehängt. Das Eisen schnitt ihm unerbittlich ins Fleisch und schlussendlich konnte er an nichts anderes mehr denken als an dieses bodenlose Nichts, das sich unter ihm auftat und das ihn so oder so bald verschlingen würde.

Er rieb sich mit den flachen Händen übers feuchte Gesicht. Aber die Bilder hinter den Augen ließen sich nicht wegwischen.

Du musst zu ihrem Haus finden, zwang er sich an etwas anderes zu denken. Wie war noch die Adresse? Beinahe automatisch lief er weiter. Endlich erreichte er die Dorfstraße.

Jens ging an dunklen Geschäften und Häusern vorbei. Die meisten Leute schliefen bereits. Nur aus einem Fenster drang noch das blaue flackernde Licht eines Fernsehers.

Er verlangsamte seinen Schritt und bemühte sich, die Namensschilder auf den Briefkästen zu entziffern. Einen Moment lang glaubte er das Grunzen von Schweinen zu hören.

Gerade noch rechtzeitig fiel ihm ein, dass Anna Maria von einem Landkaufhaus erzählt hatte, welches die Oma betrieb, und dass die Familie direkt über dem Laden wohnte. Es musste also ein größeres Haus sein.

Er hob den Kopf, blickte die Dorfstraße hinunter, die jetzt einen leichten Knick vollzog und erkannte am Beginn der Kurve ein dreistufiges Portal und zwei Auslagenfenster, in denen sich silbern das Mondlicht spiegelte.

Das musste es sein.

Er lief zu dem Haus hinüber und stellte erfreut fest, dass der Familienname auf dem Metallschild neben dem offenen Hoftor stand.

Es war ein seltsames Gefühl. Er stand da und sein Herz schlug ihm bis zum Hals und er fürchtete, dass es jeder hören könnte, weil es so laut in der Dunkelheit zwischen den Häusern widerhallte.

Was, wenn Anna Maria nicht da war?

Er hielt den Atem an, zögerte zuerst, um schließlich doch das finstere Gehöft zu betreten. Jeder Muskel in seinem Körper war bis auf das Äußerste angespannt. Noch hatte er die Möglichkeit umzukehren. Aber das war für ihn unvorstellbar. Lieber tastete er sich Zentimeter um Zentimeter in der stockdunklen Einfahrt vorwärts, auch wenn es ihm vorkam, als wäre die Welt um ihn herum plötzlich unsichtbar geworden.

Endlich bemerkte er ein Fenster, aus dem ein schmaler Lichtschein unter Gardinen hindurchsickerte.

Jemand ist zu Hause, dachte er und spürte Erleichterung, die sich schnell in Besorgnis wandelte.

Er blieb stehen, atmete kaum. Langsam schälten sich die Umrisse einer Haustür aus der Hauswand heraus. Er machte einen großen Schritt darauf zu, hob die Hand … und klopfte.

Er wartete. Nichts geschah.

Er klopfte noch einmal. Diesmal stärker. Wieder blieb es ruhig im Haus.

Als er das dritte Mal die Hand hob, flammte eine Lampe über seinem Kopf auf. Er sah, wie sich hinter der Glasscheibe ein Schatten näherte. Die Haustür wurde einen Spalt breit geöffnet. Sein Herz setzte für einen Moment aus.

Dann vernahm er ihre schlaftrunkene Stimme: »Jens?« Und dann etwas ängstlicher: »Jens, bist du das?«

Er stellte sich so, dass sie ihn besser sehen konnte. »Ja, Anna Maria, ich bin es, Jens.«

Er hörte, wie sie die Kette entfernte, dann schwang die Tür weiter auf. In einem weißen T-Shirt, den langen geflochtenen Zopf über der Schulter, stand sie vor ihm.

Selbst in dem dürftigen Lichtschein nahm sie deutlich die Veränderung an ihm wahr, die Spuren in seinem Gesicht, den wie von einer mächtigen Last gebeugten Körper, den schweren Tritt. »Was machst du hier?«, fragte sie leise.

Jens versuchte zu antworten. Doch die Kehle war ihm wie zugeschnürt und er brachte kein Wort über die Lippen.

»Komm erstmal rein.« Sie machte einen kleinen Schritt zurück.

Er blieb im Flur stehen und wartete, bis sie die Tür geschlossen hatte. »Und deine Familie?«

»Die sind alle zum Konzert im Gewandhaus in Leipzig. Ich musste lernen. Sie kommen spät zurück.«

»Verstehe.«

»Du kannst deine Tasche hier abstellen. Lass uns in die Küche gehen. Ich mach uns einen Tee.«

Er nickte betreten. Dann folgte er ihr.

Sie schaltete das Küchenlicht ein, füllte den Metallbecher mit Wasser und schloss den Tauchsieder an. Anschließend holte sie zwei Tassen aus dem Schrank und hängte jeweils einen Teebeutel hinein. Als sie damit fertig war, wandte sie sich ihm zu. »Ich dachte, du würdest erst nächste Woche kommen?«

Jens stützte sich am Türrahmen ab. »Ich bin hier, weil … ähm … ich dir was sagen muss.« Er atmete tief durch.

Eine kurze Pause entstand.

Das Wasser wallte empor und Anna Maria zog den Tauchsieder heraus. Wortlos goss sie den Inhalt auf, stellte dann den Behälter zur Seite, nahm die beiden Tassen und ging zum Küchentisch. »Okay.« Anna Maria umfasste unsicher einen der Stühle. Sie sah ihm erneut die unerträgliche Last an, die er voller Scham trug und den Schmerz, der die Augen überschattete.

»Was musst du mir sagen?«, fragte sie leise.

»Es ist etwas Schlimmes passiert«, begann Jens und erzählte ihr in knappen Worten, während er in der Küche auf und ab lief, von dem Vorfall an der Grenze, vom Tod seines Freundes und seinem Aufenthalt in der Zelle. Er ließ nichts aus. Am Ende stellte er sich Anna Maria gegenüber. Ihre Gesichtszüge verrieten ihm nicht, was sie dachte. »Und dann holten sie mich wieder aus der Zelle, keine Ahnung, das wievielte Mal es war. Irgendwie wussten die, dass es so weit war, dass ich keine weitere Nacht mehr ertragen würde.« Er fuhr mit dem Zeigefinger an der harten Tischkante entlang, um das Zittern seiner Hand zu unterdrücken. »Ein Hauptmann der Staatssicherheit unterbreitete mir das Angebot. Wenn Sie unterschreiben, dass Sie zukünftig für uns arbeiten, sagte er, spazieren Sie noch heute aus dieser Zelle hinaus und ihre Akte ist vorläufig sauber.« Jens schüttelte bei der Erinnerung daran heftig den Kopf. »Er schob mir das Dokument über den Tisch, so mit drei Fingern … und ich … ich habe das unterschrieben.«

Sie standen schweigend eine Zeit lang da und lauschten der Schwere seiner Worte nach, umgeben von einer tiefen Stille, lautloser als jede gewöhnliche Ruhe.

Schließlich beugte sich Anna Maria vor und legte ihre Hand auf seinen Arm.

Langsam hob er den Kopf. In den Augen schimmerten Tränen. »Was hätte ich tun sollen? Ich frage mich das schon die ganze Zeit.«

Anna Maria drückte seinen Arm fester. Schnell war ihr klar geworden, dass sich die Frage nicht auf eine einfache Antwort reduzieren ließ. Außerdem, wie sollte sie objektiv über seine Entscheidung urteilen, wenn sie nicht in der gleichen Situation war wie er?

Aus ihrer Sicht betrachtet hatte Jens einen unsinnigen Befehl missachtet, er hatte sich nichts zuschulden kommen lassen, war gegenüber seinem Freund loyal und integer geblieben. Aber sie lebten nun mal in einer Diktatur und die hatte ihre eigenen unerbittlichen Regeln aufgestellt.

Jens wusste nicht, wie er ihr Schweigen deuten sollte. »Wenn du genau hinsiehst«, sagte er und strich mit den Fingerkuppen über die Stirn, »kannst du hier irgendwo das Kainsmal erkennen.«

Anna Maria ergriff seine Hand und zog sie von der Stirn weg. »Da ist kein Kainsmal, da wird auch nie eins sein. Du hast Abel nicht erschlagen, Jens. Im Gegenteil, du wolltest ihn retten.«

Anna Maria sah, wie ihm die Tränen über die Wangen liefen, als sie sein Gesicht in ihre Hände nahm und ihn küsste.

Er erwiderte zuerst den Kuss, löste sich dann aber langsam von ihr und schob sie dabei sanft von sich weg, um sie anzusehen. Er streichelte über ihren Haaransatz und flüsterte leise. Seine Stimme war rau. »Ich liebe dich.«

So verharrten sie einen Moment und sie sah, wie seine Augen dunkler, die Pupillen größer wurden vor Begehren. Das Blut pochte laut in seinen Schläfen. Dann fanden sich ihre Lippen erneut und sie seufzte leicht, als er ihre Brüste berührte, deren Spitzen sich unter dem Stoff des Shirts abhoben. Sie presste sich an ihn und rieb ihr Gesicht an seiner feuchten Wange. Es verlangte sie in diesem Moment so stark nach ihm, dass sie alles andere verdrängte. Sie fasste in sein Haar und atmete den Duft ein. Sie zog sein Hemd aus der Hose und ihre Finger glitten über seinen warmen Rücken. Er hob sie auf den Tisch und sie spreizte leicht die Schenkel. Er presste sich an sie und umfasste ihr Becken mit beiden Händen, das Kinn in die Mulde ihres Schlüsselbeins vergraben. Sie legte ihre Arme um seinen Hals. Pulsierende Wärme durchströmte ihre Körper und sie verharrten eine Weile. Die leisen Schläge der Kirchturmuhr füllten die Stille.

»Sollen wir in dein Zimmer gehen?«, flüsterte Jens ihr heiser ins Ohr.

Sie schüttelte leicht den Kopf und öffnete seine Jeans. Er beugte sich in die Hocke und strich mit der Wange über ihren Bauch, küsste ihren Nabel und strich sanft mit dem Daumen an dem glatten Stoff ihrer Shorts entlang. Sie griff in sein Haar und zog ihn zu sich hoch, um ihn zu küssen. Seine Haut roch würzig nach dem gemähten Weizen auf den nächtlichen Feldern. Gleichzeitig dachte sie an die undurchdringliche Finsternis dort draußen.

Kraftvoll umfasste er ihre Schenkel. Er drang tief in sie ein und es war, als öffnete sich etwas Unbekanntes, tief Verborgenes in ihr. Eine hilflose Blöße, der sie ausgeliefert war, die sie erschreckte und zugleich faszinierte.

Beide waren wie gefangen in dieser Strömung, die sie aus dem Zimmer trug, von Lust trunken, fernab jedweder Realität. Als er sich in sie ergoss, lauschten sie einen Moment dem Rauschen in sich nach. Dann zog er sich behutsam aus ihr zurück und es war, als würden sie langsam vom Grund des Meeres nach oben treiben.

Jens trug sie auf seinen Armen zu dem Bett in ihrem Zimmer. Die Nachttischlampe war noch an, daneben lag ein aufgeschlagenes Buch. Beide ließen sich nebeneinander auf den dicken Polstern und der aufgeschlagenen Decke nieder. Erschöpft hielt er sie im Arm.

Am Gehöft knatterte ein Moped vorbei.

Anna Maria sagte schließlich nachdenklich. »Ich habe einen Onkel, der ist Pfarrer und hat Kontakte zur Nikolaikirche in Leipzig. Dort gibt es eine Menschenrechtskommission.« Sie setzte sich auf und stützte sich rücklings auf die Ellenbogen. »Weißt du, die kümmern sich um den Verbleib von Inhaftierten, politischen Häftlingen und prangern Missstände im System an. Ich könnte mir vorstellen, die interessiert dein Fall. Die geben sogar eigene Schriften heraus.«

Jens horchte auf.

»Ich glaube, die haben sogar Verbindungen zu Journalisten im Westen. Vom Stern und so …« Anna Maria redete unbeirrt weiter. »Vielleicht können die denen deine Aussage zuspielen, über einen Kurier oder so, und die veröffentlichen das dann. Das wäre doch klasse, dann kennt jeder die genauen Hintergründe und die Stasi muss dich laufen lassen. Wie findest du das?«

Jens lächelte verhalten. »Das wäre toll.«

»Siehst du! Es gibt immer eine Lösung. Die sind nicht allmächtig.« Sie gab ihm einen Kuss und unterdrückte ein Gähnen. »Lass uns jetzt noch ein paar Stunden schlafen. Morgen früh gehen wir gleich zu meinem Onkel. Abgemacht!« Sie löschte das Licht und kuschelte sich an Jens.

Er schaute zur Decke und dachte über das nach, was sie gesagt hatte.

Er wartete, bis sie eingeschlafen war. Dann erhob er sich leise, sammelte seine Sachen ein und schlich in die Küche. Kreidebleich stürzte er den kalten Tee, der immer noch auf dem Tisch stand, hinunter, bevor er sich mit fahrigen Bewegungen anzog. Ihm war hundeelend zumute. Niemals würde die Stasi eine solche Erpressung akzeptieren. Schon gar nicht, wenn dabei Medien aus dem Westen involviert waren. Im Gegenteil, das Ministerium würde mit aller ihm zur Verfügung stehenden Gewalt brutal zurückschlagen. Die Anklage gegen ihn wäre Hochverrat und konnte ihn das Leben kosten. Außerdem würde er mit dieser Aktion nicht nur sich, sondern auch Anna Maria und alle anderen Familienmitglieder aufs Äußerste gefährden. Die Stasi war schließlich für die unnachgiebige Ausübung der Sippenhaftung bekannt. Jens schluckte. Ihm wurde bewusst, dass er sie nur schützen konnte, wenn es keine nachweisbare Verbindung zwischen ihnen gab. Das wurde ihm erst jetzt in diesem Augenblick klar. Sie stand unerreichbar auf der einen Seite, er auf der anderen. Wenn er die Hände nach ihr ausstreckte oder wenn er sich gegen alle Vernunft weiter mit ihr traf, würde er sie mit in den Abgrund reißen.

Er musste fort. Vielleicht beobachteten sie ihn schon.

Er trat in den Türrahmen. Ein schmaler Streifen Licht fiel auf Anna Marias Bett. Sie schlief und Jens betrachtete sie. Er prägte sich jede Linie in ihrem Gesicht ein, den goldenen Glanz ihres Haares, ihre schmalen Hände, die sie im Schlaf zu Fäusten geballte hatte.

Er würde sie nie wiedersehen.

1989

34

»Was?« Siv benötigte einen Augenblick, um sich zurechtzufinden. Sie konnte immer noch spüren, wie die Musik in ihr wogte. Als hätte sie sich im Tonstudio nebenan in jemand anderen verwandelt, als wären sie und das Saxophon zu einem einzigen Wesen verschmolzen. Sie betrachtete ihre Finger, dann die zerkratzte Tischplatte vor sich, als wäre auch sie etwas absolut Fremdes.

»Du warst spitze!«, sagte Holger begeistert, beugte sich runter und küsste sie fest auf die Lippen, dann reichte er ihr eine Flasche Selterswasser. »Das muss ich dir wirklich sagen. Die intensiven Übungsstunden haben sich gelohnt. Entschuldige, wenn ich so unnachgiebig war.«

Siv lächelte verlegen. »Schon gut, am Ende zählt das Ergebnis.«

»Genau!« Holger nickte kräftig mit dem Kopf. »Ich habe vorhin mit dem Tonmeister gesprochen.« Er wies mit dem Daumen auf den Mann, der im karierten Hemd mit dem Rücken zu ihnen vor einem massiven Mischpult in der Mitte des schmucklosen Raumes saß. »Deine Soli waren hervorragend. Gratulation! Damit sind jetzt alle Stücke eingespielt. Er sagte mir, dass er die Qualität der Aufnahmen als überragend einschätzt.«

Siv hörte die Zufriedenheit in Holgers Stimme. Er ist sich seiner Sache immer so sicher, dachte sie. Immer voller Energie und Zuversicht.

Holger strich sich gedankenversunken übers Kinn. »Als Nächstes mischen wir die Arrangements ab und dann steht unserer ersten Schallplatte nichts mehr im Weg.«

Andreas, ihr Pianist, trat mit einer Thermoskanne und zwei Tassen an den Tisch heran. »Holger, du sollst mal kommen, da will dich einer sprechen«, sagte er. »Ich habe ihm gesagt, er soll mit reinkommen, aber er meinte, er wartet lieber vor dem Studio auf dich.«

»Weißt du, was der will?«

»Keine Ahnung.« Andreas zuckte mit den Achseln.

»Okay, alles klar. Dann geh ich mal.« Holger beugte sich vor, als wollte er Siv noch einmal küssen, doch dann überlegte er es sich anders und legte ihr nur kurz die Hand auf die

Schulter. Fast so, als hätte er Bedenken, dass durch etwas so Intimes wie einen weiteren Kuss in der Öffentlichkeit seine Autorität von den anderen in Zweifel gezogen werden könnte. Er wandte sich ab und lief mit raumgreifenden Schritten zum Ausgang.

»Kaffee?«, fragte Andreas und schraubte den Verschluss der Thermoskanne ab.

Siv lehnte sich im Stuhl zurück und streckte die Arme weit von sich. Noch immer hatte sie das Gefühl, als wäre sie gerade erst erwacht, als wäre das, was sie soeben erlebt hatte, nur die vage, bereits verblassende Erinnerung an einen vergangenen Traum. »Gerne«, antwortete sie versonnen.

»Wie fühlst du dich?«, fragte Andreas.

Siv verzog das Gesicht. »Ich könnte jetzt etwas Lächerliches zu dir sagen, zum Beispiel, dass ich den Eindruck habe zu schweben. Oder dass mein Herz immer noch vor Aufregung rast, weil ich in der Tonkabine echt Schiss davor hatte, alles zu versauen.« Siv schnappte nach Luft. »Aber das Irreste ist, das ich noch immer nicht kapiere, dass wir zusammen eine richtige Platte aufgenommen haben und unsere Musik bald überall gespielt wird.«

Andreas setzte die Tasse ab und lachte. »Na ja, vielleicht nicht überall. Also bei DT 64 auf keinen Fall. Aber ansonsten kann ich mir gut vorstellen, dass es wohl einige Leute geben wird, die uns hören wollen. Übrigens, du warst richtig, richtig gut. Ich habe dir vorhin zugesehen. Wenn du spielst …«

Mit einem Mal erschien Holger in Begleitung eines förmlich gekleideten Mannes im Plattenstudio und hob beschwichtigend beide Arme. »Leute, seid mal alle ruhig. Ich möchte euch jemanden vorstellen, der uns gleich etwas sehr, sehr Wichtiges mitzuteilen hat. Der

Herr hier neben mir heißt Werner Pötsch und kommt vom Ministerium für Kultur.« Holger trat einen Schritt zur Seite.

»Zuerst einmal möchte ich Ihnen allen sozialistische Grüße vom Minister persönlich überbringen. Wir verfolgen schon seit einiger Zeit die sehr erfreuliche Entwicklung der Holger -Lennart-Band im Bereich des Jazz. Vor allem die exzellenten Kompositionen haben sich inzwischen nicht nur im sozialistischen Wirtschaftslager herumgesprochen. Also, kurzum, das Ministerium schickt mich zu Ihnen, um Ihnen mitzuteilen, dass folgende Engagements für Sie ausgehandelt wurden.« Umständlich zog der Mann einen Zettel aus der Innentasche seiner Jacke und faltete ihn auseinander, bevor er die einzelnen Spielorte verlas.

Die großen Überraschungen waren eine Einladung zur Fernsehshow »Ein Kessel Buntes« im Mai und ein Gastspiel in der kleinen Revue im Friedrichstadtpalast Berlin im November 1989.

Siv sah verstohlen zu Holger hinüber. Sein Gesicht hatte etwas entrückt Erwartungsvolles an sich, so als wäre eine Fee erschienen, um ihm zu verkünden, dass alle seine Wünsche von nun ab in Erfüllung gingen.

»Weiterhin liegt die Anfrage eines Jazzbüros aus Hamburg bei der Konzert- und Gastspieldirektion der DDR vor. Sie planen für die Holger-Lennart-Band eine BRD-Clubtour zusammenzustellen.«

Der Mann machte eine Pause, faltete den Zettel zusammen und schaute über den Rand der Brille in die Runde, um die Reaktion auf seine nächsten Worte abzuschätzen.

Siv hörte, wie Andreas neben ihr tief durchatmete.

Im Schaltschrank hinter dem Mischpult klickten die Relais.

»Ich kann Ihnen die erfreuliche Mitteilung machen, dass unser Kulturministerium nach Konsultation mit dem MfS zu der Erkenntnis gelangt ist, dass wir dieser Anfrage stattgeben werden. Ein genauer Termin steht noch nicht fest, wird Ihnen aber alsbald bekanntgegeben.«

Kurz machte sich Unruhe breit.

»Wir gehen davon aus«, fuhr der Mann fort, »dass Sie unser Land bei Ihren Auftritten im nichtsozialistischen Ausland würdig vertreten werden. Was die Formalitäten angeht, so werden diese in direkter Absprache mit dem Leiter der Kapelle, Holger Lennart, erledigt.« Sein Gesicht entspannte sich zusehends. »Also dann, meine Damen und Herren, wir wünschen weiterhin viel Erfolg und«, sein Blick blieb an Siv haften, »lassen Sie sich schon mal ein paar schöne Passbilder für Ihre Reisepässe anfertigen.«

35

Aki träumte. Unerwartet hatte sich unter ihr die Erde aufgetan und sie gnadenlos verschluckt. Sie war durch alle Erdschichten gefallen, bis sie vor dem Eingang der Hölle gelandet war. Den Zugang versperrte ein stählernes Tor, an das sich meterhohe graue, glatt verputzte Mauern anschlossen, deren Kronen von Stacheldraht umwölkt waren.

Zuerst war sie erleichtert, weil das Portal verschlossen war. Doch dann öffnete sich plötzlich das Tor und sie sah sich panisch nach einem Versteck um. Aber es gab auf der kargen Ebene nichts, hinter dem sie hätte Zuflucht nehmen können. Nacheinander traten die Diener des Teufels heraus, hässliche und ekelhaft nach Schwefel stinkende Gestalten, die sie packten und in die Hölle zerrten. Aki sah, dass innen an den Mauern riesige Höllenhunde patrouillierten, die geifernd nach ihr schnappten. Sie musste mit ansehen, wie sich hinter ihr das Tor wieder schloss. Die Handlanger des Teufels schrien sie an, schoren ihr gnadenlos die Haare, nahmen ihr die Kleidung weg und zwangen sie, sich mit einem ätzenden Zeug zu desinfizieren. Dann warf man ihr einen blauen Hausanzug vor die Füße und ließ sie stundenlang im Hof stillstehen. Als sie einen der Diener bat, auf Toilette gehen zu dürfen, schlug der ihr mit der Faust ins Gesicht und steckte sie anschließend in eine Zelle, wo sie drei Tage saß, um die Hausordnung des Teufels auswendig zu lernen. Doch als sie sich in der Zelle umsah, bemerkte sie zu ihrer Freude ein Fenster über sich, das nicht vergittert war. Im Gegenteil, es besaß sogar einen Fensterknauf. Geschwind nahm sie den Hocker, stellte ihn an die Wand und kletterte hinauf. Sie streckte bereits ihren Arm aus, um das Fenster zu öffnen …

»Aufstehen! Nachtruhe beenden!«, drang es in ihren Traum, gefolgt von einem penetrant scheppernden Geräusch, das entstand, wenn jemand immer wieder Metall gegen Metall schlug. »Fertigmachen zum Frühsport!«

Aki fuhr sich mit der flachen Hand über die Haare. Raspelkurz. Also kein Traum.

Sie sprang aus dem Bett, zog das Nachthemd aus, schlüpfte in die Unterwäsche und streifte die Sportkleidung über. Trägerhemd und kurze Hose.

Ein schneller Blick zum Fenster hinauf, das jemand schon sperrangelweit geöffnet hatte. Rostige Gitterstäbe, dahinter nasskalter Schneeregen. Das wird wieder eisig werden, dachte sie bitter und biss unmerklich die Zähne zusammen.

»Bewegung! Bewegung!« Der Erzieher drohte ihnen mit dem Schlüsselbund in seiner Hand. »Ein bisschen zügiger das Ganze!«

In der Arbeitshalle, die sie jeden Nachmittag aufsuchten, war es wenigstens warm. Jeder von ihnen hatte an der Materialausgabe die Menge bekommen, die dem Arbeitspensum entsprach, das es heute zu schaffen galt.

Stumm machten sie sich an die Arbeit.

Aki nahm eine der Feilen aus dem Holzkasten und begann, die Metallgrate vom Blech zu schaben. Es roch nach Eisen und Maschinenöl, denn gleich nebenan versah Hanna das Blech an zwei Stellen mit Bohrlöchern, bevor es in der Stanze von einem dritten Mädchen passgenau gebogen wurde.

Aki wusste, dass eine bestimmte Stückzahlnorm pro Tag erwartet wurde. Wenn man die nicht erfüllte, wurde das unerbittlich von den Erziehern bestraft. Das System sah vor, dass sie in bestimmten Lohngruppen für ihre Arbeit bezahlt wurden. Aber nicht mit Geld, sondern mit Essen.

Wer die Norm schaffte oder sogar übererfüllte, konnte mit Lob und Lohngruppe vier rechnen, dass hieß, er konnte sich satt essen. Bei Lohngruppe drei gab es nur Suppe und bei zwei nur Tee den ganzen Tag. Null und eins hieß hungern, dazu massenhaft Sport zur Charakterstärkung und die endlosen Flure schrubben. Keiner wollte das, aber es hing nicht nur von einem alleine ab. Das System sah weiter vor, dass die Gruppe nur so stark war, wie das schwächste Mitglied. Verstieß einer gegen Disziplin oder Norm, litt die gesamte Gruppe unter den Konsequenzen wie Essensentzug oder Kürzung der Ration.

Bisher hatte ich Glück, niemals die Schuldige zu sein, dachte Aki und schob das Blech zu Hanna weiter. Denn nach Beginn der Nachtruhe wurden die Türen zum Schlafsaal von außen durch die Erzieher verriegelt, und denen war es nur recht, wenn die Gruppe eigene Erziehungsmaßnahmen ergriff, um die vermeintlichen Querulanten zu disziplinieren.

Ein Knirschen riss Aki aus ihren finsteren Gedanken und sie erkannte, wie Hanna kreidebleich wurde. Mit zitternder Hand schaltete sie die Maschine ab. Allmählich wurde das Motorengeräusch leiser.

Sogleich gingen alle Köpfe herum.

Aki sah, dass aus dem Bohrfutter nur noch eine Hälfte des Bohrers herausragte. Deutlich war die helle Bruchstelle zu erkennen. Die andere Hälfte steckte verkeilt in einem der Bohrlöcher. Wahrscheinlich hat Hanna das Blech zu früh weggezogen, dachte Aki, oder der Bohrer war einfach nur altersschwach. Wahrscheinlich beides.

Eine Erzieherin kam auf sie zugestürzt. »Das ist Sabotage!«, schrie sie und gab Hanna eine schallende Ohrfeige. »Die Norm wurde nicht erfüllt. Alle Lohngruppe null und jetzt raus auf den Hof. Wir werden euch euren klassenfeindlichen Standpunkt schon austreiben.«

»Liegestütze! Hocke! Hockstrecksprung!«

Aki hatte aufgehört mitzuzählen, wie viele »Dreier« sie schon absolviert hatte. Jeder Muskel, jede Sehne rebellierte in ihrem Körper. Die Lungen verlangten vehement nach Sauerstoff und Schweiß rann ihr in die Augen. Die Arbeitskleidung klebte ihr am Leib, klamm von Matsch und Feuchtigkeit.

»Liegestütze! Hocke! Hockstrecksprung!«, brüllte der Erzieher unerbittlich und stemmte die Fäuste in die Seite. »Los, machen Sie weiter!«, schrie er und ging auf Hanna zu, die taumelnd im Kreis lief, dann hinstürzte und sich erbrach.

Der Erzieher zog einen Totschläger hervor, eine antennenartige ausziehbare Schlagwaffe, an deren Ende sich eine mit Plastik überzogene Metallkugel befand, und begann, auf Arme und Beine des Mädchens einzudreschen.

»Das haben wir gerne«, keuchte er, »erst die Errungenschaften des Sozialismus sabotieren und dann auch noch schwächeln.«

Aki spürte, wie sich ihr der Magen umdrehte. Plötzlich sah sie Kübel dort im Schlamm liegen, hörte ihn schreien und um Gnade flehen.

Aki biss sich die Unterlippe blutig. Eigentlich hatte sie sich geschworen, den Teufel nicht herauszufordern. Nicht hier an dem Ort, wo er zu Hause war und ohne Konsequenzen über Leben und Tod entscheiden konnte.

Trotzdem konnte sie nicht tatenlos zusehen. Entschlossen hob sie den Kopf und schwankte auf den Erzieher zu. »Hören Sie damit auf«, sagte sie und versuchte, den Rest Kraft, den sie noch besaß, in ihre Stimme zu legen. »Sie ist immer noch ein Mensch.«

Der Erzieher hob überrascht den Kopf und glotzte Aki stumm an, der Totschläger verharrte in der Luft.

Hanna kroch wimmernd auf allen vieren zur Seite.

Aki sah, wie weitere Erzieher herbeieilten, und spürte, wie ihr die Knie zu zittern begannen.

Dann verzog der Mann das bullige Gesicht und schwenkte drohend den Totschläger in ihre Richtung. »Mensch!« Er spuckte das Wort vor ihr in den Schlamm. »Warte, bis ich mit dir fertig bin!«

36

Der süßlich-pudrige Geruch wies ihm den Weg. Nach dem strahlenden Tageslicht benötigten Ivos Augen einen Moment, um sich an die schummrige Beleuchtung in der Requisite zu gewöhnen. Vor ihm an der rückwärtigen Wand waren drei Theaterspiegel angebracht, die links und rechts jeweils mit kleinen runden Lampen ausgestattet waren. Davor lagen auf den breiten Ablagen Haarteile, Tiegel mit Makeup und buntschillernden Lidschatten sowie eine weiß-blaue Dose Florena-Creme.

Eine Reihe selbstgefertigter Miederwaren, die alle bereits vorbestellt waren, hatte Carola an der Wäscheleine seitlich der Spiegel aufgehängt, verdeckt von einem Vorhang.

Die phantasievollen Uniformen der letzten Operettenaufführung der »Csárdásfürstin« dagegen hingen gleich neben dem Eingang und ihre Knöpfe und goldenen Tressen funkelten.

Am Ende des Kleiderständers sah er das mit grünen Pailletten bestickte Kleid der Hauptdarstellerin, welches Carola tagelang zu Hause versucht hatte mit Stoffstreifen an den Seiten unauffällig weiterzumachen, weil die Sängerin über den Winter einige Kilo zugenommen hatte. Ivo fand, dass die Frau inzwischen sowieso zu alt für die Rolle der Sylva war, und wäre er der Regisseur gewesen, hätte er die talentierte Zweitbesetzung genommen.

Mit einer Haarbürste in der Hand, die sie kräftig durch die langen Strähnen einer roten Perücke zog, trat Carola aus dem Gang zwischen den Kleiderständern heraus und lehnte sich mit dem Hintern an einen der Schminktische. Als sie Ivo bemerkte, schaute sie mit einem spöttischen Lächeln auf.

»Na, auch schon ausgeschlafen?«

Ivo ging auf die spitze Bemerkung nicht ein, sondern zeigte mit dem Daumen hinter sich zur Tür. »Sag mal, was ist denn bei euch los. Das halbe Ensemble sitzt in der Kantine rum und das am hellichten Tag?«

»Hallo, mein Schöner.« Sie küsste ihn kurz zur Begrüßung auf den Mund und sprach dann weiter: »Ja, denk dir, die Probe ist ausgefallen.

Der Regisseur des Stückes und beide Hauptdarsteller sind heute nicht aufgetaucht. Es heißt, sie sind aus ihrem Ungarnurlaub nicht zurückgekommen. Nun berät der Rest mit dem Intendanten, wie es weitergehen soll. Der komplette Spielplan muss geändert werden.«

»Ach, dann kannst du jetzt gar nicht weg?«, fragte Ivo mit unverhohlener Enttäuschung in der Stimme.

Carola setzte die Perücke auf einen Kopf aus Styropor und legte die Bürste daneben auf die Ablage. »Wieso? Ich erfahre das noch früh genug.« Sie drehte sich zum Spiegel und warf einen prüfenden Blick hinein. »Was hast du denn vor? Wohin willst du mich entführen?«

Das blaue Kleid mit den weißen Punkten im Stil der fünziger Jahre betonte ihre schlanke Taille und brachte die Rundungen an den richtigen Stellen zur Geltung. Ihr Haar hatte sie etwas länger wachsen lassen und heute zu einem kleinen Dutt am Hinterkopf festgesteckt, der mit einem blauen Band umwickelt war.

»Ich dachte, wir gehen Tauben füttern im Park.«

Carolas Augen wurden groß. »Häh, spinnst du, wir sind doch keine siebzig!«

»Quatsch, ich lade dich auf ein Eis ein. Hast du Lust?«

Ivos Gesicht erschien nun neben ihrem im Spiegel und Carola dachte nicht zum ersten Mal, dass sie beide unzweifelhaft ein Paar abgaben, das sämtliche Blicke auf sich zog.

»Sag mal, sollten wir nicht auch?« Ivo kreuzte die Hände und imitierte Flügelschläge. Sie wandte sich zu ihm und richtete geschickt das Revers seines taubenblauen Sakkos, das sie ihm geschenkt hatte und das er zu hellen Chinos und einem weißen T-Shirt trug. »Ich will hier nicht als Letzter das Licht ausmachen«, fügte er drängend hinzu.

Carola begriff sofort, dass es ihm nicht um den Nachmittagsspaziergang ging und bedeutete Ivo zu schweigen. Stumm zeigte sie auf die Wände und machte dann eine kreisende Bewegung mit den Fingern um ihre Ohren.

Er nickte und dachte wieder an die Freunde, von denen er bereits wusste, dass auch sie nicht von ihrem Urlaub im Ausland zurückgekommen waren.

Carola stieß sich federnd von Tisch ab, zog ihre weiße Ledertasche von einem Hocker, der neben ihr stand, und beide traten Augenblicke später aus dem Seiteneingang des kleinen Stadttheaters hinaus ins gleißende Sonnenlicht. Ivo legte seinen Arm um ihre Taille.

Als sie auf dem Weg zum Marktplatz die Straße mit den rundgefahrenen quadratischen Pflastersteinen vor dem Theater überquerten, um auf die andere Seite zu gelangen, nahm Ivo das Gespräch wieder auf. »Nun, was meinst du? Wenn wir jetzt nicht versuchen abzuhauen, dann haben wir vielleicht später keine Chance mehr.«

Sie betraten den Gehsteig neben einer Litfaßsäule mit den Theateraushängen, die ihnen kurz die Sicht versperrte. Als sie aus dem toten Winkel heraustraten, sprang Ivo erschrocken zurück und riss Carola mit sich. Aus den Augenwinkeln hatte er gerade noch einen Radfahrer wahrgenommen, der nun auf dem abschüssigen Gehsteig in vollem Tempo an ihnen vorbeiraste. Der Rentner trug einen großen Rucksack auf seinem Rücken und hatte zwei Eimer an den Lenkerstangen befestigt, die randvoll mit Rhabarberblättern waren. Aufgebracht rief Ivo »Blöder Idiot« dem Mann hinterher und drohte ihm mit der Faust. Dann musterte er besorgt Carola. »Alles okay mit dir?«

Sie klopfte ärgerlich den Staub aus ihrem Rock und nickte. »Ja, lass uns weitergehen.«

Der nächste Laden war ein Geschäft mit Haushaltswaren. Zwei mechanische Brotschneidemaschinen mit Kurbel, ein Toaster und zwei orange Plastebutterdosen standen in der vergilbten Auslage nebeneinander. Carola fand, dass die Gegenstände irgendwie traurig aussahen.

Ivo zog die Stirn in Falten. Er war in seinen Gedanken immer noch bei einer möglichen Flucht. »Ich denke, die gucken sich das mit Ungarn und der Tschechei nicht mehr lange an und machen die Grenze dicht. Dann sitzen wir für immer hier fest.«

Aus den Kellerluken zu ihren Füßen drang ein muffiger Geruch herauf und Carola drängte Ivo weiterzugehen. »Kennst du drüben jemanden?«, fragte sie und hakte sich bei ihm ein.

»Nicht so gut, dass die uns bei sich aufnehmen würden«, antwortete er. »Wenn wir rübermachen, müssten wir wohl erst mal in ein Auffanglager, auch wegen der Papiere und so.«

Sie bogen in die Straße ein, die zum Rathaus führte. Als sie an der »Jugendmode« und wenig später am »Exquisit«-Laden vorbeikamen, verlangsamte Carola den Schritt und schaute sich neugierig die sommerliche Kleidung an, die dort an Schaufensterpuppen präsentiert wurde. Ein weißes Leinenkleid interessierte sie besonders. Sie blieb stehen, studierte die Preise in den Auslagen und schnaubte verächtlich durch die Nase.

»Die Schwester von Anke«, nahm Carola das Gespräch wieder auf, während sie weitergingen, »du kennst sie, die Kleine mit dem Silberblick, die beim ›Freischütz‹ im Chor gesungen hat, zweite Reihe rechts ...«

Ivo nickte unbestimmt und bedeutete ihr mit einer Spirale als Handzeichen, dass sie auf den Punkt kommen solle.

»Also die ist doch ausgereist und die hatte nach vierzehn Tagen drüben schon eine super Wohnung mit einem richtig tollen Bad, mit Wanne und so.«

Ivo dachte unwillkürlich an die behelfsmäßige Duschkabine in Carolas Küche, das Klo eine halbe Treppe tiefer.

»Die hat auch gleich richtig Geld gekriegt, ein Darlehen vom Staat, eine Abfindung für ihre Wohnung hier im Osten und saftig Arbeitslosengeld. Stell dir vor, die hat jetzt dreimal so viel raus, wie die hier verdient hat. Damit hat die sich die Bude komplett eingerichtet. Elektroherd, Waschmaschine, Trockner, Fernseher, alles.«

Ivo nickte zustimmend. »Sag ich doch, mein Reden!«

Sie erreichten den Marktplatz mit dem Rathaus in der Mitte und einer großen Backsteinkirche mit farbigen Mosaiken an der Stirnseite. Der Platz war mit Betonplatten ausgelegt und Blumenkübel standen in der Mitte um einen kleinen Springbrunnen herum. Dort befand sich auch ein Eiscafé, vor dem weiße Rohrstühle mit roten Ledersitzen und kleine runde Tische im Freien aufgestellt worden waren. Sie setzten sich an einen der äußeren Tische in der Nähe zum Brunnen, der gurgelnd vor sich hinplätscherte.

Carola bestellte einen Früchtebecher und Ivo entschied sich für zwei Kugeln Schokoeis mit Sahne. Er sprach jetzt leiser und beugte sich nah zu Carola hin. »Komm, lass uns abhauen! Wir haben hier nichts zu verlieren. Du kannst dir auch dort eine Arbeit am Theater suchen. Außerdem würdest du Arbeitslosengeld kriegen. Dann kannst du ausprobieren, worauf du Lust hast. Das mit den Miedern läuft doch super. Stell dir vor, drüben kommst du an alles ran, was du für die Herstellung brauchst. Ich könnte dir die Entwürfe zeichnen und du wirst vielleicht eine deutsche Vivienne Westwood …«

Carola legte ihre Hand achtsam auf seinen Arm und deutete in Richtung Café, wo jetzt die Kellnerin mit einem Tablett erschien. Nachdem die Frau die kleinen runden Metallbecher mit dem Eis vor ihnen abgestellt hatte, schaute Carola Ivo mit gesenktem Kopf von unten her an. Sie nahm einen Löffel Eis, hielt aber mitten in der Bewegung inne. »Ich habe einen Onkel in Bayern«, sagte sie schließlich. »Er ist der Bruder meiner Mutter und lebt mit seiner Frau in einem riesigen Haus. Dort könnten wir fürs Erste unterkommen, bis wir etwas Eigenes haben. Was meinst du?«

Ivo musterte sie überrascht. »Du hast ihn nie erwähnt.«

Carola schmunzelte. »Ich schätze, ich kannte dich nicht gut genug.«

Er boxte sie scherzhaft in die Seite. »Du kleines Biest, hast Geheimnisse vor mir, und wenn wir dann drüben sind, suchst du dir einen reichen Macker, was?«

Carola hielt lachend seine Hand fest. Dann wurde sie plötzlich ernst. »Was machen wir, wenn es nicht klappt? Wenn sie uns erwischen?«

Ivo hob den Blick und schaute über sich in den strahlend blauen Himmel. »Es wird klappen«, sagte er zuversichtlich und leckte genussvoll den Löffel mit dem Schokoeis ab.

37

Dunkle, zerfaserte Wolkenfetzen jagten über den zerklüfteten Spätseptemberhimmel. Der Wind hatte aufgefrischt und fuhr brausend in die Bäume auf dem Nikolaihof, unter denen Anna Maria mit schnellem Schritt der Kirche zustrebte. In den Seitenfenstern leuchteten fordernd die Banner, auf denen die kirchlichen Arbeitsgruppen ihre Appelle formulierten.

»Solidarität mit den Inhaftierten«, stand da in Druckbuchstaben, »Freiheit« und »Reformen jetzt.«

Plötzlich fielen ihr die zahllos dahinschlendernden Männer in Zivil auf dem Kirchhof auf, die durch ihr betont gleichgültiges Tun und ihr teilnahmsloses Herumstehen in den Verschlägen der Hauseingänge ein Desinteresse vortäuschten, das dem einer lauernden Katze glich, die so tat, als würde sie die sich nähernde Maus nicht bemerken, obwohl sie bereits die Krallen ausgefahren hatte.

Anna Maria spürte die feindseligen Blicke im Nacken, die Augen, die sie aus dem Halbschatten heraus taxierten, bis sie das Kirchenportal erreichte. Sie zwang sich, ohne erkennbare Hast weiterzugehen und erst, nachdem sie die Kirchentür hinter sich geschlossen hatte und mit dem Rücken an dem kühlen Holz lehnte, atmete sie tief durch.

»Fürchtet euch nicht! Mir ist gegeben alle Gewalt, im Himmel und auf Erden – so sagt Jesus. Das war keine Drohung, keine Nötigung. Dahinter stand kein Machtapparat«, drang die Stimme des Pastors in ihr Ohr. «Mir ist gegeben alle Gewalt, das heißt innere Kraft und Gewissheit und äußere Glaubwürdigkeit, und das heißt für mich: echte Kompetenz, Vollmacht. Dann bekomme ich Anteil, wenn ich verantwortlich denke, glaubwürdig rede, durchschaubar handle. Dazu lade ich Sie ein, heute.«

Langsam öffnete Anna Maria die Augen und benötigte einen Moment, bis sie die Konturen der Menschen im Halbdunkel wahrnahm, die dicht an dicht gedrängt in den Kirchenbänken und auf den Steinplatten in den Gängen hockten und der Predigt lauschten.

Entschlossen stieß sie sich von der Eingangstür ab und bahnte sich taktvoll einen Weg durch die Menge. Sie nahm an, dass Onkel Joachim, wie an jedem Montag, einen Platz für sie freigehalten hatte. Obwohl ihm das heute sicher schwergefallen war.

»Gegenüber solcher Vollmacht sind der Stasi-Apparat, Hundertschaften, sind Hundestaffeln nur Papiertiger. Also, fürchtet euch nicht! Wir können auf Gewalt verzichten.«

Anna Maria schob sich mit der Schulter voran zwischen den Leuten hindurch. Manchmal streifte sie mit dem Ellenbogen über einen Rücken oder trat jemandem aus Versehen auf die Füße. Dann entschuldigte sie sich.

Ihr nach vorn gerichteter Blick fiel auf die Krägen unzähliger Jacken. Einige waren, als könnte sich die Person dadurch besser schützen, steil aufgestellt, der Großteil jedoch umschloss flach liegend den Hals. Da sie dicht daran vorüber musste, stellte sie überrascht fest, dass es eine Vielzahl von Krägen gab. Glatte, steife, aufgeworfene, hohe, zerknitterte, poröse und fleckige; welche aus robustem Jeansstoff, breitem Kord, derber Wolle, Kunstleder, Pelz oder Leinen. Zum großen Teil entsprachen sie in der Farbigkeit der übrigen Jacke, aber es gab auch Ausnahmen.

Anna Maria erreichte jetzt den Mittelgang, wo im Kirchenraum die kannelierten, blassrosa Säulen mit ihren Palmenkapitellen, aus denen hellgrüne Blätter emporragten, erhaben in die Höhe strebten. Sie suchte sich weiter einen Weg zwischen den Menschen hindurch, die jetzt in dichten Trauben vor ihr auf den Steinfliesen saßen. Dabei atmete sie die Gerüche in der Kirche ein, den Duft von Staub, Holz und geschmolzenem Kerzenwachs, aber auch das herbe Aftershave einiger Männer, den Hauch Eau de Cologne am Schal einer Frau und den zarten Seifenduft eines Kindes, das auf den Schultern seines Vaters saß und sich an den Ohren festhielt.

Ihr Blick glitt jetzt über die blassen, nachdenklichen Gesichter in den Bankreihen; in vielen erkannte sie ein stilles Einvernehmen, von einem scheuen und dennoch mutigen Lächeln begleitet. Aber auch verhaltene Skepsis begegnete ihr, Zweifel und schlecht verborgene Unsicherheit.

»Mit Gewalt«, hörte sie den Pastor sagen, »ist der Mensch durchaus zu ändern. Mit Gewalt lässt sich aus einem ganzen Menschen ein kaputter machen, aus einem freien ein gefangener, aus einem lebendigen ein toter.« Die Worte hallten in der Kirche nach.

Sie traf endlich auf Joachim, der am Ende einer Bankreihe im vorderen Drittel des Kirchenschiffs saß. Anna Maria ging auf ihn zu und setzte sich auf den freien schmalen Streifen neben ihn, während sie zur Begrüßung seinen Unterarm drückte, auf diskrete Art und Weise, wie sie hoffte.

Er lächelte sie beruhigt an, froh, sie unbeschadet zu sehen.

»Wer Gewalt übt«, hallte die Stimme des Pastors, »mit Gewalt droht oder sie anwendet, wird selbst ein Opfer der Gewalt. Wer das Schwert nimmt, wird durchs Schwert umkommen. Wer einen Gummiknüppel schwingt, sollte auch einen Schutzhelm tragen. Wer andere blendet, wird selbst blind. Wer anderen willkürlich die Freiheit raubt, hat bald selbst keine Fluchtwege mehr.«

Anna Maria schaute sich unauffällig um. Rechts von ihr befand sich ihr Onkel, vor ihr saß ein älteres Ehepaar. Sie sah, wie der Mann bei den Worten den Arm um die schmalen Schultern seiner Frau legte.

Ihr Blick wanderte hinüber zu einem der Fenster, auf das ein Streifen Licht fiel. Davor lag die Stadt, deren Bürger einst diese Kirche erbaut hatten. Heute kamen wieder die Bürger dieser Stadt hierher, um sich zu versammeln, aus dem Wissen heraus, einer Wandlung ihre Stimme geben zu müssen, um die scheinbar unergründliche Ordnung ihrer bisherigen Welt erfolgreich in Frage zu stellen.

Dabei fiel es Sankt Nikolai zu, ein Symbol für diese angestrebte Veränderung zu werden, einen gesellschaftlichen Wandel, der Christen und Konfessionslose gleichermaßen betraf, denn alle hier hofften in diesem Augenblick auf eine Form der Befreiung und auf die Auferstehung als freier Mensch in einer neuen Zeit.

Die Worte des Pastors lenkten Anna Marias Aufmerksamkeit wieder auf den Altar.

»Was mir besonders auffällt, ist die Art und Weise der Zuführungen durch zivile und uniformierte Sicherheitskräfte. Für viele

Menschen kamen diese Gewalt und der Machtmissbrauch überraschend. In unserem Land haben sie so etwas nicht für möglich gehalten und die meisten von uns trifft die Situation unvorbereitet. Und hier sehe ich die große Gefahr. Beim Erleben dieser staatlichen Gewalt stauen sich bei uns Wut und Aggression auf. Aber können wir mit diesen richtig umgehen?«

An dieser Stelle wurde die Predigt plötzlich vom unerbittlichen Geheul der Martinshörner zerrissen, die sich rasch der Kirche näherten.

Anna Maria hörte das Brüllen von Motoren durch die Mauern sickern, wie Bremsen unheilvoll kreischten und Metall über Metall rieb. Ein Megafon, das auf volle Lautstärke gedreht war, verstärkte plärrend die gebrüllten Befehle und Hunderte Stiefelabsätze knallten gleichzeitig auf Pflastersteine.

Anna Maria spürte, wie die Stille in der Kirche erstarb. Wie auf einmal hässliche Angst von den Wänden tropfte, um den Brustkorb einzuengen und das Herz frieren zu lassen. Wie Dunkelheit und Panik drohten, sich ihrer zu bemächtigen.

Einen Moment lang dachte sie an die Passagiere, die früher an Bord eines Schiffes gingen, für eine Passage in die Neue Welt. Die Sehnsucht und die Erwartungen an das verheißene Land jenseits des Ozeans waren riesengroß. Aber soeben verkündete der Kapitän, dass ein gewaltiger Sturm über dem Meer aufzog. Im Umkehrschluss hieß das, noch bot der steinerne Rumpf des Schiffes Sicherheit und auch das Ziel der Reise hatte nichts von seiner Faszination eingebüßt. Wäre da nicht der herannahende Sturm, der den Entschluss plötzlich in Frage stellte, und den man durchstehen musste, um sein Ziel zu erreichen … Anna Maria schluckte … oder aber darin umkam.

Sie fühlte den Zorn, der in ihr aufloderte, vor eine Entscheidung wie diese gestellt zu werden.

»Eines ist aber klar«, die Stimme des Pastors sprach ruhig und unerschütterlich gegen den Lärm draußen und die bleierne Stille innen an. »Der erste verletzte Polizist führt unweigerlich zu einer Eskalation der Gewalt, wie wir es uns jetzt wirklich nicht vorstellen können. Deshalb müssen wir, die wir hier versammelt sind, strikt das Prinzip der Gewaltlosigkeit vertreten. Das gilt auch gegenüber Provokateuren, die in unseren Reihen sind.«

Der Pastor legte die Hände ineinander und ließ seinen Blick auffordernd durch die Kirche schweifen. »Lasst mich euch Anregungen zur Gewaltfreiheit mit auf euren Weg geben.« Die Stimme nahm an Intensität zu. »Sich selbst unter Kontrolle halten und dem Nachbarn dabei helfen. Den Dialog suchen, mit dem Nachbarn und dem einzelnen Gegenüber. Höflich und korrekt bleiben, keine Schimpfwörter gebrauchen; auch ein Pfeifkonzert ist kein Angebot zum Dialog.« Seine Worte fielen direkt in die Ohren.

»Gemeinsam Lieder singen hilft, eigene Ängste abzubauen und dem Gegenüber Gewaltfreiheit zu demonstrieren.

Deshalb müsst ihr, müssen Sie heute das Liedblatt auch nicht am Eingang wieder abgeben.« Der Pastor griff nach einem neuen Blatt. »Beim Versuch, Einzelne festzunehmen: hinsetzen und den Nachbarn unterhaken. Bei Festnahme: den Zurückbleibenden den Namen zurufen. Vom Einsatzfahrzeug den Zurückbleibenden die Zahl der Festgenommenen zurufen. Verweigerung jeglicher Unterschriften. Während der Befragung keine Aussagen über das im Personalausweis Stehende hinaus machen.«

Anna Maria spürte die Anspannung und die Bedenken, die mit den letzten Worten endgültig Einzug in die Kirche gehalten hatten. Doch sie fühlte auch, wie sich etwas in ihr entschieden dagegen wehrte. Sie wollte das nicht, weder die aufkeimende Verzagtheit noch die nackte, raumgreifende Furcht, die sich in ihr einzunisten begann.

Plötzlich riss Onkel Joachims Stimme sie aus den Gedanken. »Anna Maria? Bitte nimm eine, damit ich sie weiterreichen kann.«

»Danke«, sagt sie, während sie nach einer Kerze im Karton griff, und es klang zaghafter, als sie gedacht hatte.

Die alte Frau in der Reihe vor ihr erhob sich mühevoll und Anna Maria sah, wie anstrengend es für sie war, sich zu ihr umzudrehen. Sie trug einen grünen Lodenmantel, darüber einen Schal mit roten Mohnblumen. Sie hatte eine anmutige, wenn auch ermattete Haltung und sie stützte sich schwer auf die Lehne, als sie Anna Maria ihre Kerze reichte, die bereits brannte. »Der Friede sei mit dir«, sagte sie feierlich und Anna Maria bewunderte die furchtlose Haltung, die unerschütterliche Sicherheit, die von dieser gebrechlichen Frau ausging. Der Docht ihrer Kerze fing Feuer und sie schloss ihre Hände um den glatten Schaft, auf der die Flamme leise knisterte und flackernde Schatten auf ihre schlanken Finger warf.

Dieser Anblick der Hoffnung war ihr so vertraut. Für einen Moment verschwammen die Flamme und die Kerze vor ihren Augen.

Indessen wurde um sie herum das Licht weitergereicht und immer neue Kerzen wurden entzündet. Männer nahmen ihre Frauen an die Hand, Mütter und Väter ihre Kinder. Das hier waren keine Menschen, die auf Konfrontation aus waren. Doch sie sah auch die Leidenschaft, die Entschlossenheit, die Freude und die Zärtlichkeit, mit der jede Seele in der Kirche ihre Kerze vor sich hertrug, stetig darauf bedacht, dass die Flamme nicht erlosch.

Das Portal wurde geöffnet.

Die Menschen setzten sich langsam in Bewegung. Ihre Gesichter waren vom Schein der Kerzen erhellt.

Plötzlich hörte Anna Maria wie einige Leute in der Nähe der Tür einen Kanon anstimmten. »Dona Nobis Pacem« – »Gib uns deinen Frieden.«

Der Gesang wurde von den dahinter Laufenden sofort aufgenommen und breitete sich in Windeseile in der Kirche aus.

Auch Anna Maria, die neben Joachim lief, fing an mitzusingen. Sie hob den Kopf und bemerkte beim Hinausgehen, wie weiter vorn das Halstuch mit den roten Mohnblumen aufleuchtete.

Waren sie nicht von guten Mächten wunderbar geborgen?

Ja, sie würde ihren Mut und ihre Zuversicht bewahren, ihr Vertrauen, das so tief in ihr wurzelte, und mit einem Mal wurde ihr bewusst, dass sie nicht sterben würde. Nicht heute, nicht in diesem Sturm. Das Leben jenseits des Ozeans lag noch vor ihr.

38

Die Diener des Teufels hatten unerbittlich auf sie eingedroschen, mit Fäusten und Totschlägern, bis sie regungslos und ohne Bewusstsein im Schlamm vor ihnen lag. Dann hatte man sie an den Armen hochgerissen und in dieses Loch geschleift.

Als Aki zum ersten Mal die Augen aufschlug, dachte sie, dass sie durch die Tortur ihr Augenlicht verloren hätte, denn eine orientierungslose Schwärze hüllte sie ein, die sofort in jede Pore ihrer Haut, in jede Öffnung ihres Körpers kroch. Hastig sah sie sich um, konnte aber nirgends auch nur das geringste Anzeichen von Licht erkennen.

Sie fühlte die Panik, die in ihr aufstieg, die grenzenlose Angst, die ihr den Atem nahm. Ihr flatterndes Herz hämmerte erbarmungslos gegen die schmerzenden Knochen.

Voller Furcht tastete sie mit zitternden Fingern nach ihren Augen. Sie berührte die Augäpfel unter den Lidern, spürte ein Brennen bei der flüchtigen Berührung, den leichten Druck danach und wie es anfing zu tränen.

Sie haben dich in die Dunkelzelle gesperrt, versuchte sie sich zu beruhigen. Es ist nur die Dunkelzelle, deshalb kannst du nichts erkennen. Doch die Angst blieb.

Schnell bildete sie sich ein, die Zellwände würden in der Finsternis auf sie zurasen, und die Chlordämpfe, die dem Kübel entstiegen, vermengten sich mit der fauligen Luft zu einem giftigen Gemisch, das lähmend in ihre Lungen kroch.

Verzweifelt wälzte sie sich herum und stöhnte dabei auf. Die unzähligen Blutergüsse, die ihren Körper bedeckten, konnte sie nur erfühlen.

Der Schmerz lenkte ihre Gedanken in eine andere Richtung.

Mühsam kroch sie auf allen vieren vorwärts und folgte mit den Fingerkuppen einer Fuge im Boden. Aus unerfindlichen Gründen war sie der Meinung, dass die Kerbe sie zur Tür führte. Doch als sie mit dem Kopf gegen den kalten Stein stieß, wurde ihr klar, dass sie nur eine der vier Zellenwände erreicht hatte. Wenigstens standen diese unverrückbar an ihrem Platz.

Vorsichtig tastete Aki sich weiter. Der Putz war hier überall glatt, bis sie knapp über dem Boden auf einige Linien stieß, minimale Vertiefungen mit scharfen Rändern, die, wie sie erstaunt feststellte, einzelne Worte ergaben, die man dort hineingekratzt hatte.

Ihr Zeigefinger folgte den gezackten Linien. Ihr begegneten Vornamen von Mädchen, manchmal eine Jahreszahl. Als sie glaubte, das Wort Tod ertastet zu haben, schreckte sie von der Wand zurück, als hätte sie sich bei der letzten Berührung die Fingerkuppen verbrannt.

Sie kroch an den Platz zurück, den sie für die Mitte der Zelle hielt, und wartete.

Es dauerte nicht lange und sie wurde wieder von bleierner Angst erfüllt. Vor allem die Furcht davor, dass man sie in diesem Verlies vergessen und sie hier elend verrecken würde, machte ihr zu schaffen. Sie knetete die Hände und schlang die Arme um die Knie.

Du musst dich an etwas Schönes erinnern, befahl ihr eine innere Stimme, etwas, das dir Kraft gibt und das dich am Leben hält.

Sie zwang sich, an Beate und Klaus zu denken, sah die beiden genau vor sich mit ihren kindlichen Gesichtern. Doch diese Vorstellung brachte ihr keine Erleichterung. Sie fühlte nur den schmerzvollen Verlust ihrer Geschwister, der sie unbarmherzig leiden ließ und drohte, sie noch weiter zu zerstören.

Denk an etwas anderes, etwas wirklich Starkes und Schönes, ermahnte sie die Stimme. »Aber an was denn, verdammt!«, schrie Aki, während ihr die Tränen übers Gesicht liefen.

In diesem Moment wurde das Fach in der Zellentür geöffnet, durch das sonst Essen hereingereicht wurde. Für Bruchteile von Sekunden schnitt ein Lichtbalken die Schwärze um sie herum entzwei.

Aber da dies wohl eher zufällig geschehen war, als dass sich eine bestimmte Absicht dahinter verbarg, wurde der Riegel sofort wieder krachend zugeschoben.

Für Aki aber reichte der winzige Moment aus, damit sich der Lichtimpuls auf ihre Netzhaut einbrennen konnte. Als die Schwärze wieder unbarmherzig die Zelle flutete, versuchte sie den Lichtpunkt festzuhalten. Sie wusste nicht, ob es helfen würde, doch sie richtete ihr Bewusstsein und all ihre Vorstellungskraft einzig und allein auf seinen Fortbestand aus.

»Bitte, bleib bei mir!«, flüsterte sie und legte ihre Hände schützend auf die Augen, als könnte sie dadurch verhindern, dass die Intensität des Widerscheins abnahm und der Punkt anfing zu verblassen. Sie sah mit an, wie der Lichtfleck eine rote Aura bekam, wie er begann, sich zu verändern, weg vom Hellweißen hin zu einem rotgoldenen Schimmer.

»Ich bitte dich!«, wiederholte sie flehentlich.

Und dann geschah das Unfassbare. Der Lichtfleck schrumpfte nicht weiter, sondern sie erkannte jetzt voller Dankbarkeit, dass er stetig an Gestalt zunahm. Während er sich vor ihren Augen in pulsierender Gleichmäßigkeit ausdehnte, trat aus den funkelnden Rändern langsam die bezaubernde Silhouette einer Frau heraus. Majestätisch kam sie auf Aki zugeschritten und sie sah, dass die Frau eine unglaubliche Schönheit war, der Inbegriff von Anmut und Vollkommenheit; ein Wunschbild, das der Sehnsucht ihrer tiefsten Seele entsprungen sein musste, doch auch so vertraut, so begehrenswert, irgendwo war sie ihr schon einmal begegnet.

Sie trug ein strahlend flammendes Kleid.

Ihre Frau in Gold.

Sie umgab ein opalisierendes Schimmern, wie es bei bestimmten Steinen der Fall war, die man tagsüber in die Sonne legte und die in der Nacht das Licht wieder abstrahlten.

Aki spürte, wie bei dem Anblick der Frau die Furcht von ihr wich und die Finsternis einen Teil von ihrem Schrecken verlor. Sie hatte eine Grenze überschritten und war in ein Reich gelangt, über das die Dunkelheit keine Macht besaß.

»Hallo, Aki«, sagte die Frau in einem singenden, angenehmen Tonfall und hockte sich leicht wie eine Feder neben sie.

»Bist du echt?«, fragte sie zögernd und tastete nach ihr. Sie wusste nicht, ob sie die Augen offen oder geschlossen hatte, ob das hier real war oder ob sie träumte oder nur vor Hunger halluzinierte.

»Was spielt das für eine Rolle«, antwortete die Frau in Gold lachend und sah ihr dabei ins Gesicht. »Ich bin hier.«

Aki erkannte, dass sich auch auf ihren Wimpern eine feine Schicht leuchtender Goldstaub wiederfand. »Ja, du bist hier. Bist du ein Engel?«

»Ich bin das, wofür du mich hältst. Wenn du willst, dass ich ein Engel bin, dann bin ich das.«

Akis Blick glitt hinüber zu der Stelle, von der sie jetzt wusste, dass sich dort die Zellentür befinden musste. »Bist du dort hereingekommen?«

Die Frau in Gold hob die Augenbrauen und schüttelte den Kopf. »Ich bin in dir. Es gibt weder Wände noch Türen für mich. Nichts, was mich aufhalten könnte.«

Aki lachte leise. »Wenn du das sagst.«

Sie unterhielt sich mit der Frau über ihre Zukunft. Was könnte sie alles tun, wenn das hier vorbei war, wenn sie ihren achtzehnten Geburtstag tatsächlich erlebte und aus dem Jugendwerkhof entlassen wurde. Die Frau fragte sie danach, was sie mochte, was sie liebte, und über all den Schilderungen, all den Plänen, fiel Aki in tiefen Schlaf, der sie wegtrug aus der Zelle und wo sie im Traum der goldenen Frau über blühende Wiesen folgte.

Nach vier Tagen holte man sie aus der Zelle.

Von da an blieb die Frau in Gold immer an ihrer Seite. Zuerst befürchtete Aki, die Erzieher und die anderen Mädchen könnten sie vertreiben oder sie ihr streitig machen. Aber rasch machte sie die Erfahrung, dass die Frau in Gold für die anderen nicht existierte. Dass sie einzig und allein ihre Freundin, ihr Engel war und das gab ihr ein großartiges Gefühl.

Noch am gleichen Abend, kurz nachdem sie aus der Zelle entlassen worden war, mussten Aki und Hanna den langen Korridor schrubben. Eine Zeit lang beobachtete sie einer der Erzieher gelangweilt, bevor er schließlich im Aufenthaltsraum verschwand. Die Tür ließ er offen und sie hörten das fauchende Geräusch der Kaffeemaschine.

Hanna hob den Kopf, dann drehte sie sich, während sie weiter mit der Bürste über die Fliesen scheuerte, zu Aki um, die hinter ihr kniete. »Du bist doch zusammen mit diesem Punk hier angekommen?«, raunte Hanna.

Aki nickte und behielt dabei die Tür im Auge. »Mit Kübel, ja«, flüsterte sie zurück. »Warum fragst du?«

»Als du in der Zelle warst, gab es einen Vorfall auf der Jungenstation.«

Hanna unterbrach das Gespräch, weil in diesem Moment das rotgesichtige Gesicht des Erziehers im Türrahmen erschien. »Das geht auch schneller«, brüllte er und drohte mit der Faust. Dann verschwand der Kopf wieder.

Aki wusste, dass die Stationen für die Jungen und Mädchen streng voneinander getrennt waren und dass akribisch darauf geachtet wurde, dass es zwischen den Geschlechtern keinen Kontakt gab. Wenn Hanna etwas zu Ohren gekommen war, dann hieß das nichts Gutes. Es musste etwas Außergewöhnliches passiert sein. »Was für ein Vorfall?«, fragte Aki.

»Einer der Jungs ist in seiner Zelle verbrannt. Sie behaupten, er hätte sich selbst angezündet, aber wir alle haben gehört, wie er verzweifelt um Hilfe geschrien hat.«

»Und woher weißt du, dass es Kübel war?« Akis Herz schlug jetzt bis zum Hals.

Wieder schielte Hanna zur Tür. »Ich war beim Direx. Vertrauensgespräch.« Sie verzog angeekelt das Gesicht. »Da habe ich draußen im Vorzimmer mitbekommen, dass sie ihn am Telefon wegen einer Sache richtig zur Sau gemacht haben. Er hat dann voll Wut in den Hörer gebrüllt: Dieser verdammte Dreckspunk war doch sowieso Abfall! Der war hinterher stocksauer, als ich reinkam.«

Aki war wie betäubt und bewegte die Bürste auf der Stelle immer wieder im Kreis. Kübel war tot! Ihr Vertrauter, ihr Freund, ihr Beschützer. Ihr wurde übel und schwindlig und sie hatte das Gefühl, alles stürzte auf sie ein. Plötzlich kam ihr der Gedanke, dass nicht einmal eine Inschrift von Kübel auf einer der Zellenwände bleiben würde, er konnte nicht gut schreiben.

Aki spürte die Kälte, die zu ihrem Herzen kroch. Sie tunkte die Bürste in den Eimer mit dem Wischwasser und schluckte. Dann drückte sie die Borsten so hart auf den Fliesenboden, dass die schmutzige Lauge zwischen den weißen Borsten hervorquoll.

39

Jens stand im Windschatten eines Lastwagens und beobachtete, wie die Bereitschaftspolizei im Laufschritt mit Helm, Schild und Gummiknüppel das Areal um die Nikolaikirche mit zwei Sperrketten abriegelte. Nachdenklich schaute er zum örtlichen Einsatzleiter hinüber. Es war sein erster Einsatz in Leipzig und er fühlte sich nicht wohl in seiner Haut. Ehrlich gesagt wurde ihm regelrecht schlecht, wenn er nur daran dachte, dass Menschen, die er kannte, sich in der Kirche aufhalten könnten.

Er hatte den Gedanken noch nicht vollendet, als sich plötzlich das Kirchenportal öffnete. Ein schlaksiger Kerl mit langen dünnen Haaren und dicken Brillengläsern, die sich im Abendlicht spiegelten, trat heraus. Er blieb kurz stehen und sah sich um, als ob er in der Abendluft etwas wittern würde. Bei dem Anblick beschlich Jens das unbestimmte Gefühl, dem Mann schon einmal begegnet zu sein. Aber er wusste beim besten Willen nicht wo.

Er sah zu, wie zwei Mitarbeiter den Mann packten und von der Kirche wegführten. Zu seinem Erstaunen leistete er keinerlei Widerstand, ließ die Prozedur ohne Gegenwehr über sich ergehen. Beinahe kam es Jens vor, als hätte er darauf gewartet, verhaftet zu werden.

Die Sperrkette öffnete sich und der Gefangene wurde direkt zum Einsatzleiter geführt, der in einem Jeep saß und in sein Funkgerät sprach. »Lasst ihn los«, sagte der Offizier. »Er ist einer von uns.«

Die beiden Mitarbeiter lösten den Griff und verschwanden. Jens machte unauffällig einige Schritte in die Richtung, um dem Gespräch besser folgen zu können.

»Also Janokowski«, sagte der Einsatzleiter und stellte einen Fuß auf den Tritt des Wagens. »Was hast du zu berichten?«

Jens verschlug es die Sprache. Jetzt, wo er den Namen vernommen hatte, erkannte er auch die vertrauten Züge an seinem alten Schulkameraden wieder. Jörg Janokowski. Immer der große Weltverbesserer, dachte Jens. Was wollte der noch mal studieren? Ach ja, Marxismus/Leninismus, und hier gab er den inoffiziellen Mitarbeiter.

Jens spuckte angewidert aus, steckte die Hände tief in die Hosentaschen und sah zu den beiden Männern hinüber.

Der leitende Offizier stellte Janokowski Fragen, die der ausführlich beantwortete. Bisweilen schüttelte er den Kopf, während seine Hände erklärend durch die Luft fuhren. Ansonsten redete er wie ein Wasserfall. Dann schien der Bericht beendet zu sein. Der Einsatzleiter hatte sich auf einem Block Notizen gemacht, nickte zufrieden und reichte Janokowski zum Abschied kameradschaftlich die Hand.

»Na, Jörg«, sprach Jens ihn kurz darauf von der Seite an. »Was ist aus der Revolution von innen geworden?«

Janokowski schaute ihn irritiert und erschrocken an.

»Schon vergessen? Bolivianisches Tagebuch, Kuba, Che Guevara?«

Jens sah, wie sich Janokowski an die Unterhaltung damals am Kanal erinnerte. »Der Grunert«, sagte er zögernd, »hätte dich nicht erkannt. Mann, bist du aus dem Leim gegangen. Was machst du hier?«

»Einsatz«, antwortete Jens einsilbig.

»Habe ich doch schon immer gewusst, dass du einer von uns bist.« Janokowski versuchte, ihm jovial auf die Schulter zu klopfen, was ihm aber nicht gelang, weil Jens sich bewusst von ihm wegdrehte.

»Einer von euch? Du meinst, einer, der seine Freunde bespitzelt?«, fragte Jens ironisch.

»Nun mach mal halblang, Grunert«, erwiderte Janokowski großmäulig. »Das Gesockse da in der Kirche, das sind alles Kollaborateure. Konterrevolutionäre, die jeder aufrechte Kommunist mit der Waffe in der Hand bekämpfen muss!« Er redete sich in Rage. »Die sind alle vom Westen gesteuert. Leugnen, als wären sie blind, den Fortschritt, den der Sozialismus unserem Land gebracht hat; die wollen die Tatsachen, wie gut es den Menschen bei uns geht, nicht anerkennen.«

Er klemmte die Daumen in die Gürtelschlaufen seiner Jeans. »Sie haben nur ein Ziel, all das zu zerstören und abzuschaffen, wofür aufrichtige Genossen gekämpft und ihr Leben gelassen haben.«

»Und das glaubst du wirklich?«

Janokowski hob das Kinn und sah ihn herausfordernd an. »Du etwa nicht?«

Jens spürte Ekel in sich aufsteigen. »Du bist doch einfach nur ein mieses Schwein«, zischte er wütend, packte Janokowski kräftig am Kragen und stieß ihn derb von sich. Er schaute ihm nach, bis Janokowski hinter einer der nächsten Hausecken verschwunden war.

Er wollte sich gerade etwas zu trinken holen, als seine Aufmerksamkeit auf das Kirchenportal gelenkt wurde, durch das jetzt die ersten Besucher nach Beendigung des Friedensgebetes in die einsetzende Dämmerung hinaustraten. Zuerst waren es nur wenige, aber schon bald bildeten sich Grüppchen, die andächtig zusammenstanden.

Jens drängte sich der Vergleich auf, dass diese Leute wie Wasser in der Wüste waren. Zuerst sammelten sich nur vereinzelte Tropfen, die dann zu einem Rinnsal wurden, bevor sie zum mächtigen Strom anwuchsen.

Während er darüber nachdachte, spürte er die quälende Ungewissheit darüber, was in den nächsten Minuten geschehen würde. Er seufzte leise, als er über die behelmten Köpfe der Bereitschaftspolizei hinweg zusah, wie immer noch mehr Menschen aus der Nikolaikirche drängten.

Es waren Hunderte.

Fast alle trugen Kerzen in den Händen und sangen.

Ein junger Mann hielt einen weißen Stoffstreifen hoch, auf dem »Keine Gewalt« stand. Ohne dass jemand Einfluss nahm, begannen sich die Leute zu einem Demonstrationszug zu formieren, der sich langsam in Bewegung setzte.

Plötzlich zerriss ein Pfiff die Stille.

Jens' Blick zuckte herum und er bemerkte die Ungeduld im Gesicht des Einsatzleiters. Die Bereitschaftspolizei rückte vor. Dicht dahinter Rotten von Schutzpolizisten und Stasi-Mitarbeitern.

Der Demonstrationszug hatte beinahe die angrenzende Straßeneinmündung erreicht, als sie auf die Sperrkette trafen.

Plastikschilde und Gummiknüppel stoppten den Marsch.

Stumm blieben die Menschen stehen. Warteten derweil ab. Ihr Kerzenlicht verzerrte sich schimmernd auf den Wölbungen der Plastikschilde.

Plötzlich öffnete sich die Sperrkette und drei Polizisten stürzten sich ohne Vorwarnung auf den Mann mit dem Transparent »Keine Gewalt«. Sie packten ihn am Kragen, zerrten ihn brutal zu Boden, drehten ihm die Arme auf den Rücken und prügelten hemmungslos auf ihn ein.

Anna Maria lief zwischen den Besuchern des Gottesdienstes. Sie trug die Kamera um den Hals. Der Reißverschluss ihrer Jacke war geöffnet, so dass die Linse zu sehen war, die ab und zu aufblitzte, wenn sie die flackernde Kerze reflektierte.

Die Bewegung stockte.

Anna Maria reckte den Kopf, konnte aber die Ursache, warum sie stehengeblieben waren, nur erahnen. Sie hörte, wie weiter vorne, dicht vor der Sperrkette, laut fordernd »Aufhören! Aufhören!« gerufen wurde, während der größere Teil der Menschenmenge um sie herum skandierte »Keine Gewalt! Keine Gewalt!«

Hastig sah sie sich um. Ihr Blick blieb an einem Stapel Baumaterial haften, das seitlich vor der Kirchenwand aufgeschichtet war. Von dort aus hatte sie eine gute Sicht auf das Geschehen. Rasch gab sie ihre Kerze an die Frau neben sich weiter und schickte sich an, auf den Stapel hinaufzuklettern. Ohne zu zögern hob sie die Kamera hoch und begann, das brutale Vorgehen der Polizei zu dokumentieren.

Sie war so in die Sache vertieft, dass sie von den brutalen Händen, die plötzlich an ihr zerrten, völlig überrascht wurde. Unnachgiebig sorgten sie dafür, dass sie auf dem wackeligen Untergrund schnell das Gleichgewicht verlor und kopfüber in die Tiefe stürzte. Hart schlug sie mit der Stirn auf den Pflastersteinen auf. Der Aufprall presste ihr die Luft aus den Lungen und der Kopf drohte ihr zu platzen. Benommen fühlte sie die groben Hände, die in ihrem Nacken nach dem Lederriemen der Kamera griffen, wie verrückt daran zerrten und sie regelrecht strangulierten. Mit zitternden Händen umschloss Anna Maria das Gehäuse, das hart gegen ihre Kehle drückte. Sie würgte, japste, bis sie anfing verzweifelt zu röcheln, um Luft zu bekommen. Mit letzter Kraft versuchte sie sich herumzuwerfen, was ihr schließlich auch gelang; doch nun schleifte sie der Kerl am Riemen über die

Steine, bis der Apparat schlagartig über ihr Kinn rutschte und auf dem Pflaster neben ihrem Kopf zerschellte. Apathisch bemerkte sie, wie ihr eine dunkle, feuchtwarme, klebrige Masse, es musste Blut sein, ins linke Auge rann, so dass sie nichts mehr sehen konnte. Verzweifelt verschränkte sie ihre Arme über Kopf und Nacken, um sich vor den Schlägen, die jetzt auf sie einprasselten, zu schützen.

Jens, der voller Aversion die Festnahme der Demonstranten beobachtete, entdeckte auf einmal Anna Maria, die mit ihrer Kamera in der Hand über den Köpfen der Demonstranten auftauchte. Ihn durchzuckte für einen Moment helle Freude, doch gleichzeitig wich ihm vor Schreck das Blut aus dem Gesicht. Bestürzt musste er mit ansehen, wie ein Mann in schwarzer Lederjacke unversehens aus der Reihe trat, mit einem schnellen Schritt auf Anna Maria zuging und sie brutal vom Stapel herunterzog, bevor er begann, auf sie einzuschlagen.

Unaufhaltsam drängte er vorwärts. Den Kopf gesenkt, brach er von hinten durch die Sperrkette. Er teilte mit den Armen die Menge, als würde er gegen Wellenberge in der stürmischen See ankämpfen. Jens war gänzlich auf sein Vorhaben konzentriert. Er ignorierte die roten Schleier, die vor seinen Augen tanzten. Im Laufen stieß er grob zwei Polizisten zur Seite, setzte mit einem langen Sprung über einen Mann, der sich am Boden liegend krümmte. Dann war er zur Stelle.

Zuerst sah er nur das Blut auf Anna Marias Gesicht und sein Herz krampfte sich zusammen.

Ohne zu zögern rammte er seine Faust von unten gegen das Kinn des Mannes, der breitbeinig und tief gebeugt über Anna Maria stand. Als er auf ihn einschlug, entlud sich seine über all die Monate angestaute Wut. Er sah, wie der Kopf des Mannes zur Seite flog. Dann packte er ihn am Kragen und verpasste ihm noch eine, diesmal mit ganzer Kraft, so als wuchtete er auf einen Hieb hundertfünfzig Kilo in die Höhe.

Als er schließlich von dem Mann abließ, sackte der zusammen und blieb regungslos auf den mit Blut verschmierten feuchten Steinen liegen.

Rasch beugte er sich zu Anna Maria hinunter, die bewusstlos schien, zerrte sie schwer atmend an den Aufschlägen ihrer Jacke hoch und legte seinen Arm um ihre Taille. Sie mit seinem Körper schützend, bahnte er sich einen Weg durch die zusammengepferchten Menschen auf dem Kirchhof. Er nahm in den Gesichtern um sie herum Furcht und Entsetzen wahr, aber auch bittere Entschlossenheit. Sie würden nicht zurückweichen. Jens schaute prüfend über den Platz und verschaffte sich einen schnellen Überblick. Der Tumult verlagerte sich eindeutig nach links, dorthin, wo auch die meisten Einsatzkräfte gebunden waren. Demonstranten wurden abgeführt und auf Lkws verfrachtet.

Er entschied sich, es auf der anderen Seite des Kessels zu versuchen. Auch hier befand sich eine Sperrkette, die aber durch das Kirchengebäude stärker im Dunkeln lag und wo es im Moment nicht so viel Bewegung gab.

Anna Maria taumelte. Jens hielt sie fest und hörte, wie sie die ganze Zeit vor sich hinmurmelte: »Anna Maria Meinhold, ich heiße Anna Maria Meinhold …« Sie versuchte dabei, den Kopf anzuheben und lauter zu sprechen.

Dann erreichten sie die letzte Reihe der Demonstranten. Du musst jetzt die Nerven behalten, ermahnte er sich und umfasste Anna Marias rechten Arm. Mit leichtem Druck drehte er ihn auf den Rücken. Sie stöhnte auf und beugte sich dabei tief nach vorn, so dass die langen blonden Haare ihr ins Gesicht fielen.

Aus den Augenwinkeln erkannte Jens zwei Stasi-Mitarbeiter, die sich durch die Schutzkette zwängten und ihn fortwährend im Blick behielten. Wahrscheinlich befürchteten sie Übergriffe. Jens holte tief Luft und bemühte sich, ruhig und abgeklärt zu wirken, als er den beiden Kollegen gegenübertrat. »Alles klar, Genossen, Sicherstellung einer Informantin«, sagte er in einem Tonfall, der keinen Widerspruch duldete, und baute sich vor ihnen in seiner ganzen Größe auf. Als er ihr zweifelndes Zögern bemerkte, fügte er hinzu: »Sie ist eine von uns, soll dem Einsatzleiter sofort Meldung erstatten.«

»Sag das doch gleich«, murrte einer der beiden und trat zur Seite, doch der andere fragte misstrauisch: »Aber dir ist bekannt, dass der EL sich auf der gegenüberliegenden Seite aufhält?«

Die beiden sahen ihn abwartend an.

»Selbstverständlich! Aber die Situation dort ist unübersichtlich. Wer weiß, wie die Leute reagieren, wenn sie mitkriegen, dass wir versuchen, einen IM rauszubringen.«

Im gleichen Moment wurden Befehle gebrüllt. Die Köpfe der beiden Männer schossen herum und sie wandten sich ab, um in die entgegengesetzte Richtung zu eilen.

Wenig später ließ Jens die Sperrkette hinter sich und führte Anna Maria weiter.

Sie war immer noch verwirrt, die Prellungen schmerzten und in ihrem Kopf summte es, so dass es ihr schwerfiel, das Geschehen um sie herum einzuordnen. Sie fühlte nur die derbe Kraft, die ihren Arm auf dem Rücken hielt und sie zwang, dem Druck zu gehorchen. Plötzlich erkannte sie, dass der Mann, der sie abführte, die Richtung änderte, weg von den Lastwagen und Einsatzkräften, hin zu einer Häuserzeile, die vom Kessel aus nicht eingesehen werden konnte. Anna Maria spürte, wie ihr vor Furcht der Mund trocken wurde. »Wo bringen Sie mich hin?«, fragte sie mit rauer Stimme und auf einmal übermannte sie doch die Angst, trieb ihr den kalten Schweiß aus den Poren.

Jens sah sich noch einmal um, dann zog er sie in einen der Hauseingänge und drückte die Klinke fest herunter. Er rüttelte daran, aber die Tür war abgeschlossen. Er tastete sich an der Wand weiter, trat in den Eingang daneben und versuchte es erneut. Diese hier gab nach. Er stieß die schwere Haustür mit der Schuhspitze auf. Dann ließ er sie los. Krachend fiel die Tür hinter ihnen ins Schloss und beide standen schweigend in der Dunkelheit. Zwielicht sickerte durch die schmalen Fenster hinein, die zum Innenhof zeigten.

»Anna Maria, hörst du mich?«, fragte eine besorgte Stimme in ihrem Rücken.

Sie verharrte in der Bewegung. Konnte das sein? War das möglich? Bevor sie eine Antwort fand, hatte er sie zu sich umgedreht und ihr Gesicht in beide Hände geschlossen.

Der Kuss! Ja, sie erkannte seine tiefe Art zu küssen wieder. Sie streckte ihre Hände aus und schloss sie um seinen Nacken, fühlte die starken Sehnen unter seiner Haut und strich über sein Haar. Als sie sich wieder trennten, sahen sie einander erleichtert an.

Er drehte ihren Kopf sanft ins hereinfallende Licht und seine Finger glitten forschend über ihre Stirn. Dann besah er sich die Verletzung. »Das sieht übel aus. Die Wunde muss desinfiziert und genäht werden«, stellte er fest. »Aber du kannst auf keinen Fall ins Krankenhaus. Da werden sie sofort deine Personalien aufnehmen und eventuell melden sie den Vorfall. Gibt es jemanden, der dir helfen kann?«

Sie überlegte kurz, bevor sie antwortete. »Ja, Malte, Sivs Bruder. Er wohnt nur zehn, fünfzehn Minuten von hier entfernt.« Sie lächelte matt. »Praktischerweise studiert er Medizin.«

Jens nickte, musterte sie aber skeptisch. »Ich muss jetzt zurück. Schaffst du es allein?«

Anna Maria legte ihm beruhigend die Hand auf den Arm. »Mach dir keine Sorgen.«

Jens Gesicht verkrampfte sich bei den Worten. »Aber wenn doch? Das Ganze kann schon morgen in einem Massaker enden, wie in Peking, auf dem Platz des Himmlischen Friedens.« Er drückte sie so heftig an sich, als wollte er sie vor der ganzen Welt beschützen. »Ich könnte es nicht ertragen, wenn dir etwas zustieße. Versprichst du mir, dass du dich davon fernhältst?«

Sie hielt inne und versteifte sich. »Du musst zurück an Bord, Pirat«, versuchte sie zu scherzen.

Doch er ging nicht darauf ein. »Du wirst sehen. Das hier ist erst der Anfang«, versuchte er sie noch einmal zu warnen.

Doch sie schob ihn weg und schaute ihn an. Ihre Augen funkelten und eine senkrechte Falte erschien zwischen den Augenbrauen. »Du hast recht«, sagte sie bestimmt. »Das hier ist erst der Anfang und es lässt sich nicht mehr aufhalten.«

Dann befreite sie sich sanft aus seinem Griff, drehte sich um, zog mit einer fließenden Bewegung die Kapuze über den Kopf und öffnete die kleine Tür zum Hinterhof. Lautlos, aufmerksam lauschend, floh sie in die Nacht hinaus.

Jens wischte sich müde mit der Hand über die Augen. Wieder einmal hatten sie einander verlassen.

Diese Erkenntnis ätzte sich schmerzhaft unter seine Haut. Wie würde er erfahren, ob es ihr gutging?

Immer noch gellten draußen die Trillerpfeifen.

Alles Prekäre ihrer Beziehung wurde ihm bewusst. Wieder standen sie sich an feindlichen Ufern gegenüber und zwischen ihnen lag ein unüberwindlicher Strom. Apathisch schlug er den Kragen seiner Jacke hoch und legte die Hand auf die metallene Türklinke. Ein letztes Mal schaute er zur Hoftür hinüber. Er schmeckte noch ihre Lippen auf seinem Mund.

40

Ivo drängte sich durch die überfüllten Gänge der Deutschen Botschaft in Prag. Überall hier traf er Menschen, die, genauso wie sie, aus der DDR geflohen waren. Die wie er und Carola panische Angst davor hatten, dass die DDR auch die Grenzen zu den sozialistischen Nachbarstaaten schließen würde, dass dann an eine Flucht nicht mal mehr zu denken wäre. Schlimmer noch, dass sich vielleicht auf Jahre keine Möglichkeit mehr bieten würde, das Land überhaupt zu verlassen.

Carola und er waren mit dem Zug nach Prag gefahren. Schon am Bahnhof trafen sie auf andere DDR-Bürger, die sich wie sie zum Botschaftsgebäude aufmachten, und auf dem Weg durch die Stadt wuchs die Anzahl Ausreisewilliger stetig an. Erstaunt bemerkte Ivo, dass die Leute selbst ihre heiß geliebten und über Jahre zusammengesparten Autos am Straßenrand zurückließen. Irgendwann, kurz vor der Botschaft, trafen sie auf tschechische Polizisten. Einen winzigen Moment lang stand man sich abwartend gegenüber, bis die Menge sich wieder in Bewegung setzte. Ivo tastete nach Carolas Hand und gemeinsam stürmten sie los. Es waren Mut und Verzweiflung, aber auch unbändige Angst, die sie vorwärtstrieben. Der Absperrriegel wurde förmlich überrannt.

Atemlos kamen sie am Zaun der Botschaft an, wo Menschen bereits Koffer hinüberwarfen, Kinder und Kinderwagen von hilfsbereiten Händen hinübergehoben und in Empfang genommen wurden, Männer und Frauen sich gegenseitig über die rettende Absperrung zogen. Hinter dem Zaun sanken alle erschöpft zu Boden, in der Gewissheit, dass es von hier aus nur noch in eine Richtung für sie geben würde – gen Westen.

Das war jetzt einige Wochen her und noch immer saßen sie auf dem Gelände fest. Ivo sah in den Gesichtern dieselbe Wut und Verzweiflung, welche die Menschen zum Fortgehen bewogen hatten. Doch er fragte sich, wie lange die Wut noch anhalten würde, bevor sie in Resignation und Verzagtheit umschlug.

Ivo schritt kräftig aus und wich der langen Schlange vor den Toiletten aus, bevor er den Kuppelsaal des Palais Lobkowicz erreichte. Zu seinem Bedauern war von der einst barocken Pracht nicht mehr allzu viel zu erkennen. Die hohen Portaltüren aus edlem Holz waren vorsichtshalber vom Botschaftspersonal mit Decken abgedeckt und am Boden verkeilt worden. Ebenso lag über den alten Dielenböden ein graublauer Filzteppich, auf dem mehrere Reihen doppelgeschossiger Betten aufgestellt waren.

Ivo tauchte in das Gewimmel zwischen den Stockbetten ein.

Nachdem der Strom der Flüchtlinge nicht mehr abgerissen war, hatten die Verantwortlichen angeordnet, hauptsächlich Frauen und Kinder im Palais unterzubringen, während die Übrigen in Zelten der Bundeswehr im Garten der Botschaft schliefen. Das wäre auch erträglich gewesen, hätte es nicht seit Tagen ununterbrochen geregnet und sich die leicht abschüssige Rasenfläche in eine einzige Schlammwüste verwandelt.

Ivo hielt nach Carola Ausschau. Auf einem Bett hockten zwei Frauen, die mehrere Kinder um sich versammelt hatten. Eine von ihnen las aus einem Buch vor. Jim Knopf und Lukas der Lokomotivführer. Ivo kannte die Geschichte nicht. Endlich entdeckte er Carola, sie lag in T-Shirt und Jeans auf ihrem Bett und hatte ein geschwollenes Gesicht mit geröteten Augen. Ivo schaute sie an und gab ihr einen flüchtigen Kuss. »Hey, was ist los mit dir?«

»Was soll los sein mit mir?«, brauste sie auf. »Keiner zu Hause weiß, wo wir sind. Wir sitzen hier seit einer Ewigkeit fest und daheim machen sie sich bestimmt Sorgen, wo wir abgeblieben sind. Ich konnte meinen Eltern nicht mal eine Nachricht hinterlassen.«

»Die kommen damit schon klar«, warf Ivo leichthin ein.

Carola richtete sich auf. »Ja, deine vielleicht. Die interessiert eh einen Dreck, was du machst. Aber bei meiner Familie sieht das eben etwas anders aus.« Röte schoss in ihr Gesicht. Sie schwang die Beine aus dem Bett und setzte die Füße auf den Boden. »Die können vielleicht nicht damit umgehen, dass ich einfach abgehauen bin. Scheiße. Um die Wahrheit zu sagen, ich bin einfach nur froh, wenn das hier vorbei ist.«

Ivo nickte, setzte sich neben sie und nahm ihre Hand. Er blieb ruhig und freundlich, als er weitersprach: »Ich habe vorhin mit einem aus Bürgers Stab gesprochen. Bürger und Weber haben heute lange zusammengesessen.«

»Wer ist Weber?«, fragte Carola.

»Na, Hans Joachim Weber, du weißt schon, der für die Flüchtlinge zuständige Mitarbeiter der Botschaft.« Er rutschte näher an Carola heran. »Also der aus dem Stab meinte, es rumort gewaltig, angeblich soll jemand Wichtiges heute Abend hier eintreffen.«

Carola sah ihn enttäuscht an. »Ivo, es ist bereits Abend, das sind doch alles wieder nur Gerüchte. Wie lange wollen die uns noch hinhalten? Vielleicht hätten wir auf das Angebot von Anwalt Vogel doch eingehen sollen? Rückkehr in die DDR und von dort aus ausreisen.«

Ivo schüttelte energisch den Kopf und gab einen leisen abschätzigen Ton von sich. »Auf keinen Fall, Schatz. Blöd müssten wir sein. Vielleicht lassen die einen schnell raus. Vielleicht lassen sie dich aber auch wochenlang im Ungewissen. Wir haben dann kein Druckmittel mehr und die strammen Genossen lassen uns Spießruten laufen. Da kann ich drauf verzichten.«

In diesem Moment wurde es auf dem Korridor unruhig. Erregte Rufe schallten laut durch die Räume. »Alle in den Garten, bitte! Alle in den Garten!«

Ivo sprang auf und zog Carola mit einem Ruck aus dem Bett. »Was habe ich dir gesagt?« Seine Stimme überschlug sich vor Aufregung. »Jetzt geht's los!«

Carola fuhr in ihre Turnschuhe. Mit zitternden Fingern band sie die Schnürsenkel zu. »Warte auf mich«, rief sie mit bebender Stimme, und Ivo sah, wie ihr wieder Tränen übers Gesicht liefen, die sie hastig mit dem Handrücken abwischte.

Schnell reihten sie sich in die Menschenmenge ein, die nach draußen drängte. Niemand achtete auf den Schlamm und auf die feuchte Kälte, die hier allgegenwärtig waren. Dann erloschen bis auf einige Laternen alle Lichter.

Carola krallte sich an Ivos Unterarm fest. Irgendwo begann ein Kind zu weinen, dass aber von seiner Mutter beruhigt wurde. Eine erwartungsvolle Stille senkte sich über die Köpfe der Menschen. Oben auf dem Balkon brannte eine einzelne Lampe und warf lange Schatten auf die Fassade des Palais.

Alle schauten sie dort hinauf. Plötzlich nahmen sie eine Bewegung wahr. Die Menge begann zu jubeln.

Ivo atmete tief ein und drückte Carola fest an sich.

Er sah, wie dort oben jemand auf den Balkon heraustrat, gefolgt von einem Zweiten, dessen Brillengläser im Licht funkelten und der ihnen zuwinkte, gefolgt von einer dritten Person, die sich hinter ein Mikrofon stellte.

»Liebe Landsleute …«, begann Hans-Dietrich Genscher seine Ansprache.

Carola sah Ivo verblüfft an.

Die Menschen um sie herum begannen erneut zu rufen und rhythmisch zu klatschen. Einige in der Menge riefen: »Ruhe!«, und für einen winzigen Moment des Atemholens verstummten ringsum die Jubelgesänge.

Wieder ergriff der Außenminister der BRD das Wort. »Wir sind zu Ihnen gekommen, um Ihnen mitzuteilen, dass heute ihre Ausreise ...«

Das Ende des Satzes ging im Jubelsturm unter.

Augenblicklich lagen sich alle in den Armen und schrien vor Freude und Erleichterung.

Carola fiel Ivo um den Hals und küsste ihn.

Ivo schoss das Blut in den Kopf und alles, was er denken konnte, war: Es passiert! Jetzt, in diesem Augenblick.

41

Im Liegen drückte Jens die Langhantel über dem Brustkorb in die Höhe und ließ sie anschließend in die Halterung über seinem Kopf gleiten. Schnaufend richtete er sich auf. Sein Blick suchte die Uhr. Kurz nach halb zehn. Zu dieser späten Stunde trainierte hier niemand mehr, wodurch er den gesamten Übungsraum für sich allein nutzen konnte. Insgeheim hatte er sogar darauf gehofft, denn in erster Linie wollte er sich mit dem Training von den unglaublichen Zahlen ablenken, die ihn seit Stunden beschäftigten. Nachdenklich zupfte er an den Silastikbinden, die er zur Stabilisierung der Handgelenke trug.

Dieser Arbeitstag hatte wie beinahe jeder vorhergehende geendet. Er war nach dem Abendessen in sein Zimmer im zweiten Stock des Wohnheims gegangen, um im Schein der Stehlampe ein Buch zu lesen. Das Licht, das unter dem mit Stoff bespannten Schirm hervortrat, bildete eine annähernd kreisrunde Insel in dem von Dunkelheit ausgefüllten Raum, wo ansonsten noch ein Bett, ein Schrank und ein schmaler Tisch unter dem Fenster standen.

Wie üblich drang gedämpftes Stimmengewirr durch die Zimmerwand, denn gleich nebenan war der Fernsehraum. Heute vernahm er besonders eilige Schritte, die über den Flur hasteten, denn keiner der Mitarbeiter wollte die Premiere der ersten live im DDR-Fernsehen übertragenen Pressekonferenz des Zentralkomitees der SED unter der Leitung von Günter Schabowski verpassen. Soweit er sich erinnern konnte, ging es um den neuen Entwurf zum Reisegesetz, was ihn nicht sonderlich interessierte.

Zu seiner Überraschung klopfte es kurz vor Beginn der Sendung plötzlich an der Tür und Klaus Thiele erschien im Türrahmen. Er war einer der Leitungsoffiziere – rundes Gesicht, flinke blaue Augen und graues Stoppelhaar. Er trug ein weinrotes Turnhemd unter einem gleichfarbigen Trainingsanzug. Die nackten Füße steckten in Badelatschen. Er hob grüßend die Hand, dann drehte er sich noch einmal rasch um und schaute aufmerksam den Korridor hinunter. Schließlich trat er ins Zimmer und schloss hinter sich die Tür.

»Erinnerst du dich noch an unser letztes Gespräch?«, fragte Thiele ihn und er nickte, während er das Buch zuklappte und zur Seite legte.

Sie hatten über die Reformbewegungen in der DDR gesprochen, die nach demokratischen Veränderungen im Land strebten. Darüber, dass sich neue gesellschaftliche Kräfte bildeten, die den Vormachtsanspruch der SED in Frage stellten und deren politischen Einfluss begrenzen wollten.

Klaus Thiele stand mit drei schnellen Schritten vor ihm. Die Plastiksohlen der Badelatschen quietschten vernehmbar auf dem Linoleum. »Das hier solltest du unbedingt lesen.« Er öffnete den Reißverschluss seiner Trainingsjacke und zog die Kopie eines mehrseitigen Berichts hinter seinem Rücken aus dem Hosenbund. »Ist höchst informativ«, fügte er hinzu und reichte ihm die Seiten. »Gib sie mir aber nachher zurück.«

Jens spürte, wie sich Thieles unterdrückte Nervosität auf ihn übertrug. »Glaub mir«, sagte Thiele leise, »als ich das da gelesen habe, da habe ich angefangen, mir um meine Zukunft ernsthaft Sorgen zu machen.«

Dann war Thiele gegangen und er hatte die Blätter sorgfältig auseinandergefaltet. »Ministerium für Staatssicherheit« stand am oberen Rand, weiter eine Registriernummer und der Hinweis »Streng Geheim! Um Rückgabe wird gebeten.« Darunter ein Vermerk, dass die Information nur den namentlich erwähnten Parteifunktionären, der obersten Militärführung und dem MfS intern vorbehalten sei.

Er war näher an die Stehlampe herangerückt, um die blassblaue Schrift besser lesen zu können.

Das war jetzt gut drei Stunden her.

Jens stand auf und lief hinüber zu den Kurzhanteln. Er ging in die Knie, umschloss mit der rechten Hand eines der Eisen, ohne es jedoch vom Boden hochzuheben.

Noch einmal rief er sich den Inhalt des Memos ins Gedächtnis. Da stand, dass es dem »Neuen Forum« gelungen war, bisher republikweit 200 000 Unterschriften für ihre Anliegen zu sammeln, was vor allem aus dem Misstrauen resultierte, das die Menschen der angeblichen politischen Wende der SED entgegenbrachten. Sie trauten den alten Genossen nicht. Die bisherigen Entscheidungen wurden nur als Zugeständnis angesichts der gegenwärtigen Lage beurteilt. Einen Punkt hatte er sich besonders gemerkt. Ziel des »Neuen Forums« war es, dass verfassungsmäßige Rechte einklagbar werden sollten ...

Jens zog die Hand von der Hantel zurück und setzte sich mit untergeschlagenen Beinen auf die Matte. Sein Zeigefinger begann, undefinierte Muster auf den Stoff zu malen. Wie anders wäre sein Leben verlaufen, hätte er sein Recht verfassungsgemäß vor einem ordentlichen Gericht einklagen können?

Wieder musste er an den Abend bei Anna Maria denken, an dem er verzweifelt nach Hilfe suchend vor ihrer Tür gestanden und sie ihm vorgeschlagen hatte, sein Leben in die Hände einer Kirchengruppe für Menschenrechte zu legen, die ihn mit Hilfe westlicher Medien von der Stasi freipressen könnte.

Jens schüttelte den Kopf und wischte sich über die Stirn. Deutlich stieg ihm der vertraute Geruch von Wärme, Schweiß und Metall in die Nase.

Vielleicht war es genau dieser Mief, der ihn zu der Erkenntnis brachte, dass die Frage, so wie er sie sich stellte, nicht den eigentlichen Kern des Problems berührte. Denn würde er in einem Land leben, wo eine verfassungsgemäße Rechtsprechung möglich wäre, hätte Pablow niemals einen Fluchtversuch unternehmen müssen, weil er in seinen Entscheidungen frei gewesen wäre und heute noch am Leben. Und auch sein eigenes Leben hätte unter diesen Umständen einen völlig anderen Verlauf genommen.

Jens erhob sich, griff nach der Wasserflasche und nahm einen langen Zug. Anschließend stellte er sie neben dem Stuhl auf dem Boden ab.

Wieder wanderten seine Gedanken zu Anna Maria. Ihr zufälliges Aufeinandertreffen an der Nikolaikirche, der Kuss und das, was sie zu ihm gesagt hatte, bevor sie verschwand. »Das ist nicht mehr aufzuhalten.«

Sie behält recht, dachte er. Laut dem Memo hatte es letzte Woche über 210 Demonstrationen in der gesamten Republik gegeben, an denen fast 1,35 Millionen Menschen teilgenommen hatten.

Jens schüttelte angesichts dieser unfassbaren Zahl den Kopf. Alleine in Berlin waren 250 000 und in Leipzig 200 000 Menschen auf die Straße gegangen. In Leipzig waren sie einmal um den gesamten Innenstadtring gezogen.

»O Mann«, sprach er so laut in die staubige Luft hinein, dass es ihn selbst überraschte. Es war für ihn wie ein Weckruf, denn er fühlte deutlich, dass ihn das, was er in den letzten Stunden erfahren hatte, auf eine tiefergehende Weise berührte.

Jens stemmte die Hände schwer in die Hüften. »Was willst du jetzt tun?«, fragte er deutlich vernehmbar und blickte sich um, als wäre außer ihm noch jemand an den Geräten, der ihm eine Antwort darauf geben könnte.Stattdessen verhallte die Frage ungehört und für einen kurzen Augenblick glaubte Jens an Einbildung, als er das Heulen der Sirene vernahm.

»Alaarm!«, gellte der Ruf durchs Haus.

Er wandte sich um, stürzte auf den Korridor hinaus. Sofort fiel ihm die rote Rundumleuchte ins Auge, die knapp unterhalb der Kellerdecke unaufhörlich hinter dem Gitterschutz rotierte.

Scharfer Alarm, ging es ihm durch den Kopf und einen Moment lang fiel es ihm schwer, die Bedeutung dieser Worte zu begreifen. Doch dann rannte er in den Übungsraum zurück, griff nach seiner Trainingsjacke und sprintete den dunklen Gang hinunter, bis er das Treppenhaus erreichte. Hier traf er auf einige Mitarbeiter, die stumm an ihm vorüberhetzten. Alle liefen in Richtung Waffenkammer.

Jens folgte ihnen. Über seinem Kopf tauchte ein Gewirr von Neonröhren die unterirdischen Passagen in grellweißes Licht, das von den Wänden reflektiert wurde, so dass Jens die Augen zu schmalen Schlitzen zusammenkniff.

Er sah, wie jeder von ihnen eine Waffe und Munition erhielt. Beunruhigt blickte er sich um, bis er Klaus Thiele seitlich in einer Ansammlung von Männern entdeckte.

Jens unternahm den Versuch, in seine Nähe zu gelangen. »Was ist denn los?«, fragte er, als er endlich neben ihm stand.

»Was los ist?« Klaus Thiele starrte ihn verständnislos an. »Feindlicher Grenzdurchbruch am Checkpoint Charlie, das ist los. Eine hohe

Anzahl von Feindkräften dringt aus Westberlin kommend auf das Territorium der DDR vor.« Er deutete auf den Waffenmeister hinter der Absperrung. »Das heißt, sofortiger Waffenempfang. In fünf Minuten rücken wir ab.«

Wie benommen nahm Jens das Futteral, in dem die Waffe steckte, sowie die drei aufmunitionierten Magazine entgegen und trat hinaus auf den Rasen hinter dem Haus. Er spürte, wie die Feuchtigkeit durch das dünne Leder der Turnschuhe drang.

Die Lastwagen standen bereits nebeneinander aufgereiht, bei jedem war die Rückklappe geöffnet.

»Aufsitzen!«, rief Klaus Thiele. »Genossen, Beeilung!«

Dann saßen sich die Männer von Angesicht zu Angesicht auf den harten Holzbänken gegenüber.

Endlos verrannen die Minuten in der kalten Novembernacht. Eine alles verzehrende Spannung, die sich stetig weiter steigerte und unter der Lastwagenplane keinen Raum fand, um sich zu entladen, legte sich auf die Gemüter und jeder der Männer versuchte, auf seine Art damit fertigzuwerden. Einer schlug unablässig mit den Fingernägeln gegen das Holz, ein anderer mahlte knirschend mit den Kiefern und ein dritter zündete sich eine Zigarette mit der nächsten an.

Jens indessen starrte schon seit geraumer Zeit auf das braune Futteral in seinen Händen. Das Leder fühlte sich glatt und gefährlich an, ebenso die Magazine, die metallisch grau schimmerten und mit ihrem Gewicht an den Fingern zerrten. Sein Blick blieb an einer der Patronen haften, die obenauf im Magazin steckte, golden blinkte die Hülle, das Projektil war dunkel wie Obsidian.

Während er mit Abscheu das Geschoss betrachtete, schob sich ein anderes Bild vor sein inneres Auge. Die Grenzniederung im anbrechenden Tageslicht und Pablow, der ihm sagte, dass er nun gehen würde. Jens schüttelte heftig den Kopf, um die Erinnerung, die jetzt unaufhaltsam von ihm Besitz ergriff, zu vertreiben. Doch es gelang nicht. »Pablow«, flüsterte er lautlos, er seufzte und die Gedanken wanderten zurück. Wieder rannte der Freund um sein Leben, die Erdfontänen spritzten heran und er stürzte, tödlich getroffen, kopfüber in die Wiese.

Jens spürte, wie sich ihm bei der Erinnerung daran der Bauch verkrampfte, wie jeder Nerv in seinem Körper anfing zu vibrieren und wie ihn einmal mehr ein begründeter, ungestümer Unmut überkam, noch immer in derselben, hilflosen Situation zu stecken. Schon wieder hielt er eine Waffe in den Händen und erneut erwarteten sie von ihm, dass er auf ihren Befehl hin auf einen anderen Menschen schießen würde. Nein, niemals wäre er dazu bereit. Plötzlich überfiel ihn die Befürchtung, die Waffe könnte in seinen Händen anfangen zu brennen, so heiß fühlte sich das Leder auf einmal an. Einem Reflex folgend, ließ er das Futteral und die Magazine fallen, die nacheinander laut polternd auf dem Pritschenboden landeten.

»Mann, pass doch auf dein Zeug auf«, schnauzte ein stämmiger Kerl, der ihm schräg gegenübersaß.

Jens musterte ihn aufgebracht, bis der Kerl genug hatte und den Kopf wegdrehte. Einen Moment fragte er sich, was mit ihm los war, warum er diese pulsierende Hitze in den Fingern spürte, einer bebenden Glut gleich, die jetzt in den Muskeln seiner Arme hinaufkroch, den Nacken durchstieß und mit einer Heftigkeit in seinen Kopf strömte, dass die Gesichter vor seinen Augen verschwammen und er befürchtete, ohnmächtig zu werden.

Während er um Fassung bemüht war, drang aus dem Fahrerhaus dumpf die teilnahmslose Stimme eines Nachrichtensprechers.

Inzwischen war es Mitternacht.

Einer, der gleich hinter dem Fahrerhaus saß, klopfte gegen das winzige Fenster und signalisierte, dass es geöffnet werden sollte, um den Ansager besser zu verstehen.

»Auf Anfragen vieler Bürger informieren wir Sie noch einmal über die neue Reiseregelung des Ministerrates. Erstens: Privatreisen können ohne Vorliegen von Voraussetzungen wie Reiseanlässe und Verwandtschaftsverhältnisse beantragt werden.« Der Mann machte eine kleine Pause. »Also die Reisen müssen beantragt werden. Die zuständigen Abteilungen Pass- und Meldewesen haben morgen zur gewohnten Zeit geöffnet. Das betrifft auch die ständigen Ausreisen.«

Jens hörte wie aus weiter Ferne, wie am Regler gedreht wurde.

Sprach- und Melodiefetzen wechselten sich mit statischem Rauschen ab, bis ein anderer Sender gefunden war.

»Meine Damen und Herren! Die DDR hat mitgeteilt, dass ihre Grenzen ab sofort für jedermann geöffnet sind«, gab eine begeisterte Stimme bekannt.

Jens hob ruckartig den Kopf. Die Mauer ist auf. Das Pochen hinter den Schläfen wurde schlagartig schwächer. Unbemerkt von den anderen fing er an, auf dem Boden nach dem Futteral und den Magazinen zu tasten und sie aufzuheben.

»Das hat uns dieser Idiot Schabowski eingebrockt«, murrte der Stämmige. »Wie kann der ernsthaft erklären, dass die Verfügung der Reisefreiheit ab sofort gilt? Das ist doch völlig hirnrissig, kein Grenzer, kein Amt, keine Polizeistube ist darauf vorbereitet. Und die im Westen drehen völlig frei!« Er nickte in Richtung Fahrerhaus. »Hört man ja!«

Einige der Mitarbeiter stimmten ihm zu.

»Seid doch mal ruhig!«, forderte ein anderer, der hinter Jens saß.

»… wir melden uns jetzt live vom Grenzübergang Check Point Charlie und neben mir steht ein junger Mann, der als einer der Ersten den Kontrollposten passieren durfte. Erzählen Sie uns, wie ist es Ihnen in den letzten Stunden ergangen?«

»Mann, das war total verrückt. Gleich nachdem der Alte das im Fernsehen mit der Grenzöffnung gesagt hat, bin ich los. Am Anfang waren wir nur zwanzig Leute. Aber mit der Zeit wurden wir immer mehr. Wir haben auch mitbekommen, dass im Westen Menschen an die Grenze kamen. Die haben auch versucht, zu uns rüberzukommen, aber die Grenzsoldaten haben eine Sperrlinie gebildet und die Westberliner wieder zurückgeschickt. Da haben wir hier im Osten gerufen: ›Lasst uns raus!‹, und von drüben hörten wir, wie sie antworteten: ›Lasst uns rein!‹« Der Mann lachte laut auf. »Das war irgendwie cool.«

»Und was passierte dann?«

»Zunächst einmal gar nichts. Die Grenzer haben die Rollgitter runtergelassen und sich verschanzt. Ich denke, denen ging richtig die Muffe. Zumal immer mehr Leute auf beiden Seiten zum Checkpoint Charlie kamen. Na ja, und vorhin kamen sie wieder raus und haben endlich die Tore aufgemacht. Mann, ich sage Ihnen, es herrschte das totale Chaos. Keiner der Grenzer wusste, was er mit uns machen sollte.«

»Sag ich doch«, giftete der Stämmige, der Günter Schabowski als Idiot bezeichnet hatte.

»Am Ende hat der Kommandeur, ich glaube der war Hauptmann, mit dem Arm gewunken und laut gerufen: ›Lasst sie doch einfach rüber.‹ Und zu uns hat er gesagt: ›Kommt aber alle wieder zurück.‹«

In die aufkeimende Stille hinein stöhnte jemand leise auf, einige räusperten sich. Erneut wurde am Regler gedreht und nun drang die Stimme von Frank Schöbel durch die Öffnung am Fahrerhaus. »Wie ein Stern in einer Sommernacht …«

Jens hörte nicht mehr hin. Genaugenommen war er schon gar nicht mehr hier. Denn er hatte einen Entschluss gefasst und ein Teil von ihm war selbst darüber überrascht. Er zog seine Trainingsjacke aus, legte das Futteral mit der Waffe und die Magazine hinein, schlug die Seiten ein und verknotete es mit den Ärmeln. Dann erhob er sich, zwängte sich wortlos durch das Spalier von Beinen, das Paket fest an die Brust gedrückt. Schweigend sahen die anderen zu, wie er von der Pritsche sprang und auf Klaus Thiele zulief, der mitten auf dem Rasen stand und sich mit einem anderen Einsatzleiter unterhielt. Als sie sein Herannahen bemerkten, unterbrachen sie ihr Gespräch und drehten ihm die Köpfe zu. »Ja, was ist denn, Genosse?«, fragte Thiele erstaunt.

Jens blieb vor ihm stehen und drückte dem verblüfften Offizier das Paket in die Hände. Er hörte, wie die Magazine leise aneinander schlugen.

»Das war`s!«, sagte er bestimmt und für den Bruchteil einer Sekunde gab er sich dem Triumph und der Erleichterung hin, die Kontrolle über sein Leben wieder zurückgewonnen zu haben. »Für mich ist an dieser Stelle Schluss.« Dann drehte er sich um, die überrumpelten, verdutzt dreinschauenden Männer hinter sich zurücklassend. Er wollte nur noch dem unbändigen Drang folgen, schnell von diesem Ort wegzukommen.

42

Anna Maria las gerade den Belichtungsmesser ab, als Herr Gericke im Fotostudio auftauchte und ihr mitteilte, dass man sie oben am Telefon verlange. Beunruhigt eilte Anna Maria über die abgetretenen Treppenstufen hinauf ins Büro, das im Zwischenstock über dem Laden lag.

Sie griff nach dem Hörer. Zu ihrer Verwunderung drang zuerst Saxophonmusik und dann Sivs aufgekratzte Stimme in ihr Ohr. »Anna Maria? Hörst du mich? Stell dir vor, wir haben jetzt Telefon! Direkt in Holgers Wohnung! Ist das nicht irre?«

Anna Maria wusste nicht sofort, was sie ihrer Freundin darauf erwidern sollte. In Gedanken war sie noch bei den quengeligen Zwillingen, die vor der Kamera auf sie warteten. »Das ist schön!«, antwortete sie ungeduldig.

»Das ist schön? Hey, was ist los mit dir? Freust du dich nicht, mich zu hören?«

»Klar freue ich mich …«, beeilte sich Anna Maria zu versichern. Gleichzeitig wurde ihr bewusst, wie viel Zeit seit ihrer letzten Begegnung vergangen war. Sie hatten sich nach Sivs Umzug nach Dresen schnell aus den Augen verloren.

»Du, dass mit unserem Telefon ist voll abgefahren«, schnatterte Siv aufgeregt weiter. »Den Anschluss haben wir nur bekommen, weil über uns so ein hohes Tier von der Armee eingezogen ist. Ein Oberst oder so was. Der brauchte natürlich Telefon. Holger hat sich auch gleich gemeldet und bei der Post auf Verdienten Künstler des Volkes gemacht. Die haben dann den Anschluss geteilt, das heißt, wenn der Offizier das Telefon benutzt, ist bei uns die Leitung tot und umgekehrt.«

Anna Maria hörte zum Schluss nur noch mit halbem Ohr hin, denn unten im Studio fing einer der Zwillinge an zu weinen.

»Siv, hör zu, ich habe nicht viel Zeit«, drängelte sie. »Auf mich warten Kunden. Sag mir, was du willst, oder lass mir deine Nummer da und ich rufe dich nach der Arbeit vom Münzer aus an.«

Kurz hing ein statisches Rauschen in der Leitung.

»Eigentlich melde ich mich bei dir«, sagte Siv und Anna Maria vernahm den leicht verstimmten Unterton, »weil die Band einen Auftrag für dich hat.«

»Was für einen Auftrag?«, fragte Anna Maria erstaunt.

»Habe ich jetzt deine ungeteilte Aufmerksamkeit?« Siv seufzte theatralisch, was nahtlos in ein glucksendes Lachen überging. »Also pass auf. Nach dem Auftritt im ›Kessel‹ waren unsere Oktober- und Novembertermine in der Kleinen Revue im Friedrichstadtpalast innerhalb weniger Tage ruckzuck ausverkauft. Das blieb auch dem Musikmagazin ›Melodie & Rhythmus‹ nicht verborgen. Die wollen jetzt eine Reportage über uns bringen und Holger hat mit denen ausgehandelt, dass du die Fotos von der Band machen sollst.«

»Echt jetzt? Wow, das ist klasse, Siv! Vielen Dank, auch an Holger, find ich toll, dass ihr an mich gedacht habt. Das wäre auch mal wieder was anderes!«

»Dachte ich mir«, frohlockte Siv. »Außerdem könnten wir beiden Hübschen in Berlin richtig einen draufmachen.«

Anna Maria vernahm die gereizte Stimme ihres Chefs, der einen vergeblichen Versuch unternahm, das weinende Kind, vermutlich mit einer Handspielpuppe, zu beruhigen. »Dauert ihr Telefonat noch lange, Fräulein Meinhold?«, rief er ungehalten in den Flur hinein.

Anna Maria deckte rasch die Sprachmuschel mit der flachen Hand ab. »Nein, Herr Gericke. Ich bin gleich da.« Dann flüsterte sie in den Hörer. »Siv, hör zu! Ich muss jetzt wirklich aufhören. Tut mir leid … und danke noch mal!«

»Alles klar! Melde dich heute Abend noch mal!«

Anna Maria notierte sich schnell die Nummer mit einem Stift auf den Rand einer Papiertüte. Dann legte sie auf.

Sivs Anruf lag jetzt zwei Monate zurück und inzwischen hatte sich auch die Redaktion des Musikmagazins bei ihr gemeldet. Sie hatte beinahe eine Stunde mit dem Redaktionsleiter gesprochen und war begeistert, dass die Zeitschrift für den Beitrag nicht nur ein einzelnes, gut ausgeleuchtetes Hochglanzfoto von der Band in voller

Bühnenmontur, mit allen Instrumenten und lächelnden Gesichtern von ihr erwartete, sondern eine komplette Fotostrecke. Mit Portraits der einzelnen Musiker, faszinierenden Momentaufnahmen während des Auftritts sowie persönlichen Eindrücken in der Garderobe und hinter der Bühne.

Nach dem Gespräch war sie zu Herrn Gericke gegangen und hatte ihren Urlaub eingereicht. Sie erklärte ihm ihr Anliegen und der alte Herr zeigte sich wider Erwarten von der Idee begeistert. Er lieh ihr sogar eine seiner privaten Kameras aus, um sie in die Lage zu versetzen, die Motive abwechselnd in Farbe und in Schwarzweiß zu fotografieren.

Nachdem sie in Berlin aus dem Zug gestiegen war, überkam sie ein Gefühl, als eröffne sich ihr eine großstädtische, neue Welt voller Freiheit und Hoffnungen. Das Gefühl steigerte sich noch, als sie mit der S-Bahn in Richtung Friedrichstraße fuhr. Sie sah aus dem Fenster und atmete die inspirierende Weite der Stadt ein, ihre Andersartigkeit, die ihr ein angenehmes Kribbeln auf der Haut bescherte, obwohl ihr Berlin auf eine vertraute Art fremd blieb.

Voller Erwartungen betrat sie kurz danach die Kleine Revue im Keller des Friedrichstadt-Palastes, ein kleiner Saal, der in mattes Licht getaucht war, das silbrig auf den roten Samtkanten der Stühle glänzte. Die Frau vom Einlass wies ihr einen kleinen Tisch seitlich hinter dem Vorhang zu, den sie sich an diesem Abend mit dem Saaltechniker teilte. Der Mann erklärte ihr den Ablauf des Programms und Anna Maria machte sich ans Werk.

Nacheinander bereitete sie die Fotoapparate für den Einsatz vor. Sie legte die Filme ein, schloss die Abdeckungen, überprüfte das Blitzlicht. Die Routine, die in den Handgriffen lag, beruhigte sie ein wenig. Als im Halbdunkel irgendwo eine Tür klappte und wenig später die Strahler an den Traversen aufflammten, um die Bühne in ein Kaleidoskop aus farbigem Licht zu tauchen, hob sie den Kopf und betrachtete aufmerksam die Wandlung der Atmosphäre im Raum. Dabei fiel ihr Blick auf einen Mann in Kordhose und Pulli, der auf den Dielen kniete, um beflissen die letzten losen Schnüre der Mikrofonkabel mit Klebeband auf dem Boden zu fixieren.

Anna Maria stand auf, lief einige Male zwischen den Stühlen und Tischen vor der Bühne auf und ab und testete geeignete Standorte, von wo aus sie ihre Fotos machen konnte, ohne den Zuschauern die Sicht zu versperren. Nachdem sie mehrere Möglichkeiten gefunden hatte, kehrte sie zufrieden in die Nische hinter dem Vorhang zurück. Sie fühlte sich gut gerüstet und die Technik war einsatzbereit. Von ihr aus konnte es losgehen.

»Anna Maria ist da!«, hörte sie Siv plötzlich rufen.

Ohne dass sie es bemerkt hatte, hatte die Band den Saal betreten.

Die Freundin kam auf sie zugestürzt und Anna Maria fiel auf, dass sie sich verändert hatte. Ihre sonst schrille Kostümierung war durch die dezent dunkle Kleidung der Band ersetzt worden, wobei ihr das enganliegende Kleid hervorragend stand und sie auf eine zurückgenommene Art sexy wirkte. Nur ihr wilder Haarschopf bauschte sich nach wie vor zu einer Löwenmähne auf und geriet in Bewegung, als Siv die letzten Schritte auf sie zustürmte und ihr um den Hals fiel. Anna Maria spürte, wie die Haare an ihrem Ohr kitzelten, und lachte. Endlich gab Siv sie frei. Hastig zupfte sie ihre Kleidung zurecht, bevor sie Holger und die anderen Mitglieder der Band begrüßte.

Das Konzert an diesem Abend war wie eine magische Reise in eine andere Zeit. Um Anna Maria herum wippten adrett gekleidete Besucher an kleinen Tischen mit den Schuhspitzen zur Musik und einige von ihnen klatschten im Takt. Andere wiederum hatten sich scheinbar nur in die Behaglichkeit des abgedunkelten Raumes zurückgezogen, um kleine Intimitäten auszutauschen, die der Welt außerhalb dieses Ortes verborgen bleiben sollten.

Anna Maria erwischte sich bei dem Gedanken, dass von den gravierenden politischen Umwälzungen und der oppositionellen Bewegung auf den Straßen des Landes scheinbar nichts in die abgeschirmte Welt dieses kleinen, unterirdischen Saales vorgedrungen war. Die Menschen hier folgten entspannt und gutgelaunt der Musik.

Die Holger-Lennart-Band hatte an diesem Abend den Saal fest im Griff und die Stimmung war schließlich so aufgeheizt und ausgelassen, dass bei Sivs letztem Solo die Leute von den Sesseln aufsprangen, jauchzten, pfiffen und dauerhaft applaudierten.

Anna Maria wartete die Zugaben und die abschließende Verbeugung der Musiker nicht ab. Sie nahm ihr Equipment und lief zur Tür, zeigte dem Sicherheitsdienst ihren Presseausweis und eilte den Gang hinunter, der hinter die Bühne führte.

Sie positionierte sich so, dass jedes Bandmitglied auf dem Weg in die Garderobe an ihr vorbeimusste.

Der Applaus verebbte.

Dann hörte sie die nahenden Schritte. Sie hielt die Kamera bereit, und während die Musiker hintereinander an ihr vorübergingen, knipste sie die Fotoserien. Dabei blickte sie in ihre Mienen: verschwitzt, außer Atem und mit einem so entrückten Gesichtsausdruck, der ihr unweigerlich suggerierte, dass die Töne der soeben verklungenen Musik sie noch immer wie eine Aura umgaben.

Gemeinsam mit der Musikjournalistin betrat sie die Künstlergarderobe. Sie war eine Frau Mitte dreißig und trug eine unförmige Umhängetasche aus Wildleder und ein verkniffenes Gesicht mit spitzer Nase zur Schau. Im Umkleideraum herrschte reges Treiben. Jedes Bandmitglied war gerade im Begriff, sich umzuziehen oder kurz von den Strapazen des Auftritts zu erholen. Auf Stühlen und Tischen türmte sich rasch abgelegte Bühnenkleidung oder hing bereits auf Kleiderbügeln an einem Ständer.

Siv verrenkte sich in einer Zimmerecke und versuchte vergebens, die kleinen Häkchen am Rückenausschnitt ihres dunkelvioletten Kleides zu öffnen. Dabei verlor sie fast das Gleichgewicht und drohte den Kontrabass umzureißen, der dort angelehnt war. Anna Maria legte die Kamera weg und eilte ihr zu Hilfe.

»Hey, Holger, gibst du mir mal ein Handtuch rüber«, rief Andreas, der tief über das Waschbecken gebeugt stand, wo er sich im Unterhemd einen Schwall kaltes Wasser ins Gesicht schöpfte und laut dabei prustete.

»Beeilt euch mal«, ermahnte sie der Bandleader, der bereits umgezogen war. »Die Zeitungsleute sind schon hier.«

»Wenigstens frische Klamotten sollten wir uns anziehen können«, maulte ein anderer Musiker aus dem Hintergrund und ein weißes Hemd flog wie zur Bestätigung quer durch den Raum.

Die Journalistin räumte sich resolut einen Platz an einem der Tische frei und stellte dort ihre Tasche ab. Sie kramte Block und Stift hervor und rückte zwei Stühle so hin, dass sie sich gegenüberstanden.

»Herr Lennart, wir können ja schon mal mit Ihnen beginnen und später kommen die anderen dazu, einverstanden?«

Holger drehte sich zu ihr um, lächelte zuvorkommend und nahm auf einem der Stühle Platz. Während er ihre Fragen beantwortete, gesellten sich die restlichen Bandmitglieder nach und nach dazu. Siv setzte sich neben Holger.

Anna Maria, die überlegte, wie sie die Band, die in einem weiten Halbkreis saß, am besten aufnehmen sollte, stieg auf einen Tisch, um Fotos in der Totalen schießen zu können.

»Nach den gefeierten Auftritten der ›Holger Lennart Band‹ in der DDR soll es nun Anfang nächsten Jahres eine Tournee durch renommierte Jazzclubs in Westberlin und in der BRD geben. Was erwarten Sie sich davon?«, hörte Anna Maria die Journalistin fragen.

Holger legte die Fingerspitzen beider Hände aneinander und wollte gerade antworten, als die Tür zur Garderobe aufgerissen wurde.

Oben vom Tisch aus erblickte Anna Maria den Saaltechniker, der vorhin mit Akribie die Schnüre festgeklebt hatte. Jetzt stand er mit hochrotem Kopf im Türrahmen. Sie nahm wahr, wie hinter seinem Rücken eilig einige Leute vorbeihasteten.

Alle schauten ihn verständnislos an.

»Entschuldigen Sie mal«, tönte aufgebracht die Stimme der Journalistin, »wir führen hier ein wichtiges Interview!«

Der Mann grinste. »Euer Interview könnt ihr knicken.« Er hob bedeutungsvoll beide Hände. »Kinder, die Mauer ist auf!«

Dunkel erhob sich die Silhouette des Brandenburger Tores im Niemandsland. Nur vereinzelte Lichter erhellten die Sockel der gewaltigen Steinsäulen. Knapp hundert Meter davor standen Grenzsoldaten entlang der Eisengitter und schauten mit einem Anflug von Verzweiflung auf die Menge, die mit jeder Minute wuchs.

Und noch immer bewegte sich ein Strom von Menschen über den nächtlichen Prachtboulevard Unter den Linden in diese Richtung.

Unter ihnen Anna Maria, Siv, Holger, Andreas und die anderen Mitglieder der Band. Entgegen Holgers ausdrücklicher Anweisung hatte Siv ihr Saxophon mitgenommen.

Dann vernahmen sie plötzlich in der Ferne Jubelschreie, in die sich laute Stimmen mit der Forderung »Die Mauer muss weg!« mischten.

Siv reckte den Kopf und stieß Anna Maria an, während sie aufgeregt nach vorn deutete. »Guck mal da, hinter dem Tor, da tanzen welche oben auf der Mauer!«

Tatsächlich. Von Westberliner Seite erklommen Leute die Mauer und es wurden immer mehr.

Endlich erreichten sie den Übergang. Die Eisengitter waren zur Seite gezogen und passive Grenzsoldaten säumten zu beiden Seiten den Durchgang.

Der Platz vor dem Brandenburger Tor füllte sich zusehends, die Stimmung wurde mit jeder Minute ausgelassener. Erste Sektflaschen kreisten und wildfremde Menschen lagen sich in den Armen.

Anna Maria ergriff ein Taumel von Freude und Erleichterung, sie ließ sich im Sog der Menge immer weiter nach vorn tragen und hielt ihre Kamera dabei hoch über den Kopf, während sie den Auslöser drückte.

Siv sprang aufgeregt in ihrer Nähe umher, nur das glitzernde Saxophon verriet Anna Maria noch, wo sie sich befand. In diesem Moment fiel sie gerade einem Grenzsoldaten um den Hals und küsste den verdutzten Burschen überschwänglich auf den Mund.

Endlich erreichten sie das Brandenburger Tor.

»Das ich das erleben darf«, sagte Holger zu Andreas. »Mit meinen eigenen Füßen durch dieses Tor hindurchzugehen.« Sein Blick wanderte nach oben zur Quadriga. Ergriffen nahm er Sivs Hand. »Heute schreiben wir alle Geschichte«, sagte er, ohne den Blick von dem Viergespann abzuwenden. »Heute bringt die Victoria endlich wieder den Frieden in die Stadt.«

Anna Maria war die Erste von ihnen, die einen der Durchgänge erreichte.

»Das kann nicht wahr sein, nein, das kann nicht wahr sein …«, hörte sie neben sich eine alte weißhaarige Frau mit tränenerstickter

Stimme immer wieder sagen, die sich an den Arm eines halbwüchsigen Mädchens klammerte. Ein lautes Schluchzen verschluckte alle weiteren Worte.

Holger, Siv und die Bandmitglieder folgten Anna Maria. Andreas legte seine rechte Handfläche flach auf die Säule, als könne er erst durch die Berührung begreifen, was um ihn herum geschah.

Siv und Anna Maria waren indessen weitergeeilt und erreichten den Fuß der Mauer, wo kräftige Arme sie packten und ohne zu zögern hinaufzogen.

Der Sims war deutlich breiter, als Anna Maria erwartet hatte. Neben ihr hockte ein junger Mann in einer Jeansjacke und verteilte Wunderkerzen. Überrascht bemerkte sie ein Stück weiter eine hagere Frau im schwarzen Wollmantel, die anfing, mit Hammer und Meißel auf die Mauerkrone neben ihren Füßen einzuschlagen.

Anna Maria stand da, einfach so. Sie weinte nicht. Sie rührte sich nicht.

Als sie das kleine glühende Stäbchen mit den spritzenden Sternen in den Nachthimmel von Berlin hielt, führte Siv das Saxophon an die Lippen und spielte: »What a Wonderful World« von Louis Armstrong.

43

Es war der 10. November 1989. Ungewöhnlich an diesem Tag waren die spätsommerlichen Temperaturen und die häufige Anwesenheit der Sonne, die immer wieder Wege durch die dichte Wolkendecke fand und die Trostlosigkeit der Anstalt in silberne Helligkeit tauchte. Ungewöhnlich war auch die beständige Unruhe, die in den Mädchenunterkünften Einzug gehalten hatte.

Aki hörte zum ersten Mal geflüsterte Worte, die sie an diesem Ort nicht für möglich gehalten hätte – Gerüchte. Sie kamen von draußen. Über Menschen, die angeblich zu Tausenden auf die Straße gingen und gegen das System protestierten, das sie hier eingesperrt hielt. Es hieß sogar, die Mauer wäre in der Nacht aufgegangen, aber das konnte sie nun wirklich nicht glauben.

»Frühstück beenden«, dröhnte eine Stimme. »Agnes Kretschmann?«

Aki sprang auf und nahm Haltung an. »Hier!«

»Ins Verwaltungszimmer, sofort und im Laufschritt, wenn ich bitten darf.«

Endlich, dachte sie, es geht los. Heute war sie achtzehn geworden und sie glaubte fest daran, dass man sie gehen lassen würde.

Sie kam nicht umhin, all die Veränderungen zu bemerken. Seit ein paar Wochen ließ man die Jugendlichen keine Nachrichten mehr schauen, obwohl es früher Pflichtprogramm gewesen war. Hinterher musste sonst immer einer von ihnen das Gehörte zusammenfassen und vortragen.

Auch die rücksichtslosesten Erzieher hielten sich neuerdings im Umgang mit den Insassen auffallend zurück.

Als sie den Korridor erreichte, stand die Tür bereits offen. Aki klopfte trotzdem.

Der Kerl hinter dem Schreibtisch hob schwer den Kopf und glotzte sie aus wässrigen Augen an.

Aki hielt unweigerlich den Atem an.

Vor ihr saß der stiernackige Mann, der zuerst Hanna und dann sie auf dem Hof brutal zusammengeschlagen hatte. Unwillkürlich begann sie zu zittern und ballte die Fäuste. Achtsam ließ sie die Luft aus ihren Lungen strömen.

»Du wirst heute entlassen«, schnarrte seine Stimme unangenehm. »Aber zuvor wirst du mir noch ein paar Papiere unterschreiben.« Er schob ihr einen mit der Schreibmaschine getippten Entwurf hin, über dem das Wort »Erklärung« stand. »Hiermit verpflichtest du dich, über deine Zeit im Jugendwerkhof Stillschweigen zu bewahren.«

Aki schlussfolgerte daraus, dass, wenn sie das nicht tat, ihr unweigerlich Konsequenzen drohten. Sie presste die Kiefer aufeinander und unterschrieb das Papier.

Der Erzieher zog die Erklärung unter dem Stift weg und ersetzte das Blatt durch ein anderes Schriftstück. »Du bekommst von mir eine Bescheinigung ausgehändigt zur einmaligen«, er betonte dieses Wort und machte eine Pause, »Benutzung der Deutschen Reichsbahn. Einfache Strecke, zweite Klasse. Dafür unterschreibst du mir hier.«

Wieder setzte Aki ihren Namen auf die gestrichelte Linie.

Grunzend legte er die Aktennotiz beiseite. »Welcher Zielort?«

»Berlin.«

Aki beobachtete, wie die fetten Finger den Namen der Stadt ungelenk in das dafür vorgesehene Feld kritzelten, und wog die denkbaren Szenarien ab, bevor sie es wagte, ihm eine Frage zu stellen: »Was ist mit meinem Lohn?«

»Welcher Lohn?«, fragte der Mann verblüfft. »Ich habe kein Geld für dich.«

»Wo ist mein Lohn für das, was ich hier in der Produktion erarbeitet habe?«, fragte Aki nun mit Bestimmtheit und ließ den Erzieher nicht aus den Augen.

Der hob die Hand und winkte ab. »Die paar Kröten sind doch schon längst für deine Unterbringung und Verpflegung draufgegangen. Das ist doch kein Sanatorium hier, wo man auf Staatskosten urlaubt, und jetzt verschwinde, geh mir aus den Augen, bevor ich es mir anders überlege und dich noch mal ins Loch stecke.«

Aki packte mit den Händen die Tischkante, bis ihre Knöchel weiß wurden. Sie fixierte ihn. Ohne dass sie es wollte, besaß sie einen namenlosen Teil von ihm, hineingeschlagen in ihren vernarbten Körper und dort würde sie ihn bewahren, bis irgendwann der Tag der Abrechnung kam und sie sich unter anderen Umständen wiedersahen. Sie würde nicht vergessen.

Der fette Kerl vor ihr begann zu schrumpfen. Er würde keine Macht mehr über sie haben, sobald sie diesen Ort verließ. Mit äußerster Willenskraft löste sie ihre Hände von der Tischkante und zog mit einem Ruck das Bahnticket zu sich heran.

Als sie durch das Tor des Jugendwerkhofs trat, trug sie die Kleidung, mit der sie hier eingeliefert worden war. Sie roch nach Desinfektionsmittel und Aki kam sich in den schäbigen Punkklamotten mit einem Mal verkleidet vor.

Sie sah an sich hinunter.

Zu vieles trennte das Leben davor von ihrem Leben danach.

Noch einmal drehte sie sich um.

Kübel war nicht mehr da.

Oben auf einem Gerüst hockten Bauarbeiter. Sie riefen sich etwas zu, was Aki nicht verstand, während sie die Gitter und Sichtblenden von den Fenstern entfernten. Ein Stück weiter überquerten zwei Männer in grauen Uniformen den Hof. Sie zogen einen randvoll beladenen Handwagen voller Akten in Richtung Heizungskeller. Aus der Esse quollen dunkle Schwaden beißenden Qualms.

In diesem Moment ahnte Aki, dass an den Gerüchten doch etwas dran sein musste.

Sie lief durch die schwarzvioletten Straßen der Stadt, über die manchmal bronzene Flecken huschten und erreichte den Bahnhof. Hier setzte sie sich auf eine Holzbank und wartete auf ihren Anschluss. In einer Wasserlache neben dem Gleis badeten Spatzen, die sich laut tschilpend erhoben, als der Zug einfuhr. Aki öffnete die Tür und stieg ein. Es roch muffig, aber sie hatte ein ganzes Abteil für sich allein.

Um ein Gefühl für die Entfernung zu bekommen, die zwischen diesem unheilvollen, düsteren Ort und ihrem Ziel lag, schaute sie die ganze Zeit voller Aufmerksamkeit aus dem Fenster. Manchmal, wenn es vorübergehend dunkel wurde, weil sie unter einer breiten

Brücke hindurchfuhren oder einen Tunnel passierten, sah sie, wie sich neben ihrem Gesicht das Antlitz der Frau in Gold in der Scheibe spiegelte, während sich ihre stummen Blicke trafen.

So, wie der Zug die mit Teer getränkten Holzschwellen unter den Schienen hinter sich zurückließ, zogen an Aki die Minuten und Stunden ratternd vorüber.

Dann erreichte der Zug Berlin. Aki bemerkte die vielen Menschen am Ostbahnhof, die in die Stadt drängten, bepackt mit Stoffbeuteln, Reisetaschen und Koffern, und die alle über die Grenze wollten.

Sie selbst lief nach Hause.

Als sie den vertrauten Torbogen passierte, raschelten an ihren Füßen die gelbbraunen Blätter der Linde, die der Wind in einer Ecke zusammengeweht hatte. Im Innenhof stand eine grüne Simson mit Anhänger, auf dem vier Jutesäcke lagen. Etwas abseits stocherte ein Mann in einer wattierten Militärjacke und mit einer Schiebermütze auf dem kahlen Schädel, verbissen mit einem Stock in einer der Aschtonnen herum. Er würdigte sie keines Blickes.

Als Aki an ihm vorüberging, bemerkte sie, wie er einen blaugrün verschimmelten Brotlaib, den er aufgespießt hatte, aus dem Müll hievte und mit zufriedener Miene in einem der Säcke verschwinden ließ.

Heftiger, als sie das beabsichtigt hatte, stieß sie mit dem Fuß die Tür zum Hinterhaus auf, die nach all der Zeit noch immer nicht repariert worden war. Im Hausflur traf sie ein stechender Geruch, den sie nicht gleich zuordnen konnte. Sie spürte Ekel in sich aufsteigen und hielt sich die Hand vor den Mund. Es war eine Mischung aus geschmortem Kohl und angebrannter Milch. Manchmal war so ein Geruch der Küche im Jugendwerkhof entwichen, und sie hielt die Luft an, bevor sie ein Fenster öffnete. Dann stieg sie die letzten Treppenstufen bis zur Wohnung hinauf und klopfte an die Tür. Dahinter blieb es still. Auch, als sie es ein zweites Mal versuchte. Nichts.

Aki bückte sich und schlug den Flurläufer zur Seite. Früher hatte die Mutter unter einem losen Stück Holzdiele einen Ersatzschlüssel versteckt. Sie hatte Glück. Matt glänzend lag er da. Sie nahm ihn an sich und öffnete die Tür.

Das Erste, was ihr begegnete, war Staub. Zentimeterdick.

Vorsichtig betrat sie die Wohnung. Sie schien in eine Art Traumwelt vorzustoßen, losgelöst von der sie umgebenden Wirklichkeit. Zurückgelassen von den Menschen, die aus ihr entschwunden waren. Aki trat an den Küchentisch. Selbst hier, auf den angeschlagenen Tellern, dem mit ranziger Butter verschmierten Besteck und auf den Neigen in den Teetassen lag der Staub. Sie drehte sich um, öffnete den Kühlschrank und klappte ihn sofort wieder zu. Es stank bestialisch.

Danach lief sie durch alle Zimmer. Überall traf sie auf dasselbe Bild eines schnellen, überhasteten Aufbruchs. Im Schlafzimmer standen die Schranktüren weit offen, die Fächer dahinter waren leer und es fehlten beide Koffer.

Aki ging in die Küche zurück und sank matt und wie betäubt auf einen der Stühle. »Wo seid ihr hin?«, fragte sie in die Leere hinein.

Wieder fiel ihr Blick auf das schmutzige Geschirr und wie von selbst, ohne darüber nachzudenken, begann sie langsam, die Teller zusammenzustellen.

Dann erhob sie sich und trug den Berg Porzellan hinüber zur Spüle. Sie drehte den Wasserhahn auf und ein dünner Strahl rann in das Becken. Wenigstens ist es noch nicht abgestellt worden, dachte sie. Über ihr sprang der Boiler an. Sie drückte den Gummipfropfen in den Ausguss.

Anschließend öffnete sie das Küchenfenster und blieb einen Moment lang davor stehen. Der Mann und die Simson waren verschwunden. Dafür entdeckte sie einen roten Ball, der neben dem Stamm der Linde lag. Aki erinnerte sich, dass Beate so einen Ball besaß. Vielleicht hat er schon vorhin dort gelegen, dachte sie und sie hatte ihn nur nicht bemerkt.

Abrupt wandte Aki sich ab. Im Moment konnte sie den Anblick des verwaisten Spielzeugs nicht ertragen. Um sich abzulenken, suchte sie nach dem Spülmittel und fand einen Rest im Regal nebenan. Sie gab das Fit ins Wasser und ließ das Geschirr in die warme Lauge gleiten. Nacheinander wusch sie alle Teile ab und stapelte sie zum Trocknen auf die Ablage der Spüle.

Als sie den Lappen nahm, um den Tisch abzuwischen, fiel ihr Blick auf die vier leeren Sitzplätze.

Aki spürte, wie ihr die Tränen in die Augen schossen. Sie wollte, dass sich die Tür öffnete und sie zurückkämen. »Was denkt ihr euch!«, murmelte Aki. »So geht das nicht! Ihr müsst mir doch wenigstens eine Nachricht hinterlassen, wo ich euch finden kann!«

»Kind, mit wem redest du?«

Aki wirbelte herum und erblickte Frau Drost, die unerwartet hinter ihr in der Küche stand und sie fragend ansah.

»Sie sind alle weg!«, sagte Aki verzweifelt, während ihr die Tränen übers Gesicht liefen.

»Ich weiß«, antwortete Frau Drost sanft, während sie auf Aki zuging und sie in ihre Arme schloss. »Sie sind schon sehr lange weg, Kind. Aber ich bin so froh, dass du endlich nach Hause gekommen bist.«

1990

44

Anna Maria beugte sich über das klobige Gerät, um es vor dem Verlassen des Ladens auszuschalten. Der neue Kopierer war Herrn Gerickes Idee gewesen. Er hatte ihn über seinen Schwager aus dem Westen besorgt, weil der meinte, mit Fotokopien ließe sich zukünftig mehr Geld verdienen als mit der Entwicklung von Filmen. Überall im Laden standen Kartons mit Papier und Zubehör, das noch ausgepackt und verstaut werden musste, aber das war nicht mehr ihre Aufgabe.

Sie hielt bereits die Schlüssel in der Hand und wollte gerade den Schalter am Gerät betätigen, als sie hinter sich ein Geräusch wahrnahm. Erschrocken zuckte sie zusammen, drehte sich um und da stand er plötzlich in der Tür.

Entschuldigend hob der Mann die Hände. »Guten Abend«, sagte er und seine Stimme klang weich und angenehm. »Es tut mir leid. Ich weiß, Sie haben Feierabend. Aber ich brauche noch dringend ein paar Kopien. Ist das möglich?«

Anna Maria starrte ihn an.

Er sah aus, als hätte man ihn aus einer Illustrierten herausgeschnitten. Groß, schlank. Das glänzende braune Haar trug er nach hinten frisiert und aus intensiv blauen Augen, die von markant geschwungenen Brauen beschattet wurden, schaute er sie freundlich an. Der maßgeschneiderte Anzug, den er trug, zeigte Spuren von Regenspritzern, aber seine Schuhe glänzten makellos.

Um seine Mundwinkel zeigte sich der Anflug eines Lächelns. »Wenn sie Nein sagen, muss Dr. Helmut Kohl unverrichteter Dinge wieder abreisen, denn das hier ist seine Rede.« Er hob eine völlig durchweichte Ledermappe hoch. »Wie Sie sehen können, sind die Seiten nass geworden und ich sollte sie kopieren, bevor sie sich ganz auflösen.«

Seit Tagen waren Anna Maria überall in der Stadt die Wahlflugblätter der »Allianz für Deutschland« aufgefallen. Sie waren sogar auf der letzten Montagsdemonstration verteilt worden. Es hieß darauf: »Bundeskanzler Helmut Kohl kommt!« Den ganzen Nachmittag waren bereits immer wieder erwartungsvolle Gruppen von Besuchern am Ladenfenster vorbeigegangen, und sie vermutete, dass viele Bewohner aus dem Umland extra wegen dieser Wahlkundgebung in die Stadt kamen.

Anna Maria fasste sich. »Ja, gut, das kann ich schnell noch machen.« Sie nahm die Mappe entgegen und breitete die feuchten Blätter vor sich auf dem Ladentisch aus.

Sie merkte, wie der Mann sie dabei aufmerksam musterte.

Ihr Gesicht begann zu glühen und die langen Wimpern zitterten, als sie nach unten blickte. Die Lippen presste sie vor Anspannung fest zusammen. Sie hatte bereits ihren schwarzen Wollmantel angezogen und die Knöpfe geschlossen. Die geschickt gesetzten Abnäher betonten ihre schlanke Figur, und die braunen Stiefel mit den hohen Hacken ließen sie größer wirken. Als sie sich umdrehte, um die Abdeckung des Kopierers zu öffnen, floss das blonde dichte Haar lang über ihren Rücken.

»Sind Sie morgen auch hier?«, fragte er. »Ich müsste noch einige andere Sachen vervielfältigen.«

Sie betätigte die Taste und der helle Lichtbalken glitt über die gesamte Breite des Papiers. »Sie können gern wiederkommen. Das Geschäft ist offen.«

Er räusperte sich. »Und Sie, werden Sie auch hier sein?«

Sie hielt inne. Eigentlich beantwortete sie solche Fragen nie, aber was sollte es. Sie legte die Kopie ab. »Nein. Heute ist mein letzter Arbeitstag. Ab morgen studiere ich.«

»Wo, hier in Leipzig?«

Sie blickte auf. Warum fragte er sie das?

»Ich bin gerade angekommen und werde eine Weile in der Stadt sein«, beeilte er sich zu erklären und lächelte dabei gewinnend. »Da dachte ich, es wäre schön, schon jemanden zu kennen.«

»Na dann: Herzlich willkommen«, sagte sie zögernd und wandte sich wieder den Kopien zu. Ihr war jetzt heiß, aber sie wollte sich auf keinen Fall den Mantel ausziehen. Sie trug nur das ausgeblichene grüne T-Shirt und die Jeans darunter.

Er verschränkte die Arme vor der Brust und machte einen erneuten Versuch: »Wenn die Sache nachher gelaufen ist, brauchen die mich nicht mehr, dann habe ich den Abend frei. Haben Sie nicht Lust, mir die Stadt zu zeigen? Ich lade Sie auch zum Essen ein. Sie können frei auswählen, wohin.«

»Zum Essen?«, fragte sie verblüfft.

»Ja.« Er lehnte sich unbefangen mit dem Rücken an den Türpfosten.

Sie überlegte kurz, während der Lichtbalken erneut über das Blatt wanderte. Im Grunde genommen hatte sie heute Abend nichts vorgehabt, vielleicht noch eine Bluse bügeln für die Hochschule morgen. Verstohlen betrachtete sie den Mann. Warum eigentlich nicht? Sie könnte auch nach der Kundgebung kurz noch nach Hause gehen und sich umziehen. Sie nahm die letzte Seite in die Hand. »Wann hatten Sie denn gedacht, dass wir uns treffen?« Sie sah, dass er sich über die Frage freute.

»So in zwei Stunden, dort vorn an dieser Passage beim alten Rathaus.« Er zeigte vage in die Richtung.

»Sie meinen die Mädler-Passage, ja?«

»Genau die.« Er nahm die Mappe mit den Originalen und die Kopien entgegen und öffnete sein Portemonnaie. Es enthielt in der Mitte ein Bündel große Geldscheine, die von einer goldenen Spange zusammengehalten wurden. Als er ihren irritierten Blick bemerkte, schien er sich dessen erst bewusst zu werden. Mit Humor versuchte er die Situation zu retten. »Wie Sie sehen, habe ich genug Geld dabei, dass wir richtig einen draufmachen können.«

Anna Marias Blick wanderte von der Geldklammer hinauf in sein Gesicht. Er war so völlig anders als die Männer, die ihr bisher begegnet waren. Aber sie vertraute ihrem Urteilsvermögen und sie empfand Sympathie für ihn. Sie konnte sich gut vorstellen, dass ein Abendessen mit ihm unterhaltsam werden könnte. Sie lächelte. »Einverstanden, aber ich bestimme, wohin.«

Er reichte ihr den Geldbetrag für die Kopien, den sie in die Kasse legte. Auf der Schwelle drehte er sich noch einmal um und schaute ihr direkt in die Augen. »Also bis dann.«

Sie nickte: »Bis dann.«

Der Platz vor der Oper war voll von Menschen. Anna Maria vermutete, es müssten Hunderttausende sein, die hier dicht gedrängt in ausgelassener Stimmung wie bei einer Sportveranstaltung oder einem großen Volksfest auf den Beginn der Kundgebung warteten. Ein Vorwärtskommen war für sie fast unmöglich.

Sie wurde an raue Häuserwände gedrückt und in einen Strom diskutierender Studenten hineingezogen, bevor sie eine Gruppe bunter Anoraksträger einschloss, die unweit der Oper zum Stehen kam. Sie hörte, wie Trommeln neben ihr wirbelten, als ein Spalier für die Politiker gebildet wurde, die mit zügigen Schritten durch die Massen gingen. Applaus brandete auf, Jubelrufe erklangen und immer wieder geriet der Politikertross ins Stocken, weil der deutsche Bundeskanzler ein Bad in der Menge nahm. Anna Maria meinte sogar für einen Moment, unter ihnen den jungen Mann aus dem Laden zu erkennen, aber da war die Delegation schon vorüber.

Dann hob sie die Kamera, um ihre Eindrücke festzuhalten. Direkt gegenüber stand ein dicker Mitvierziger, der auf seiner Trommel ein Pappschild mit der Aufschrift: »Ich grüße meinen Kanzler Kohl« befestigt hatte. Daneben klatschten eine Frau im hellblauen Blouson und ein schnauzbärtiger Mann mit einer Baskenmütze begeistert in die Hände. Viele Leipziger um sie herum schwenkten Fahnen der Bundesrepublik Deutschland oder hielten Transparente mit Losungen hoch. Aus der Forderung »Wir sind das Volk« war längst die Parole »Wir sind ein Volk« geworden.

Während sie den Auslöser drückte, erinnerte sie sich, was Helmut Kohl bereits im Dezember '89 vor der Ruine der Dresdner Frauenkirche gesagt und womit er sich offen zur Wiedervereinigung bekannt hatte. »Mein Ziel bleibt, wenn die geschichtliche Stunde es zulässt, die Einheit unserer Nation.«

Anna Maria richtete ihr Teleobjektiv auf den Balkon der Leipziger

Oper und erkannte deutlich den blonden Kopf von Hannelore Kohl, die lächelnd neben dem Rednerpodest ihres Mannes stand. Auch der ostdeutsche CDU-Vorsitzende Lothar de Maizière, DSU-Vorsitzender Hans-Wilhelm Ebeling und DA-Generalsekretär Oswald Wutzke sollten sprechen. Der angekündigte Wolfgang Schnur nahm hingegen nicht an der Veranstaltung teil, da heute bekannt geworden war, dass er als ehemaliger Inoffizieller Mitarbeiter des Ministeriums für Staatssicherheit enttarnt worden war.

Bei dem Gedanken daran strich Anna Maria über ihre Stirn und tastete nach der blassen Narbe unterhalb ihres Haaransatzes. Menschen wie Schnur hatten viele Narben, viele zerstörte Leben, viele gebrochene Seelen auf ihrem Weg zurückgelassen.

Als sie sich umdrehte und sah, dass immer noch mehr Menschen herbeiströmten, wurde ihr klar, was diese Kundgebung heute bedeutete, dass es keine Reformen von innen mehr geben würde. Die Idee von Teilen der Opposition, am Sozialismus festzuhalten und die DDR neu zu gestalten, hatte ausgedient. Die Gestaltung der Zukunft übernahmen nun andere.

Ihr Blick fiel auf ein altes Ehepaar ein paar Meter hinter ihr, das aufgeregt ein Schild über den Köpfen schwenkte: »Helmut, nimm uns an der Hand und führe uns ins Wirtschaftswunderland« las sie und schüttelte leicht den Kopf. Waren die Leute wirklich so naiv? Sie dachte an das Bild von Philemon und Baucis und hoffte, dass die beiden keine Opfer des faustischen Fortschrittsstrebens wie bei Goethe werden würden.

Anna Maria packte die Kamera ein und bahnte sich einen Weg hinaus zwischen den entrückten Gesichtern und den euphorischen Lobgesängen auf die zukünftige deutsche Einheit.

Zu Hause angekommen, legte sie hastig die Kamera aufs Bett, sprang aus der Jeans und zog sich das T-Shirt über den Kopf. Geschwind wusch sie sich das Gesicht und überlegte kurz, sich das Haar zu einem Zopf zu flechten, ließ es dann aber offen über ihre Schultern fallen. Anschließend schlüpfte sie in das schlichte Kleid aus grauer Wolle, zu dem die Stiefel und der Mantel gut passten.

Eilig verließ sie das Haus. Der Wind hatte aufgefrischt und sie schlug im Gehen den Kragen hoch. Zehn Minuten später erreichte sie die Mädler-Passage und ihr Herz schlug einen Moment schneller, als sie unter dem Torbogen den gutaussehenden Mann stehen sah, der angestrengt nach ihr Ausschau hielt. Suchend blickte er in die Gesichter der an ihm vorbeidrängenden Passanten. Als er sie bemerkte, huschte ein jungenhaftes Lächeln über sein Gesicht, in das sich Erleichterung mischte. Überschwänglich streckte er ihr die Hand entgegen. »Ich habe mich vorhin gar nicht vorgestellt. Patrick von Cappenburg, aber wenn du willst, für dich einfach Patrick.«

»Anna Maria«, sagte sie unsicher. Seine Augen waren von einem so ungewöhnlichen, fast violetten Blau, das sie irritierte, und sein Blick fixierte sie so intensiv, dass sie verlegen die Lider niederschlug und den Fliesenboden vor ihren Füßen betrachtete, der mit feuchten Schuhabdrücken übersäht war. »Also was interessiert Sie, äh, dich denn besonders in der Stadt?«, fragte sie zögerlich.

»Ehrlich gesagt habe ich einen Bärenhunger. Aber wenn ich mich hier so umsehe, scheint das ganze Land auf den Beinen zu sein. Denkst du, wir ergattern noch irgendwo freie Plätze in einem Lokal?«

Sie überlegte fieberhaft. Wohin konnten sie gehen? Diese Frage hatte sie sich immer wieder gestellt, seitdem sie die Kundgebung verlassen hatte. Jetzt hob sie den Blick von den schmierigen Platten und schaute sich unbestimmt um. Da fiel ihr eine Leuchtreklame am anderen Ende des Platzes auf. Genau, das war es! Dort war sie schon einmal mit Siv und Malte gewesen, als sie etwas gefeiert hatten.

Aber was?

Sie wusste es nicht mehr. Egal. Das Lokal war ihr damals unheimlich exotisch vorgekommen, mit Bambusrollos an den Fenstern und nostalgischen Deckenventilatoren über der Bar. Sie war seitdem nie wieder dort gewesen, aber es existierte sicher noch. »Es gibt hier in der Nähe ein kubanisches Restaurant. Da könnten wir es versuchen. Hast du da Lust drauf?«

»Kubanisch, toll, das kenne ich noch nicht. Lass es uns ausprobieren.« Er lächelte liebenswürdig, als sie ihm ihr Gesicht endlich zuwandte und Anna Maria spürte wieder die Hitze, die in ihr aufstieg und die seine Gegenwart verursachte. Mit einem Ruck drehte sie sich um und trat hinaus auf die Straße.

Er lief dicht neben ihr, ohne dass sie sich berührten.

Als sie den dunklen Platz vor dem Alten Rathaus überquerten, dachte Anna Maria daran, wie sie vor fast einem Jahr hier Flugblätter verteilt hatte, jeden Moment darauf gefasst, verhaftet zu werden, und das wäre sie ja auch, wenn nicht ... Sie schob den Gedanken beiseite. Das gehörte der Vergangenheit an. Von heute an sah sie einer Zukunft entgegen, in der alles geschehen konnte.

45

Jeden Morgen verließ Jens gegen sechs das Wohnheim, wenn die Dunkelheit sich in ein lichtes Grau wandelte, und kehrte nicht vor fünf Uhr nachmittags zurück, wenn die Dunkelheit bereits wieder in die bleichen Ecken und Winkel seines Zimmers kroch. Wenn ihm zufällig sein Spiegelbild begegnete, fühlte er sich an ein Tier erinnert, dass sich in ein dorniges Gebüsch zurückgezogen hatte, um dort die Wunden zu lecken, die ihm geschlagen worden waren.

Egal wie gleichförmig sein Tag verlief, nie stellte sich bei ihm das Gefühl ein, etwas von Tragweite zu verpassen. Ehrlich gesagt, er dachte nicht mal darüber nach, ob ihm sein Dasein gefiel. So wie es war, barg es keine unangenehmen Überraschungen und das reichte ihm. Vorerst.

Mitte November hatte er seine erzwungene Kooperation mit dem Ministerium für Staatssicherheit offiziell für beendet erklärt. Doch der Oberst, der sein Schreiben entgegennahm, hatte nur müde genickt und ihn weggeschickt.

Danach hatte er tagelang vor dem Fernseher gehockt, Bier getrunken und sich Reportagen angesehen, unter anderem über einen Besuch in der Regierungssiedlung Wandlitz. Aber nichts davon konnte ihn wirklich erreichen, ihn im Innersten berühren. In der Konsequenz konnte er sich ebenso wenig von etwas befreien, was ihm vielleicht anhaftete, wie Erleichterung darüber empfinden, dass eine Umkehr jetzt ohne Druck oder Auflagen möglich geworden war.

Er hatte in diesem Zimmer, im düsteren, kaltblauen Licht einfach nur existiert, hin- und hergerissen zwischen Verzweiflung und Langeweile und dem Bedauern von verlorengegangenen Möglichkeiten.

Irgendwann, er hatte gerade Einkäufe erledigt, kam ihm der Gedanke, nach Leipzig zu fahren und Anna Maria zu suchen. Er wusste, dass sie in einem Fotoladen in der Innenstadt arbeitete und dort ein Zimmer bewohnte. Ziellos war er durch die Straßen der Stadt geirrt, in der Hoffnung, sie irgendwo zufällig anzutreffen. Am Ende stand er vor dem Fotogeschäft, aber es war geschlossen. Gerade, als er sich fragte, ob sie, wie so viele, in den Westen ausgereist war, entdeckte er sie in einiger Entfernung, wo sie auf der gegenüberliegenden Straßenseite aus einer Limousine mit westdeutschem Kennzeichen stieg. Ein auffallend gut gekleideter Mann, etwas älter als er selbst, hielt ihr galant den Wagenschlag auf. Danach gingen sie ein Stück nebeneinander den Gehsteig entlang.

Einen ersten Impuls von Enttäuschung und Eifersucht unterdrückend, sagte er sich, dass der Mann ja auch ein Bekannter oder ein Verwandter sein konnte. Offenbar unterhielten sie sich nur angeregt. Schon wollte er die Straße überqueren, um sich erkennen zu geben, war schon im Begriff, grüßend die Hand zu heben. Da verlangsamten sie ihre Schritte. Sie blieben vor einem Hauseingang stehen und der Fremde legte seinen Arm um Anna Marias Schultern. Sanft zog er sie zu sich heran und küsste sie. Als sie sich wieder voneinander lösten, entnahm sie ihrer Manteltasche einen Schlüssel und öffnete die Tür, hinter der sie beide Hand in Hand verschwanden.

Jens blieb eine Weile stehen und starrte wie betäubt auf die dunkle Fassade mit den hohen Fenstern, wo von der Dachrinne verrostete Drähte lose herabhingen und der Putz großflächig abgebröckelt war. Was hatte er erwartet? Er wusste es nicht genau. Aber einst war da zwischen ihnen ein Zauber gewesen. Ein prickelndes, selbstloses Verlangen. Vermutlich sogar Liebe. Und jetzt? Er schluckte heftig. Nun blieb ihm nichts weiter übrig, als zu flüchten.

Als endlich die Schmerzen in seiner Brust nachließen und er wieder Luft bekam, lenkte er mühsam seine Schritte weg von diesem Ort.

Er suchte seine Tante auf und sie war es, die ihm eine Arbeit abseits all seiner Erinnerungen besorgte. Der Kaderchef, dessen Gesicht zerfurcht und grau wie ein Sohlenabdruck im Staub war, nickte nur stumm, denn für den Bautrupp wurden immer Freiwillige gesucht.

Jens' Aufgabe bestand darin, die löchrigen Betoneinfriedungen von alten Behältern auszubessern, die eine ätzende Flüssigkeit enthielten, Abwasser aus der chemischen Industrie. Auch wenn Jens sich einredete, dass es besser war, irgendeine Aufgabe zu haben, als im endlosen Karussell seiner Gedanken durchzudrehen, war sein Körper da schnell anderer Meinung. Nach einer Woche entdeckte er zufällig die Flechte auf der Haut. Einen fleischroten Fleck, handbreit unterhalb des Halses, der von einem schuppigen Rand begrenzt wurde und anfing, furchtbar zu jucken. Schnell folgten weitere und einen Monat später bedeckte das Ekzem bereits etliche Hautpartien.

Das war der Zeitpunkt, als sein alter Kumpel Gerd ihn mit einer Tube Salbe in der Hand im Gemeinschaftsbad fand. »Alter, siehst du beschissen aus«, sagte er zur Begrüßung und kramte mit betroffener Miene eine Schachtel Zigaretten hervor.

»Was willst du denn hier?«, fragte Jens verwundert, wartete die Antwort aber nicht ab. »Los, gib mir auch eine.« Hart schob er den Filter zwischen die aufgesprungenen Lippen. Das Feuerzeug flammte auf.

Tief inhalierte Gerd den Rauch und sah sich dabei in dem dunkelbraun gefliesten Raum um. »Ich dachte schon, die Waschräume in der Kaserne wären vorsintflutlich gewesen, aber das hier?« Er wischte sich mit dem Handrücken über den Mund und schaute zu Jens. »Ich habe von einem Kumpel aus Senftenberg einen Tipp bekommen. Der kennt einen Italiener im Westen, gutes Restaurant sagt er, wo man als Kellner ordentlich Kohle verdienen kann. Ich habe keinen Bock, da alleine hinzugehen. Was sagst du?«

Ihre Blicke trafen sich kurz im Spiegel.

Jens betupfte die Haut mit Salbe. Die Zigarette steckte im Mundwinkel, und weil der Rauch in den Augen brannte, kniff er sie zusammen. »Ich kann nicht kellnern«, erwiderte er knapp.

»Kellnern!« Gerd zog das Wort in die Länge und blies dabei die Wangen auf. »Alter, was ist schon dabei, ein paar Teller von A nach B zu tragen? Kinderkram sag ich dir. Das haben wir doch ruckzuck drauf.«

Vor dem Fenster knatterte ein Traktor vorbei. Er zog einen Anhänger hinter sich her, auf dem zwei leere Metallfässer über die Ladefläche rollten und scheppernd aneinanderschlugen.

»Ich weiß nicht, was dich hier hält.« Gerd deutete zum Fenster hinaus. »Schau dir das verschissene Drecksnest an. Alles tot. Die Bonzen haben unser Land doch längst für ein paar Bananen verkauft und die Trottel da draußen kriegen das erst nach und nach mit. Es wird Zeit, flinke Füße zu machen.« Gerd ließ die Kippe in den Abfluss eines Waschbeckens fallen und boxte Jens anschließend aufmunternd gegen den Oberarm. »Gib dir einen Ruck. Falls du es noch nicht kapiert hast, hier im Osten ist Schicht im Schacht! Ende im Gelände! Endgültig Finito!«

Wieder trafen sich ihre Blicke.

»Dagegen im Westen …«, er hob dramatisch den Zeigefinger und legte den Kopf schräg, »… da erwartet uns das pralle Leben, die volle Kohle und bestimmt gibt's da auch ein paar heiße Bräute. Also, bist du dabei?«

Jens wandte sich um und schlug gleichmütig in die ausgestreckte Hand ein.

In dem italienischen Restaurant bekamen sie die Auskunft, dass sie sich zuerst in einem Aufnahmelager anmelden sollten, und so fuhren sie am nächsten Tag in die Nachbarstadt, wo die Behörde in einer Kaserne der Bundeswehr untergebracht war. Die Haltestelle des Linienbusses befand sich direkt neben dem Haupttor und rote Pfeile wiesen ihnen von dort aus den Weg. An der Wache mussten sie einen Moment warten, weil bei dem Mann vor ihnen der Einkaufsbeutel von zwei Soldaten kontrolliert wurde. Einer von ihnen sah hinein und zog eine Schnapsflasche heraus. »Wie oft sollen wir Ihnen das noch sagen: Jedweder Alkohol ist in der Kaserne verboten.« Er stellte die Flasche seitlich aufs Bord.

»Die habe ich aber bezahlt«, krähte der Mann. »Das sind ja reine Stasimethoden hier. Gib mir die sofort wieder, dann saufe ich sie eben drüben an der Ecke aus!«

Widerwillig gab der Soldat dem Mann die Flasche zurück. Der trollte sich schimpfend.

»Guten Tag!« Fragend musterten die Soldaten sie. »Übersiedler?«

»Guten Tag, ja, wir sind aus der DDR und wollen uns hier anmelden«, antwortete Gerd.

»Sag ich doch, Übersiedler. Gleich rechts das erste Haus, und beachten Sie die Aushänge. Rauchen bitte nur in den dafür ausgewiesenen Bereichen.«

Jens nickte und sie liefen los.

»Der Typ kommt doch sicher wieder hackedicht zurück«, hörten sie einen der Wachposten sagen.

»Der ist seit Oktober hier, kann hier frei wohnen und essen und versäuft das Überbrückungsgeld. Ich bin mal gespannt, wann der arbeiten geht.«

»Du glaubst auch noch an den Weihnachtsmann, oder?«

Jens und Gerd sahen sich vielsagend an und folgten den Pfeilen, die sie ans Ende einer langen Schlange führten. Vor ihnen stand ein Pärchen in der Reihe. Die junge Frau war schlank, hatte glatte lange Haare und ein hübsches offenes Gesicht. Der Mann schien ein wenig älter, war breitschultrig und sein Gesicht drückte Beharrlichkeit aus.

»Habt ihr eine Ahnung, wie das hier läuft?«, quatschte Gerd die beiden an.

Die Frau nickte freundlich. »Hier bekommt ihr erstmal die Anträge, die müsst ihr ausfüllen. Alles Weitere erklären sie euch.«

»Danke. Und wo kommt ihr her?«

»Ich bin aus Magdeburg«, sagte die Frau. »Ich war dort im Betrieb für den Brandschutz verantwortlich. Und bei einem Feuerwehrwettbewerb, da lernte ich Hans kennen.« Sie lächelte den Mann an.

»Ich komme aus München«, erklärte der Mann im bayrischen Dialekt. »Bin da Feuerwehrmann. Zwischen uns hat es gleich gefunkt, wie man so schön sagt.«

Gerd wollte gerade von sich erzählen, als einsetzendes Babygeschrei das Gespräch vorerst beendete. Die Menschen in der Schlange drehten sich um. Die meisten der Wartenden trugen Stonewashed Jeans, Turnschuhe, farbige Anoraks oder Wolljacken, doch das Paar, das Jens nun direkt vor der Zimmertür erblickte, steckte in eigenartigen rotbraunen Zottelmänteln aus Webpelz. Er bemerkte, dass ihre Haare verfilzt waren und auch sonst wirkten sie zerlumpt und schmutzig. Sie führten einen fleckigen Kinderwagen mit sich, in dem das schreiende Kind lag. Der Mann schien die Geduld zu verlieren, denn er packte den Griff und riss daran, so dass das Kind im Wagen auf und nieder geschüttelt wurde. »Halts Maul, du Sack!«, brüllte er und strich sich dabei den Rotz von der Nase.

»Furchtbar, die müssen ja denken, wir sind hier alle unter irgendeinem Stein vorgekrochen«, bemerkte Gerd bissig.

In diesem Moment öffnete sich die Tür und die nächste Gruppe wurde hereingebeten, auch das Paar mit dem Kind. Das Babygeschrei begleitete Jens weiter, während eine stark geschminkte Frau ihm einen Stapel Formulare und einen Stift mit Allianzwerbung aushändigte, begleitet von dem Hinweis, die Papiere zusammen mit dem Personalausweis der DDR im nächsten Zimmer wieder abzugeben. Danach reichte sie ihm noch einen Coupon, der ihn berechtigte in der Kantine umsonst Mittagessen zu bekommen. Er bedankte sich dafür und ging wieder hinaus.

Um die Papiere auszufüllen, suchten sich Gerd und Jens ein ruhiges Plätzchen, abseits der geschäftigen Unruhe, die überall auf den Fluren herrschte, und machten sich über die Vordrucke her. Danach taten sie, wie ihnen aufgetragen wurde und gingen anschließend in die Kantine. Sie hatten Glück und bekamen mit ihren Tabletts noch zwei Plätze am Ende eines langen Tisches. Jens säbelte sich gerade ein Stück vom Kassler herunter, als plötzlich sein Name ausgerufen wurde.

»Jens Grunert, bitte Zimmer 209. Jens Grunert, bitte Zimmer 209.« Mit einem mulmigen Gefühl ließ er das Essen stehen.

Der Raum, in den er eintrat, war völlig überheizt, obwohl das Fenster angekippt war. In der Luft lag der Geruch von Kaffee und Tabak sowie der Duft von Rasierwasser. Jens wurde von drei Männern in weißen gestärkten Oberhemden mit gemusterten Bindern empfangen, die ihre Jacken achtlos über die Stuhllehnen gehängt hatten. Ihre Gesichter waren grau vor Müdigkeit. Einer von ihnen erhob sich, kam um den Tisch herum und begrüßte ihn. Er stellte sich und seine beiden Kollegen als Mitarbeiter des BND vor. Danach hockte er sich auf die Kante des Schreibtisches und musterte Jens forschend. »Sie schreiben in Ihrem Lebenslauf, dass Sie Ihren Wehrdienst bei den Grenztruppen der DDR abgeleistet haben und dass es dort zu einem Grenzzwischenfall kam. Danach wurden Sie vom Ministerium für Staatssicherheit angeworben, bei dem Sie bis zu ihrem Austritt im November 1989 tätig waren.«

»Das ist richtig.«

»Schildern Sie kurz, bei welcher Einheit Sie genau dienten, wer Ihre unmittelbaren Vorgesetzten waren und wie es zu dem Zwischenfall und der anschließenden Zusammenarbeit mit der Staatssicherheit kam.«

Jens folgte der Anweisung und schloss: »… nach den Einsätzen in Leipzig und dem Mauerfall fasste ich den Entschluss, meinen Dienst bei der Stasi zu quittieren.«

Als er den Bericht beendet hatte, sah ihn der Mann an. Eine Pause entstand, in der er hörte, wie im Nebenzimmer das Telefon klingelte.

Der Beamte nickte langsam. »Ihre Ausführungen decken sich zu hundert Prozent mit den Informationen, die uns vom BND und Bundesgrenzschutz vorliegen. Danke, dass Sie so ehrlich zu uns waren.«

Jens nickte. Einen kurzen Moment kam er sich so vor, als hätte er eine wichtige Abschlussprüfung bestanden. Verunsichert wanderte sein Blick zu den beiden anderen Männern. Doch die nahmen, soweit er das erkennen konnte, keine Notiz mehr von ihm, sondern beschäftigten sich inzwischen mit anderen Dingen.

Der Mann räusperte sich und Jens wandte sich ihm wieder zu. Er sah, wie er einen Bogen Papier über den Tisch schob. Oben auf dem Blatt konnte er seinen Namen lesen. »Wir erwarten, dass Sie uns diese Erklärung unterschreiben, in der Sie versichern, dass Sie weder für einen kommunistischen Geheimdienst arbeiten noch vorhaben, zukünftig für einen tätig zu werden.«

Ohne zu zögern nahm Jens den Füllfederhalter und unterschrieb. Danach gab er ihn wortlos zurück.

Behutsam schob der Mann die Hülle über die goldene Feder und drehte das Gewinde zu. »Dann ist für uns Ihr Fall erledigt«, sagte er und ein Lächeln erschien auf seinem Gesicht. »Willkommen in der Bundesrepublik Deutschland.« Dann schritt er wie jemand, für den es selbstverständlich war, hier in diesem Zimmer zu sein, zur Tür und öffnete sie. »Alles Gute für Sie!«, sagte er und gab Jens die Hand.

»Danke.«

Kurz darauf stand er wieder draußen auf dem Korridor. Es war ein dumpfes Gefühl. Er spürte keine Erleichterung, auch keine Freude.

Unzählige Gedanken und Erinnerungen schwirrten noch in seinem Kopf umher, zumindest empfand er es so.

Erschöpft suchte er nach dem Weg, den er genommen hatte, und als er glaubte, ihn endlich gefunden zu haben, trottete er mit hängenden Schultern den Flur zur Kantine hinunter.

»Mann, Alter, wo bist du denn gewesen?«, begrüßte ihn Gerd zerknirscht. »Ich dachte schon, du kommst gar nicht wieder.«

Jens nickte stumm dem Mädchen und dem Feuerwehrmann zu, die sich beide zu ihnen gesetzt hatten.

»Sie wollten ein paar Dinge von mir wissen«, sagte Jens ausweichend. »Wegen damals, wegen Pablow.«

Gerd kniff die Augen zusammen. Ein schmerzlicher Schatten huschte über sein Gesicht. Er richtete sich auf. »Verstehe. Aber jetzt ist alles in Ordnung?«

»Wenn du das so bezeichnen willst, ja. Die haben mich zumindest willkommen geheißen.«

Erleichtert entspannten sich Gerds Gesichtszüge. »Mensch, Gott sei Dank, ich dachte schon, ich muss die Kellnernummer alleine durchziehen.«

»Musst du nicht.« Jens griff an diesem Tag zum zweiten Mal nach seinem Besteck. In dem Augenblick wurde hinter der Essensausgabe ein Radio angestellt und Phil Collins sang: »Another Day in Paradise«.

46

Es geschah unversehens. Es geschah, weil Ivo aus Leipzig stammte und in einem Café frühstücken ging. Es warf alles über den Haufen, jeden Gedanken, den er sich seit der Überquerung der Grenze gemacht hatte. An einem warmen Apriltag, an dem der Fluss jenseits der Promenade geschmolzenem Silber glich, begegnete er auf der Terrasse des »Kowalski« einem Mann namens Gruber, einem kräftigen Kerl, etwas älter als er selbst, mit geflochtenen Lederknöpfen an der Trachtenjoppe.

Ivo war an diesem Tag spät aufgestanden und nachdem er feststellen musste, dass der Kühlschrank leer und Carola zum Schneiderkurs war, ging er nebenan ins Café, wo sich die Studenten drängten und ihre Mitschriften durchsahen. Ivo war gezwungen, auf die Terrasse auszuweichen, wo er den einzigen freien Stuhl am Tisch von Gruber entdeckte, der gleichgültig in einer Tageszeitung blätterte, während er mit mächtigem Appetit Schweinelendchen mit Spiegeleiern und Kartoffelecken verschlang. Als Ivo sich setzte, hob der Mann flüchtig den Kopf, musterte ihn kurz und stürzte anschließend ein Glas Orangensaft hinunter. Nachdem die Kellnerin das Tablett mit dem Frühstück serviert hatte, kamen sie ins Gespräch. Zuerst redeten sie über Fußball, das Thema bot sich an, denn überall wurde nur noch von der bevorstehenden Weltmeisterschaft im Sommer gesprochen, und auch sie überlegten, wie weit die Deutschen im Turnier wohl kommen würden. Doch als Gruber Ivos sächsischen Zungenschlag bemerkte, interessierte er sich mehr dafür, woher genau er kam und was er derzeit hier in der Stadt trieb. Während Ivo eine weitere Brötchenhälfte mit Butter bestrich, erzählte er kurz von ihrer Flucht, dem Aufenthalt in der Prager Botschaft und wie sie schließlich nach Bayern gekommen waren.

Er spürte, dass Gruber aus unbestimmtem Interesse bereitwillig seiner Erzählung folgte. Deshalb ließ er einige unwesentliche Details weg, andere, die ihn mutig und entschlossen aussehen ließen, streute er an den richtigen Stellen ein. Kaum war er mit seiner Schilderung fertig, machte ihm sein Gegenüber ein Angebot. Die Voraussetzung für ihre Zusammenarbeit war jedoch, dass er dorthin zurückkehren sollte, von wo sie vor Monaten aufgebrochen waren – nach Leipzig.

Gruber hatte sich vorgebeugt, und während er mit dem Knöchel des Zeigefingers auf die Zeitung pochte, erklärte er mit gedämpfter Stimme, dass die Zeit gekommen war, wo im Osten das große Geld wartete. Er erzählte ihm von Geschäftsleuten, die mit Backwaren und Joghurts aus dem Aldi in den Osten fuhren und sie dort völlig überteuert gegen DDR-Geld verhökerten. »Drei Ostmark nehmen die für einen Joghurt und die Ossis reißen es ihnen aus den Händen«, flüsterte Gruber glucksend und seine Augen glänzten.

Er faltete die Hände und raunte Ivo verschwörerisch zu, dass er bei dem Goldrausch unbedingt mitmachen wollte. Aber nicht mit Pfennigprodukten wie Backwaren oder Joghurts. Er dachte an etwas Größeres, an etwas, das auch in den nächsten Jahren richtige Gewinne abwerfen würde, wie der Verkauf von Autos. »Wenn die Karren rosten, ab in den Osten! Verstehst du?« Er hielt inne. »Aber dafür brauche ich vor Ort einen zuverlässigen Partner«, murmelte Gruber eindringlich. »Hast du einen Führerschein?«

Ivo bemerkte, dass Gruber ihn bereits duzte. Das war ein gutes Zeichen. Er nickte.

»Das ist gut. Ähm, also ich brauche in Leipzig einen, der für mich den Verkauf organisiert, der die Lieferungen entgegennimmt, die Wagen anbietet und für mich solange dort die Ostkohle verwaltet, bis der Umtausch kommt. Einer von drüben, dem die Leute vertrauen, der selbst Ossi ist, verstehst?« Gruber wischte sich umständlich mit der Serviette über die wulstigen Lippen und zerknüllte sie dann in der Hand. »Würdest du dir das zutrauen?«

Ivo nickte und spürte, wie sich bei ihm vor Anspannung der Nacken verhärtete. Trotzdem versuchte er sich lässig zu geben und cool zu wirken. Er trank noch einen Schluck Kaffee und setzte die Tasse langsam ab. »Was würde für mich dabei herausspringen?«

»Zwanzig Prozent vom Gewinn. Kein fixes Gehalt, falls du dir so was vorstellst.«

»Zwanzig Prozent von was?«

»Deine Landsleute sind heiß auf die Westschlitten. Wenn ich mir das recht überlege, sollten bereits in den ersten Monaten einige Zehntausender drin sein, vielleicht auch mehr. Nach der Währungsumstellung geht's dann mit Krediten und echter Kohle richtig zur Sache.«

Ivo schluckte. In Gedanken ging er bereits die Liste seiner Kumpels und Bekannten durch. »Ich mach es für dreißig Prozent. Das ist ein Haufen Arbeit. Ich muss den richtigen Platz finden, ständig vor Ort sein, um die Autos anzubieten, dann die Wege zur Stadtverwaltung, eventuell Leute anstellen …«

»Fünfundzwanzig.« Gruber schnaufte und starrte ihn aus kleinen, stechenden Augen an. »Mein letztes Angebot. Schließlich trage ich das finanzielle Risiko und fünfundzwanzig Prozent sind ein Haufen Kohle für einen Ossi wie dich!«

Ivo zögerte. Konnte er dem Kerl über den Weg trauen? Dann entschied er, dass das Risiko für ihn selbst überschaubar war und er sich auch wegen des derzeitigen Mangels an lukrativen Alternativen durchaus darauf einlassen konnte. »Einverstanden!«

Die Männer schüttelten einander die Hände und beschlossen, die neue Freundschaft zu begießen. Gruber bestellte zur Feier des Tages eine Flasche Champagner. Als das Getränk in den Gläsern perlte, erhob er sich. »Glaub mir, mein Freund, das neue Eldorado liegt im Osten. Lass uns dort Gold schürfen und richtig reich werden.«

Sie prosteten sich zu und Ivo führte das Glas zum Mund. Das ist einfach nur Wahnsinn, dachte er. Der Champagner prickelte auf der Zunge, sein Brustkorb weitete sich und plötzlich wichen die Orientierungslosigkeit und das bedrückende Gefühl, durch den Weggang aus der DDR vielleicht doch mehr aufgegeben als hier neu hinzugewonnen zu haben, einer euphorischen Freude. Das war seine Chance, bald auf angenehme Weise zu viel Geld zu kommen, einfach nur weil er zur rechten Zeit am rechten Ort gewesen war. Dabei spielte es keine Rolle, dass er sich mit Autos überhaupt nicht auskannte. Das würde Gruber erledigen.

Wie sich bald zeigte, hatte der ein sicheres Gespür dafür, was die Menschen im Osten Deutschlands kaufen wollten. Kein anderes Gut war bei ihnen so begehrt wie ein Westwagen. Grubers Fahrzeuge waren gebraucht und hatten erschwingliche Preise. Um den besten Eindruck zu erwecken, hatte er angeordnet, dass jedes Auto nach der Überführung noch einmal gewaschen und auf Hochglanz poliert wurde.

Ivo fand einen geeigneten Platz an einer der Einfallstraßen, er lag in einer Abrisslücke zwischen zwei maroden Stadthäusern, wo er unter Reihen bunter Wimpel einen alten Campingwagen aufstellte, in dem er die Verträge abschließen konnte. Carola kam auf die Idee, hinter jeder Frontscheibe ein Schild auf dem Armaturenbrett zu befestigen, auf dem die zahlreichen Extras aufgelistet waren: die gediegene Lederausstattung, das Radio mit Kassettentape, die sportlichen Rollgurte und Ähnliches.

Jeden Tag kamen ein Haufen Leute vorbei, die sich neugierig umschauten und jedes Auto bis ins kleinste Detail untersuchten. Einige kauften auch und Ivo sah sich bald gezwungen, immer neue Bekannte anzusprechen, um auf deren Konten gegen eine kleine Entschädigung Geld zu parken, bis es irgendwann umgetauscht werden konnte.

Manches Mal erfüllte ihn ein solches Hochgefühl, dass er sich in die Zeit zurückversetzt wähnte, wo er mit seinen Freunden endlos in den kreiselnden Gondeln der Walzerbahn fuhr und sie dabei das Gefühl hatten, die ganze Welt drehe sich nur um sie.

47

In jeder Hotelküche gab es für das Personal, angefangen beim Küchenchef bis hinunter zum Kochlehrling im ersten Lehrjahr, ein umfangreiches Handbuch, das Anweisungen und Richtlinien enthielt, die es unbedingt einzuhalten galt. Unter anderem wurde geregelt, wie Speisen und kulinarische Spezialitäten des Hauses zu gegebenem Anlass und mit hohem Wiedererkennungswert anzurichten waren. Eine Voraussetzung, um dem Anspruch gerecht zu werden, bestand unter anderem darin, dass in der Küche zu jeder Tageszeit ausreichend Geschirr sowie Töpfe und Pfannen zur Verfügung standen.

Dafür sorgte Aki neuerdings. Ein Vierteljahr war es jetzt her, dass ihre Bewerbung im Hotel Erfolg gehabt hatte. Dabei lief es anfänglich überhaupt nicht gut. Beim Vorstellungsgespräch begegnete man ihr mit Misstrauen. Die Jahre, die sie auf der Straße zugebracht hatte, der Schulabbruch in der achten Klasse und ihr Aufenthalt im Jugendwerkhof hinterließen ein ungünstiges Bild von ihrer Person. Am Ende war es eigentlich nur der Fürsprache von Ursula Drost zu verdanken, dass sie auf Probe die Stelle als Spülerin bekam.

Die Arbeit war hart und mühsam. Trotzdem konnte sie sich nach wie vor darüber freuen, wie gut die Dinge sich seitdem für sie entwickelten. Immer wieder gab es Momente, in denen sie sich verschwitzt gegen den Spülautomaten lehnte, sich mit dem Unterarm die Wasserspritzer aus dem Gesicht wischte und dabei lächelnd auf ihren Neustart zurückblickte.

Manchmal glaubte sie sich schon am Ziel ihrer Wünsche angelangt. So wie an dem Tag, als sie zum ersten Mal eine Bankfiliale betrat, um für sich ein Konto zu eröffnen. Von dem Geld, das sie nun verdiente, kaufte sie sich ab und zu etwas Schönes, wie die Tasche aus festem braunem Leder, die sie auch als Rucksack tragen konnte. Doch ihre eigentliche Ambition bestand darin, jeden Monat etwas von ihrem zugegeben vorerst kleinen Gehalt zu sparen. Dafür händigte ihr die Bankangestellte ein Büchlein aus, in das der Bankcomputer seither fein säuberlich drei Beträge untereinander eingeschrieben hatte. Aki genoss das Gefühl, am Küchentisch zu sitzen und den Ausdruck in ihrem Büchlein zu betrachten. Dabei wanderten ihre Gedanken aus der Wohnung hinaus, das Treppenhaus hinunter in eine abstrakte Zukunft, wo ihr schlichtes Dasein von etwas Fabelhaftem, Unbekanntem überstrahlt wurde.

Einen Moment lang gab sie sich den Träumereien hin, dann schlug sie das Heftchen zu und wandte sich pflichtbewusst der Tagesordnung zu. Es war nicht ihre Absicht, ewig als Spülerin zu arbeiten. Darüber war sie sich schon am ersten Tag klar geworden. Doch angesichts der begrenzten Möglichkeiten, die sich ihr in einer Hotelküche boten, kam sie mit dieser Übergangslösung vorerst gut klar, zumal ihr die Arbeit den Halt und die Beständigkeit gab, nach der sie sich so lange gesehnt hatte. Denn nach wie vor hafteten an ihr die furchtbaren Erinnerungen. Noch immer gab es Nächte, in denen sie in bodenlose Schwärze stürzte und anschließend schweißüberströmt und mit flatterndem Herzen erwachte. Wenigstens hatte sie in den zurückliegenden Wochen erleichtert feststellen können, dass die Intensität dieser Träume langsam nachließ und die Bilder zunehmend verblassten.

Sie begann sich rundum wohler zu fühlen, streifte Stück für Stück die Vergangenheit wie eine alte Haut ab, die ihr zu eng geworden war und kehrte zurück ins Leben.

Eines Morgens bemerkte sie, dass die Linde im Hof in voller Blüte stand. Sie setzte sich in die S-Bahn und fuhr in den Westteil der Stadt. Aki hatte sich für eine Tätowierung entschieden. Aber sie wollte keines dieser nichtssagenden Motive oder Muster, die nur aus breiten, ineinander verschlungenen Linien bestanden. Vier Worte wollte sie sich in die weiße Haut unterhalb des Halsansatzes stechen lassen: Freedom is not free – Freiheit ist nicht frei.

Das Tattoostudio, das sie bei ihrer Recherche in den Gelben Seiten gefunden hatte, befand sich im Souterrain und ein schlanker Mann mit Rastalocken und einem schwarzen T-Shirt, auf dem Bob Marley abgebildet war, bat sie, auf einem Ledersessel Platz zu nehmen. Gemeinsam bestimmten sie mit Hilfe eines Handspiegels den genauen Platz, die Größe und die Art des Schriftzuges. Dann legte der Tätowierer los.

Aki drückte sich in den Stuhl, schloss die Augen und spürte dem Schmerz nach, den die Nadel ihr bereitete, als ihre Spitze das Farbpigment in die zweite Hautschicht einbrachte. Sie bemühte sich, flach zu atmen, und ließ zu, dass sich das ständig wiederholende Stechen mit ihren Erinnerungen und der mahnenden Bedeutung der Worte in ihrem Geist zu einem untrennbaren Dreiklang vereinigte.

Als sie ihr Portemonnaie öffnete, um zu bezahlen, fiel ihr Blick auf einen Handzettel, der neben der Kasse lag. »Selbstverteidigung für Frauen« lautete die Überschrift, die quer auf dem gelben Zettel prangte. Während sie das Wechselgeld einsteckte, fragte sie sich, ob das etwas für sie sein könnte. »Lernen Sie Karate«, stand dort, »wo traditionelle Kampfkunst auf spirituelle Selbsterfahrung und Meditation trifft.« Darunter fand sie eine Adresse und eine Telefonnummer.

Aki konnte sich unter den Worten spirituell und Meditation nichts vorstellen, aber Kampfkunst und Selbsterfahrung allein klangen auch schon vielversprechend. Sie wollte nie wieder so einem Schwein wie Richard hilflos ausgeliefert sein. Energisch faltete sie den Zettel zusammen und steckte ihn in ihre Hosentasche. Während sie sich verabschiedete, nahm sie sich vor, dem Karatestudio bald einen Besuch abzustatten.

48

Zum Schluss wusste niemand mehr, von wem die Idee mit dem Straßenfest eigentlich stammte. Nur noch, dass die Party am Ende völlig aus dem Ruder lief und absolut großartig war.

Gewisse Leute meinten sich sogar im Nachhinein zu erinnern, dass bei dem Essen, das Carola zur Fertigstellung ihrer ersten eigenen Miederkollektion ausgerichtet hatte, der Gedanke an das Straßenfest aufgekommen und Hülses ungezügelte Neugier an diesem Abend schuld daran war, was später folgen sollte.

Überhaupt tauchte Hülse erst ziemlich verwahrlost zum Ende des Festmahls in der Wohnung auf, schob sich gierig die letzte Bulette in den Mund und erkundigte sich kauend bei Carola: »Wann kann ich denn nun deine scharfen Klamotten sehen?«

»Gar nicht, denn du warst unpünktlich«, entgegnete Carola leicht verärgert und fühlte sich dabei wie eine strenge Mutter, die ein fremdes, ungezogenes Kind tadelte. »Die Präsentation hat schon zu Beginn des Abends stattgefunden. Da hättest du dir die Sachen auf einem Bügel ansehen können.«

Aber Hülse gab sich mit der Antwort nicht zufrieden. Störrisch verzog er das Gesicht. »Auf'm Bügel ist so ein Lederteil doch voll langweilig. Warum lässt du nicht ein paar heiße Bräute die Dinger vorführen. Da kann ich mir wenigstens was vorstellen.«

»Das glaub ich gern«, sagte Carola bissig.

»Du meinst, sie sollte mit der Kollektion eine richtige Modenschau machen?«, fragte Gunnar. Er war ein vollbärtiger Alternativer, der im Haus gegenüber wohnte und in einem selbst gezimmerten Hochbeet auf dem Dach nicht nur Petersilie und Schnittlauch zog, sondern auch mit Cannabispflanzen experimentierte.

Hülse zuckte mit den Achseln. »Keine Ahnung, Mann. Aber geil wäre es schon. Kann ich noch ein Bier haben?«

»In der Plastikwanne in der Küche«, sagte Alge und zeigte mit dem Daumen hinter sich.

Der Punk schlurfte davon.

Nachdenklich sah Carola zu Gunnar, der ihr gegenübersaß, sich soeben eine filterlose Zigarette angezündet hatte und nun die Tabakkrümel von der Unterlippe wischte.

»Meinst du das im Ernst?«, fragte sie. »Eine Modenschau hier in dieser versifften Ecke in Connewitz?«

»Na, du musst es ja nicht ausschließlich für die Leute von hier machen. Du könntest dir zum Beispiel potenzielle Händler zu der Show einladen, zukünftige Kunden und die Presse. Ich kenne einen Reporter, der in der Leipziger Volkszeitung einen Beitrag darüber schreiben könnte.«

»Carolas Klamotten zeigen, wäre klasse«, nahm Alge von allen unerwartet die Idee auf. »Aber dafür benötigen wir mehr Platz als hier in der Wohnung.«

Carola bemerkte, dass er »wir« sagte und stülpte die Lippe vor.

»Ich habe vor ein paar Jahren mal so eine Vorführung auf der Messe gesehen«, meldete sich Gunnar wieder zu Wort. »Da sind Frauen zu Disco-Musik auf einem schmalen Steg durch die Halle gelaufen und auf beiden Seiten saßen Zuschauer.«

»Also ich finde auch, der Raum muss auf jeden Fall öffentlich und für alle frei zugänglich sein«, fügte Guido hinzu, ein schlaksiger Student mit Brille, der Lehrer werden wollte und auf dem Flur gegenüber wohnte. »Es darf nichts Elitäres haben.«

»Vergesst nicht, dass die Leute auch essen und trinken wollen«, warf Simone ein, eine kräftige junge Frau mit breitem Gesicht und gutmütigen wasserblauen Augen, die in einem Imbiss arbeitete und sich neuerdings auffallend oft in Alges Nähe aufhielt.

»Mann, Scheiße, ist euch klar, was das alles kostet?«, gab Alge zu bedenken. »Das muss alles erst mal vorfinanziert werden.« Er stützte sein Gesicht grüblerisch in die Hände.

Carola sah abwartend zu Ivo, der ungewöhnlich still neben ihr saß und immer wieder das Metallfeuerzeug auf der karierten Wachstuchdecke im Kreis drehte. »Alles in Ordnung mit dir?«, fragte sie leise.

Ivo nickte. Dann ließ er von dem Feuerzeug ab und hob den Kopf. Sein Blick wanderte nacheinander über die Gesichter am Tisch. »Ich habe eine Idee, wo wir das realisieren könnten. Seit dem Tod von Mutter Schäfer steht der ›Feierabend‹ leer.«

»Kenn ich«, rief Hülse kauend aus der Küche, »ist gleich um die Ecke.«

Für Carola klang es so, als würde er die Essensreste aus den Töpfen kratzen. In einem ersten Impuls wollte sie nachschauen gehen, aber sie entschied sich sitzenzubleiben.

Ivo ließ sich nicht aus der Ruhe bringen und fuhr fort: »Früher war ich ein paar Mal dort. Es war ein ganz brauchbares Lokal. Wie gesagt, jetzt steht es leer und ich denke schon eine ganze Weile darüber nach, ob wir die Kneipe nicht besetzen und einfach neu eröffnen sollten, bevor uns andere zuvorkommen.« Er machte eine Pause. »Ich muss morgen wieder Autos verticken, aber du«, er blickte zu Alge hinüber, »könntest dir den Laden mal genauer ansehen. Zur Not brichst du einfach die Tür auf. Nimm alles unter die Lupe, schau dich um, auch in der Küche. Ich denke, die werden schon alles, was irgendwie wertvoll war, geklaut haben, aber egal. Hinterher kommst du mit einer Liste zu mir und wir überlegen, was wir brauchen, um das Lokal wieder flott zu kriegen.«

»Ich kann ihn begleiten, mit Küchen kenne ich mich aus«, sagte Simone schnell und sah Alge dabei bittend an.

»Von mir aus«, entgegnete er gönnerhaft.

»Und was ist nun mit der Modenschau?«, fragte Guido dazwischen.

Ivo lächelte. »Sagtest du nicht vorhin, ein öffentlicher Raum wäre gut? Also, ich stell mir das so vor: Wir gehen auf die Straße. Öffentlich genug? Die sperren wir an dem Tag ab. Die Stadtverwaltung interessiert das sowieso einen Dreck und am Wochenende ist nicht viel Autoverkehr.« Ivo stellte das Feuerzeug vor sich ab. »Die Models können sich in der Kneipe umziehen und starten von dort. Wie genau wir das mit dem Laufsteg handhaben, überlegen wir uns noch. Auch die Musik und den Ablauf müssen wir noch klären. Aber ich bin mir sicher, dass durch die heißen Dessous die Show der volle Aufreger wird und Carolas Kollektion und die Kneipe maximale Aufmerksamkeit bekommen. Was für beide gleichermaßen gut ist.«

»Ich will ja keine Spaßbremse sein, aber wie ich bereits gesagt habe, dafür brauchst du eine Menge Kohle«, meldete sich Alge erneut. »Die Renovierung der Kneipe, die Models, der Laufsteg, die Musikanlage …«

»Hör zu, sei einfach kreativ, wir haben genug Geld gebunkert, das kann jetzt auch mal für uns arbeiten«, unterbrach ihn Ivo entschieden und dachte dabei an die Erlöse aus den bereits verkauften Autos, die bis zur Währungsumstellung auf unterschiedlichen Leipziger Konten parkten. »Ich denke, ich spreche auch für meinen bayrischen Geschäftspartner Gruber, wenn ich hier amtlich erkläre, dass unser Autohandel von heute an als offizieller Sponsor der ersten Connewitzer Modetage auftritt. Wie heißt es so schön, man muss das Geld zum Fenster rauswerfen, dann kommt es zur Tür wieder herein.«

»Cool!«, meinte Gunnar und Simone hob beide Daumen.

»Mann, du Scheißkerl hast es echt drauf …«, sagte Alge anerkennend.

»Willst du das wirklich riskieren?«, fragte Carola und sah Ivo ungläubig an.

»Du bist doch eine gute Investition, mein Schatz.« Ivo grinste breit. »Ich glaub nun mal an dich.«

»Du Verrückter!«, rief Carola aus, sprang auf, schlang ihm die Arme um den Hals und gab ihm einen langen Kuss.

In diesem Moment erschien Hülse mit einer halbleeren Bierflasche in der Hand in der Küchentür. »Super, Leute, das ist voll krass, wir machen eine Kneipe auf«, krakeelte er quer durchs Zimmer und alle drehten sich zu ihm um. »Und wie soll der Schuppen heißen?«

Nachdem sie eine Wand durchgebrochen, den alten Gasherd in der Küche wieder in Gang gebracht und für den Strom erfolgreich die Leitung im Nachbarhaus angezapft hatten, tauften sie an einem Freitagabend mit einer Flasche Nordhäuser Doppelkorn ihr Lokal auf den Namen »Der Fliegenpilz«. Alge hatte den Vorschlag gemacht und er wurde im Freundeskreis einstimmig angenommen.

Auch die oberen Stockwerke des Hauses hatten sie gleich mit besetzt und waren alle umgezogen. Für Carola ergab sich die Möglichkeit in der Nähe in einer alten Werkstatt ein Schneideratelier einzurichten und sie ging mit Feuereifer an die Fertigstellung der Kollektion. Sie hatte noch mehr Leder- und Gummikorsagen angefertigt und antike Stücke aufgetrieben, die Ivo mit Gemälden verziert hatte, aber ein richtiger Knaller fehlte ihr noch und sie diskutierten in der Runde immer wieder unterschiedliche Ideen.

Auch die Einrichtung der Kneipe ging gut voran. Über drei Ecken hatte Ivo von der Renovierung eines Hotels in der Leipziger Innenstadt Wind bekommen, wo man bereit war, gegen ein geringes Entgelt die rustikale Einrichtung der Bar abzugeben. Er organisierte über den Autohandel einen Laster und Alge holte mit zwei Kumpels die Tische und Stühle ab, die sie dann leuchtend rot strichen und mit weißen Punkten verzierten. Die Wände hatten sie dagegen schlicht weiß gekalkt und eine kleine Bühne seitlich vom Eingang eingerichtet.

Jetzt war es endlich so weit. Der feierlichen Eröffnung des »Fliegenpilz« stand nichts mehr im Wege.

»Wie weit bist du mit der Modenschau, mein Schatz?«, fragte Ivo Carola, die braungebrannt in einem enganliegenden schwarzweißen Schlauchkleid barfuß am Stammtisch nahe der Theke im Lokal saß und über einem Berg Rechnungen brütete. Vor ihr lag ein Taschenrechner und kleine Münztürme waren an der Kante entlang nebeneinander aufgestapelt.

Er wusste, dass sie Beziehungen zum Gewandhaus besaß und mobile Bühnenelemente organsiert hatte, die aneinandergereiht als Laufsteg dienen sollten. Zuerst hatte Ivo bei dem Preis, den der Kollege dort für Beschallung, Licht und Podien abrief, heftig geschluckt, aber schließlich musste man groß denken, und als er in Carolas vor Begeisterung strahlende Augen schaute, als sie ihm den genauen Plan für die Modenschau erklärte, ließ er sich mitreißen und setzte noch einen drauf, indem er einen Golf 1 als Hauptpreis für die Tombola spendierte.

Der Laufsteg würde unmittelbar an der Tür vom Fliegenpilz beginnen und dann auf einer erhöhten Ebene in der Form eines auf der Seite liegenden Ls mitten über die Straße verlaufen. Die Gäste könnten von beiden Seiten und auch von weiter hinten den Ablauf der

Show verfolgen. Darüber hinaus hatte Carola eine Art Lounge für die geladenen Ehrengäste geplant. Dort, am Ende des Stegs, würden die Models kurz innehalten, bevor sie wieder in der Tür des »Fliegenpilz« verschwanden.

»Der verehrte Herr Sponsor will also einen Termin von mir hören?«, fragte Carola geheimnisvoll und schaute zu ihm auf.

Ivo grinste. »Es wird Zeit. Wir müssen noch in die Werbung, zumal der Autohandel König/Gruber den Hauptpreis der Tombola stiftet. Hier, sieh dir das mal an, den habe ich vorbereitet.« Ivo legte einen Entwurf für den Flyer auf den Tisch. Als Hauptakt kündigte dieser die Präsentation der ersten eigenen Kollektion von Carola Herz an.

Carola zog die Stirn in Falten.

»Gefällt dir was nicht?«, fragte Ivo irritiert.

»Nein, der Entwurf ist gut, aber Carola Herz, das klingt so nach Güntis Würstchenbude. Irgendwie provinziell. Findest du nicht auch?«

Ivo zuckte die Achseln und sie schaute ihn abwartend an, wobei sie ihn von oben bis unten eingehend musterte. »Wenn wir heiraten würden, könnte ich einen Doppelnamen führen. Carola Herz-König. Das wäre doch lustig.«

Ivo hob abwehrend die Hand und schüttelte den Kopf, dann zog er einen Stapel abgegriffener Spielkarten vom Nebentisch und fächerte die Karten in seiner Hand auf. Er legte die Karodame und den Herzkönig vor ihr auf den Tisch. »Was hältst du davon?«

Sie bekam große Augen.

»Lass uns doch damit was machen. Du könntest dich Caro nennen. Caro Herz, das merkt sich jeder.«

Hinter ihnen klappte die Tür und Alge trat mit zwei Flaschen Doppelkorn aus der Küche, die er unter die Achseln geklemmt hatte. In den Händen trug er einen Kasten Bier, den er geräuschvoll unter der Theke auf dem Boden abstellte. »Caro Herz, wie cool ist das denn!«, meldete er sich ungefragt aus dem Hintergrund.

Carola schaute Ivo spitzbübisch an. »Na gut, mein neuer Name gefällt mir, da kommst du noch mal davon.« Sie griff nach den Spielkarten auf dem Tisch: »Karodame, Herzkönig, damit könnten wir wirklich was machen. Nur gefällt es mir andersherum besser. Herzdame und Karokönig.«

Sie suchte die entsprechenden Karten aus dem Stapel heraus. »Die beiden sehen doch gut zusammen aus. Denkst du, die wären als Logo für mein Label geeignet?«

Alge kam mit drei Schnapsgläsern an den Tisch, öffnete die Flasche und spritzte ein paar Tropfen Korn in Carolas Richtung, die sich an ihrer Schläfe und in ihren Haaren verfingen. »Hu, hu, Caro Herz wird getauft, lasst uns darauf einen trinken«, tönte er und füllte die Gläser bis zum Rand. Sie stießen an und kippten den Inhalt der Gläser in einem Zug hinter. Danach füllte er die Gläser erneut. »Auf einem Bein kann man nicht stehen und außerdem müssen wir noch das Logo begießen!«

Sie tranken erneut und Ivo zog den Flyer vom Tisch. »Das kommt sicher gut. Die Spielkarten werde ich neben deinen neuen Namen einfügen. Aber wir haben immer noch keinen Termin.« Er lenkte ihre Gedanken damit wieder auf das Wesentliche.

»Wir nehmen den 30. Juni, den Samstag. Kai Uwe, also der Typ, der die Bühnenelemente herbringt, und auch meine Modelle, alle können an diesem Tag. Aber bitte sei so gut und setze die Modenschau erst nach Einbruch der Dunkelheit an, damit die Feuershow richtig zur Geltung kommt.«

Ivo fuhr auf. »Was, jetzt auch noch eine Feuershow?«

Carola biss sich auf die Lippe und ärgerte sich, dass ihr die Information herausgerutscht war. Denn die Konten, die Ivo eingerichtet hatte, waren beinahe leer und es war kein guter Zeitpunkt, ihm jetzt von dem Feuerschlucker und den Kraftjongleuren zu erzählen, die sie zusätzlich engagiert hatte. »Ach, lass dich überraschen, mein Schöner«, sagte sie aufreizend lächelnd und schlug die langen Beine so geschickt übereinander, dass der knappe Rock bis fast ans Höschen hinaufrutschte.

Alge, der direkt neben ihr stand, wurde rot und griff sich rasch ein paar Markstücke von den kleinen Geldstapeln am Rand, um seinen Blick abzuwenden. »Wisst ihr, wie man den Wert der DDR-Mark verdoppeln kann?«, fragte er die beiden, die ihn verdutzt anschauten.

»Man stanzt zwei Löcher hinein und verwendet sie als Knöpfe!«

Alle drei lachten schallend, aber plötzlich hielt Carola inne. Sie hatte auf einmal das Bild einer Korsage im Kopf, die, wie ein Kettenhemd zusammengehalten, nur aus Markstücken bestand. Sie zupfte Ivo aufgeregt am Arm. »Denkst du, dass wir die alte Bohrmaschine drüben in der Werkstatt zum Laufen bringen?«

»Gott, was willst du denn damit?«, fragte er gereizt.

Sie nahm ein paar Markstücke in die Hand und wog sie ab. »Was meinst du, wie viele von den Dingern brauche ich, um ein Mieder daraus zu fertigen?«

Ivos Gesicht hellte sich schlagartig auf. »Wow, tolle Idee, das kann das Glanzstück der ganzen Kollektion werden.« Er ließ den Blick wohlwollend über ihre kurvige Figur in dem knappen Kleid gleiten. »… und ehrlich, mein Schatz, du bist selbst deine beste Werbefläche und solltest es auf der Show tragen!«

»Charmeur«, sagte sie und lächelte glücklich.

Der 30. Juni entpuppte sich als ein angenehm warmer Tag. Schon früh am Morgen war Gunnar losgegangen und hatte die Straße, bis auf eine schmale Zufahrt, mit rotweißem Flatterband abgesperrt. Als die Bewohner des Viertels von der Eröffnungsfeier erfuhren, fanden sich sofort einige bei Ivo ein, die sich spontan bereit erklärten, mitzumachen. Sie wollten am Straßenrand auf Tapeziertischen selbst hergestellte Sachen wie Strickzeug, Filzhüte und Schmuck anbieten und stifteten als Gegenleistung ebenfalls kleine Preise für die Tombola. Unter anderem war eine Punkerin darunter, die originelle Ohrringe bastelte. Sie verwendete dafür knallbunte Getränkebüchsen, die sie auf Müllhalden rund um Leipzig sammelte, wo in die Tagebaue Tag und Nacht Abfall aus Westdeutschland gekippt wurde. Sie schnitt aus den Dosen auffällige Spiralen, die dann sehr dekorativ am Ohr aussahen. Carola orderte bei ihr gleich ein Dutzend für die Modenschau.

Indessen wurde den ganzen Vormittag gehämmert und gezimmert, Stände und Regale wurden aufgebaut und eine kleine Puppentheaterbühne errichtet. Ivo lenkte den Golf durch das Gewühl auf eine provisorische Rampe, an der Guido soeben ein Schild mit der Aufschrift »Tombola, jedes Los eine Mark« befestigte.

Mit offenem Mund stand Hülse daneben und bestaunte den Wagen. Er seufzte, ein schnalzender Laut, der völlig unerwartet aus seinem tiefsten Innern entwich. Hingebungsvoll betrachtete er den Lack, der so atemberaubend violett-metallic glänzte, die Form der Karosserie und die Verblendung an den Rädern, die in ihm eine kribbelnde Ahnung von der unbeschreiblichen Perfektion des Autos hinterließ.

Er stürzte in den »Fliegenpilz« und verkündete, er würde ab jetzt die überaus wertvollen Preise der Tombola bewachen, als Betriebsschutz sozusagen. Insgeheim hoffte er natürlich, dass Ivo ihn dafür großzügig mit Losen entlohnen würde, denn entgegen aller Erwartung verspürte er auf einmal den beunruhigen Drang, unbedingt eins oder zwei der Tombolalose erwerben zu müssen, damit er weiter von dem Auto träumen konnte. Aber Ivo war nirgends aufzutreiben.

Seit Stunden schlenderten nun schon neugierige Besucher, Nachbarn, Freunde und Bekannte an Hülse vorüber. Mürrisch nahm er zur Kenntnis, dass beinahe jeder am Tombolastand stehenblieb, staunend den Wagen betrachtete, um anschließend die Geldbörse zu öffnen und bei Guido Lose zu kaufen. Zum ersten Mal fühlte er in seiner Punkseele so etwas wie Neid und beißende Eifersucht, getragen von der Furcht, dass einer der Stinos ihm den Wagen wegschnappen könnte.

Er schluckte. Schon wieder wechselten Lose den Besitzer. Diesmal war es so ein fetter Kerl im Anzug mit goldgerahmter Brille. Er kaufte gleich eine Handvoll und Hülse fragte sich ernsthaft, was gerade der mit dem Golf wollte. Aufgebracht bemerkte er in diesem Moment einen Mann, der sich daranmachte, an den windschiefen Bretterzaun, der seitlich an den »Fliegenpilz« anschloss, ein Plakat zu kleben.

Dieser Typ kam ihm gerade recht, um Dampf abzulassen. »Hey, Mann, was bist denn du für einer?«, fragte Hülse ihn mit unheilschwangerer Stimme. »Der Zaun ist Privateigentum, da kann nicht jeder kommen und einfach was draufkleben.«

»Entschuldigen Sie mal«, entgegnete der Mann mit der Fusselfrisur und einer kleinen runden Nickelbrille auf der spitzen Nase empört, »da hängen doch schon jede Menge anderer Zettel. Immerhin geht es bei mir um etwas Substanzielles, um die erste Bundestagswahl. Da sollte doch bitte schön jede Partei eine faire und gleichberechtigte Chance bekommen.«

Hülse stülpe die Lippen nach außen und musterte das Plakat eingehend. »Jörg Janokowski, PDS«, stand da in signalroten Lettern. »Ihr Vertrauensmann an der Basis«.

Hülse zeigte auf das letzte Wort. »Basis?«

»Richtig, mein Credo.« Janokowski drückte die schmale Brust heraus. »Ordentliche Politik wird immer von der Basis aus gemacht.«

Hülse kratzte sich am Hintern. Der Kerl nervte. Aber plötzlich hatte er eine grandiose Idee. »Gut, Alter, ich bin die verdammte Basis. Gib mir … zwanzig Mark und du kannst dein Plakat dort hinkleben.«

»Ich denke«, Janokowski verzog ärgerlich das Gesicht, »das Sie da was gründlich missverstanden haben.«

»Hab ich das?!« Hülse rückte dichter an Janokowski heran und sah kurz zum Tombolastand hinüber, wo Guido einer zufrieden lächelnden Frau weitere drei Lose aushändigte. Wutentbrannt packte er den Mann am Arm und flüsterte heißer: »Wie wär's damit? Die Basis, die ihr Genossen jahrelang verarscht habt, gibt euch Wendehälsen mal richtig eins auf die Fresse?«

Janokowski wurde blass und hob abwehrend die Hände, während ihn Hülse an den Zaun drängte. »Schon klar.« Überraschend legte er die Plakate vor sich auf den Boden und kramte seine Geldbörse hervor. »Verstehe! Zwanzig Mark, bitte.« Untätig musste er mit ansehen, wie der Schein in Hülses Hosentasche verschwand. »Kann ich für das Geld wenigstens eine Quittung bekommen?«

»Was willst du?«, erwiderte Hülse barsch und ballte angriffslustig die Faust. »Du stresst. Häng dein Plakat auf und verschwinde.«

Kaum hatte sich Janokowski aus dem Staub gemacht, stürmte Hülse über die Straße. Ungeduldig wartete er, bis er endlich an der Reihe war.

»Was kann ich für dich tun, mein Guter?«, fragte Guido freundlich.

»Alter, ich will Lose kaufen …« Hülse dachte kurz über die Höhe der Geldsumme in seiner Tasche nach. »Ich nehme zehn.« Er zögerte. »Oder doch lieber fünfzehn?« Zweifelnd blickte er zu dem Wagen hinüber, dessen verchromte Teile jetzt den Sonnenglanz in allen Regenbogenfarben spiegelten.

Guido lachte. »Die Entscheidung kann ich dir abnehmen. Ich habe nur noch zwölf. Das sind definitiv die Letzten.«

Erleichtert atmete Hülse auf. »Ich nehme alle.«

Er reichte ihm den Schein und nahm das Wechselgeld sowie die Lose in Empfang.

»Und wann genau ist diese Dingsda, na, du weißt schon …?« Hülse zeigte auf die Tombolawerbung.

»Du meinst die Gewinnausgabe?« Guido deutete auf eine Uhrzeit neben dem Logo des Autohauses. »Du hast noch ein bisschen Zeit. Die Ziehung beginnt um achtzehn Uhr.«

»Danke, Mann.«

Jetzt brauch ich ein Bier, dachte Hülse, und was Ordentliches zwischen die Kiemen. Zielstrebig steuerte er den »Fliegenpilz« an. Dabei musste er einem Anhänger ausweichen, der unmittelbar vor dem Haus stand und von dem gerade vier Monteure Bühnenelemente abluden.

Carola bekam von alledem nichts mit. Sie hockte immer noch vor ihrer Schneiderpuppe im Hinterzimmer des Lokals, um die letzten Geldstücke an der aufwendigen Korsage zu fixieren. Eine ganze Nacht hatte sie nur damit zugebracht, Löcher in die Ein- und Zwei-Mark-Münzen aus Aluminium zu bohren. Als sie damit fertig war, pinselte sie einige mit Goldfarbe an, um die Silberflächen punktuell zu kontrastieren.

Sorgfältig knipste Carola den letzten Rest dünnen Drahtes ab, der die Geldstücke wie eine flexible Rüstung zusammenhielt, und schob die Puppe eine Armlänge von sich. Prüfend kniff sie die Augen zusammen. Das Deckenlicht ließ die Oberfläche der Geldstücke wie flüssiges Mondlicht schimmern. Sie war sich sicher, dass jede ihrer Bewegungen den Effekt noch verstärken würde, und summte zufrieden leise vor sich hin.

Hinter ihr wurde die Tür aufgerissen und Alge betrat den Raum, dicht gefolgt von mehreren hochgewachsenen Männern und Frauen. Auch die Schmuckdesignerin war darunter. »Ich bringe dir die Models und die Studenten von der DHfK.«

»... und die Kraftjongleure aus der Zirkusschule«, ergänzte ein Kerl mit breiten Schultern, der Carola vertraulich zuzwinkerte.

»Ja, auch die«, sagte Alge und zupfte sich am Ohrläppchen, ohne den Blick von den attraktiven Frauen, die an ihm vorbeigingen, abzuwenden. »Ich habe ihnen den Weg gezeigt«, murmelte er abwesend.

»Ich danke dir.« Carola erhob sich von ihrem Stuhl und streckte sich. »Sind Kai Uwe und der Laufsteg schon eingetroffen?«

Alge benötigte einige Sekunden, um sich zu sammeln. »Jaja der Laufsteg ist in Arbeit. Jetzt beschäftigen sie sich mit der Beleuchtung.«

»Und was macht Ivo?«

»Der steht am Pult und mischt noch ein paar Musikstücke für die Modenschau und die Party danach ab. Mann, der kniet sich da voll rein, nimmt diese DJ-Kiste echt ernst. Kann ein echter Perfektionist sein.«

Carola lachte. »Ja, das kenne ich. Am besten, man stört ihn nicht.« Alge nickte, und sie klatschte laut in die Hände. »Leute, es geht los. Die Korsagen und Mieder für die Frauen hängen links auf den Bügeln, die Beinkleider für die Männer auf der gegenüberliegenden Seite. An jedem Bügel findet ihr einen Namen, bitte richtet euch danach.«

Sie winkte ein schlankes Mädchen mit braunen, sehr langen Haaren zu sich heran. Sie tanzte für das DDR-Fernsehballett und Kai Uwe hatte sie Carola empfohlen. »Michaela!«, rief sie. »Du kommst gleich zu mir. Ich will, dass du die Show eröffnest und dabei dieses Teil hier trägst.« Carola zog ein knappes schwarzes Ledermieder mit glänzenden Nieten vom Bügel, dann wandte sie sich wieder an alle im Raum. »Für die anderen: Wenn ihr so weit seid, möchte ich noch einen letzten Blick auf euch werfen, ob auch alles perfekt sitzt. Am Ende wählen wir den passenden Schmuck für jeden aus.«

Alge war schon im Begriff zu gehen, als Carola ihn zurückrief: »Sei so gut und bring für die Models Getränke. Aber kein Bier. Eher Sekt und Selters.«

Alge verzog fragend das Gesicht, als ob er überlegen müsste, ob sie so etwas überhaupt im Angebot hatten.

»Wenn nicht, besorge was!«, kam Carola seinen Grübeleien zuvor. »Aber bitte schnell!«

Alge zog schlurfend ab.

Draußen auf der Straße stieg indessen die Spannung ins Unermessliche. Alle Losnummern befanden sich in einem mit silbernen Foliensternchen verzierten Schuhkarton, in den ein Loch geschnitten worden war, durch das man gerade so die Hand hineinstecken konnte. Während Guido den jeweiligen Preis in die Höhe hielt, zog Ilka, eine blonde Studentin, die Nummer und las sie laut vor. Guido hatte Ilka am Stand mit den gefilzten Hüten entdeckt, als sie gerade ein besonders unförmiges Teil aufprobierte. Ihm gefiel ihr sympathisches Lachen dabei und er hatte sie angesprochen, ob sie nicht Lust hätte, seine Glücksfee zu sein. Ilka hatte wie er im letzten Semester ein Lehrerstudium begonnen und war vor ein paar Wochen hierher ins Viertel gezogen. So hatten sie gleich mehrere Gemeinsamkeiten festgestellt und die Frau stimmte spontan seinem Vorschlag zu.

»Und die Kaffeemaschine geht an die Nummer 54.«

Eine Frau mittleren Alters in einer kanariengelben Windjacke drängte sich energisch durch die Menge. Sie blieb knapp vor Guido stehen, um schnaufend Luft zu holen. »Ich habe noch nie was gewonnen«, brachte sie nuschelnd hervor und ihre Augen wurden feucht vor Rührung.

Guido musste sich Mühe geben, sie überhaupt zu verstehen, nickte mitfühlend und übergab ihr mit ausgestreckten Armen und routiniertem Lächeln den Preis.

»Danke, mein Junge, danke!« Die Frau hielt den Karton mit der Maschine nach oben wie einen Siegerpokal und genoss für einen Moment den Applaus der Umstehenden. Dann deutete sie unbeholfen einen Knicks an und kletterte vom Podest.

»Jetzt ist der Hauptgewinn an der Reihe«, raunte Guido Ilka ins Ohr und reichte ihr unauffällig die Fahrzeugschlüssel. Dann richtete er seine Aufmerksamkeit wieder auf die Menschenmenge.

»Kommen wir nun zum ersten Preis unserer Tombola«, schallte seine Stimme über die Straße. »Der Hauptgewinn! Ein Golf 1, bereitgestellt vom Autohändler ihres Vertrauens, König und Gruber, mit tiefer gelegtem Sportfahrwerk, Metalliclack und Rollgurten. Und jetzt aufgepasst, meine Damen und Herren. Dieses herrliche Gefährt geht an die Losnummer …« Guido schaute auffordernd zu Ilka hinüber, die mit aufgeregten Tippelschritten die Rampe überquerte und ihm den Zettel übergab. Augenblicklich wurde es leise unter den Zuschauern. »Es ist das Los mit der Nummer … Achtung!« Guido blickte weit in die Runde der erwartungsvollen Gesichter, fixierte einzelne und ging über andere hinweg. »Trommelwirbel!« Er hob den ausgerollten Schnipsel hoch. »Es ist das Los mit der Nummer 89.«

Noch ehe Guido die Zahl fertig aussprechen konnte, zerriss ein Aufschrei die angespannte Stille in der Dämmerung, in der das letzte Blau am Himmel verblasste und der erste schwache Stern über der Straße blinkte. Er erblickte Hülse, der sich wie ein Mohikaner auf dem Kriegspfad in langen Sprüngen zwischen den Leuten auf ihn zu bewegte und dabei schwungvoll über die Absperrungen und die Rampe setzte.

»Der junge Mann hat vorhin bei mir zwölf Lose gekauft«, rief Guido der Menge zu, die den Gewinner inzwischen frenetisch feierte. »Und eins davon war wohl das richtige!«

Ausgelassen riss der Punk die Arme hoch, als würde er am Ende des Stadtmarathons endlich die ersehnte Ziellinie erreichen. Wie im Rausch vernahm er, dass die Leute um ihn herum anfingen zu applaudieren, jetzt, als sie mitbekamen, dass ein Außenseiter wie er den Hauptpreis gewonnen hatte. Dann stand er Ilka gegenüber, die ihm »Herzlichen Glückwunsch« ins Ohr hauchte und dann einen Kuss auf die Wange gab, bevor sie ihm den Fahrzeugschlüssel in die Hand drückte.

Hülse, mit seinem Haarkamm, dem zerschlissenen T-Shirt und der ausgeblichenen Jeans, die nur von Sicherheitsnadeln zusammengehalten wurde, grinste sie an. Leicht verlegen, aber mit dem unverhohlenen Stolz des Besitzers eines neuen Wagens.

»Ein tolles Auto hast du da gewonnen«, flötete die Glücksfee nun, hakte sich bei Hülse unter und gab ihm ein weiteres Küsschen auf die Wange.

Hülse strahlte. »Findest du?«

»Ja, wirklich, echt.«

»Wie heißt du?«

»Ilka und du?«

»Eigentlich Peter Hilbich, aber alle nennen mich nur Hülse.«

Guido und Ilkas Blicke trafen sich und sie schaute schnell zur Seite.

»Hast du Lust auf eine kleine Spritztour?«, fragte Hülse und öffnete die Fahrertür.

»Na klar.« Ehe er sich versah, saß Ilka auf dem Beifahrersitz.

Aber Guido hielt den Gewinner an der Schulter zurück. »Sag mal, besitzt du überhaupt eine gültige Fahrerlaubnis?«

»Logo. Habe ich damals bei der GST gemacht. Kann sogar Laster fahren, wenn ich will.« Hülse lachte aufgedreht und stieg ein. Die Spitzen seines Iros kratzten am Gummiband des Türrahmens entlang.

»Die Papiere sind im Handschuhfach«, rief Guido noch durch das geöffnete Fahrerfenster. Da rollte der Golf auch schon mitten durch die Menschenmenge, die jubelnd zur Seite trat und eine Gasse bildete.

Guido ärgerte sich noch darüber, wie schnell er offensichtlich bei Ilka abgemeldet war, als er einen Reporter bemerkte, der seine Kamera soeben auf ihn richtete. Er setzte ein strahlendes Lächeln auf und winkte dem Gewinner hinterher. Dabei tröstete er sich mit dem Gedanken, dass alle Lose verkauft worden waren und dass die eigentliche Attraktion des Abends ja noch vor ihm lag.

Ivo stand auf der erhöhten Plattform neben dem Laufsteg und schob immer wieder einige Regler am Pult hin und her, während er sich die Kopfhörer ans Ohr hielt. Inzwischen hatte sich Dunkelheit auf die Häuserschluchten gelegt, und da die alten Straßenlaternen schon vor Monaten mit Steinen kaputtgeschmissen worden waren, war jetzt

Kai Uwes Bühnenbeleuchtung die einzige Lichtquelle in der Straße.

Ivo blickte sich um. Er sah, wie Carola die letzten Ehrengäste begrüßte, die soeben eintrafen. So weit er wusste, war auch der Besitzer eines großen Miederwarengeschäfts aus der Innenstadt darunter. Carola begleitete sie zu ihren Plätzen und verschwand dann im »Fliegenpilz«.

Dann war es so weit! Mit einem Schlag erloschen alle Strahler. Gespanntes Schweigen senkte sich über die Köpfe, die Leute standen dicht beieinander und warteten darauf, was als Nächstes geschehen würde.

Ivo setzte mit den ersten elektronischen Beats von Depeche Mode ein, Carolas Lieblingsband.

Die Tür vom »Fliegenpilz« öffnete sich und die gesamte Aufmerksamkeit galt jetzt sieben Männern, die auf den Laufsteg heraustraten. Auf ihren nackten muskulösen Oberkörpern tanzte der flackernde Schein von Fackeln, die sie in den Händen hielten. Sechs Männer liefen paarweise im Rhythmus der Musik nebeneinander, der siebente ging vorneweg. Jeder von ihnen trug schwarze Lederhosen, die mit zahlreichen Nieten besetzt waren und sich hauteng an die starken Beine schmiegten. Breite Metallarmbänder schmückten die Oberarme. Ihr gesamtes Erscheinungsbild strotzte vor archaischer Wildheit.

Ivo glaubte zu erkennen, dass die sechs Männer zudem in den breiten Gladiatorengürteln Vorschlaghämmer trugen, während ihr Anführer regelmäßig eine Fackel vor den Mund hielt und lange Flammenzungen in die Nacht blies.

Plötzlich blieb die Gruppe stehen und voller Erstaunen erkannten die Zuschauer zu beiden Seiten des Laufstegs, dass die sechs anfingen, mit den Vorschlaghämmern zu jonglieren. Jeder von ihnen packte das schwere Werkzeug am Holzstiel und schleuderte es empor, um es gezielt wieder aufzufangen. Doch damit nicht genug, nahmen sie auch noch jeder eine Fackel dazu und ließen jetzt die beiden Gegenstände in der Luft über ihren Köpfen kreisen.

Auch auf Ivo sprang der Funke der Begeisterung über und er drehte die Regler hoch. Er fing an zu improvisieren und fügte dem Sound dröhnende Geräusche aus dem Background hinzu.

Währenddessen verteilten sich die Männer auf dem Laufsteg und begannen, sich die Hämmer und Fackeln gegenseitig zuzuwerfen. Die Menge tobte und es kam Ivo so vor, als würde eine geheime Übereinkunft zwischen den Jongleuren und dem Publikum entstehen. Er sah, dass es ihnen Spaß bereitete, vor Publikum aufzutreten. Wie auf ein geheimes Kommando hin formierten sie sich wieder und liefen anschließend bis zur Kehre, wo sie ihre Gürtel und Hosen den Gästen in der VIP-Lounge präsentierten. Danach gingen sie zurück. Aber nur wenige Meter.

Zuerst sprangen die letzten beiden Männer der Gruppe vom Laufsteg herunter, steckten ihre Fackeln seitlich in eine Halterung und begannen, mit ihren Hämmern im Takt der Musik auf Ambosse einzuschlagen, wobei Ivo den Effekt noch verstärkte, indem er das Donnergrollen aus Wagners »Ring der Nibelungen« einspielte.

Der Act wiederholte sich mit jedem weiteren Paar, so dass allein der Feuerspucker das Ende des Laufstegs erreichte. Ein letztes Mal durchschnitt eine Feuerlanze die Finsternis. In diesem Moment schob Ivo alle Regler zurück.

Laut hallten die metallischen Klänge von Hammer und Amboss durch die Nacht, mischten sich mit dem Knistern der Fackeln und dem Atem der Menschen.

Als Dave Gahan zum ersten Mal feststellte »Ist a question of time«, drehte Ivo auf volle Lautstärke, schlagartig flammten alle Strahler auf und die ersten weiblichen Models erschienen. Mit ihren langen Beinen schritten sie elegant hintereinander über den Steg, jede von ihnen bekleidet mit einer ausgefallenen Korsage, angeführt von Michaela, die am Ende des Laufstegs stoppte und sich jetzt im knappen Ledermieder im Blitzlichtgewitter sonnte. Ivo wurde bewusst, dass Carolas Kreationen durch ihre Eigenwilligkeit und Individualität den Status von Kunstwerken erreichten und sich durchsetzen würden.

Schließlich betrat sie selbst wie ein funkelnder Stern die Bühne. Sie hatte das Haar zu einer römischen Frisur mit Flechten aufgebaut und trug die Münzenkorsage mit der Anmut einer Königin zur Schau.

Alles schien so perfekt, dass Ivo sich unwillkürlich fragte, ob es am Ende einen Preis gab, den sie dafür zahlen müssten. Genau in diesem Augenblick spürte er einen intensiven Blick, der ihn fixierte, und sah hinunter. Es war einer von den Zirkusleuten, der ihn musterte. Der Mann lehnte lässig am Laufsteg und jonglierte mit zwei Fackeln. Seine ausgeprägten Muskeln spielten dabei unter der eingeölten, leicht gebräunten Haut.

Sollte er sich Sorgen machen? Doch er schob den Gedanken beiseite und konzentrierte sich auf die Show. Kurz nach halb elf nahm er sich vor, die restliche Nacht einfach nur noch zu feiern. Leider ließ sich sein Vorhaben nicht so schnell umsetzen, denn nach der Modenschau wollten zahlreiche Gäste mit ihm und Carola sprechen. Er musste sich noch einige Zeit gedulden, und als sie dann endlich gemeinsam auf den Erfolg anstießen, kam Gunnar atemlos in die Kneipe gestürzt. »Mensch, Alter«, brachte er aufgeregt heraus. »Die Polizei steht mit Blaulicht am Ende der Straße.«

»Die Bullen?«, fragte Ivo erstaunt. »Was wollen die denn?«

»Sie fragen, warum die Straße gesperrt ist. Laut ihren Informationen müsste sie offen sein, denn in ein paar Stunden soll irgendein Transport hier durchkommen.«

»Scheiß Bullen«, brüllte einer der Gäste mit hochrotem Gesicht, der zufällig Fetzen von dem Gespräch aufgeschnappt hatte. »Die haben hier nichts zu suchen. Das ist unser Viertel!«

Ivo schob den Stuhl zurück und erhob sich.

»Die Ärsche in ihren Blechdosen können mit Herrn Molotow Bekanntschaft schließen«, knurrte ein anderer. »Machen wir denen Feuer unterm Hintern.«

»Bleibt ruhig, Jungs. Jetzt macht mal halblang«, sagte Ivo und trat vor die Kneipe.

Einige der Gäste folgten ihm.

Langsam stieg er über die beiden Stufen hinunter und blieb mitten auf der Straße stehen. Er vergewisserte sich, dass sämtliche Bühnenelemente abgebaut und auf den Anhänger verladen waren. Er sah, wie einer der Monteure oben auf der Ladung hockte und gerade die Spanngurte festzog. Ivo drehte den Kopf. Seitlich vor dem Bretterzaun standen nur noch einige Biergarnituren, die aber eine Durchfahrt nicht behindern würden. Auf einer der Bänke saßen drei

Punks, mit dem Rücken gegen den Zaun gelehnt, und tranken Bier. Ihre Umrisse zeichneten sich nur schemenhaft vor der Holzwand ab. Sie unterhielten sich leise.

Er wandte sich wieder an Gunnar. »Gut, entferne einfach das Flatterband, und wenn die Polizisten Fragen haben, halte dich zurück und schick sie zu mir.«

Gunnar nickte, dann drehte er sich um und wenig später wurde er von der Dunkelheit verschluckt.

Ivo zündete sich eine Zigarette an. Auf dem verlassenen Grundstück gegenüber, wo vorhin die Tombola aufgebaut war, strich jetzt eine Katze durchs Gelände, als würde sie ihren Anspruch im Nachhinein geltend machen wollen. Ihre Augen funkelten, als sie zu Ivo herübersah. Doch als sie die regelmäßigen Bassdrums aus den Boxen in den Räumen über dem »Fliegenpilz« vernahm, die zunehmend lauter die Luft erfüllten, entfernte sie sich mit langen Sprüngen und verschwand schließlich in einer Fensterhöhle der Bauruine.

Ivo schnippte die Zigarette weg und ging in den »Fliegenpilz« zurück. Als er oben in die Wohnung kam, war der Raum angefüllt mit psychedelischen Klängen und in der stickigen Luft hingen Gerüche von Schweiß, Öl, Alkohol und das süßliche Aroma von Marihuana. Vor seinen Augen bewegten sich tief in Trance versunkene halbnackte Körper in einer Mischung aus Tanz und Wollust. In Ivos Ohren mischten sich die hämmernden Techno-Beats mit den orgiastischen Klängen der Carmina Burana von Carl Orff, die er selbst für die Party arrangiert hatte und die jetzt von Kai Uwe abgespielt wurden. Er hob die Arme und drängte sich zwischen die wogenden, eng aneinander tanzenden Leiber. Jemand schob ihm einen Joint zwischen die Lippen. Dann stellte er sich auf die Zehenspitzen und schaute sich suchend um. Schließlich entdeckte er Carola, die gerade in der Mitte des Zimmers lachend auf einem Tisch saß und eine Zitronenhälfte mit der rechten Hand genau zwischen ihren Brüsten auspresste. Ivo sah wie der Saft auf ihrer Haut zwischen den glänzenden Geldstücken der Korsage bis zum Nabel herunterlief, wo ihn der Feuerschlucker, der breitbeinig vor ihr an der Tischkante stand, mit seinen Lippen auffing. Er bewegte seine lange Zunge voll Genuss quer über ihren Bauch und leckte den klebrigen Saft ab. Dann hob er den Kopf, um ein Glas Wodka auf dem Tisch mit dem Mund zu umschließen. Er warf den Kopf nach hinten und kippte es in einem Zug hinter. An der Wand, nicht weit von ihm, waren vier Männer mit freien Oberkörpern in einer Art Ringkampf verstrickt, der zornig und gleichzeig sinnlich anmutete.

Ivo wandte sich ab, reichte den Joint weiter und gab sich den abwechselnd hymnischen und hämmernden Rhythmen hin, die durch seine Venen und Nerven donnerten. Helle Arme und Hände schossen wie Tentakel eines großen, gierigen Tieres rund um ihn in die Höhe und wogten wie in der Strömung eines unsichtbaren Meeres im Takt.

Er kniff die Augen zusammen und gab sich jetzt ganz der Musik hin. Undeutlich spürte er, wie ihn plötzlich fremde Arme von hinten umfassten. Heißer, süßer Atem drang stoßweise an sein Ohr. Er wollte sich in einem ersten Impuls aus dieser ungewollten Umklammerung herauswinden, aber es waren feste, schwielige Hände, die grob an ihm zerrten und dabei sein Shirt in Streifen rissen. Im zuckenden Fackelschein sah er den nackten Leib, der ihn umfasste und erkannte die Gestalt des Jongleurs, der ihn vom Laufsteg aus beobachtet hatte. Das kratzige Kinn rieb an seiner Wange, als er sich nun von hinten an ihn drängte und seine Körpermitte mit festem Griff umfasste. Die geschmeidige Tänzerin mit den kurzen blonden Locken vor ihm berührte mit ihren Fingerkuppen Ivos nackte Brust und beugte sich dann im Takt wippend weit nach hinten, so dass sein Blick wieder Carola erfasste. In diesem Moment war sie auf den Tisch gestiegen und tanzte dort ausgelassen. Das Mieder aus Münzen warf dabei zuckende weiße Blitze in das Gesicht des Feuerschluckers, der ebenfalls auf den Tisch gestiegen war und sich vor ihr bewegte, zusammen mit dem Model in der nietenbesetzten Lederkorsage, das seine langen braunen Haare schüttelte.

Ivo befreite sich mit einer ruckartigen Bewegung aus dem festen Griff des Mannes und versuchte, näher an den Tisch heranzukommen, aber die auf und ab flutenden Körper hielten ihn weiter umzingelt und die Blonde versperrte ihm den Weg, als sie ihre Hände in seinem Nacken verschränkte und sich an ihn schmiegte. Er versuchte, sie zur Seite zu schieben, aber nur zentimeterweise gelang es ihm, sich in die gewünschte Richtung zu bewegen.

Carola räkelte sich lasziv auf der Holzplatte, als der Feuerschlucker sich über sie beugte und mit beiden Händen ihre Hüften umfasste. Die Langhaarige, es war Michaela, öffnete Carolas Korsage, schob die glitzernden Geldstücke zur Seite und streichelte ihre hellen Brüste. Im selben Moment drehte Carola den Kopf und starrte Ivo aus geweiteten Pupillen an. Er war nicht sicher, ob sie ihn wirklich erkannte. Sie wollte etwas sagen, öffnete den Mund, aber kein Laut drang heraus.

Als Michaela ihn mit auffordernden Blicken einlud, entdeckte er in ihren Augen neben der ungezügelten Leidenschaft noch etwas anderes, das ihn an die Initiation heidnischer Rituale erinnerte. Etwas, das direkt unter diesen maroden Mauern im Boden gelauert hatte und sich nun Bahn durch die morschen Dielen brach. Schamlos und wild. Im gleichen Moment, in dem sie sich zu ihm beugte und sich ihre Lippen fanden, umfassten sinnliche Hände sein Gesäß. Er fühlte ihre fordernde Zunge in seinem Mund, die fremden Hände auf seinem Körper und das schmerzhafte Ziehen in seinen Lenden.

Ein schmaler Streifen blassen Morgenlichts fiel durchs Fenster, als Carola erwachte. Bruchstücke halluzinierender Bilder von ineinander verschlungenen Körpern, begleitet von hämmernden Klängen, trieben vor ihrem inneren Auge vorüber. Sie gähnte und lauschte in die Stille des Zimmers hinein. Es war noch dunkel, aber da war etwas, was sich im Schutz der Nacht genähert und sie geweckt hatte.

Plötzlich spürte sie, wie der Boden unter ihrer Matratze seltsam vibrierte und das Geräusch, das jetzt von der Straße heraufdrang, ließ die Wände erzittern. Erschrocken richtete sie sich auf. Ivo schlief neben ihr. Er hatte sein Gesicht in ihre Armbeuge geschmiegt und atmete leise.

Sie drehte den Kopf und sah neben sich den Feuerschlucker zwischen Michaela und einem anderen Mädchen liegen. Auch gegenüber an der Wand unter dem Fenster schlummerte ein Paar. Sie konnte jedoch nicht erkennen, ob es Frauen oder Männer waren.

Das dröhnende Geräusch näherte sich schnell. Carola stand auf und lief zum nächsten Fenster. Gerade noch rechtzeitig, um im Scheinwerferlicht die schweren gepanzerten Kastenwagen zu erkennen, die in dieser Nacht die D-Mark in alle ostdeutschen Städte brachten. Sie rumpelten durch die Straße, die hohen Aufbauten glitten wie Schattenrisse an den zerschrammten Hausfassaden entlang. Dann war die Kolonne auch schon vorüber.

Jäh spürte Carola die Kälte, die von den Dielen aufstieg und schlüpfte zurück ins Bett, wo sie sich an Ivo schmiegte und ihr Gesicht in seinem dichten Haarschopf vergrub.

49

Als Aki in den heimatlichen Torweg einbog, kreuzte Frau Drost plötzlich ihren Weg und es kam ihr so vor, als hätte diese bereits auf sie gewartet.

»Aki, kannst du mal schnell mit reinkommen?«, fragte die Frau und sie spürte die Unruhe, die in der Frage mitschwang.

»Na klar doch«, erwiderte sie, ohne lange nachzudenken, doch dann wurde auch sie nervös. »Ist was passiert?«, fragte sie. »Ist was mit ihrem Sohn?«

Frau Drost hob abwehrend die Hände. »Nein, mit Jürgen ist alles in Ordnung. Hoffe ich jedenfalls.« Sie hustete kräftig und Aki hörte, dass ihre Bronchien belegt waren. Trotzdem stieß sie energisch die Haustür auf und Aki folgte ihr mit langen, eiligen Schritten durchs Stiegenhaus hinein in die Wohnung. Ursula Drost machte erst an der schweren Wohnzimmertür halt, wo sie stumm in den Raum deutete, während sie sich nach Luft ringend an den Türpfosten klammerte.

Überrascht blickte Aki in die feingeschnittenen asiatischen Gesichter von sieben dunkelhaarigen Frauen. Zwei von ihnen hockten schüchtern nebeneinander auf einem der Sessel, die anderen fünf, nicht weniger verunsichert, auf dem Sofa, auf dem auch Aki schon übernachtete hatte, als sie es nach ihrer Rückkehr allein in der verlassenen Wohnung nicht ausgehalten hatte. Davor auf dem schmalen Holztisch mit den gelben Fliesen standen acht Teetassen und die bauchige blaue Keramikkanne mit den weißen Punkten.

»Die beiden hier«, Frau Drost deutete auf den Sessel »heißen Dyen und Nhi.« Ihr Atem rasselte hörbar, als sie weitersprach: »Die Mädchen dort drüben sind Ahn, Hoa, Linh, Thao und Huong.«

Jede der Frauen nickte bei der Nennung ihres Namens mit freundlicher Zurückhaltung und Aki versuchte, sie zu unterscheiden und sich die Vornamen einzuprägen.

»Das ist Aki«, sagte Frau Drost und zögerte einen Moment, bevor sie lächelnd fortfuhr. »Sie könnte meine Enkelin sein.«

»Hallo, Aki«, antworteten die sieben beinahe im Chor und musterten sie neugierig.

»Hallo«, entgegnete Aki verlegen und hob kurz den Kopf. Dann sah sie wieder zu Ursula Drost. Die öffnete den Mund, doch anstatt ihr Anliegen weiter auszuführen, schüttelte sie erneut ein heftiger Hustenanfall. Aki ergriff ihre Hand, die heiß und voller Schwielen war, und führte sie langsam zum zweiten Sessel, der in der Nähe der Tür stand. Eine der Frauen, Aki meinte, sie hieß Dyen, reichte der alten Dame eine Tasse Tee. Dankbar setzte sie sich und nahm einen Schluck.

Aki hockte sich neben Frau Drost auf die breite Seitenlehne.

Ursula Drost holte Luft und räusperte sich. »Ursprünglich kommen die Mädchen aus Vietnam. Bis letzte Woche haben sie noch als Näherinnen in einem Volkseigenen Betrieb gearbeitet. Ich hatte die Aufgabe übernommen, sie seit ihrer Ankunft hier zu betreuen. Und das habe ich auch die ganze Zeit über getan, aber nun …«

»Ist etwas geschehen, oder?«, unterbrach sie Aki ungeduldig.

Ursula Drost schaute über den Tassenrand zu ihr auf und nickte leicht. »Die Währungsunion, Aki. Der Betrieb ist pleite. Genau das hatte der Direktor schon im Vorfeld befürchtet. Durch die Einführung der D-Mark sind sie über Nacht konkurrenzunfähig geworden.«

»Wieso das?«

»Es ist ganz einfach. Die DDR war ein Billiglohnland für den Westen. Jetzt mit der D-Mark ist sie das nicht mehr. Ich bin mir sicher, die drüben haben sich bereits andere Produktionsstandorte gesucht.«

»Aber was ist mit den Absatzmärkten im Osten?«, fragte Aki.

Frau Drost setzte ihre Tasse ab. »Die können die durch die D-Mark verursachten steigenden Preise für die Waren nicht mehr bezahlen.«

»Ich verstehe. Also bricht alles zusammen«, schlussfolgerte Aki und ihr Blick wanderte hinüber zu den sieben Vietnamesinnen. »Und was wird aus ihnen?«

»Ja, das kümmert niemanden. Bisher lebten sie in einem Wohnheim, das zum Betrieb gehörte. Aber nun steht das ganze Kombinat vor der Abwicklung und das Wohnheim wurde heute Morgen geschlossen. Sie wissen nicht, wohin sie sollen, sie leben de facto auf der Straße.«

Aki stieß schnaubend die Luft aus. Sie wusste, was das bedeutete und schaute in die gespannten Gesichter der Frauen. »Wissen Sie, wie viele Vietnamesen überhaupt im Land sind?«

»Ungefähr sechzigtausend Werktätige und Studenten.«

»Und was geschieht mit denen?«

»Ich nehme an, die meisten gehen wieder zurück nach Vietnam. Aber einige wollen auch hierbleiben.«

»Geht das denn so einfach?«, fragte Aki.

Frau Drost zuckte mit den Achseln. »Derzeit haben die sieben Frauen hier noch eine vorläufige Aufenthaltsgenehmigung für die DDR. Aber wenn du mich fragst, weiß keiner was mit ihnen nach der Wiedervereinigung geschieht. Dann müssen die Mädchen Asyl beantragen. Na ja, und für das Verfahren wäre es von Vorteil, wenn sie eine Wohnadresse nachweisen können, bei der sie polizeilich gemeldet sind. Später, wenn der Asylantrag genehmigt wurde, kann man weitersehen. Aber bis dahin … «

Aki sah die unausgesprochene Frage in Ursula Drosts Augen und die vage Hoffnung, die sich mit ihrer noch ausstehenden Antwort verband.

Wieder fand Akis Blick die sieben Frauen. In ihrem Kopf überschlugen sich die Gedanken. Sollte sie ihnen einen Platz in ihrer Wohnung anbieten? Ginge das überhaupt? Sie überlegte. Das ehemalige Kinderzimmer mit den drei Betten stand leer. Sie könnte vielleicht mit der Säge aus dem alten Werkzeugkasten unter der Spüle die vier Bettpfosten des Doppelstockbetts zersägen, so dass zwei separate Betten entstanden. Damit wären mehrere Schlafplätze direkt nebeneinander möglich. Ja, das ging. Aki hob den Kopf und wandte sich wieder Frau Drost zu. »Wenn das für dich in Ordnung ist, Ursula, könnte ich drei der Mädchen bei mir aufnehmen.«

»Drei …?« Ursula Drost griff mit feuchten Augen nach ihrer Hand und drückte sie fest. »Danke, Aki!«

50

Die Tür von Frau Drosts Wohnung wurde einen Spalt breit geöffnet. »Guten Tag, Aki«, begrüßte sie Ahn. »Komm herein. Dyen, Nhi und Hoa warten schon auf dich. Sie wollen heute Frühlingsrollen mit dir machen.«

»Oh, schön.«

Hinter Ahn tauchte Frau Drost aus dem Halbdunkel des Flures auf. Aus ihrem Gesicht sprach aufgeregte Herzlichkeit. Sie trug ein feines blaues Leinenkleid mit einer roten Holzperlenkette. »Aki! Schön, dass es doch noch geklappt hat.«

Bis vor ein paar Stunden war noch unklar gewesen, ob Aki heute im Hotel frei bekommen würde. Aber da sie schon an den Weihnachtsfeiertagen gearbeitet hatte und die Küche voll besetzt war, durfte sie gehen. »Linh und Thao sind bereits damit beschäftigt, das Wohnzimmer für die Party zu schmücken.« Sie beugte sich zu Akis Ohr hinab. »Die beiden sind ganz versessen darauf und haben einen Riesenspaß«, ergänzte sie und kicherte leise.

»Hey, das würde ich mir gern ansehen.«

Als Aki, dicht gefolgt von Ahn und Frau Drost, das Zimmer betrat, stand Linh gerade auf einer Leiter und befestigte einen runden Lampion mit dem Gesicht eines Mondes an einer langen bunten Papiergirlande, die sich quer durchs Zimmer zog. Indessen pustete Thao mit dicken Backen in die Rollen aus Papierluftschlangen hinein, so dass die losen Enden durch die Luft flogen und sich um jeden Gegenstand wickelten, der ihnen dabei in die Quere kam. Aus dem Radio dröhnte laute Schlagermusik.

»Hallo, ihr beiden«, rief Aki und hob kurz die Hand zum Gruß.

Linh winkte ihr von der Leiter aus zu, während Thao eine Luftschlange in ihre Richtung blies, die sich kringelnd um Akis Schultern legte.

Wie angekündigt, warteten Dyen, Nhi und Hoa in der Küche auf Aki. Es roch nach heißem Wasser, Gemüse und fremden Gewürzen, die sie aber nicht näher benennen konnte. Nhi reichte ihr eine dunkelgrüne Schürze, die Aki sich mit ihrer Hilfe umband, bevor sie erwartungsvoll an den Küchentisch trat. Die drei hatten sich große Mühe gegeben und wie in einem Kochstudio alle Zutaten kreisrund in Schälchen aufgebaut. Nur zwei der Ingredienzien ruhten noch in Sieben in der Spüle.

Da Dyen am besten Deutsch sprach, übernahm sie den Teil mit den Erklärungen. »Jede Familie in Vietnam hat ihr eigenes Rezept, Frühlingsrollen zuzubereiten. Das hier ist von Hoas Großmutter.«

»Das ist eine große Ehre für mich«, Aki verbeugte sich leicht in Hoas Richtung. »Vielen Dank.«

Dyen wandte sich dem Tisch zu. »Wie du siehst, haben wir hier alle Zutaten aufgebaut.« Sie deutete nacheinander auf die einzelnen Schälchen. »Gehacktes vom Schwein, rote Zwiebeln und Frühlingszwiebeln, Kohlrabi, Möhren, Koriandergrün, Knoblauch, Ei und Limette. In den Sieben dort drüben tropfen gerade Glasnudeln und Austernpilze ab. Die Nudeln haben wir vorher eine halbe Stunde und die Pilze zwei Stunden in warmem Wasser eingeweicht. Dazu kommen Gewürze wie Salz, Zucker und Pfeffer, Chili und Nuoc Mam, das ist vietnamesische Fischsauce.«

Aki runzelte die Stirn. »Puh, wie soll ich mir das alles merken?«

»Musst du nicht«, sagte Nhi schnell und lächelte, »wir haben dir das Rezept aufgeschrieben.«

Dyen streifte Nhi mit einem missbilligenden Blick, was Aki zu der Annahme veranlasste, das Nhi vorgegriffen hatte und dieser Teil am Ende als Überraschung für Aki vorgesehen war. Deshalb bedankte sie sich schon jetzt bei allen besonders herzlich.

»Was darf ich tun?«, fragte Aki und sah auffordernd in die Runde.

»Wir schneiden zusammen die Kohlrabis und Möhren«, sagte Dyen. »Ich möchte dir eine Besonderheit der asiatischen Küche zeigen.«

Aki sah mit an, wie Dyen einen Kohlrabi zerteilte und dann eine Hälfte zu einem länglichen Quader zuschnitt. Danach kerbte sie mit der Messerklinge einen zwei Millimeter tiefen Keil auf jeder der Seiten über die gesamte Länge in die Fläche. Als sie damit fertig war, schnitt sie auf der Stirnseite ein schmales, beinahe durchscheinendes Stück Kohlrabi ab, dass einer hellgrünen Schneeflocke glich, die sich wie zufällig auf das dunkle Schneidebrett verirrt zu haben schien. »Wir nennen das Dekorschnitzen. Kennst du das?«

Aki schüttelte den Kopf.

»Das kannst du mit beinahe jeder Obst- oder Gemüsesorte machen, nur fest genug sollte sie sein.«

Aki lächelte. »Das Auge isst ja auch mit, oder?«

Dyen lächelte ebenfalls und reichte ihr ein Messer, damit sie es selbst ausprobieren konnte. Aki rückte entschlossen dem Kohlrabi zu Leibe, wie Dyen es ihr gezeigt hatte und schon bald türmte sich vor ihr eine Handvoll Flocken.

»Dyen?« Aki wartete, bis sie von ihrer Arbeit aufsah. »Was ich dich schon die ganze Zeit fragen wollte: Was ist eigentlich bei euren Asylanträgen herausgekommen?«

Dyen zog die Stirn in Falten und legte das Messer zur Seite. »Der Mann in der Behörde sagte uns, dass es noch dauert.« Ein Schatten huschte über ihr Gesicht. »Er konnte uns nicht sagen, wie lange wir noch auf die Bewilligung warten müssen. Doch er fand gut, dass wir eine Adresse vorweisen können.«

Aki nickte und griff nach einer Möhre. »Aber womit wollt ihr inzwischen Geld verdienen? Verstehe mich bitte nicht falsch, ihr könnt auf jeden Fall weiter bei mir wohnen, aber ihr müsst doch auch von etwas leben?«

Noch bevor Aki den Satz beendet hatte, sah sie, dass die Frage Dyen beschämte. »Tut mir leid«, schob sie schnell nach und aus einem Impuls heraus legte Aki der schmächtigen Frau die Hand auf den Unterarm. »Ich wollte nicht …«

Dyen schüttelte den Kopf. »Schon gut, Aki. Du und Ursula, ihr seid zwei außergewöhnliche Frauen, das begegnet uns nicht oft.« Dyen nahm das Messer und strich mit der flachen Klinge die Kohlrabistücke vom Brett in eine kleine Schüssel. »Aber zu deiner Frage. Wir werden genau das tun, was wir können: nähen.«

»Aber geht denn das so einfach?«

Dyen lächelte. »Es geht mit einem Trick. Ursula hat letzte Woche zwei Nähmaschinen besorgt und überall in den Geschäften und in der Umgebung Zettel verteilt, wo draufsteht, dass sie hier in der Wohnung eine Änderungsschneiderei eröffnet hat.« Dyen zwinkerte ihr schalkhaft zu. »Dabei kann Ursula überhaupt nicht nähen«, flüsterte sie.

»Ihr arbeitet für sie inkognito«, erwiderte Aki leise.

Die beiden Frauen sahen sich einen Moment lang an und grinsten verschwörerisch.

Währenddessen hatte Nhi das restliche Gemüse, die Glasnudeln und die Pilze in feine Streifen geschnitten und mit dem Schweinehack, dem Ei, dem Koriander, der Fischsauce und den Gewürzen in einer Schale zu einer Masse vermengt, die als Füllung für die Frühlingsrollen diente.

Hoa bereitete den Dip vor, indem sie Knoblauch, Chili und Zucker in einem Mörser zu einer Paste zerrieb und anschließend mit heißem Wasser verrührte, bis der Zucker sich auflöste. Anschließend gab sie Fischsauce, Limettensaft und ein wenig Pfeffer dazu, bis der gewünschte typische Geschmack erreicht war. Ahn gab die kunstvoll geschnittenen Möhren- und Kohlrabistücken mit in den Dip, nachdem Dyen sie mariniert hatte.

Dann ging alles sehr schnell. Aki sah, wie jede der Frauen ein Reisblatt nahm, es kurz durch das Wasser zog und dann auf ein rundes Kunststoffbrettchen legte. Sobald das Reispapier weich und geschmeidig war, verteilten sie einen Esslöffel der Füllung mittig auf das untere Drittel des Reispapiers und begannen es eng aufrollen. Dabei klappten sie den rechten und linken Seitenrand zur Mitte hin ein und rollten es dann bis zum Ende nach oben auf. »Wir können sie auf einem mit Öl eingepinselten Teller zwischenlagern«, erklärte Dyen. »Aber du musst aufpassen, dass sie nicht zu dicht zusammen liegen, sonst kleben sie aneinander fest.«

Aki nickte.

Ursula kam mit zwei großen Pfannen in die Küche. »Na, Kinder, wie weit seid ihr?«

»Du kommst gerade richtig«, sagte Dyen, die eine Flasche mit Speiseöl hochhielt. Wenig später brutzelten die ersten Frühlingsrollen in heißem Fett.

Aki beobachtete, wie sich das Reispapier unter ständigem Wenden langsam goldbraun verfärbte. Bald schöpfte Dyen die erste Lage

Frühlingsrollen aus der Pfanne und legte sie zum Abtropfen auf ausgebreitetes Küchenpapier. Hinter ihnen am Tisch verteilten Hoa und Nhi das Dip in mehrere kleine Schalen.

Tief in Gedanken versunken sah Aki den Frauen bei ihren Tätigkeiten zu. Stumm und leicht verwundert beobachtete sie das fortschreitende Anrichten der Speise, die öligen Flecken, die auf dem Küchenkrepp zurückblieben, die silbernen Löffel, die im Licht funkelten und die Frühlingsrollen, die kunstvoll auf einer weißen Porzellanplatte aufgeschichtet wurden.

Weitere Minuten verstrichen, in denen sie den herrlichen Duft wahrnahm, der sich jetzt im Raum ausbreitete. Ihr Blick fand Ursula, die mit Ahns Hilfe die Korken aus zwei bauchigen Rotweinflaschen zog, während Linh und Thao in die Küche gestürmt kamen, um ihnen zu verkünden, dass nun für die Feier alles vorbereitet war.

Aki stand mitten unter ihnen und sie sah in die leuchtenden Gesichter um sich herum. Jedes für sich wirkte wunderschön, so als hätte jede Sekunde ihres Lebens, jede Verfassung, in der sie sich jemals befunden hatten, nur den einen Zweck, sie zu diesem zauberhaften Moment in einer Silvesternacht hinzuführen.

51

Ihr gebuchter Auftrittsort für die Silvesternacht lag in einem Gewerbepark unweit der Autobahn und spiegelte sich silbern in der Glasfront eines Einkaufszentrums. Unmittelbar daneben erhob sich die hässliche Fassade eines Zweckbaus, wo fünf rote Buchstaben zwischen den mit Aluminium eingefassten Fensterreihen dem Beobachter erklärten, dass dies ein Hotel war.

Holger ging voran, die sechs Bandmitglieder folgten ihm. Wie immer hatte er darauf bestanden, dass sie in voller Besetzung spielten.

Der Manager, ein auffällig gekleideter, groß gewachsener Mann mit Glatze, Goldkette und lilafarbenem Blazer empfing sie im Eingangsbereich, die Hände lässig in den Hosentaschen vergraben.

»Wir sind die Holger-Lennart-Band«, stellte Holger sie selbstbewusst vor.

»Die Ostband, verstehe.« Der Manager schob den Kaugummi von einer Seite auf die andere. »Wie ihr unschwer erkennen könnt, ist das hier ein Discodrom. Schon mal in einem gewesen?«

Alle Bandmitglieder schüttelten leicht den Kopf. Der Mann legte den Kopf schief, nahm eine Hand aus der Hosentasche und zeigte von unten nach oben. »Bei uns wird auf drei Ebenen getanzt. Ihr werdet auf Ebene vier spielen, im Barbereich.« Holger nickte und die anderen schauten sich in dem riesigen Raum um.

»Beginn zehn Uhr, ihr spielt sechs Sets zu fünfundvierzig Minuten. Das heißt bis morgen früh um drei. Sollten die Bars dann noch frequentiert sein, auch länger. Die Gage beträgt achthundert Deutsche Mark. Noch Fragen?«

Holger Lennart zog ein Schriftstück aus der Innentasche seines Jacketts und blätterte darin, bis er die Stelle mit der Gage fand. Abwehrend hob er die Hand. »Aber im Vertrag wurden tausendzweihundert Mark vereinbart …«

»Kinder, dann müsst ihr den Vertrag richtig lesen«, schnitt der Glatzkopf ihm das Wort ab. »Achthundert Grundgage. Ihr spielt auf der vier, damit die Leute bleiben und was trinken. Trinken die nix, gibt's keinen Umsatz und es bleibt für euch bei achthundert. Trinken die ordentlich, was ich mal hoffe, werdet ihr am Umsatz beteiligt und es gibt was obendrauf. Max tausendzweihundert, capito?«

»Ja, aber …«

»Nix, ja aber.« Der Mann schob eindrucksvoll den Oberkörper vor. »Ihr studierten Heinis aus dem Osten solltet endlich kapieren, dass es keinen Exotenbonus mehr für euch gibt. Was glaubt ihr, wer ihr seid?«

Er sah sie der Reihe nach an, drehte sich zum Empfang um und pfiff. »Hey, Babe, komm mal her. Sei so gut und zeige den Ossis die Garderoben.«

Siv und Andreas stiegen nebeneinander als Letzte auf die Rolltreppe, die sie nach oben in den düsteren Bauch des Gebäudes beförderte.

Angewidert schnaubte Andreas durch die Nase. »Was bildet sich dieses Arschloch ein? Wenn das so weitergeht, darauf habe ich bald keinen Bock mehr. Früher hatten wir zwei Mucken und alle konnten einen Monat lang fantastisch davon leben. Heute reichen fünf Mucken nicht, um die Miete zu bezahlen. Ich frage dich, wo soll das noch hinführen?«

Siv sah ihn an und sie überkam ein jähes Entsetzen. Was sollte aus ihnen werden, wenn Andreas oder ein anderer Musiker die Band verließ oder sich vielleicht die ganze Formation auflöste?

Schwankend umfasste sie den schwarzen Handlauf der Rolltreppe, die sie hinauf in eine stickige Dunkelheit führte. Eine Girlande mit »Prosit Neujahr« aus glitzernden Stanniolbuchstaben baumelte über ihnen.

52

Eigentlich hätte Ivo zufrieden sein können. »Der Fliegenpilz« war bis auf den letzten Platz gefüllt. Die Leute saßen auf Stühlen, Bänken und Holzkisten oder lehnten an den Wänden. Auf einer kleinen, improvisierten Bühne zupfte ein Mann seine Gitarre, während eine Frau mit rauchiger Stimme die lasterhaften Balladen und Lieder des François Villon vortrug. Manchmal, wenn sie sprach, sah sie zu Ivo herüber und ihre Worte erfüllten die von Zigarettenrauch und Dunst schwangere Luft, obwohl sie einzig nur an ihn gerichtet schienen.

Ivo drehte sich zu Alge um, der gerade Thekendienst machte und Bier für Bier gegen Bargeld über den Tresen schob.

Wenigstens hatten sie genügend aus dem Supermarkt herangekarrt, als die Kästen noch im Angebot waren.

»Essen die auch was, oder saufen die nur?«, fragte Ivo amüsiert. Er wusste, dass Simone, die inzwischen Alges feste Freundin war, Bockwürste und Kartoffelsalat vorbereitet hatte.

»Erstmal haben sie Durst«, erwiderte Alge. »Aber das kennen wir ja. Später schieben sie auch Kohldampf.«

Ivo nickte. »Wie geht es eigentlich Hülse?«

»Ist jetzt der absolute Voll-Stino!« Alge öffnete die nächste Bierflasche und kassierte eine Handvoll Klimpergeld. »Ist mit seiner Ilka nach Markkleeberg gezogen. Was ich so gehört habe, buckelt er jetzt beim Gruber.«

Ivo hob eine Augenbraue. »Beim Gruber? Aha!«

Der Bayer war am Tag der Währungsunion bei ihm aufgetaucht und wollte das getauschte Geld für die fünf Autos haben, die bereits verkauft waren. Den Golf nicht eingerechnet. Der Unternehmer hatte überhaupt nicht verstanden, dass von dem Geld nichts mehr da war. Wie auch? Alles war in das Straßenfest, in den »Fliegenpilz«, in Caros Modenschau und die Werbung geflossen. Ivo hatte es ihm als sinnvolle Investitionen in die Bekanntheit des Autohauses verkauft, aber als Gruber trotzdem das Geld haben wollte, erklärte ihm Ivo knapp, dass die Kohle sowieso illegal war und er ihm rechtlich nichts konnte. Gruber drohte daraufhin, seine beiden Gorillas auf ihn zu hetzen, aber als er den Plan am nächsten Tag umsetzen wollte, hatten sich bereits sämtliche Punker im Viertel auf Ivos Seite geschlagen und den Gorillas richtig auf die Fresse gegeben.Daraufhin waren der fette Gruber und seine Meute heulend abgezogen.

Inzwischen waren die allerdings schon wieder obenauf, denn seit der D-Mark-Umstellung brummte der Autohandel wie Henne. Ivo dachte kurz darüber nach, dass ein Dasein als Autohändler sowieso nicht seiner Art zu leben entsprach, und wandte sich wieder interessiert der Künstlerin zu.

Jetzt warf sie ihre schwarze Lockenmähne aufreizend hin und her, während sie schluchzend stöhnte: »Ich bin so wild nach deinem Erdbeermund.« Ihre dunklen Augen funkelten ihn durch die gespreizten Finger hindurch an. Um die Hüften trug sie eine Lederkorsage aus Carolas aktueller Kollektion, die ihre Kurven aufregend gut zur Geltung brachte. Ivo musterte sie mit begehrlichen Blicken und sie schien das zu spüren.

»Die steht auf dich, Alter!«, hörte er Alges Stimme durch die Pfiffe der männlichen Besucher hindurch. »Wo ist eigentlich Carola?«, fragte er dann und schaute sich suchend um.

»Die arbeitet noch«, antwortete Ivo.

Alge verzog das Gesicht. »Echt jetzt? Heute ist Silvester.«

Erst wollte Ivo ihm antworten, dass es ihn einen Scheiß anging, womit Carola ihre Zeit verbrachte. Aber dann stimmte er Alge innerlich zu.Verdammt, ja, es war Silvester. Da wird gefeiert!

»Ich werde sie holen.«

»Mach das, ich halte hier so lange die Stellung.«

Ivo zog sich die Jacke über und trat hinaus auf die Straße. Autoscheinwerfer tasteten über die Fassaden, zerrten zerbrochene Fensterscheiben ins hastige Licht und dunkle Schatten füllten vorübergehend die Löcher in den Straßen. Die alte Werkhalle, in der jetzt Carolas Manufaktur untergebracht war, lag nur eine Querstraße vom »Fliegenpilz« entfernt. Hinten auf dem Hof stand noch ein alter Lastwagen, der Fahrer musste ihn nach der letzten Schicht dort abgestellt haben. Vor einiger Zeit war Ivo mal ins Fahrerhaus geklettert. Es roch muffig und staubig und in den Seitentüren steckten Drahtreste und ein Schraubenzieher.

Als er die gusseiserne Tür des Fabrikgebäudes mit den Milchglasfenstern aufzog, sah er, wie Carola, die vorne übergebeugt am Tisch saß, sich erschrocken umdrehte und dabei eine Hand auf die Brust legte. »Mann, hast du mir einen Schreck eingejagt.«

Ivo lächelte. »Tut mir leid. Ich wollte doch nur mal schauen, was du hier so treibst.«

»Was ich treibe?« Carola stieß die Luft durch die Nase aus. »Arbeiten, was sonst.«

Die Schwungräder der Nähmaschinen reflektierten den Lichtschein der großen Industrielampen, die von der Decke hingen. Überall auf den Tischen lagen Zeichnungen, Ballen von Stoff und Leder, Spitzen und bemalte Leinwand. Daneben standen Dosen mit Knöpfen, Ösen und Gummibändern. Vor der unverputzten Ziegelmauer reihten sich halbbekleidete Schneiderpuppen aneinander, die den Eindruck erweckten, sie wären zu einer skurrilen Parade angetreten.

Ivo stellte sich dicht hinter Carola und schaute auf ihr ausladendes Dekolleté. »Wollen wir nicht zusammen irgendwohin gehen und ein paar Raketen steigen lassen?«

»Nicht jetzt, Schatz«, wehrte Carola ab.

Aber so schnell gab Ivo nicht auf. Er schlag seine Arme um sie, knabberte an ihrem Ohr und raunte dabei: »Aber es ist Silvester, alle sind am Feiern.« Carola lehnte sich einen Moment zurück und er knetete ihren Busen. »Komm, lass es uns treiben. Gleich hier.«

»Das geht nicht«, sagte Carola bestimmt und entzog sich seiner Umarmung. »Die Kollektion muss bis nächste Woche fertigwerden. Du weißt, wie die Kunden reagieren, wenn ich in Verzug gerate.«

Ivo ließ sie los und breitete theatralisch die Arme auseinander. »Ist jetzt jeder dahergelaufene Kunde wichtiger als ich?«

Carola grinste. »Nicht jeder dahergelaufene Kunde. Aber dieser hier hat fünfzig Mieder bestellt und das nenne ich einen Großauftrag.« Der Besitzer des Geschäfts für Dessous und Bademoden in der

Innenstadt hatte seit der Modenschau immer wieder kleinere Posten bei ihr geordert und wollte nun zum ersten Mal mehr Ware. Das war ihre Chance.

»Bist du sicher, dass Schlüpfer-Uli nur auf deine Korsagen scharf ist?«, fragte Ivo argwöhnisch.

»Dazu gehören ja wohl immer noch zwei, mein Schöner.« Carola nahm Ivo bei der Hand. »Komm, mach nicht so ein Gesicht. Du solltest dich lieber darüber freuen, dass die Sachen so gut angenommen werden. Haben wir uns das nicht immer gewünscht?«

»Ja, schon …«, antwortete er zögernd.

»Gut!« Sie gab ihm einen flüchtigen Kuss. »Dann sei ein lieber Junge und kümmere dich um deine Gäste, bis ich hier fertig bin.«

Als Ivo in den »Fliegenpilz« zurückkam, hatten die Künstler ihr Programm beendet. Die Frau saß jetzt allein an einem Tisch neben der Theke, trank Bier und aß gierig Würstchen mit Kartoffelsalat. Ivo zog sich einen Stuhl heran und setzte sich neben sie. »Schmeckt`s?« fragte er.

»Ist lecker.«

Ivo grinste. »Glaub ich dir sofort.«

Die Frau prustete los. »Wirklich.«

»Schön.« Ivo signalisierte Alge, dass er auch ein Bier trinken wolle. Alge hob den Daumen. Kurz darauf brachte er die Flasche.

»Wo ist denn die Gitarre hin?«

»Der hat noch einen Gig im Hotel.«

»Aha. War ihm wohl nicht genug Gage?«

Die Frau zuckte mit den Schultern und tupfte sich mit der Serviette die roten Lippen ab, während sie Ivo über den Rand hinweg musterte.

»Was kann man denn hier heute noch so anstellen?«, fragte sie.

Ivo trank einen Schluck Bier. »Erst mal nachdenken.« Dann beugte er sich leicht vor. »Worauf hättest du denn Lust?«

Die Frau fuhr sich mit dem Daumen über die Unterlippe. »Du könntest mir zum Beispiel deine Briefmarkensammlung zeigen.«

Ivo hob eine Augenbraue. »Habe ich nicht.«

Ein Schatten der Enttäuschung glitt über ihr Gesicht und Ivo überlegte, wo er mit ihr hingehen konnte. Die Wohnung war tabu. Da fiel ihm der alte Lastwagen ein. Das würde gehen. »Aber wenn du willst, zeige ich dir was anderes.«

»Was denn?«

»Psst«, raunte Ivo und legte den Zeigefinger auf ihre Lippen. »Komm einfach mit.«

53

Als Jens und Gerd in den verschneiten Gastgarten hinter dem Lokal hinaustraten, war die Luft schneidend kalt und von dem beißenden Geruch von Schwarzpulver erfüllt. Eine einzelne Rakete verglühte über den Dächern und in den Gassen der Altstadt krachten die letzten Silvesterböller.

Sie gingen mit ihrem Bier zu einem der Tische, stellten die Gläser ab und wischten mit den Handflächen den Schnee von den Sitzflächen zweier Stühle. Anschließend ließen sie sich darauf nieder.

»Erinnerst du dich noch, in der Grundausbildung haben wir morgens auch den Raureif von den Bänken gekratzt, damit wir beim Frühstück keinen nassen Hintern bekamen.«

Jens lachte. »Genau, und die Milch in den Picassotitten war gefroren, die konnte man nur lutschen.«

Gerd rieb sich die Hände warm. »Tja, das alles ist Gott sei Dank lange her.« Er griff nach seinem Bier. »Ein gesundes Neues wünsche ich dir. Prost, Jens.«

»Wünsche ich dir auch. Prost, Gerd.« Jens hob das Glas an die Lippen und trank in langen Zügen. Der Glasboden hatte kreisrunde Vertiefungen in den Schnee gestanzt. Mit einem leisen Seufzer setzte er es wieder ab.

»Mann, tat das jetzt gut«, sagte Gerd und konnte einen Rülpser nicht unterdrücken.

»Vorhin hast du gesagt, du möchtest mit mir noch über etwas Wichtiges reden?« Jens schaute ihn gespannt an.

Das Lächeln gefror auf Gerds Gesicht. »Gestern kam einBrief von Angela.«

»Und, was stand drin?«, fragte Jens. »Mach es nicht so spannend.«

»Sie hat geschrieben, dass sie schwanger ist.«

»Mensch, Gratulation, du wirst Vater!« Jens stieß sein Bierglas gegen das von Gerd. »Da fängt das neue Jahr ja gleich mit einem Paukenschlag an.«

»Hm, danke dir, aber da ist noch was.«

»Was denn?«

»Ich werde kündigen. Mein Schwiegervater hat mir einen Job als Busfahrer besorgt. Bei den Stadtwerken. Da geht einer bald in Rente. Mit den ganzen Zuschlägen kann man da ganz ordentlich verdienen. Zuerst würden sie mich als Springer einsetzen, aber später geben sie mir eine feste Strecke.«

»Das klingt doch gut. Und wann soll es losgehen?«

»Na ja, ziemlich bald. Die bieten mir eine Umschulung an. Außerdem könnte ich bei Angie sein und wäre da, wenn das Kind kommt …«

Jens starrte auf den Boden, wo sich ihre Schuhabdrücke im Schnee langsam dunkel verfärbten.

»Bist du jetzt sauer?«, fragte Gerd.

»Quatsch.«

»Na, ich dachte nur. Erst habe ich dich hergelotst und jetzt haue ich ab und lass dich hier hängen.«

»Blödsinn, das ist schon okay. Versteht doch jeder. Das hier war doch sowieso nur für den Übergang. Keiner will das ewig machen.« Jens zuckte mit den Achseln. »Nein man, es ist einfach nur schade. Du bist der Einzige, den ich hier kenne. Außerdem weißt du sofort, was ich meine, ohne dass ich es andauernd erklären muss.«

Eine Weile schwiegen sie.

Dann knuffte Jens seinen Freund kameradschaftlich in die Seite. »Das geht schon klar, ehrlich. Und vergiss nicht, mir ein Foto von deinem Stammhalter zu schicken, wenn er da ist.«

Gerd grinste ihn an. »Mach ich, versprochen.« Er legte Jens dankbar die Hand auf die Schulter, als die Tür zur Küche aufflog und Antonio erschien. »Gerdolino, Tisch drei molte Prosecco und funf will zahlen.«

54

Sie hatte definitiv nichts anzuziehen. Hinter Anna Maria lag ein großer Stapel mit Pullovern, Hosen und Blusen auf dem Bett. Aber nichts davon passte oder schien für ihr Vorhaben geeignet zu sein. »Paris«, flüsterte sie und dann noch einmal lauter: »Paris!«

Als würde sich durch das wiederholte Aussprechen des Wortes das Undenkbare in Realität verwandeln. Aber genau so war es. In einer halben Stunde würde Patrick vor der Tür stehen und sie abholen. Sie erinnerte sich, wie sie zum ersten Mal in seinen Jaguar gestiegen war, wie weich die weißen Ledersitze waren, wie das polierte Wurzelholzfurnier funkelte und vor ihr die markante Kühlerfigur einer springenden Raubkatze auf der schwarz glänzenden Motorhaube auftauchte.

Für einen Moment blieb sie ratlos und gedankenverloren im Raum stehen. Wenn doch nur Carola da wäre, die könnte sie beraten, und in ihrem reichen Fundus hatte sie noch immer etwas Passendes für sie gefunden. Aber sie war nicht hier.

Anna Maria wandte sich erneut dem großen Eichenschrank zu, in dessen Vorderfront ein hoher ovaler Spiegel eingelassen war. Ihre Oma hatte den Schrank damals von ihrem Vater, einem Tischler, als Aussteuer bekommen, und nun schaute seine Urenkelin in den Spiegel, die im Begriff war nach Paris zu reisen.

Ja, nach Paris. Wenn das so weiterging, würde sie wohl in Unterwäsche fahren müssen. Noch einmal klappte sie die Türen auf und bewegte die wenigen Kleiderbügel. Da, ganz am Ende der Stange hing es, in Seidenpapier eingehüllt. Das kleine Schwarze einer bekannten Designerin, das Vera ihr geschenkt hatte. Es war in einem Westpaket zu den Wildes gekommen, passte aber keiner der Frauen. Sivs Mutter hatte es nur aus Sentimentalität aufgehoben, sich dann aber entschlossen, es Anna Maria zu schenken.

Sie nahm das Kleid aus der Verpackung und schlüpfte hinein. Mit etwas Mühe gelang es ihr den langen Reißverschluss am Rücken zu schließen. Ja, es passte perfekt.

Sie griff nach der schmalen schwarzen Schachtel auf dem Nachttisch, die eine auffallende Goldprägung zierte, und nahm die weiße Perlenkette heraus. Patrick hatte ihr den Schmuck zusammen mit den Flugtickets zu Weihnachten geschenkt. Vorsichtig legte sie die Kette um und schaute in den Spiegel. Sie zuckte zusammen. Vor ihr stand eine fremde Frau. Beklommen befühlte sie die glatten kühlen Perlen um ihren Hals. War sie jetzt eine Frau, die Cocktailkleider und Perlen trug?

Ihr Blick fiel auf das kleine goldene Kreuz, welches sie zur Konfirmation von den Eltern geschenkt bekommen hatte und das jetzt in einer Schale auf dem Nachttisch lag. Sie dachte daran, dass sie noch vor einem Jahr den von Siv gebastelten Schmuck aus bunten Rechenstäbchen getragen hatte und dazu selbst genähte Kleider. Benommen setze sie sich auf die Bettkante. Siv, Carola, Ivo, Malte, … Jens. Keiner von denen, die ihr einmal etwas bedeutet hatten, war jetzt hier. Wie Blätter in einem furchtbaren Herbststurm waren sie in alle Himmelsrichtungen verweht worden.

Anna Maria gab sich einen Ruck und stand auf. Sie strich das Kleid glatt und warf ihre Haare zurück. Dann blickte sie noch einmal in den Spiegel. Sie war jung und schön, keine Frage, und vor ihr lagen wunderbare Tage mit Patrick. Mit einer knappen Bewegung griff sie sich die kleine schwarze Ledertasche, klappte den Verschluss auf, hangelte nach der Kette mit dem Kreuz und ließ sie zusammen mit dem Reisepass hineingleiten. Als es an der Tür klingelte, verließ sie den Raum, ohne sich noch einmal umzusehen.

Der Champagner prickelte in ihrer Kehle, als sie das Glas vorsichtig neben dem Teller mit Austern und Zitronen abstellte. Patrick, der ihr gegenübersaß, bestellte in fließendem Französisch ihr Menü, das anscheinend aus mehreren Gängen bestand. Der Kellner, eine höfliche Erscheinung mit eisgrauen Haaren und eleganter Livree, nahm die Bestellung auf. Dabei nickte er mehrmals und fragte bei dem einen oder anderen Gericht nach. Anna Maria fiel auf, dass er sich nichts von dem, was Patrick sagte, notierte.

Vom Ambiente beeindruckt, schaute sie sich erneut um. Vor ihr auf dem runden Tisch mit weißer gestärkter Wäsche hatte man

Kristallgläser, Silberbesteck und feines Porzellan, auf dem ein goldenes Wappen prangte, sorgfältig arrangiert. Den Boden des Restaurants bedeckten dicke Teppiche in Pastelltönen und an den getäfelten Wänden wechselten sich hohe geschliffene Spiegel mit Ölgemälden ab, die sie vorher nur in Museen wie dem Dresdener Zwinger gesehen hatte. Die Mitte des Raumes schmückte ein gewaltiges Blumenbouquet, gesäumt von mehreren Palmen, die bis hinauf zur hohen Stuckdecke reichten. Auch am Eingang und in den Nischen standen Körbe mit weißen Rosen und roten Amaryllis. Beim Hereinkommen hatte sie unauffällig ein Blatt zwischen die Finger genommen und erstaunt festgestellt, dass es echte Blumen waren. Von einem weißen Flügel am gegenüberliegenden Ende des Saales schwebten melodische Töne zu ihnen hinüber. Die Menschen an den anderen Tischen waren überaus elegant gekleidet und unterhielten sich mit gedämpften Stimmen. Erleichtert stellte Anna Maria fest, dass sie beschäftigt waren und niemand das junge Paar beachtete.

Der erste Spaziergang nach ihrer Ankunft hatte sie nach Marais, ein Stadtviertel am anderen Seineufer geführt. Es kam Anna Maria so vor, als würde sie dort ihre eigene Märchenwelt betreten. Sie schlenderten die mit Efeu bewachsenen Arkadengänge entlang und sie war wie berauscht von den mit Lichterketten weihnachtlich geschmückten Bäumen, den funkelnden Feuern der Kronleuchter hinter den hohen schlanken Fensterscheiben und den phantasievoll gestalteten Auslagen der Boutiquen.

Als sie an einem etwas zurück versetzten Haus vorbeikamen, dessen Fassade reich mit Stuck verziert war, zeigte Patrick auf zwei schmale Fenster im ersten Stock, die von einem kleinen schmiedeeisernen Balkon umrahmt wurden. »Siehst du? Dort oben habe ich gewohnt, als ich hier studiert habe.«

Anna Maria betrachtete das Haus und ihr fielen die vollendeten Proportionen auf, die sich vom geschwungenen Portal über die hohen Sprossenfenster bis zu den kleinen runden Öffnungen im Dachgiebel und den weißen Schornsteinen fortsetzten. »Wie lange warst du hier?«

»Zwei Semester, also knapp ein Jahr.« Er verzog abschätzend die Mundwinkel. »Ehrlich gesagt war ich nicht so oft in den Vorlesungen, wie ich es wohl hätte sein sollen.« Er breitete hilflos die Arme aus. »Aber was sollte ich tun? Es gibt einfach so viele Dinge in dieser Stadt, die nun mal weit interessanter sind, als internationales Finanzrecht.«

Sie schaute ihn an und lachte. »Das glaube ich dir gerne. Aber wenigstens hast du die Sprache gelernt. Ich wäre froh, wenn ich ein paar Worte Französisch könnte.«

Patrick schaute sie aufmerksam an. »Wenn du das möchtest, dann lerne es, ich helfe dir. Parlons français, oui?«

Sie gingen an einem der größeren Cafés vorbei und selbst jetzt, im Dezember, saßen die Leute auf geflochtenen Korbstühlen vor den Lokalen und lasen Zeitungen oder schauten müßig den Passanten hinterher.

»Komm, ich möchte dir eine Galerie hier ganz in der Nähe zeigen.« Patrick führte sie in ein Gewölbe, das über mehrere Etagen nicht nur Gemälde und Fotos, sondern auch ungewöhnliche figurale Skulpturen aus Bronze ausstellte. Die Wände waren grob verputzt und alles erinnerte an eine mittelalterliche Kapelle. Ein lebensgroßer Torso, bei dem wie bei einem Ikarus lange gewölbte Flügel durch Scharniere an den Armen angefügt waren, faszinierte Anna Maria besonders. Der kräftige Leib schimmerte matt und wirkte erdig, während die Flügel mit purem Gold überzogen waren. Vorsichtig berührte sie eine Flügelspitze, sie fühlte sich glatt und kühl an. Eine vage Erinnerung streifte sie, doch sie folgte ihr nicht.

Später, als sie an der Seine entlangspazierten, plauderten sie angeregt miteinander und Patrick legte seinen Arm um sie. Er wies Anna Maria auf die beleuchteten Brücken hin, die Boote auf dem Fluss und die Stände mit Büchern, alten Fotografien und Stichen. Sie blieben immer wieder davor stehen und an einem von ihnen entdeckte er ein Lesebuch für Kinder aus dem Jahr 1909. Es hatte einen dicken Pappdeckel, auf dem »Pour Les Petits Enfants, Le Premier Livre« stand und war wunderschön mit detaillierten Federzeichnungen und Aquarellen bebildert. Anna Maria fand, dass es wie ihre Fibel aus der ersten Klasse aufgebaut war, mit der sie lesen und schreiben gelernt hatte. Auf den einzelnen Seiten waren verschiedene Abbildungen von Kleidungsstücken, Sportgeräten, Haushaltsgegenständen, Spielzeugen, Transportmitteln oder alle Arten von Booten mit den entsprechenden französischen Bezeichnungen abgedruckt. Sie versuchte die Worte zu buchstabieren und dann auszusprechen.

Unter ein Paar Schnürschuhen stand »Bottines« oder neben einem Fahrrad das Wort »Bicyclette«, dann »Pendule« als Bezeichnung für eine Kaminuhr und so weiter.

Patrick korrigierte ihre Aussprache und beide lachten, wenn sie völlig daneben lag. Schließlich feilschte er mit dem Händler, weil es dazugehörte und glücklich nahm Anna Maria das Buch in einer Papiertüte in Empfang.

Als sie die Stufen der Kathedrale zu Notre-Dame erreichten, sprachen sie über Quasimodo, Esmeralda und Dom Frollo und zogen Vergleiche zwischen Film und Buch. Sie gaben beide dem Roman von Victor Hugo den Vorzug und versprachen, ihn sich gegenseitig vorzulesen, wenn sie wieder zu Hause waren.

Diese Erinnerung führte sie wieder zurück in das Restaurant und sie blickte zu Patrick, der nun offenbar zum Abschluss der Bestellung kam. Was sie da wohl erwartete?

Sie griff wieder zum Champagnerglas. Die Qualität des Champagners, hatte er ihr vorhin erklärt, erkannte man daran, wie fein sich die kleinen Perlen am Glas absetzten. Je feiner, desto besser. Seine Familie bezog ihren Vorrat seit Jahren von einem alten Weingut in der Champagne, das noch alte Rebstöcke besaß. Sein Vater reiste einmal im Jahr selbst dorthin, um den neuen Jahrgang zu verkosten. Sie selbst hatte bisher nur süßen Schaumwein und Rotkäppchen-Sekt getrunken. Ehrlich gesagt, sie hatte auch nicht gewusst, dass der Champagner nach einer Region in Frankreich benannt worden war.

Ihr Blick blieb an dem Teller mit den Austern haften. Nach wie vor lagen sie unberührt vor ihr, denn sie hatte keine Vorstellung davon, wie sie zu öffnen waren.

Patrick klappte die Karte zu, übergab sie dem Kellner und schaute ihr in die Augen. Er lächelte und fasste ihre Hand. »Alles gut?«, fragte er. Sie legte den Kopf zur Seite. Er spürte ihre Befangenheit. »Du bist die Schönste hier im Raum«, flüsterte er und deutete einen Kuss an.

Anna Maria wurde rot. Sie dachte daran, wie sie sich, kurz bevor sie zum Essen aufbrachen, in dem riesigen Bett mit dem Baldachin geliebt hatten. Sie glaubte noch immer seine heißen Hände und Lippen überall auf ihrem Körper zu spüren. Der Duft, den er an sich hatte, machte sie ganz schwindelig. Er roch so wunderbar, was sicher auch an dem exquisiten Parfüm lag, dessen Flakon auf der goldgefassten Ablage im Bad stand.

Anna Maria seufzte leise. Allein das Bad hier im »Ritz« war unbeschreiblich. Eine runde Wanne mit goldenen Wasserhähnen in Schwanenform, roter Marmorboden, geschnitzte Vertäfelungen bis zur Decke, kuschelige weiße Handtücher und Bademäntel mit gestickten Monogrammen. Es gab sogar einen offenen Kamin, vor dem alle erdenklichen Badezusätze in kleinen Fläschchen angerichtet waren.

Patrick ließ ihre Hand los, beugte sich zu ihr über den Tisch und deutete auf eines der Gemälde an der Wand, das ein Gebäude zeigte. »Das ist der Louvre. Hast du Lust, da morgen hinzugehen?«

»Aber morgen ist Neujahr, da ist die Sammlung nicht geöffnet, habe ich im Reiseführer gelesen.« Im Vorfeld der Reise hatte sie sich mit den Sehenswürdigkeiten der Stadt beschäftigt und mit Bedauern festgestellt, dass die meisten Attraktionen zu dieser Zeit leider geschlossen waren.

Patrick zwinkerte ihr verschmitzt zu. »Nicht für uns. Ich habe einen Studienfreund, Pierre, der arbeitet dort. Er gibt uns eine Führung. Wenn du willst, ganz privat. Du, ich und die Mona Lisa, wie wäre das?«

Anna Maria schaute ihn verblüfft an. Wer war dieser Mann? Für ihn waren Dinge selbstverständlich, an die sie noch nicht einmal zu denken gewagt hatte. »Phantastisch!«

Nach dem vorzüglichen Menü und dem Kaffee brachen sie auf, um das neue Jahr wie die Franzosen auf den Boulevards zu begrüßen.

»Bonne année! À la nouvelle année! Vive la France!«, rief die ausgelassen feiernde Menschenmenge um sie herum. Französische Landesfahnen wurden geschwenkt, Hupen ertönten, junge Männer tanzten mit nackten Oberkörpern auf Autodächern zur Disco-Musik und bespritzen ausgelassen sich und die Umstehenden mit Champagnerfontänen.

Aufgeregt hielt Anna Maria Patrick ihre Armbanduhr hin, die genau Mitternacht anzeigte.

»Prosit Neujahr!«, rief Patrick ihr ins Ohr, bemüht, durch den tosenden Lärm zu ihr durchzudringen.

Sie lachte und küsste ihn, wie in Frankreich üblich, dreimal auf beide Wangen. Patrick fasste sie glücklich mit beiden Händen um die Taille, hob sie hoch und wirbelte sie so wild herum, dass ihre Mantelschöße flogen.

Das Lichtermeer vor dem nachtblauen Stadthimmel, der nicht enden wollende Autocorso und die wogende Menschenmenge bis hinauf zum Arc de Triomphe, all das verschwamm vor ihren Augen.

***

Sie möchten wissen, wie es weitergeht? Das zweite Buch von Sylvia Frank mit Episoden aus dem Leben von Siv, Aki, Anna Maria, Jens und Ivo erscheint voraussichtlich im Frühjahr 2024.

Begriffserklärungen

ABV	Abschnittsbevollmächtigter, Polizist im Wohnviertel/Dorf
Ata	Scheuermittel
Barkas	Kleintransporter aus Karl-Marx-Stadt (heute Chemnitz)
Breschnew, Leonid	Vorsitzender der KPdSU
Che Guevara	Marxistischer Revolutionär Kubas
Connewitz	Stadtteil in Leipzig
DDR	Deutsche Demokratische Republik
DDR-Oberliga	höchste Spielklasse im Fußball des Landes
EOS	Erweiterte Oberschule, direktes Abitur in zwei Jahren
FDJ	Freie Deutsche Jugend, Jugendorganisation
HO	Handelsorganisation, in der juristischen Form als Volkseigentum geführtes staatliches Einzelhandelsunternehmen in der DDR
IM	Inoffizieller Mitarbeiter des Ministeriums für Staatssicherheit (MfS) in der DDR
Intershop	Einzelhandelskette in der DDR, wo Waren nur gegen konvertierbare Währungen und später auch gegen Forumschecks erworben werden konnten

Lada	sowjetische Automarke
Marxismus/ Leninismus	Philosophiestudium, das ausschließlich den Lehren von Marx, Engels und Lenin vorbehalten war
MfS	Ministerium für Staatssicherheit
Mitropa	Das Unternehmen betrieb in der DDR Restaurants auf Bahnhöfen, in Zügen, auf Fähren und auf Schiffen der Weißen Flotte
Mokkafix	Kaffeesorte
ND	Neues Deutschland, damals Presseorgan der SED
NVA	Nationale Volksarmee
Prenzelberg	eigentlich Prenzlauer Berg, Stadtteil in Berlin
Schwalbe	Moped in der DDR
SED	Sozialistische Einheitspartei Deutschlands
Timur und sein Trupp	Buch des sowjetischen Autors Arkadi Gaidar
Thälmannpioniere	Jugendorganisation in der DDR
Trabant	Pkw-Baureihe aus Zwickau
VEB	Volkseigener Betrieb
Volkssolidarität	Hilfsorganisation, kümmerte sich in der DDR hauptsächlich um Ältere und Rentner
Wolga	russische Automarke

Danksagung

Unser besonderer Dank gilt zuerst Pastor Olav Metz. Durch seine persönlichen Aufzeichnungen, Fotodokumente, Papiere und Originalschriftstücke wurden uns nicht nur zahlreiche Hintergrundinformationen zur Rolle der evangelischen Kirche im Rahmen der friedlichen Revolution und den politischen Veränderungen im Sommer und Herbst 1989 in der DDR zugänglich, sondern ermöglichten uns auch einen umfassenden Einblick in das Leben in Leipzig zu dieser Zeit.

Herzlich bedanken möchten wir uns auch bei Mario Mey, Dao Tien Hung, Tran Binh Minh und Dao Pham AnhDuy, die uns das Leben von Vietnamesinnen und Vietnamesen in der DDR während und nach der politischen Wende 1989 schilderten. Ein besonderer Dank gilt dabei Frau Tran Binh Minh, die uns einen Nachmittag lang in die Geheimnisse der Herstellung vietnamesischer Frühlingsrollen einweihte.

Ein so umfangreiches Werk wäre nicht möglich, ohne die zahlreiche Hilfe vieler Freunde und Unterstützer. Deshalb gilt unser Dank: Sibylle und Jens Gunder, Monika und Bodo Thürmann, Marita und Achim Seyer, Barbara und Norbert Diener, Paula und Martina Korth, Birgit und Andreas Käske, Diana und Maik Ahrend, Ilona und Jörg Hinz, René Kempe, Marianne von Bobrutzki, Cornelia Diener, Katrin, Peter und Eva Hoffmann, Rhena und Ralf König, Anka und Lena Sophie Neuber, Sibylle und Edgar Hoffmann, Inge und Rolf Reinicke, Matthias Reinicke, Ines Unger, Bianca und Andreas Gnoss, Andreas Kondler, Reiner Ziegler, Beverly und Michael Schenz, Katy und Christopher Kramp, Nadja und Helmut Klüter, Gerlinde und Gerhard Fink, Nikolaus Kleiner, Nikola Hahne, Simone und Holger Püchert, Martina Klein und Thomas Scheidemann, Roland Vögel, Dieter König, Steffi und Jürgen Michalski und Roger Rehfeld.

Ein herzliches Dankeschön richten wir an die Einrichtungen der evangelischen und katholischen Kirchen, insbesondere an die Nikolaikirche in Leipzig und an Pastor Christoph Wonneberger.

Darüber hinaus gilt unser Dank Weihbischof Matthias König, Monsignore Georg Austen, Matthias Micheel, Probst Dr. Arnd Franke, Pfarrer Bernhard Scholtz, Pfarrer Gerhard Ernst, sowie Pastor und Umweltminister a.D. Frieder Jelen für die zahlreichen Informationen und Impulse zum Buch.

Was wäre ein Buch wert, ohne eine ambitionierte Verlegerin? Wir danken von Herzen Barbara Miklaw und dem Mirabilis Verlag für das in uns gesetzte Vertrauen, die Begeisterung, Unterstützung und die unkomplizierte, wunderbare Zusammenarbeit.

Ein ganz herzliches Dankeschön richten wir an Sr. Ingrid Herkommer für ihre begleitenden Gebete seit vielen Jahren.

Unser aufrichtiger Dank gilt Pater Georg Maria Roers SJ, der uns mit seiner Freundschaft und Fürsorge zur Seite stand.

Abschließend möchten wir Ute, Peter und Dirk Meierewert, Karin, Kathleen und Alexander Trobisch, Karin, Dana und Jonas Zänker danken, sowie Anja, Stephan, Julia und Florian Krause.

Zuletzt gilt unserer besonderer Dank der Gruppe »Silly« und den Rechteinhabern Hal Leonard Europe Limited für die Erlaubnis, die Textzeile »Ich will nur einmal mit den Vögeln zieh'n« aus dem Song »Bye Bye« für den Titel dieses Buches nutzen zu dürfen.

Gefördert durch ein Autorenstipendium der VG Wort.

VG WORT

Mirabilis Verlag 2022
www.mirabilis-verlag.de
1. Auflage

ISBN 978-3-947857-18-0

Text: © Sylvia Frank
Umschlaggestaltung: © Florian L. Arnold
Druck und Bindung: OOK-Press Kft. Veszprém, Hungary